소돔 120일을 찾아서
시브사와/김문운 옮김

프레더릭 레이턴 〈불타는 6월〉 푸에르토리코, 폰세미술관

동서문화사

프라고나르 작품 〈그네〉(1767년 무렵) 화가는 여인의 발끝과 더불어 허공의 한 점에 못 박혀 버린 시간을 묘사했다. 과거도 미래도 없이, 따라서 논리적·윤리적 맥락도 없이 우연한 만남에 모든 것을 거는 삶. 이미 문화 중심지는 베르사유 궁정에서 파리로 이동했다. 귀족과 부유한 시민 사이에는 쾌락주의가 널리 퍼지기 시작했다. 살아가는 것 자체가 불안했던 그들은 지금 당장 일시적인 소비를 즐기면서 불안을 잊으려 했다. 런던, 월레스 컬렉션.

사드의 아버지
아버지 장 밥티스트는 아들에게 냉담했다고 알려져 있지만 두 사람 사이에는 애정과 신뢰가 있었던 듯하다. 문학과 사상, 자신을 내팽개친 사회에 대한 원한, 심지어 남색 취미에 이르기까지 그들에게는 여러 가지 공통점이 있었다. 그는 사드의 인격 형성에 커다란 영향을 미쳤다.

사드의 어머니
부르봉 왕실의 명장(名將) 대 콩데(1621~1686) 공의 아내는 사드의 어머니와 마찬가지로 마이에 집안 출신이었다. 따라서 사드 집안도 왕가의 친척인 셈이다. 그런데 어머니가 아들을 사랑했던 흔적은 찾아볼 수가 없다. 이러한 어머니의 차가운 태도 때문에 뒷날 사드가 여성 전체를 멸시하게 되었다는 설도 있다.

잔 로렌초 베르니니 작 〈복녀 루도비카 알베르토니〉(1674) 로마, 성 프란체스코 아리파 성당. 사드는 《이탈리아 여행》에서 이렇게 쓰고 있다. '얼굴 표정은 기진맥진 상태 그 자체의 표출이다.' 복녀 루도비카 알베르토니 조각상은 방황하는 후작의 마음을 그렇게 사로잡는다. 사드는 신의 은총과 그로 인한 영적 황홀상태에 관한 이야기를 결코 믿지 않았으며, 그것을 단지 대놓고 드러내기 힘든 정염의 흔한 현상으로 이해하였다.

사드의 캐리커처(희화) 1830년 작품. 왕정복고 시절에는 만장일치로 사드를 탄핵하는 분위기였으나, 그러면서도 기꺼이 그에 대해 논평하고 초상을 제작하는 것이 하나의 증후처럼 만연했다.

19세기 우의화 속 사드 후작의 초상 아래는 사드가 감옥의 책상 앞에 앉아 글을 쓰고 있는 장면.

만 레이 작, 사드의 초상화 배경에는 붉게 타오르는 바스티유가 그려져 있다. 20세기 들어 초현실주의자들이 역사의 어둠 속에서 재발견한 사드는 과격한 혁명가였다. 그러나 사드는 초기 영국식 양원제 의회 이론과, 공포정치 시대에 일시적으로 거세게 일어났던 반(反)그리스도교 운동에 동조했을 뿐이다. 1938년 작품. 개인 소장.

제보당 작, 사드의 초상화 지금까지 알려지지 않은 얼굴이, 결코 이처럼 우상화되는 행운을 누리지는 못했을 것이다.

사드 후작 저택 라 코스트 성 건축 시기는 확실치 않지만 로마 시대에 이미 전망대가 건설되어 있었던 것 같다. 1627년 라 코스트 영주 프랑수아 샤미안의 딸이 사드 후작의 고조할아버지 장 밥티스트와 결혼했다. 그리하여 증손자 장 밥티스트(사드의 아버지, 백작) 대에 이 성은 사드 집안의 소유물이 되었다. 1764년에 스물네 살된 사드가 라 코스트로 돌아왔다. 그 때부터 이 성은 방탕의 무대가 되었다. 사드는 파리에서 이곳으로 애인을 데리고 와 연극과 연회를 즐겼고, 도피 생활을 하면서 틈틈이 쾌락을 즐겼다. 그러나 대혁명이 한창이었던 1792년 9월, 농민들이 이 성을 파괴해 버렸다. 1796년 10월, 궁핍해진 사드는 라 코스트 성을 팔기로 결심하였다. 현재는 폐허가 되어 있다.

자신의 성 지하실에서의 사드 후작 쥐스틴은 그녀의 양심을 천명하고, 유혹을 피하며 타인의 삶을 위해 탄원하고 신앙을 굳건히 지키지만, 그 대가로 돌아오는 것은 채찍질과 구타, 변태적인 성적 학대 뿐이다. 18세기 판화.

라상포스 작 《악의 꽃》(1899년판) 속표지 그림 사법부는 책 속에 담긴 레즈비언적 테마들이 서점에 진열되기엔 적절치 못하다는 점을 통고하였다.

신문 표지 그림에 실린 사드 후작 감옥에 수감되는 혁명주의자 사드. 대혁명은 처음에 후작을 환영했다가 이내 그를 떨쳐버리기에 바빴다. 피에르 델쿠르 작.

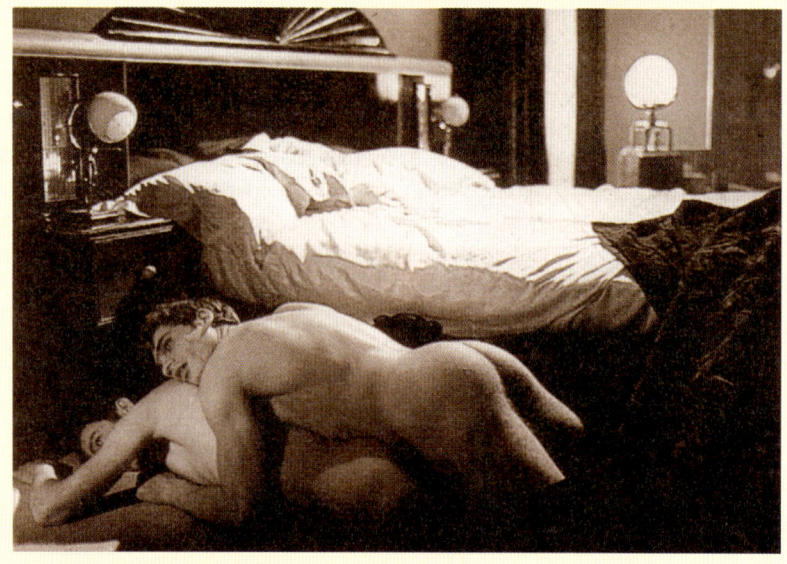

피에르 파올로 파졸리니 감독 영화 〈살로, 소돔의 120일〉(1975) "이 영화를 돋보이게 하는 것은 문자이다. 파졸리니는 각 장면을 문자 그대로 영화화했다. 마치 각 장면을 사드가 직접 묘사하는 것처럼. 따라서 각 장면은 백과사전의 커다란 도판처럼 슬프고 싸늘하고 정확한 아름다움을 지니고 있다." 로랑 바르트(〈르몽드〉지, 1976년 6월 15일).

파졸리니 감독 〈살로, 소돔의 120일〉(1975)

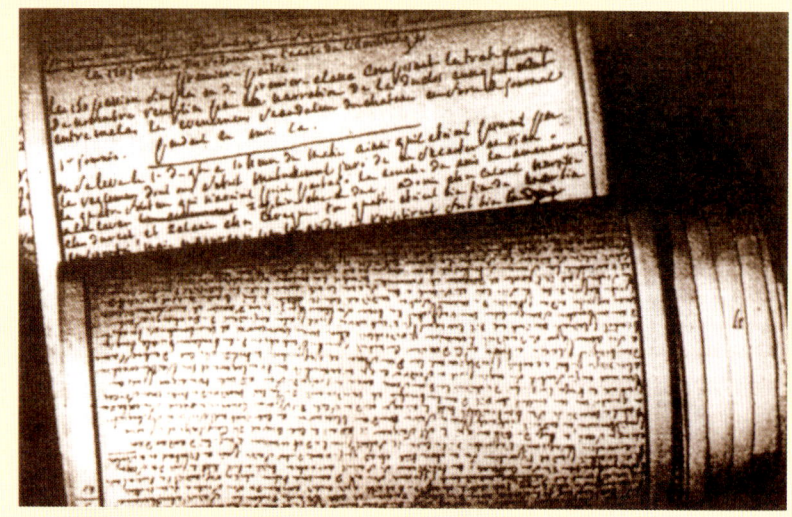

《소돔 120일》 두루마리 자필 원고 사드는 급히 샤랑통으로 이송되는 와중에 《소돔 120일》 두루마리 원고를 바스티유에 두고 와 버렸다. 그는 이 원고를 영영 잃어버린 줄 알았다. 1929년 사드 연구의 선구자인 모리스 엔은 샤를 드 노아유 자작을 위해 이 원고를 베를린에서 입수했다. 귀중한 두루마리 원고는 지금은 스위스에 있는 어느 수집가가 소장하고 있다.

파졸리니 감독 〈살로, 소돔의 120일〉(1975)

파졸리니 감독 〈살로, 소돔의 120일〉(1975) 원작은 사드가 1785년에 쓴 《소돔 120일》. 영화에서는 무대가 파시즘 정권이 들어선 이탈리아로 바뀌었다. 원작과 마찬가지로 여기서도 고립된 성관에서 절대적인 권력을 휘두르는 극악무도한 인간이 노예를 괴롭히면서 끊임없이 '광적인 성과 죄악의 향연'을 벌인다. 그런데 '도착의 반복과 상세한 분류'라는 무기적 구조의 힘을 과연 영화가 제대로 재현했을까. 이탈리아 영화.

《규방 철학》 권두화 《규방 철학》은 항문성애자(肛門性愛者)이자 철학자인 돌마르세가 처녀에게 도착적인 성교육을 하는 대화체 작품이다 (익명 간행). 어지러운 정치 상황을 바탕으로 부도덕과 범죄를 정당화하는 소논문이 삽입되어 있다. 여기서는 다양한 사상적 이론이 사드의 절묘한 필치로 변화하고 파괴되어 패러디로 재구성된다.

《규방 철학》(1795) 판화

마르그리트의 《규방 철학》 삽화(1948) 마르그리트의 차가운 초현실주의는 사드 후작의 얼음장같은 에로티시즘에 훌륭하게 부합한다.

벨머의 《규방 철학》 삽화(1966~1968) 벨머는 특히 전후에 사드의 작품들이 조금씩 소개되면서부터 그에 관한 그림들을 다수 그려왔다. 《마드무아젤, 독수리는 말이오》(1947), 《쥐스틴》(1950) 《소돔 120일》의 삽화작업에도 참여한다. 이들 삽화들은 《사드에게》(1961)에 수록되었다.

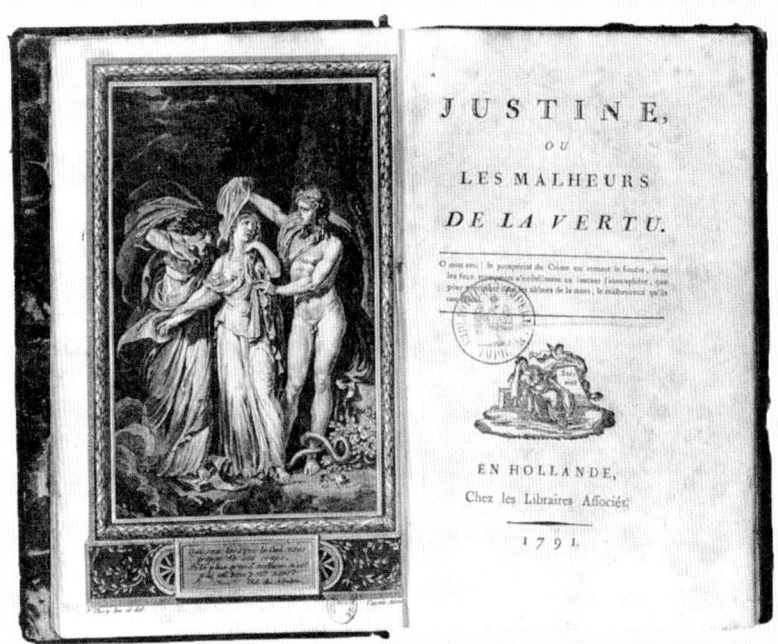

《쥐스틴》(1791) 속표지 그림 설명으로 뒤시스의 〈아드메토스의 오이디푸스〉(1778)에서 인용한 두 줄의 시구가 다음과 같이 쓰여 있다. "미덕이 음탕과 무종교 사이에 서 있다. 오른쪽의 젊은 청년의 모습은 음탕으로, 우리의 악행을 주관하는 자의 상징인 뱀이 그의 다리 하나를 친친 감고 있다. 그는 손을 뻗어 순수의 베일을 걷어올림으로써 미덕의 얼굴을 대중 앞에 공개한다. 그러면서 상대를 곤두박질치게 만들 나락으로 은근히 발길을 인도한다. 왼쪽에 있는 여인의 모습은 무종교인데 미덕의 팔을 강제로 부여잡고 있다. 그녀의 나머지 손은 자기 가슴에서 뱀을 꺼내 미덕을 독살하려고 한다. 이에 미덕은 언제나 그렇듯 정신을 똑바로 차리고서 영원을 향해 눈길을 들어올리는데, 마치 이렇게 말하는 듯하다. '누가 알랴. 운명이 우리를 덮치는 그 순간, 극심한 불행이 오히려 우리에게 이득이 아닐는지?'"

《라 누벨 쥐스틴》(1797년판) 제5장 속표지 판화 "사람은 단순한 것에 싫증이 나면 상상력이 곤두서서 평범한 방법으로는 성이 차지 않고 능력이 없음에 화가 나 정신이 점점 더 타락하여 더욱 추악한 짓을 하고 싶어지기 마련이다."《소돔 120일》

18세기의 성애장면 세밀화 《라 누벨 쥐스틴》과 《쥘리에트》의 삽화들은 그림 기법상 매우 능란한 수준을 보일 뿐, 거기 담긴 육체의 뒤엉킨 상태는 거의 다 실현 불가능한 조합에 가깝다. 따라서 소설 속 삽화 또한 실제 장면이 아닌 글로 이루어진 텍스트 자체를 재현한다고 봐야 한다.

▶ 오른쪽 페이지 삽화 설명
《라 누벨 쥐스틴》과 《쥘리에트》 삽화   친구 올랭프를 베수비오 화산에 던져 넣는 쥘리에트는 어제까지의 우정을 깨끗이 잊어버린 듯하다(왼쪽 위). 인간은 먹잇감으로서 맹수보다 못한 취급을 받게 된다(오른쪽 위). 사드는 여러 살인 장면에서 교묘한 기계 장치를 마련한다. 칼날 달린 원통도 현실성 없는 희생자들도, 보통 우리가 말하는 '인간'과는 거리가 먼 차가운 존재로만 보인다(왼쪽 아래). 모녀를 살해하는 장면에서는 육친의 정을 잔인하게 짓밟아 버리는 취향이 드러난다(오른쪽 아래). 그러나 역사를 돌아보면 실제로 인류는 그만큼 잔인한 만행을 저질러 왔다. 사드가 묘사한 생지옥은 '인간적'이라는 형용사의 위선적 성질을 고발하고 총체적인 '인간'을 우리 눈앞에 제시한다.

《라 누벨 쥐스틴》(1797년판) 판화 사드 작품의 중요한 대목은 대개 종교와 관련 있다. 쥐스틴의 육체는 '검은 미사'에 활용되기도 하는데, 성체가 상궤를 벗어난 성합에 담겨지고, 십자가상은 무참히 짓밟혀지는가 하면, 온갖 신성모독적 발언이 아무렇지도 않게 내뱉어진다.

《라 누벨 쥐스틴》(1797년판) 판화 당대의 판화들은 사드적인 난행이 얼마나 '진지하게' 이루어지는가를 적나라하게 보여 준다. 그 중 가장 피비린내가 심한 에피소드들은 마치 종교의식처럼 치러진다.

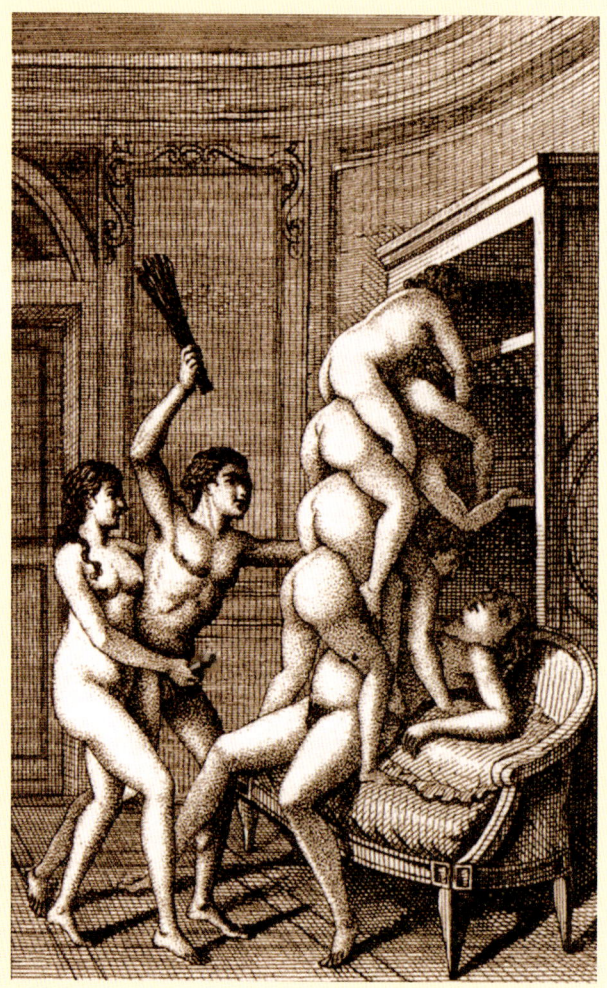

《라 누벨 쥐스틴》(1797년판) 판화 사드는 의식적으로 임신한 여자들을 순교의 대상으로 삼는다. 이런 행태에서 보이는 자손번식에 대한 사드의 혐오감은 여러 각도로 설명되어져 왔다. 라실드는 《사드 후작》(1887)에서 개성 강한 여주인공을 등장시키는데, 무엇보다 그녀는 아이를 갖고 싶어하지 않았다. 그리고 이렇게 단언한다. "나는 존재하는 것만으로도 지겨워. 네가 만약 나하고 같이 이 세상을 끝장낼 수만 있다면 그렇게 하고 말 거야."

《라 누벨 쥐스틴》(1797년판) 판화 "제멋대로이고 야비하고 추악하지 않다면 방탕이라고 하겠는가."《쥘리에트 이야기》

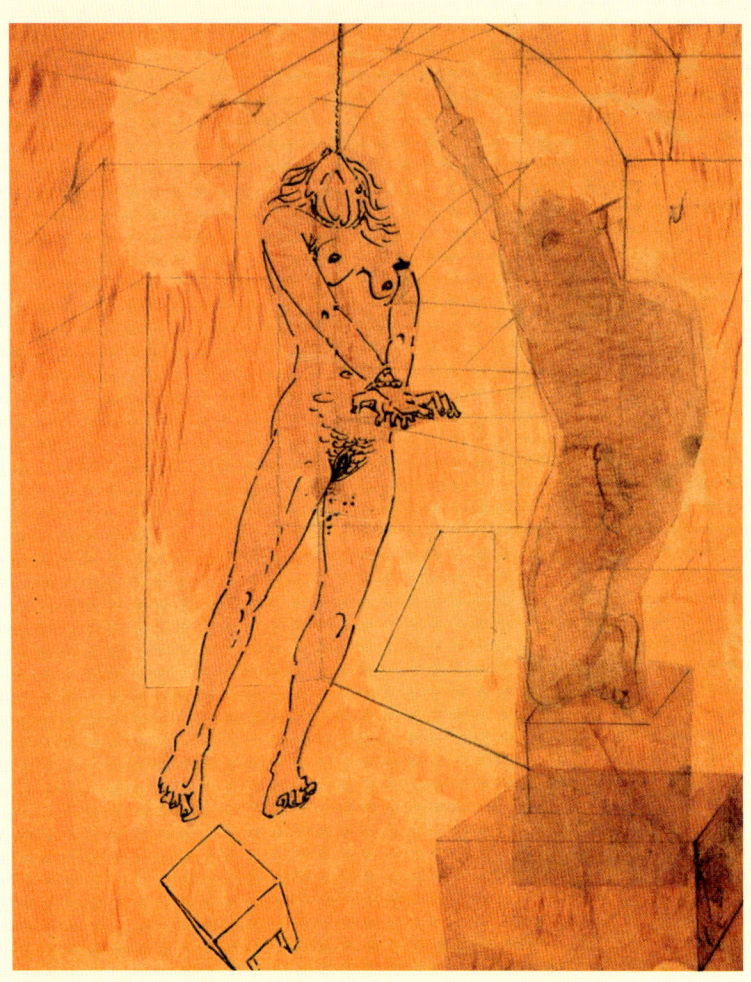

앙드레 마송의 《쥐스틴》을 위한 그림(1928)   잡지 〈아세팔〉의 주목받는 삽화가로서 그는 유명한 외설문헌 《쥐스틴》에서 영감을 얻어 많은 작품을 양산해 냈다.

외스타슈 로르사의 《쥐스틴》을 위한 판화 부알로 신부가 《편달고행자의 역사》(1701)에서 다음과 같이 말하였다. "허리근육에 매질을 가하거나 채찍질을 하게 되면 필연적으로 동물적인 정기가 치골 쪽으로 강하게 밀려들어가고, 결국 음부에 접근함으로써, 음란한 움직임을 촉발하게 된다."

〈예술가의 화실에 있는 모델〉(1890) 사진 기술은 예술적, 또는 관능적인 목적으로 일찌기 활용되었다. 임신한 몸으로 결박당해 있는 여인의 사드적 테마는 사진작가가 분명 후작의 작품을 면밀히 읽었다는 사실을 입증한다. 이런 이미지들은 그보다 훨씬 나중에 가서야 소위 '결박'을 통한 가학성 성애주의자들에 의해 자세히 분석된다.

소돔 120일을 찾아서
차례

1 초인의 탄생…35
2 자유사상가의 첫걸음…57
3 전설과 추문…78
4 마르세유 스캔들…99
5 라 코스트 성에서…123
6 뱅센의 종소리…161
7 자유의 탑…208
8 혁명의 소용돌이…231
9 공포시대를 살다…243
10 정신병원에서의 만년…269
11 죽음…291
12 위대한 인간 에피소드…306
  A 마지막 대화…306
  B 고귀한 평가…324
  C 생애 마지막 사랑…331
  D 잔 테스탈 사건…342

마르키 드 사드 소돔 120일을 찾아서…350

1 초인의 탄생

페트라르카의 추억

교황 클레멘스 5세가 1327년 프랑스 남부의 오래된 도시 아비뇽으로 교황청을 옮기고 나서 18년이 흘렀다. 고요한 론강 기슭에서 프랑스 왕가의 지배를 받고 있는 교황청은 돈에 눈이 멀어 부패가 넘쳤다. 이단 교파들이 벌이는 신앙운동이 음유시인이 연주하는 아름다운 가락에 실려 온 나라 곳곳으로 퍼져나갔다. 중세 세계는 그야말로 권력가들이 저지르는 악행으로 몰락해 가기 시작했다.

그해—1327년 4월 6일 금요일 아침, 아비뇽의 생 크레르 성당에 신자들이 모여서 시끄럽게 떠들고 있었다. 마침 부활제 전 성주간이 시작된 참이었다.

본당의 왼쪽 기둥 근처에 피부가 가무잡잡한 청년이 서 있었다. 고뇌에 찬 그의 얼굴은 핼쑥했으나, 눈은 남유럽 사람 특유의 정열적인 빛을 발하고 있었다. 스무 살 남짓 되어 보이는 청년은 본디 이탈리아 피렌체에서 태어나 아버지와 함께 아비뇽 교황청으로 왔다. 아버지는 아들이 의사가 되기를 바랐으므로 그를 몽펠리에와 볼로냐의 대학에 보냈다. 그러나 4년 동안 유학하면서 아들은 해부학 강의보다는 오히려 베르길리우스나 호라티우스의 시를 읽는 데 열중했다. 아버지가 돌아가시자 그는 아비뇽으로 돌아와 평범한 성직자가 되어 사랑하는 고전 연구에 몰두했다. 이 청년의 이름은 프란체스코 페트라르카였다.

그는 본당 기둥 그늘에 숨어서 합창대가 부르는 미사곡을 듣고 있었다. 이윽고 의식이 끝나자 선남선녀들이 저마다 교회당 출구로 걸음을 옮겼다. 그도 군중 속에 섞여 걸으면서 문득 주위를 둘러보았다. 그 순간 온몸에 짜릿한 전율을 느꼈다. coup de foudre, 즉 한눈에 반한 것이다. 그는 교회당 아치 밑에서 젊고 아름다운 귀부인이 잘 차려입은 남자와 함께 지나가는 것을 보았다. 탐스러운 금발에 둘러싸인 부인의 조그마한 얼굴은 약간 창백했지만 보기 드문 순결함과 아름다움으로 빛나고 있었다……. 그러나 부인은 긴 치맛자락을 펄럭이며 빠르게 교회당 계단을 내려가더니 눈앞에서 사라져 버렸다. 청년은 그저 멍하니 서 있을 뿐이었다.

이 부인이야말로 단테의 《신곡》과 더불어 14세기 최고 걸작으로 손꼽히는 페트라르카의 뛰어난 시 《칸초니에레》에서 칭송을 받아 불후의 명성을 얻게 된 르네상스의 꽃, 로르 드 노브(이탈리아 이름은 라우라 데 노베스)이다. 페트라르카가 성당에서 그녀를 처음 보았을 때 그 여인은 아직 열아홉도 되지 않았다. 그 옆에 있던 남자는 2년 전 그녀와 결혼한 사람으로, 아비뇽에 커다란 영지를 소유한 봉건영주였다. 그는 바로 성후작(聖侯爵) 사드의 직계 조상인 위그 드 사드(통칭 '늙은 위그')였다. 그러니까 사드 집안에는 시성(詩聖) 페트라르카가 평생토록 사모했던 아름다운 마돈나 라우라의 피가 흐르고 있었던 것이다.

사드 집안은 12세기에 생겨나 대대로 프랑스 남부 아비뇽에 살았던 명문가이다. 노스트라다무스의 《프로방스 역사》에도 '벨트란 드 사드'란 이름이 나온다. 고문서를 보면 Sado, Sadone, Sazo 또는 Sauza라고 불리기도 했으므로 어쩌면 이탈리아 출신인지도 모른다.

사드 집안에는 '위그'라는 인물이 많이 있었다. 라우라와 결혼한 늙은 위그의 할아버지도 위그였다. 그는 성왕 루이의 제6차 십자군(1249년)에 참가하여 이집트 다미에타까지 원정을 갔다. 그 아들 폴은 몇 번이나 아비뇽 시장으로 뽑힌 명망가였다.

폴의 장남이 늙은 위그였다. 그는 1325년 1월 16일 라우라와 결혼해서 열한 명이나 되는 자식을 얻었다.

라우라는 과연 죽을 때까지 시인의 구애를 뿌리쳤을까. 전설 속에 묘사된 시인과 라우라의 사랑은 순수한 정신적 사랑이었다. 페트라르카 본인도 애인이 너무 완고하다고 많은 작품에서 한탄한 바 있다. 그러나 반대로 몇몇 시에서는 마치 시인이 라우라 덕분에 관능적인 기쁨을 맛보기라도 한 듯이 감탄하는 부분이 등장한다. 어쩌면 라우라는 한때 시인과 사귀었는지도 모른다. 실제로 온 유럽이 칭찬하는 이 계관시인(桂冠詩人)이 20년 동안이나 자기에게 열렬한 사랑을 바쳤는데, 다정다감한 젊은 여성이 어떻게 끝까지 정조를 지킬 수 있었겠는가. 게다가 14세기 아비뇽은 수도원 사람들도 연애를 할 만큼 음탕한 분위기가 조성되어 있었다. 그래서인지 남편 위그 드 사드도 아내와 시인과의 관계를 의심했으며 종종 발작적 질투심에 사로잡혀 소란을 피웠기에 아내를 때리기도 했던 모양이다. 이러한 사정은 시인의 소네트에도 보고되어 있다.

그런데 우리는 전설 속에서 이상화된 라우라의 차가운 초상보다는, 오히려 부끄러워하면서도 시인의 사랑을 받아들인 인간적인 라우라의 초상에서 훨씬 더 사드의 조상다운 참된 모습을 발견할 수 있다.

1348년 4월 6일, 라우라는 그즈음 아비뇽에 창궐했던 페스트에 걸려 갑자기 세상을 떠났다. 기이하게도 20여 년 전 시인이 처음으로 그녀를 보고 반했던 날과 같은 날짜였다. 라우라는 사드 집안 묘지가 있는 아비뇽 코르들리의 성당에 묻혔다. 아내가 세상을 떠난 뒤 늙은 위그는 재혼해서 새로이 여섯 명의 자식을 두었다.

늙은 위그의 뒤를 이은 인물도 위그였다. 그는 '젊은 위그'라고 불린다. 늙은 위그를 중심으로 3대에 걸쳐 같은 이름이 쓰인 것이다. 젊은 위그는 1360년 아프트 시내의 학교 건설 허가를 얻기 위해 도시에서 선출되어 교황 이노센트 6세 밑에서 일했다. 한때는 아비뇽 시의 관리로 일하기도 했다. 자식은 일곱이 있었는데 큰아들이 장, 둘째 아들이 엘제아르였다.

장은 저명한 법학박사로서 앙주 백작 루이 2세의 고문관이었다. 1415년 에크스 고등법원이 설립됐을 때 그는 추천을 받아 초대 원장으로 취임했다. 이듬해에는 앙주 백작이 그에게 에귀예르 영지를 하사했다.

동생 엘제아르는 교황 베네딕트 13세의 측근이었다. 1416년 신성 로마 황제 지그문트는 오랫동안 사드 집안이 황실에 충성하면서 세운 공적을 기려, 황실 독수리 문장을 패용할 특권을 그에게 주었다. 이때부터 사드 집안은 '여덟 가닥 빛을 뿜는 황금별에, 몸통은 검은색이고 부리와 발톱은 붉은색인 왕관 쓴 쌍두 독수리를 배치한 문장'을 가문(家紋)으로 쓰기 시작했다. 이 독수리 문장은 마돈나 라우라의 피와 더불어 길이길이 사드 집안의 자랑거리가 되었다.

장 드 사드의 장남이 지라르이며 그 후계자는 피에르였다. 피에르 세대부터 사드 집안은 세 갈래로 나뉬었다. 마장 영주 피에르, 에귀예르 및 타라스콩 영주 발타사르, 소만 영주 조아심(피에르의 차남) 집안으로 나뉜 것이다.

1627년 소만 및 마장 영주 장 밥티스트 드 사드는 프로방스 라 코스트의 영주인 샤미안 집안 처녀 디안과 결혼했다. 이리하여 사드 집안은 라 코스트 성을 소유하게 되었다. 이 성은 뒷날 성후작의 삶에서 중요한 역할을 한다.
 장 밥티스트의 증손자가 바로 성후작의 아버지 장 밥티스트 조제프 프랑수아 드 사드 백작이다. 수백 년에 걸친 사드 집안 가계도를 살펴본 끝에 우리는 드디어 성후작의 아버지를 만나게 된 것이다.

아버지와 어머니

 아버지 사드 백작은 1702년 아비뇽에서 태어났다. 그는 선조 대대로 물려받은 소만, 라 코스트, 마장의 영주였지만 평생 군인으로 외교관으로 거의 다른 나라에서 지냈다. 28세 때에는 러시아 대사로 임명되어 상트페테르부르크로 가서 놀라운 외교적 수완을 발휘했다. 또한 비밀스런 사명을 띠고 런던 궁정으로 간 적도 있었다. 1740년 오스트리아 카를 6세가 서거하자 전권공사로 임명되어 퀼른 선거후 밑에서 일하면서 새로운 황제를 옹립하여 프랑스와 스페인과의 동맹조약을 맺는 데 성공하기도 했다. 이 공적 덕분에 그는 육군 소장이 되었다.
 화가 나티에가 백작을 보고 그린 초상화는 현재 사드 집안의 후손인 그자비에 드 사드 후작이 소장하고 있다. 사드 연구가인 고(故) 모리스 엔은 이렇게 말했다. "쉰다섯 살쯤 되어 보이는 이 남자(사드 백작)는 하얀 분을 바른 머리카락을 루이 15세풍으로 자잘하게 말고, 커다란 망토로 감싼 갑주를 입고 있다. 길쭉한 코는 약간 매부리코에 가깝고 입 모양은 반듯하며 얼굴은 달걀형이다. 눈동자는 밝은색이다. 전체적으로 볼 때 상당히 고집스럽고 귀족적인 인상을 풍긴다."
 한편 사드 후작의 서간집을 엮은 폴 브루댕은 백작에 대해 이렇게 말했다. "그는 성격이 꼼꼼하고 좀 어두운 사람이다. 비정하리만큼 차가운 대귀족으로서 태도와 말투도 거만하다. 가족도 마치 하인을 대하듯이 거들먹거리면서 상대한다. 어디까지나 자신의 권리를 중시하며 지나칠 정도로 엄격하게 군다. 게다가 돈을 물 쓰듯이 쓴다. 무슨 도락을 즐기는 것도 아니면서 소리 없이 은근히 돈을 헤프게 썼다." 《사드 후작의 미발표 서간》 머리말)

1733년 31세가 된 사드 백작은 프랑스 최고 귀족인 콩데 집안의 친척에 해당하는 마이에 드 칼만 집안의 처녀 마리 엘레오노라와 결혼했다(콩데 공작부인은 마이에 집안 출신으로서 마리 엘레오노라의 사촌이었다). 이 결혼으로 사드 집안은 한낱 프랑스 남부 지방귀족에서 부르봉 왕가와도 인연이 있는 궁정귀족으로 승격되었다.

이렇게 보면 사드의 아버지는 문학이나 자유사상과는 관계가 없는 실리주의적 외교관이자 명예와 집안에만 신경 쓰는 출세주의자처럼 보인다.

결혼한 지 4년이 흘러 사드 백작 부부 사이에 딸이 태어났지만, 이 아이는 겨우 두 살 때 죽었다. 큰딸이 죽은 지 1년이 지난 1740년 6월 2일에 사드 백작부인은 첫아들을 낳았다. 그가 바로 도나티앵 알퐁스 프랑수아, 즉 사드 후작이다.

그로부터 6년 뒤 백작부인은 또다시 딸아이를 낳았으나 그 아이도 생후 1, 2주 만에 숨을 거두었다. 어린 사드 후작에게는 누나와 여동생이 있었지만 둘 다 요절한 것이다. 그러므로 그는 사실상 외아들이나 다름없었다.

사드의 어머니 백작부인은 결혼한 뒤 콩데 공작부인의 시녀로 일했다. 1741년 공작부인이 세상을 떠나고 나서도 어머니는 파리 콩데 저택에 그대로 머무르면서 콩데 공작부부의 아들 루이 조제프 드 부르봉을 교육했다. 그래서 사드 후작은 이 왕자의 소꿉친구로서 웅장한 콩데 저택에서 어린 시절을 보내게 되었다.

어린 사드가 대여섯 살쯤 되었을 때 어머니는 외교관인 남편을 따라 자주 외국으로 떠나게 되었다. 어린 사드는 외아들인데도 부모의 사랑을 한 몸에 받지는 못했던 모양이다.

　백작부인 개인에 관한 자료는 오늘날까지 발견되지 않았다. 백작부인의 생김새도 성격도 거의 알 수 없다. 다만 1760년 앙페르 거리의 카르멜회 수도원에 틀어박힌 다음부터 1777년에 세상을 떠날 때까지 한 번도 거기서 나오지 않았다는 것으로 보아, 이 여성은 아마 가정생활에서 행복을 느끼기보다는 오로지 신앙에 몰두하는 사람이었을 것이다. 피에르 클로소프스키는 이처럼 어머니가 아들에게 보인 냉담한 태도가 뒷날 사드의 정신생리학적 경향을 결정지은 '오이디푸스 콤플렉스와는 반대되는 모성 증오'를 낳았을 것이라고 추측한다.

콩데 저택에 사는 소년

　사드 후작은 콩데 저택에서 태어났다. 이 저택은 현재 파리에 남아 있지 않지만 한때는 콩데 거리, 보질라르 거리, 무슈 르 프랭스 거리, 오데옹 광장을 포함한 드넓은 지역을 차지했던 커다란 저택이다. 샤를 9세 시대에 이 저택은 왕의 총신 알베르 드 공디의 소유물이었지만, 카트린 드 메디치에게 양도된 적도 있었다. 공디 집안이 파산하자 저택은 압류되었다. 마리 드 메디치는 이 저택을 콩데 공작에게 증여했다. 이때 대대적으로 개축되어 콩데 저택이라 불리게 되었다. 콩데 저택에는 크고 아름다운 프랑스풍 정원, 호사스러운 가구, 벽에 걸린 거장의 명화, 태피스트리, 그리고 희귀본이나 진귀한 기서들을 모아 놓은 훌륭한 도서실이 있었다.

　젊은 사드 백작부인은 사촌인 콩데 공작부인을 모시는 시녀로서 이 웅장한 저택의 방 몇 개를 사용했다. 1740년 6월 2일, 도나티앵 알퐁스는 바로 이 저택의 어머니 방에서 첫울음을 터뜨렸다. 아들이 태어났을 때 아버지는 쾰른 선제후의 궁정에 있었다. 또 대부인 할아버지와 대모인 할머니도 파리에 없었다. 그래서 두 하인이 갓난아이를 안고 가까운 생 쉴피스 성당으로 데려가 세례를 받게 했다.

이 형식적인 세례식을 통해 갓난아이는 '도나티앵 알퐁스 프랑수아'라는 세례명을 얻었다. 사실 어머니는 아들을 '루이 알돈스 도나티앵'이라고 이름 지을 생각이었다. 알돈스는 프로방스 지방의 전통적인 이름이지만 파리에서는 접하기 어려운 이름이다. 그래서 어머니 대신 세례식에 참가한 하인이 실수했는지 아니면 성당 신부가 잘못 들었는지, 사드 후작의 이름은 성당에서의 실수로 바뀌어 '도나티앵 알퐁스 프랑수아'로 결정돼 버렸다.

어린 사드는 어머니와 함께 콩데 저택에 살면서 네 살 많은 왕자 루이 조제프와 어울려 놀았다. 이 시절에 관한 기록은 거의 없다. 단지 사드가 쓴 서간체 소설 《알린과 발쿠르》의 자전적 요소가 포함된 부분에서만 그 흔적을 찾아볼 수 있을 뿐이다. 《알린과 발쿠르》 처음 부분에 이런 흥미로운 이야기가 나온다.

외가 쪽으로는 위대한 왕가와 인연을 맺고 친가 쪽으로는 랑그도크 지방 명문가의 피를 이어받아 파리에서 태어난 나는 아무런 부족함 없이 온갖 호사를 누리면서 자라났다. 철들 무렵에는 이미 자연도 부(富)도 모두 나를 위해 존재한다고 믿었다. 이 우습지도 않은 특권의식이 나를 오만하고 난폭하고 성마른 어린아이로 만들었다. 나는 모든 사람들이 나에게 복종해야 하며 온 세상이 내 변덕스런 비위를 맞춰줘야 한다고 생각했다. (중략)

외가 쪽 인연으로 나는 어느 고귀한 왕자님의 저택에서 자라게 되었다. 이 왕자님은 나와 비슷한 또래였으므로 사람들은 나를 그의 소꿉친구로 만들려고 했다. 어릴 때부터 사귀어 두면 평생 왕자에게 도움을 받을 수 있으리라 생각하고 하지만 나는 그런 계산을 할 수 있는 나이가 아니었고 심지어 심한 자아도취에 빠져 있었다. 어느 날 우리는 장난을 치다가 말다툼을 했다. 상대가 신분을 앞세워 건방진 태도를 보이자 순간 나는 울컥해서 그를 마구 때리지 않을 수 없었다.

그러나 사드는 힘세고 난폭한 아이는 아니었던 듯하다. 오히려 신경질적이고 고집스러우며 자아도취에 빠진, 좋고 싫음의 구별이 뚜렷하고 남에게 지기 싫어하는 소년이었을 것이다.

콩데 저택에는 여관(女官)이 많이 있었다. 그 시대는 로코코의 전성기였다. 여자아이처럼 피부가 하얗고 예쁘장한 금발 소년 사드는 여관들에게 사랑을 받으면서 향기로운 향수와 화장품, 비단 손수건과 치맛자락에 둘러싸여 그 자신의 오만한 정신을 마음껏 길러낼 수 있었으리라. 아마 그는 뭐가 조금만 마음에 안 들어도 발을 동동 구르며 화를 냈을 것이다.

《알린과 발쿠르》에서 작가는 또 이렇게 술회했다. "그 무렵 아버지는 외교적인 일 때문에 늘 바빴다. 어머니도 아버지와 동행했으므로 나는 랑그도크의 할머니 댁에 맡겨졌는데, 이 할머니의 맹목적인 상냥함이 내 안에 존재하는 다양한 결점들을 길러 주었다."

아비뇽에는 할머니뿐만 아니라 숙모들도 있었다. 그런데 본가(本家)의 유일한 후계자인 아름다운 금발 소년이 파리에서 돌아왔으니, 그녀들은 당연히 그를 금이야 옥이야 소중히 여겼을 것이다.

아버지 백작에게는 아우 네 명과 누이 다섯 명이 있었다. 이 다섯 누이들 가운데 네 명은 수녀였고 막내 하나만이 시집을 갔다. 그리고 네 아우들 가운데 셋째 자크 프랑수아 폴 알돈스는 어린 사드의 삶에 꽤 중대한 영향을 끼쳤다. 1745년에서 46년으로 넘어가는 시기에 다섯 살 난 사드는 에브루유의 수도원장이었던 숙부 폴 알돈스 신부에게 맡겨졌던 것이다.

이 숙부는 1705년에 태어나 스물여덟 살 때까지 파리에서 자유롭게 살다가 1733년에 성직자가 되었다. 볼테르의 친구였던 그는 그야말로 18세기 성직자다운 문인 자유사상가였다. 형과는 전혀 다른 기질을 지닌 딜레탕트(dilettante, 학문 애호가)로서 고전문학과 역사를 사랑했다. 프로방스 지방에 산재해 있는 사드 집안 소유지와 성(城)을 관리하면서 문학적 저술과 자유로운 연애를 즐기는 팔자 좋은 사람이었다.

실제로 18세기 성직자는 귀족 집안 차남이나 삼남이 군인 대신에 선택하는 특권적인 직업이었다. 그들은 교회에서 연금을 받으면서 대개 방탕하고 유유자적한 생활을 했다. 폴 알돈스도 예외는 아니라서 신부복을 입고 있으면서도 실은 쾌락을 즐기는 도락가였던 모양이다. 파리에 살던 시절에는 삭스 원수의 애인 라 포플리니에르 부인과 사귀었다고 하며, 1762년에는 파리 매음굴에서 창녀와 같이 있는 장면을 들켜서 며칠 동안 구금된 적도 있었다.

1764년부터 67년에 걸쳐 그가 발표한 대작 《프란체스코 페트라르카의 생애를 위한 각서》 전3권은 먼 옛날 페트라르카와 라우라가 살았던 프로방스 지방에서 열렬한 사모의 정을 담아 지은 작품이었다. 이 책은 뒷날 감옥에 갇힌 후작의 고독한 마음을 위로해 주었다. 사드 신부는 당대 최고의 페트라르카 연구자 가운데 하나였다.

수도원, 중학교, 군대

파리 콩데 저택과는 전혀 다른 환경 속에서 어린 사드는 문학자 숙부로부터 무엇을 배우고 어떤 정신적 선물을 받았을까.

"소만의 음침한 성과 에브루유의 퇴폐적인 수도원에서 보낸 생활이 그(어린 사드)의 상상력을 자극하지 않았을 리 없다."

시몬 드 보부아르 여사는 이렇게 단언했다(《사드는 유죄인가》). 확실히 이 프랑스 남부 수도원에서 숙부와 함께 보낸 생활은 처음으로 어린 소년의 마음에 문학과 책에 대한 애착과 역사에 대한 동경을 불어넣어 주었을 것이다.

사드 신부는 단순한 문학자가 아니라 고전학(古錢學)과 박물학까지도 연구하는 사람이었다. 그의 서재에는 유리 상자에 든 고대 화폐와 곤충 표본 등이 잔뜩 진열되어 있었다. 어린 사드는 숙부 몰래 서재에 들어가 몇 시간이고 유리 상자를 구경했다. 파리에서는 볼 수 없었던 기묘한 동물들의 형태와 색깔이 어린 소년의 상상력을 강하게 자극했다.

어느 날 신부는 서재에 들어가려다가 발을 멈췄다. 소년이 고사리 같은 손에 매미 한 마리를 쥔 채 유리 상자 속에서 같은 종류의 곤충을 열심히 찾고 있었던 것이다. 그 열정적인 모습에 신부는 감동하고 말았다. 그는 살금살금 소년에게 다가가 그 어깨에 살짝 손을 올려놓았다. 소년은 깜짝 놀라 뒤돌아보더니 혼날까봐 겁이 났는지 딱딱하게 굳어 버렸다. 서재에 들어가는 것은 금지되어 있었기 때문이다. 그러나 신부는 똑똑해 보이는 소년의 얼굴을 보고 만족스럽게 웃기만 할 뿐 꾸짖지 않았다…….

물론 이것은 한낱 공상에 지나지 않는다. 그러나 대충 이런 일이 있었기에 아이를 싫어하는 신부가 어린 사드에게 흥미를 느끼게 되었다고 상상해 봐도 별문제는 없을 것이다. 신부는 소년에게 라틴어를 가르치고 플리니우스의 박물지 이야기를 들려줬다. 또 페트라르카와 라우라의 아름다운 사랑 이야기도 알려 주었다. 그리하여 다섯 살배기 어린아이의 조그만 머릿속에는 인문주의적 교양이 넘치도록 흘러들었다.

서른다섯 살이나 차이가 나는 숙부와 조카는 어느새 매우 친해졌다. 그들은 문학을 함께 이야기하고 비밀을 공유하는 사이로 깊은 관계를 맺었다(이 관계는 오래도록 유지되었다. 뒷날 사드 후작이라 코스트 성에서 방탕한 나날을 보낼 때에도 숙부는 공범자 역할을 했다). 소년의 아버지는 신부가 아들에게 엄격한 종교 교육을 해 주길 바랐을 것이다. 그러나 파리에서 멀리 떨어진 프랑스 남부의 퇴폐적인 수도원에서 5년을 지내는 동안 아들의 정신은 종교와는 상관없는 영역에서 노닐었던 것이다.

열 살이 되자 소년 도나티앵은 파리로 돌아가 예수회 중학교 루이 르 그랑 학교에 입학했다. 또 앙블레 목사가 가정교사로서 그를 가르쳤다.

그런데 4년에 걸친 사드의 학교생활은 철저히 수수께끼로 남아 있다. 이 시대에 그가 가족과 주고받은 편지 한 장조차 발견되지 않았다. 예수회 기록 보관소에는 무슨 자료가 남아 있을지도 모르지만 아쉽게도 이 보관소는 일반 공개가 금지되어 있다.

사드가 4년 동안 다녔던 루이 르 그랑 학교는 그 시대 유복한 집안 자제들이 모여들었던 파리의 일류 명문교였다. 예수회 창립자 이그나티우스 로욜라의 제자 기욤 뒤 프라가 1563년에 세운 이 학교는 본디 클레르몽 학교라 불렸다. 이윽고 이 학교는 파리의 문교지구인 생 자크 거리 중심가로 옮겨졌으며, 18세기 중반에는 학생 수가 3천 명이나 되었다고 한다. 18세기부터 19세기 초반에 걸쳐 이 학교를 나온 유명한 인물로는 볼테르, 크레비용 피스, 몰리에르, 로베스피에르, 들라크루아, 쥘 자냉, 빅토르 위고 등이 있다.

예수회 수도사가 학생들을 철저히 감독하는 루이 르 그랑 학교는 엄격한 종교 교육으로도 유명했다. 학생들 대부분은 기숙사에서 수도사나 다름없는 생활을 해야 했다. 때로는 가혹한 징계를 받기도 했다. 유복한 집안 자제들은 독방을 배정받았으며 특별히 하인과 가정교사를 곁에 둘 수 있었다.

그런데 사드는 힘든 기숙사 생활을 하지 않고 교외에서 통학했던 것으로 추측된다. 그때 사드 집안은 재정 상태가 좋지 않아서 아들을 기숙사 독방에 들여보낼 만한 경제적 여유는 없었을 테고, 또 사드가 기숙사에서 공동생활을 했다면 가정교사 앙블레 목사의 역할이 애매해지기 때문이다. 아마 사드는 콩데 저택의 어머니 방이나, 포세 무슈 르 프랭스 거리에 있는 가정교사 집에 살면서 통학했을 것이다.

1754년부터 청년 사드의 군대 생활이 시작됐다. 그러나 그 시절에 우리가 주목할 만한 부분이 거의 없으므로 연대기처럼 간단히 설명하고 넘어가겠다.

1754년 열네 살의 나이로 루이 르 그랑 학교를 그만둔 사드는 그 당시 저명한 귀족 자제들만이 입학할 수 있었던 근위 경비병 연대 부속 사관학교에 들어갔다. 이 학교는 베르사유에 있었다. 여기서 학생들은 힘든 군사훈련을 받았고 종종 국왕의 검열도 받았다. 이곳에서 사드는 20개월 동안 훈련을 받은 뒤 이듬해 1755년에 무급 육군 소위가 되었다.

그리고 1757년에는 생 탕드레 여단 중기병 연대 기수로 임명되어 프로이센과의 7년전쟁에 종군했다. 뒷날 사드는 자전소설 《알린과 발쿠르》에서 이 종군 경험을 글로 적었다. 이에 따르면 연대 기수 사드 소위는 '타고난 열정적인 성격과 불타는 정열을 발휘해' 용감하게 전쟁터를 누볐다고 한다. 그러나 이 자화자찬을 말 그대로 믿기는 어렵다.

1759년 사드는 부르고뉴 기병 연대 대위로 승진했다. 금발에 파란 눈동자와 부드러운 뺨을 지닌 열아홉 살 청년 사관이었다. 이 무렵에 사드가 어땠는지 알려 주는 흥미로운 기록이 있다. 사드의 군대 친구가 사드 백작에게 보낸 편지에 나오는 한 구절이다.

"아드님은 건강하게 잘 지내고 있습니다. 친절하고 순수하고 유쾌한 친구지요……. 출진하고 나서부터는 살도 좀 찌고 얼굴빛도 좋아졌습니다. 파리에서 놀던 시절에는 얼굴빛도 좋지 않았는데 말입니다……. 그는 어디 주둔할 때마다 염문을 뿌리고 떠납니다. 그의 젊은 마음, 아니, 육체는 참으로 불타기 쉬운 상태입니다. 독일 여자를 조심해야지요! 저는 그 친구가 어리석은 짓을 하지 않도록 가능한 한 주의를 기울여 지켜보고 있습니다."

1763년 3월, 7년전쟁이 끝나자 사드는 군복을 벗었다. 열네 살 때 사관학교에 들어가고 나서부터 이미 10년이 흘러 있었다.

열정의 생활 시작

일반 사회로 돌아온 사드는 스물세 살 난 훌륭한 청년 귀족이 되어 있었다. 그는 성격이 좀 유약하기는 하지만 168센티미터의 적당한 키와 빼어난 미모를 갖추고 있었다. 마드리갈도 잘 불러서 언제나 사교계 여인들의 갈채를 받았다. 요컨대 사드는 그 시대 멋쟁이였다. 그런데 이 훌륭한 아들이 아버지 사드 백작에게는 심각한 두통거리였다. 그 이유를 지금부터 살펴보자.

사드가 루이 르 그랑 학교에 다닐 무렵부터 사드 집안의 재정 상태는 위기에 처해 있었다. 프로방스에 아무리 광대한 소유지가 있어도 그 수익만 가지고는 수많은 소작인과 하인을 먹여 살리기 힘들었다. 폴 브루댕이 지적했다시피 사드 백작은 경제적 수완이 부족한 데다 돈을 물 쓰듯이 썼다. 게다가 이즈음 건강이 나빠져 백작은 아내와 헤어져 홀로 르 바크 거리에 있는 외국 전도회관에서 고독한 나날을 보내고 있었다. 아내는 속세를 떠나 앙페르 거리에 있는 카르멜회 수도원에 들어갔다. 참으로 냉담하고 기묘한 부부였다.

외로운 노인은 툭하면 불평을 늘어놓는 극단적인 염세주의자가 되었다. 그가 오랫동안 외교관으로서 쌓은 업적도 제대로 인정받지 못했다. 그는 아우에게 편지를 써서 무정한 세상을 욕하고 궁핍한 생활을 이야기했다. 경제적인 문제는 1762년에 특히 심각해졌던 모양이다. 그런데 백작을 더욱 불안하게 만드는 또 다른 요인이 있었다. 아들의 좋지 않은 소문과 낭비벽이었다. 편지 몇 통을 보면 사드가 이미 군대에 있을 때부터 아버지에게 미움을 받았다는 사실을 알 수 있다. 사드가 숙부에게 보낸 다음 편지를 보자.

제가 파리에 있을 때 저질렀던 수많은 잘못을 들으시고 아버님께서는 저를 괜히 파리로 불렀다고 후회하고 계시는 모양입니다. 아아, 아버님께 심려를 끼쳐 드리고 말았다는 후회의 감정이 제 마음을 얼마나 괴롭혔는지! 한때 제가 소중하게 여겼던 쾌락의 매력도 이제는 빛이 바랬습니다. 상냥하신 아버님을 화나게 했다는 슬픔과 괴로움만이 남아 있을 뿐입니다……. 자신의 행동을 반성하면 반성할수록 그것이 참으로 기묘하게만 여겨집니다. 저를 놀고먹는 한량이라고 단정하시는 아버님의 태도는 지당합니다. 아아, 만일 제가 정말로 쾌락만을 중시하는 놈이라면 이토록 괴로워할 필요도 없었을 테고, 또 이렇게 자주 아버님의 노여움을 사는 일도 없었을 테지요. 도대체 제가 상대하는 여자들이 진정한 쾌락을 저에게 줄 수 있을까요? 돈으로 살 수 있는 행복이 과연 행복일까요? 아마도 그 여자들은 제가 돈을 좀 잘 쓰기 때문에 저를 좋아하는 것이겠지요. 이렇게 생각하면 제 자존심이 새삼 상처를 입는 기분입니다. (1759년 4월 25일, 생 디지에서)

이 편지는 사드가 긴 휴가를 마치고 군대로 돌아간 직후에 주둔지에서 숙부인 신부에게 보낸 것이다. 지금까지 발견된 사드의 편지 가운데 가장 오래된 편지이다. 또한 이것은 사드의 방탕한 생활이 언제부터 시작됐는지 알려 주는 귀중한 자료이기도 하다.

편지에서 사드는 기특하게도 자신의 잘못을 뉘우치는 말을 늘어놓고 있다. 그러나 이 말을 그대로 믿어서는 안 된다. 행간을 잘 읽어 보면, 이 열아홉 살 된 향락적인 청년 귀족이 얼마나 경박하고 불성실한지 쉽게 알 수 있다. 실제로 사드는 그 뒤에도 방탕한 생활을 그만두지 않았다. 1763년 2월에 아버지는 아들이 '온갖 무도회와 연극에 빠짐없이 얼굴을 내미는 것이 너무나 화가 난다'고 편지에 적은 바 있다.

그러나 청년 사드의 이런 생활은 특별히 틀을 벗어난 것은 아니었다. 사드의 아버지는 아들을 강하게 비난했지만 사실 그 시대 귀족 청년이라면 누구나 똑같은 비난을 받았다. 그들은 매음굴에 드나들고 여배우 꽁무니를 쫓아다니고 노름을 했다. 그것이 보통 청년들이 즐기는 오락이었다. 오히려 '꼼꼼하고 성격이 좀 어두운 사람'이었던 아버지가 아들의 잘못을 지나치게 엄히 꾸짖었다고 볼 수도 있다. 물론 사드는 미래를 진지하게 생각하면서도 자주 궁정에 드나들지는 않았다. 하지만 그 이유만으로 아버지가 아우에게 편지를 써서 자기 아들을 '놀고먹는 한량'이라고 욕한 것은 좀 지나친 처사가 아닐까.

신경질적인 아버지는 아들의 나쁜 소문을 듣기 싫어서 파리를 떠날 생각까지 했다. 그러나 자신이 파리를 떠나면 아들은 더욱 난잡한 생활을 할 것이 뻔했다. 그렇다면 놀고먹는 방탕한 아들을 해치울 방법은 하나밖에 없었다. 빨리 장가를 보내 버리는 것이었다. 장가를 가면 아들도 더 이상 아버지에게 손을 벌릴 수 없을 테니 한가하게 놀고먹지는 못할 터이다. 이러한 아버지의 생각에는 염세적인 노인의 추한 이기주의와 인색함이 뚜렷이 드러나 있다.

아비뇽의 연인

아버지의 이런 타산적인 의도에 사드는 노골적으로 적대감을 보이지는 않았다. 적어도 결혼할 때까지 그는 반항적인 태도를 취하지 않았다. 하지만 그는 그전부터 자기가 좋아하는 여성과 결혼하고 싶다는 의사를 아버지에게 분명히 밝혔었다. 군대 시절에 이미 사드는 프랑스 북부 에단 마을에 있는 처녀에게 결혼을 신청하기도 했고, 그 뒤에 시골 처녀 칸비 양과 연애를 하기도 했다.

그러나 늙은 백작이 점찍은 상대는 그런 시골 귀족 따님이 아니라 파리의 유복한 재판소 명예장관 몽트뢰유 집안의 장녀 르네 펠라지 코르디에 드 로네 양이었다. 법조계에서 은근히 영향력을 지니고 있는 이 부르주아 귀족 집안 영애를 며느리로 맞으면 사드 집안의 재정적 위기도 얼마쯤은 극복될 터였기 때문이다.

몽트뢰유 집안으로서도 프로방스 지방에 대대로 영지를 소유하고 있고, 콩데 집안과도 인연이 깊은 사드 집안의 아들을 사위로 삼는 것은 기쁜 일이었다. 문벌이 좋지 않은 법복귀족 몽트뢰유 집안에게 이 혼담은 왕가와 가까워질 절호의 기회였다. 요컨대 사드 집안은 재산을 노렸고 몽트뢰유 집안은 가문의 이름을 노린 것이다. 부모들끼리 정한 이 혼담은 두 집안의 이해관계에서 비롯되었다. 그러므로 이 결혼에 애정은 없었다. 아니, 결혼 약속을 하기 전에 사드가 한 번이라도 상대를 만난 적이나 있는지 의문스럽다. 그때 사드는 아비뇽 근처에 사는 한 여성에게 뜨거운 사랑을 바치면서 그녀와 결혼할 생각을 진지하게 하고 있었던 것이다.

이 여성은 아마 사드의 연애 인생에서 가장 빛나는 연인이었으리

라. 이름은 로르 빅투아르 아들린 드 로리스. 이 여성의 존재는 비교적 최근에 알려졌다. 기존의 사드 전기에는 그 이름조차 나오지 않는다. 1948년 사드 연구가 질베르 렐리는 파리 국립 도서관에 있는 사드 집안 미발표 서간들을 살펴보다가, 사드가 이 여성에게 보낸 열렬한 연애편지를 발견했다. 그때까지는 사드 연구가 모리스 엔조차도 이 여성에 대해서는 전혀 몰랐다.

이제 막 베일을 벗고 과거의 어둠 속에서 나타난 이 프로방스 출신 귀족 여인과 사드와의 짧은 사랑에 대해 간단히 살펴보자. 로리스 양은 13세기에 시작된 프랑스 남부의 명문가 로리스 후작 집안에서 1741년에 태어났다. 그러니까 청년 사드와 사귈 때는 스물두 살이었을 것이다. 두 사람이 어떻게 만나서 어떻게 헤어지게 됐는지는 정확히 알 수 없다. 우리가 알 수 있는 사실은 단지 1763년 3월에 사드가 몽트뢰유 집안의 딸과 로리스 양, 이 두 사람과 동시에 약혼을 했다는 것, 사드 본인은 오히려 로리스 양을 더 좋아했는데도 아버지는 어디까지나 타산적으로 아들이 몽트뢰유 양과 결혼하기를 바라면서 아들의 상태를 초조하게 지켜봤다는 것, 그리고 결국 로리스 양과의 약혼은 그녀의 아버지 때문에 파기됐다는 것뿐이다.

1763년 4월 말―이미 정해진 몽트뢰유 양과의 결혼이 보름 앞으로 다가온 시기―사드는 아직도 아비뇽에 머물면서 로리스 양과 다시 만나려고 애쓰고 있었다. 그러나 이미 약혼은 파기된 상태였다. 그 사실을 알았을 때 사드는 엄청난 분노와 질투를 느꼈다. 4월 6일에 그가 쓴 편지를 살펴보자.

뻔뻔한 배신자 같으니! 평생 나를 사랑하겠다고 맹세했던 당신 마음은 이제 변해 버린 겁니까? 누가의 당신 마음을 바꿔 놓은 건가요? 누구의 명령으로 당신은 영원히 우리 두 사람을 이어 주려던 인연을 제 손으로 끊어 버린 겁니까? 내가 떠난다니까, 당신을 버리고 도망가는 것 같던가요? 내가 당신을 버리고 도망가서 혼자서 살아갈 수 있을 듯싶습니까? 당신은 아마 자신의 감정대로 내 속마음을 짐작했을 테지요. ……그래요, 가십시오, 내 삶의 불행을 위해 태어난 비인간적인 사람이여!

그러나 사드는 분노에 차서 상대를 매도하면서도 그녀에 대한 미련을 버리지 못한다. 강한 어조는 점점 누그러진다. 마침내 그는 불쌍할 정도로 애원하면서 상대의 동정을 구한다.

아아, 내 친한 친구여, 신성한 벗이여. 내 마음의 유일한 위안거리여. 내 삶의 유일한 기쁨이여. 내가 절망한 나머지 이성을 잃었나 봅니다. 불쌍한 남자의 폭언을 용서해 줘요. 내가 잠시 제정신이 아니었습니다. 사랑하는 사람을 잃는다면 죽을 수밖에 없어요. 혐오스러운 인생에서 나를 해방시켜 줄 죽음의 순간이 다가오기를 기다릴 뿐입니다. 이제 내 유일한 소망은 바로 죽는 것입니다. 오직 당신만이 내 삶의 기쁨이었건만, 당신을 잃어버린 지금에 와서는 내가 무슨 수로 삶에 집착하겠습니까? ……부디 말해 주세요. 당신은 나를 어떻게 생각하시나요? 당신의 행동을 무슨 말로 변명하실 건가요? 아아, 만일 당신이 나를 변함없이 사랑하고 있다면, 제발 내 불행을 가엾이 여겨 주세요. 고통스러운 운명의 장난에 한숨지어 주세요. 나에게 편지를 띄워 당신 마음을 보여 주세요.

이어서 사드는 "다시 한 번 나와 단둘이 만나 달라, 나를 버리지 말아 달라"고 간절히 말하면서 밀회 약속을 정하자고 한다. 그러나 눈물로 호소하는 이 연애편지도 끝내 로리스 양의 마음을 움직이지는 못했다.

로리스 양의 부모님이 이 결혼 신청을 거절했던 진짜 이유는 무엇일까. 아마도 사드 백작이 누이에게 보낸 편지에서 알 수 있듯이, 그 까닭은 사드가 로리스 양을 병들게 했기 때문일 것이다. 이 병은 임질임에 틀림없다. 위에 인용한 사드의 편지에도 이런 구절이 나온다. "건강에 유의하십시오. 나도 회복하기 위해 노력하겠습니다. 하지만 당신 몸상태가 어떻다 해도 내 사랑의 증거를 보이는 데에는 아무런 문제가 없을 것입니다." 사드가 군인으로서 여러 지역에 주둔하는 동안 방탕한 짓을 일삼다가 나쁜 병에 걸렸을 가능성은 충분히 있다.

어쨌든 사드는 로리스 양을 만나서 처음으로 청춘의 정열을 불태웠고, 또 처음으로 깊은 사랑의 고뇌를 느꼈다. 그 편지에는 아마도 거짓 없는 진심이 담겨 있으리라. 잠시나마 로리스 양과 사귀면서 맛보았던 사랑의 기쁨과 환멸은 그 뒤 사드의 마음속에 사라지지 않는 깊은 상처를 남겼을 것이다.

1763년 5월 17일 사드가 원치 않는 결혼식을 올렸을 때에도 그 생생한 환멸의 기억은 여전히 그의 가슴속에 살아 있었다. 아버지가 강요하는 결혼을 받아들인 그의 심정은 짐작하기 어렵지만, 그 마음속에서는 아마 이루 말할 수 없는 암담한 절망과 분노가 소용돌이쳤을 것이다.

결혼

기묘한 분위기 속에서도 결혼 준비는 차근차근 진행되었다. 아비뇽에서 부름을 받고 파리로 돌아온 사드의 마음에는 아직 실연의 상처가 생생하게 남아 있었다. 그는 자신의 결혼에 아무런 관심도 없었다.

한편 인색하면서도 허영심 강한 아버지는 혼례 비용 때문에 골머리를 썩고 있었다. 결혼을 즐겁게 준비한 사람은 사실 신부의 어머니 몽트뢰유 부인 한 사람뿐이었으리라. 몽트뢰유 부인은 무슨 일이 있어도 이 결혼을 성사시키려고 했다. 사드 집안의 불안한 경제 상태도, 사위의 좋지 않은 평판도 부인에게는 문제가 되지 않았다. 사드 집안이 혼례 비용을 마련하느라 애먹을 때 기꺼이 돈을 빌려 준 사람도 몽트뢰유 부인이었다.

재판소 장관 지위에서 물러나 명예장관이 된 클로드 르네 몽트뢰유는 사드의 삶에 거의 영향을 미치지 않았다. 그는 이른바 그림자 같은 존재였다. 몽트뢰유 집안의 실권은 부인이 쥐고 있었다. 이 결혼을 추진한 것도 몽트뢰유 부인과 사드 백작 두 사람이었다.

허영심 강한 몽트뢰유 부인은 딸을 사드와 결혼시켜서 부르봉 왕가의 친척이 되겠다는 생각에 푹 빠져 있었다. 그래서 사위에 대한 온갖 나쁜 소문도 그냥 못 들은 척했다. 부인은 단지 젊은이들이 흔히 저지르는 실수를 너그럽게 이해하는 태도를 보이는 데 그쳤다. 그 나쁜 소문 때문에 청년 사드의 혼담이 이제까지 여러 번 깨졌는데도 말이다. 아버지는 아들의 나쁜 행실을 숨기느라 고생했었다.

결혼식이 얼마 남지 않았을 때 사드 백작은 누이동생인 생 롤랑 수녀원장에게 다음과 같은 편지를 보냈다.

아비뇽에서 최근에 온 편지를 보고 몽트뢰유 부인은 모든 사실을 알았을 것입니다. 아마 내 아들에 대한 부인의 신뢰도 땅에 떨어졌을 테지요. 하지만 이제 와서 뒤로 물러설 수는 없습니다. 아들이 아무리 불퉁한 표정을 지어도, 나는 내 뜻대로 이 일을 끝까지 밀고 나갈 생각입니다. ……생각해 보면 몽트뢰유 가족은 밑지는 장사를 하는 셈이지요. 동정을 금할 수 없습니다. 상대를 속여서 아들을 떠

넘기는 꼴이니, 나로서도 마음이 무척 불편합니다. 신부(아우)도 최근에 보낸 편지에서 말했습니다. 그 애만큼 인정 없는 사람도 없다고요. 지금까지는 내가 그런 말을 해도 언제나 반대했는데, 이번만은 그도 확실히 느꼈나 봅니다. 그 애의 인정 넘치는 태도는 다 겉치레예요. 고칠 수 없는 문제입니다. 아들이 파리에 오면 나는 서둘러 도망칠 생각입니다.

이를 통해서도 알 수 있듯이 이 부자 사이에는 가족다운 애정이 없었다. 서로 이해하려는 노력조차 하지 않은 모양이다. 완고한 아버지는 염세적인 체념에 빠져 아들을 쫓아낼 궁리만 했다.

그런데 사드 집안의 이기주의와 인색함은 아버지의 전유물은 아니었던가 보다. 수도원에 들어간 어머니 백작부인은 아들의 혼례 비용을 마련하기 위해 자신의 다이아몬드를 파는 것을 끝까지 허락하지 않았다고 한다. 이 문제로 사드 집안은 한때 몽트뢰유 집안과 갈등을 빚기도 했지만, 결국 몽트뢰유 부인이 사드 집안에게 자금을 제공함으로써 일이 일단락되었다. 이때 사드 백작은 이렇게 말했다. "무서운 여자야. 아들도 어미를 닮은 게 틀림없어."

1763년 5월 17일, 왕가의 인가를 받아 파리 생 로크 성당에서 화려한 결혼식이 거행되었다. 신랑 도나티앵 알퐁스 프랑수아는 23세, 신부 르네 펠라지 코르디에 드 로네 드 몽트뢰유는 22세였다. 사드 인생의 제1막인 독신 시대는 이렇게 막이 내렸다.

결혼식을 마치고 얼마 뒤 신혼부부는 몽트뢰유 집안 소유지인 노르망디 지방의 작은 도시 에쇼푸르로 갔다. 도나티앵은 이 조그만 도시에서 신혼 생활을 보냈다.

2 자유사상가의 첫걸음

장모와 아내가 있는 가정

결혼과 동시에 세 여성이 사드의 삶에 끼어들었다. 아내 르네 펠라지와 처제 안 프로스페르 드 로네(나중에 설명하겠다), 장모 몽트뢰유 부인이 끼어든 것이다. 그중에서도 아내보다 더 중대한 영향을 끼친 인물이 바로 장모 몽트뢰유 부인이다. 사드의 결혼에서 몽트뢰유 부인이 어떤 역할을 했는지는 이미 살펴본 바와 같지만, 한 가정의 주인이 되고 나서도 사드는 여러모로 장모의 압박을 받아야 했다.

사실 사드가 원치 않는 결혼을 받아들인 까닭은 결혼하면 자유롭게 독립할 수 있다고 생각했기 때문이다. 그런데 이 낙관적인 예측은 빗나가 버리고 말았다. 그는 몽트뢰유 부인의 전제주의에 사로잡힌 신세가 되었다. 부인은 이 결혼에 불만이 없었다. 사위의 나쁜 소문에도 아랑곳하지 않았다. 그 시대 일반적인 풍조로 보면 젊은 청년이 방탕한 생활을 하는 것쯤이야 예삿일이었다. 그런 일반적인 행동과 도나티앵의 행동이 본질적으로 다르다는 사실은 그때 부인으로서는 알 도리가 없었다. 게다가 부인은 책략을 써서 주변 사람들을 모조리 길들여 놓았듯이 젊은 사드도 얼마든지 길들일 수 있으리라고 확신했다.

결혼식 전날 몽트뢰유 부인은 도나티앵의 숙부에게 보낸 편지에서 이렇게 말했다. "조카 분은 척 봐도 사려 깊고 상냥한 분 같습니다. 일등 사윗감이지요. 신부님께서 잘 가르쳐 주신 덕분이라고 생각합니다."

몽트뢰유 부인의 풍모는 뒷날 감옥에 갇힌 사드와 편지를 주고받은 루세 양(제5장, 제6장에 자세히 기술)이 다음과 같이 생생하게 묘사한 바 있다.

"무척 젊어 보이는 매력적인 미인이십니다. 몸집은 비교적 작고요. 애교 있는 얼굴, 화사한 웃음, 요염한 눈매, 장난스러운 성격을 지니셨죠. 천사 같은 재기와 순수함이 흘러넘치면서도 또 여우처럼 만만치 않은 사람이지만, 그래도 상당히 사랑스러운 여성이었습니다." (1778년 11월 27일, 고프리디에게 보낸 편지)

그토록 열심히 왕가의 친척이 되고자 했던 것을 보아도 알 수 있듯이 몽트뢰유 부인은 허영심이 강한 야심가였다. 부인은 사드가 궁정에서 좋은 지위를 얻기를 진심으로 바랐다. 궁정에서 일만 제대로 해준다면 여자랑 놀아나도 적당히 눈감아 줄 생각이었다. 그런데 도나티앵은 출세할 마음이 전혀 없었고 미래를 생각하지도 않았다.

도나티앵은 자신에게 참견하려는 장모의 태도를 몹시 싫어했다. 뒷날 "나는 악마의 손아귀에 들어갔다"고 분노에 찬 목소리로 말했을 정도이다. 하지만 신혼 때에는 아마 젊은 아내보다도 장모에게 더욱 공손히 대했을 것이다. 아내에게는 처음부터 예의를 차릴 필요가 없었다. 아내는 도나티앵을 보자 첫눈에 반했던 것이다. 그래서 아내는 남편의 모든 횡포를 용서하고 자진해서 공범자가 되기도 했다. 27년 동안 제멋대로인 남편에게 르네 펠라지는 순순히 복종하고 정숙한 부인의 미덕을 지켰다. 보부아르 여사가 말했듯이 "르네 펠라지가 사드의 가장 만족스런 성공작이었다면 몽트뢰유 부인은 그의 실패작이었다. 부인은 추상적·보편적 정의의 화신이었으므로 개인은 이에 대적할 수 없었다. 사드가 아내와의 동맹을 가장 강력하게 원했던 것도 바로 몽트뢰유 부인에게 대항하기 위해서였다."

그들은 에쇼푸르에 있는 성에서 신혼 생활을 보냈다. 사드는 자신의 문학적 재능을 뽐내려는 듯이 자작 연극을 연출하고 아내와 몽트뢰유 부인에게도 배역을 주었다. 그렇게 그들 가족은 화목하게 지냈다. 처가에서 자유롭게 잘살게 된 사드는 이윽고 자주 파리로 외출했다. 그는 베르사유와 아르쿠유 교외에다 별장을 마련했다.
그 무렵 몽트뢰유 부인이 에브루유 수도원장(도나티앵의 숙부)에게 보낸 편지 한 구절을 소개한다.

당신 조카 분은 정말 재미있는 사람이에요! 저는 이따금 그 사람에게 거침없이 잔소리를 합니다. 그래서 싸우기도 하지만 금세 화해한답니다. 정말 사소하고 짧은 싸움이에요……. 그는 좀 가벼운 사람이긴 해도, 결혼하고 나서는 상당히 차분해진 것 같습니다. 어쩌면 제 착각일지도 모르지만 당신도 그 사람을 만나면 얼마나 진보했는지 알아보실 겁니다. 그리고 조카며느리에 대해 말씀드리자면, 그 아이는 남편에게 아무런 불만도 없답니다. 진심을 다해 남편을 끝까지 사랑할 테지요. 그야 당연해요. 우리 사위는 더없이 상냥하고, 그 애를 무척 사랑하면서 융숭하게 대접해 주거든요…….

비슷한 시기에 쓴 편지를 하나 더 인용해 보자.

우리는 8월 초부터 시골에 내려와 있습니다. 우리 사위는 공탁금 등기 수속 때문에 며칠 동안 파리에서 머물다가 여드레 늦게 아내와 함께 이곳으로 왔습니다. 그때까지 사위가 우리 딸을 맡고 있었어요. 물론 어엿한 남편이 아내를 맡는다는 표현은 이상하게 여겨질

지도 모릅니다. 하지만 그 사람은 아직 너무 젊어서 평소에는 아내를 저에게 맡겨 놔야 해요. 조용한 시골에서 살면서 그의 건강은 눈에 띄게 좋아졌습니다. 뭐, 어느 정도 살이 찌기도 했어요. 하지만 시골에서 그의 정신과 취미가 둘 다 만족될 수 있을지 어떨지는 저도 모르겠습니다. 그 사람이 워낙 왕성한 정신과 취미를 가지고 있어야지요. 그에게는 항상 영양물이 필요합니다. 다행히 이에 효과적인 수단이 두 개 있습니다. 바로 독서와 수면이지요. 그 사람이 이두 가지를 무척 좋아한다는 사실은 당신도 잘 알고 계실 겁니다. (1763년 9월 14일)

그로부터 한 달 보름이 지난 1763년 10월 29일, 파리에 있는 별장에서 '도가 지나친 난행'을 벌인 사드는 뱅센 감옥에 수감된다. 결혼한 지 반년도 지나지 않았는데 이 '사려 깊고 상냥한' 사위가 벌써부터 참모습을 드러내기 시작한 것이다. 이때야 비로소 장모는 사위가 결혼식을 올린 다음 달부터 종종 파리에 가서 몰래 창녀들과 난잡하게 어울려 놀았다는 사실을 알게 되었다. 한동안 한 집안의 좋은 가장으로서 장모의 감독을 받으면서 살았던 사드가 마침내 그 예속적인 안일한 삶을 견디지 못하고 고통스런 비명을 지른 것이다.

첫 번째 감옥살이

그런데 '도가 지나친 난행'이란 구체적으로 어떤 것이었을까. 우리로선 알 방법이 없다. 국무장관 생 플로랑탱이 경찰청장 사르틴에게 보낸 문서에도 '특별한 조치를 해야 할 만큼 중대한 이유'라고만 적혀 있을 뿐이다. 사드 백작이 수도원장인 아우에게 보낸 편지에서는 조금이나마 이 사건 내용이 구체적으로 언급되어 있다. 그에 따르면 도나티앵은 파리 교외에 작은 집을 빌리고 외상으로 가구들을 사 놓고서, 그 집으로 창녀들을 끌어들여 '하늘 무서운 줄 모르는 끔찍한 난행'을 했다고 한다. 도나티앵을 감시하는 임무를 띤 사법 경찰관의 심문을 받아서 진술서에 이러한 진상을 고백해 놓은 사람은 바로 그때 도나티앵이 상대하던 창녀들이었다. 아들이 뱅센 감옥에 갇히자 백작은 깜짝 놀라 퐁텐블로로 달려가서 아들을 석방해 달라고 탄원했다. 이 일로 아버지는 이렇게 불평했다. "여비를 포함해서 10루이를 썼다. 이 돈이 있으면 두 달은 생활할 수 있는데." 마음고생이 심했는지 아버지는 그 뒤 열이 나서 자리에 누워 버렸다(1763년 11월 16일 편지).

한편 감옥에 갇힌 사드는 비탄에 젖었다. 그는 편지를 숱하게 썼다. 주된 내용은 가능한 한 빨리 자기 입장을 아내와 장모에게 알려서 두 사람을 안심시켜 달라는 것이었고, 그 밖에는 한없이 후회하고 반성하는 내용이었다. 스물세 살 때 처음으로 감옥에 들어간 사드, 이제까지 범죄자가 되기는커녕 남에게서 조소나 모욕도 받아 보지 않았던 사드는 이때 비로소 자신의 비밀이 어둡고 음습하다는 것, 자신이 가장 좋아하는 쾌락이 사회에서 악덕으로 치부되고 있으며 죄의 이름으로 지탄받고 있다는 것을 알고 아연실색했다. 어릴 때에는 그토록 자아도취에 빠져 있었던 자의식 강한 사드가 이제 감옥에 갇혀서는 애원과 비하와 치욕으로 가득 찬 편지를 쓰게 된 것이다.

설령 감옥살이가 아무리 괴롭더라도 내 운명에 대해 불만을 늘어놓을 마음은 없습니다. 나는 천벌을 받아 마땅한 인간이었습니다. 확실히 그랬습니다. 내가 저지른 잘못을 후회하고 내가 저지른 죄를 미워하는 것이 현재 내가 해야 할 유일한 일입니다. 아아, 하나님께서는 후회할 시간을 주시지 않고 나를 파멸시키실 수도 있었습니다. 참마음을 되찾을 수 있는 기회를 주신 하나님께 어찌 감사를 드려야 할까요. 그 방법을 가르쳐 주십시오, 부탁입니다……. (경찰청장 사르틴에게. 11월 2일)

11월 13일, 새로운 명령이 내려졌다. 사드는 보름 동안 구금된 끝에 다시 자유의 몸이 되었다. 다만 에쇼푸르 성관을 떠나서는 안 된다는 조건이 붙었다. 이에 관해 몽트뢰유 부인은 수도원장에게 다음과 같은 편지를 썼다.

당신 조카 분은 앞으로 사죄 행위를 함으로써 과거의 죄를 씻을 수밖에 없습니다. 그가 집으로 돌아오고 나서부터 우리는 그에게 만족하고 있습니다. 하지만 이곳은 후회하기 위한 장소가 아닙니다. 어떤 태도와 어떤 반성을 보이더라도 소용없어요. 결국 실적만이 저를 납득시킬 수 있을 것입니다. 나와 남편은 우리 사위를 위해서 할 수 있는 모든 일을 했습니다. 그의 명예를 더럽히는 온갖 소문을 없애려고 적절한 조치를 남김없이 다 했습니다. 이러한 노력이 잘 자란 영혼에게는 분명히 깊은 감명을 줄 것임을 은근히 기대하고 있습니다. 우리 딸이 이번 일로 얼마나 괴로워했을지는 당신도 충분히 짐작하시겠지요. 그 아이는 정숙한 부인이 되기로 결심했습니다. ……게다가 제가 보기에 그 애는 임신 삼 개월째인 것 같아요. 입덧이 심한데도 잘 참고 있습니다. (1764년 1월 21일)

편지에서 '임신 삼 개월째'였던 르네 펠라지는 그 뒤 유산했으므로 사드는 이때 아버지가 되지는 않았다.

남편의 부도덕한 행실을 알기 전부터 르네는 '정숙한 부인이 되기로 결심'했었다. 이 결심은 1790년에 사드와 헤어질 때까지도 결코 흔들리지 않았다. 르네는 어머니와는 달리 남편에 의해 정해진 '희생자'라는 아내의 역할을 자진해서 받아들였다. 물론 그때 사드가 아내를 사랑하지 않았다는 증거는 없다. 그가 정숙한 아내와 동침하면서 '무미건조한 미덕'을 직접 맛보았다 해도, 가정의 행복과 자신의 쾌락은 적어도 사드의 마음속에서는 충분히 공존할 수 있는 요소들이었다.

어린 장 주네가 어느 날 도둑질 현장을 들켜서 '너는 도둑놈이다'라는 사회적 선고를 받고 처음으로 자기 내부에 존재하는 사악한 원리를 깨달았듯이, 사드도 자신이 저지른 행위의 무서움을 처음으로 자각하고 놀라움과 치욕을 느끼다가 이윽고 자신이 객관적으로 어떤 존재인지 알게 되었다. 지금까지는 순전히 쾌락의 원천이었던 순수한 자연적 행위가 이제는 죄스러운 행위가 되었다. 상냥한 젊은이는 이날을 기점으로 사회적 이상자가 되었다. 이날부터 사드는 자신이 평생 사회적 이상자·범죄자로서 살아가야 하리라는 예감을 했다. 그에게 은밀한 쾌락이란 가장 가치 있는 보물이었으므로 그는 그 쾌락을 포기하겠다는 생각조차 하지 않았다. 이 점에서 사드는 틀림없이 성적 이상자였다. 그는 야비한 사디스트였다. 그러나 자신의 사회적 생활과 개인적 쾌락이 서로 타협할 수 없음을 알았을 때 그는 깨달음을 얻고 자유사상가(libertin)가 되기로 결심했다. 다시 말해 사드는 그가 성적 이상자였다는 단순한 사실 때문이 아니라, 자신이 성적 이상자인 이유를 끊임없이 탐구하려는 강한 의지 때문에 이윽고 자유사상가로 성장할 수 있었던 것이다. 여기서부터 이른바 애욕의 수업 시대가 시작된다.

자유사상가가 되겠다는 결의

사실 사드는 사춘기 시절에 반항심이라고는 거의 없었다. 어릴 때 소꿉친구였던 왕자를 때렸던 것은 단지 순간적으로 욱했기 때문이었다. 무엇보다도 사드는 아버지 뜻대로 내키지도 않는 결혼을 했다. 그만큼 그에게는 분별없이 사회를 있는 그대로 달갑게 받아들이는 경향이 있었다. 젊은 시절의 그는 그저 쇠퇴한 귀족 사회의 틀 속에서 돈으로 살 수 있는 쾌락을 찾으면서 군인이 되고, 남편이 되고, 아버지가 되고, 후작이 되는 데 조금도 의문을 느끼지 않았던 듯하다. 본인이 쓴 소설에서도 회고했듯이 그는 어린 시절부터 '자연도 부도 모두 나를 위해 존재한다'고 믿으면서 특권의식에 푹 젖어 있었다. 그러는 가운데 10월 29일, 사건이 일어난 것이다. 이 일은 그에게 뜻밖의 충격을 주었다.

망연자실한 상태에서 벗어난 그는 자기가 지금까지 그 무엇에도 진심으로 만족하지 못했다는 사실을 깨달았다. 자신이 미래에 대한 꿈도 희망도 없이 아무리 장모가 독촉해도 왕궁에 출입하지 않았던 것도, 따지고 보면 이런 세속적인 명예와 야심에 거의 매력을 느끼지 못했기 때문이지 않은가. 그렇다면 정열에 사로잡혀 자기 자신을 잊어버리는 순간, 자신의 전존재(全存在)가 온통 뒤흔들리는 환희의 순간은 아예 존재하지도 않았던 것일까? 혹시 그런 순간이 존재한다면 대체 어디에 있는 걸까? ─대답할 것도 없었다. 그는 옛날부터 그것을 알고 있었다. 그가 자신의 살아 있는 전존재를 확인할 수 있는 장소는 단 하나뿐이었다. 바로 그가 얼마든지 자신의 몽상을 실현할 최고의 권리를 얻을 수 있는 그 창녀들의 집뿐이었다. 오직 그곳만이 일상세계를 초월할 수 있는 장소였다. 어떤 희생을 치르더라도, 설령 사회적 이상자로 낙인이 찍히더라도 사드는 이 비밀스런 장소에서 자기 존재를 증명할 최소한의 증거를 얻기 위해, 자기 몽상에 지고의 가치를 부여하기 위해 창녀를 채찍질한다는 야비한 도취적 행위에 몰두할 수밖에 없었다. 정해진 운명에 따르라! 이러한 계기로 사드는 한 사람의 자유사상가로서 이 사회에 대립하게 된 것이다.

라셰브르 씨에 의하면 자유사상가는 "17세기에는 독립정신 및 전통에 대한 적의를 의미했고, 따라서 신앙 및 종교적 행위에 따르기를 거부하는 자를 의미했다. 18세기에는 그 의미가 도덕적인 방종으로까지 확대되었다." 이미 루이 14세 시대에 맹트농 부인이 이 말을 '방탕아'란 뜻으로 쓰기도 했다. 즉 자유사상가의 뜻은 종교적 계율에 대한 불복종에서 성적 속박에 대한 불복종으로 서서히 변한 것이다. 애욕 행위에서 자유사상가는 '종족 보존'이라는 자연법칙에 따르기를 거부하고(가톨릭에서는 토마스 아퀴나스 이후 출산을 성교의 첫째가는 목적으로 삼고 있다), 연애의 열광에 폭 빠지는 것을 엄하게 비판한다. 즉 자유사상가의 목적은 오로지 '쾌락'뿐이다. 그는 애욕의 세계에서도 몹시 지적인 상태로 두뇌를 움직인다. 육욕을 세련된 형태로 바꾸고, 육욕의 대상이 되는 여성을 단순한 쾌락의 목적으로서 바라본다.

행동적인 자유사상가는 기사도 시대의 영웅주의를 잃어버린 18세기 젊은 귀족들이 공통적으로 꿈꾸는 이상형 가운데 하나였다. 봉건시대 권력에 향수를 느끼고 짓밟힌 신화를 다시금 상상의 세계에서 되살리고 싶어하는 이 젊은이들은 옛날에 절대적인 권력을 쥐고 있었던 전제군주라는 사회 신분을 애욕의 비의(秘儀) 속에서 상징적으로 부활시키려고 시도한 것이다. 물론 16세기의 위대한 용병대장이나 참주(僭主)들의 영광에 비하면 이것은 너무나 보잘것없는 시도였다. 하지만 그들의 저속한 향락 생활에서는, 카사노바나 돈후안과 더불어 저 피에 젖은 끔찍한 연회를 베푼 샤롤레 공작 같은 인물조차도 잃어버린 이상을 구현하는 전형적인 인물처럼 여겨졌다.

사드도 이 절대적인 권력의 환영을 추구했다. 그러나 특이하게도 현세의 권력을 추구하려는 의지는 사드에게서 찾아볼 수 없다. 그는 어디까지나 작가이자 지식인이었다. 그의 탐구는 오로지 지적 영역에 한정되어 있었다. 이 점에서 자신의 나약함에 대한 보상을 공상 세계에서 찾으려 하는 '사회적 약자'의 범주에 사드를 집어넣어도 무방할 것이다. 지루할뿐더러 끊임없이 자기를 위협하기까지 하는 이 세상에 그는 철저히 무관심했다. 밀실에서 거행되는 비의, 두뇌 작용의 에로티시즘, 오직 이것만이 사드의 관심사였다. 사드를 체자레 보르지아 같은 행동적인 인물과 비교해서는 안 된다. 이에 관해서는 사드 본인도 딱 잘라 말했다.

"나는 이런 종류의 일을 생각할 수 있는 한 모조리 생각해 봤다. 하지만 생각한 일을 모두 실행하지는 않았고, 앞으로도 실행하지 않을 것이다. 요컨대 나는 범죄자도 아니고 살인자도 아닌 한낱 자유 사상가에 지나지 않는다." (1781년 2월 20일)

그러나 사드가 이러한 명쾌한 자기진단을 내리고 작가로서 활동하기까지는 아직도 많은 시련을 겪어야 했다.

여배우 콜레트

도나티앵 드 사드는 이제 '요주의인물'이 되었다. 사건이 터지고 나자 경찰은 그를 더욱 철저하게 감시했다. 사드에 관한 좋지 못한 소문이 퍼졌다. 겨우 근신을 마치고 다시 파리에 나타난 사드의 등 뒤에는 줄곧 뱀처럼 끈질긴 검은 그림자가 따라다녔다. 그 정체는 사법경찰관 말레였다. 말레는 상관이 명령한 대로 사드의 행동을 조사하고 그 결과를 보고서에 기재했다.

1년 전 국왕 폐하의 명령으로 본관이 뱅센 감옥으로 연행했던 사드 후작은 올여름 또다시 파리로 와도 된다는 허가를 얻어 현재 파리에 머무르고 있다. 그는 이탈리아 극장 여배우 콜레트 양에게 한 달에 25루이를 주고서 불장난을 즐기고 있는 듯하다. 콜레트 양은 리누레 후작과 동거하고 있는데, 그는 사드 씨와 콜레트 양의 관계를 처음부터 알고 있었다. 그런데 사드 씨가 콜레트 양에게 만족하고 있다는 사실은 최근에 알게 되었다. 이번 주에 사드 씨는 포주라 브리소의 집에 가서 본관을 알고 있는지 몇 번이나 물어봤다. 그 여자는 모른다고 대답했다. 본관은 그 여자에게 신분을 밝히지 않고, 그저 사드 씨에게는 절대로 여자를 붙여 주지 말라고 강하게 권고해 두었다. (1764년 12월 7일)

과연 라 브리소라는 그 시대 유명한 포주가 말레의 권고에 따랐을지 의문스럽다. 그 여자에게 사드는 중요한 고객이었을 테니까. 라 브리소의 가게처럼 상류층 사람들을 위한 사치스런 사창가는 그 시절 파리에 수없이 많이 있었다. 1766년 1월, 사드가 한 달에 10루이를 주고 관계를 맺었던 도르빌 양도 라 위게라는 포주가 경영하는 매음굴에 있는 창녀였다. 아마 그 밖에도 많은 포주들이 사드와 거래했을 것이다.

1764년 여름, 에쇼푸르에서 근신하고 있던 사드는 허가를 얻어 파리로 가서 이탈리아 극장 여배우 콜레트를 처음 소개받았다. 연극이 끝난 뒤 그는 여배우 집까지 동행했다. 그리고 다음 날 여배우에게 사랑을 고백하는 편지를 써서 하인에게 들려 보냈다. 이 열여덟 살 난 처녀에게 사드는 첫눈에 반했던 것 같다.

증인의 말에 따르면 콜레트는 "날씬한 처녀였다. 아직 풍만한 매력은 부족했지만 그 징후는 이미 나타나 있었다. 작아도 표정이 풍부한 눈은 반짝반짝 빛났다. 노래를 잘 부르고 비올라를 능숙하게 연주했다." 1762년 중반에 콜레트는 페르테 공작이라는 극장 지배인의 정부가 되었다가 성병을 얻고 말았다. 그리고 병을 치료하는 동안 그녀를 병원까지 데려다 준 로제티라는 남자와도 관계를 맺었고, 또 사브랑이라는 남자와도 정사를 벌였다. 이듬해에는 사브랑을 버리고 리누레 후작과 동거하는 한편, 로슈포르 백작에게서도 매달 돈을 받으면서 그의 정부 노릇을 했다. 부유한 로슈포르 백작은 6천 리브르나 되는 콜레트의 빚을 대신 갚아 주고 4천 리브르짜리 다이아몬드 귀걸이를 선물하기도 했다. 이렇게 여러 남자들에게서 막대한 돈을 받고 있던 콜레트는 호화로운 사륜마차를 타고 의기양양하게 극장에 드나들었다고 한다.

사드가 반한 여자는 이처럼 반직업적인 경박한 여자였다. 그가 처음으로 콜레트에게 소개되었던 다음 날 그녀에게 보낸 편지 첫머리를 살펴보자.

당신을 보고서 사랑하지 않는 것은 어렵습니다. 당신을 사랑하면서도 당신에게 사랑을 고백하지 않는 것은 더더욱 어렵습니다. 나는 오랫동안 묵묵히 당신을 지켜봤지만 이제는 입을 다물고 있을 수 없게 되었습니다. 나는 미친 사람처럼 당신에게 불타는 연정을 느끼고 있습니다. 당신과 함께 인생을 보내고 당신과 즐거움을 함께 나눌 수 없다면, 이 세상에서 내 행복이란 없는 거나 마찬가지일 것입니다. 제발 한마디라도 좋으니 긍정적인 대답을 해 주시길 바랍니다……. 당신은 제 이름을 기억하지 못할지도 모릅니다. 저는 월요일 연극이 끝나고 나서 당신을 댁까지 모셔다 드렸던 남자입니다.

연극을 좋아하는 사드는 전부터 무대 위 젊은 여배우를 보고 찬

탄하면서 속으로 은근히 연정을 품고 있었을 것이다. 그러나 이 뜬금없는 사랑 고백을 들은 콜레트는 모욕을 받았다 생각하고 심사가 뒤틀려서 좀처럼 밀회 약속을 잡아 주지 않았다. 그 뒤에도 사드는 몇 번이나 하인을 시켜 연애편지를 보냈다. 콜레트가 한참 튕기다가 마침내 사드의 정열에 굴했는지 어땠는지는 알 수 없지만, 앞서 인용했던 경찰관 말레의 보고서를 보면 적어도 언제부터인가 그녀가 금전적 대가를 받고 사드에게 몸을 맡기게 된 것은 틀림없다. 그런데 리누레 후작이라는 경쟁자가 콜레트를 포기하자 사드는 곤경에 빠졌다. 낭비벽이 심한 여배우를 혼자서 감당해내기 힘들었던 것이다. 게다가 이 남자 저 남자와 놀아나는 콜레트 때문에 질투로 괴로워하는 일도 많았다. 장모 몽트뢰유 부인은 이 여자의 배신행위를 사드 앞에서 폭로하여 정부에 대한 그의 애정을 식게 만들려고 애썼다.

그러나 몽트뢰유 부인이 아무리 고자질을 해도 사드는 이 불성실한 여자와 쉽게 헤어지지 못했다. 12월 중순까지도 일주일에 세 번이나 콜레트를 만났다. 하지만 이윽고 겨우 헤어질 결심을 하고 그녀에게 다음과 같은 편지를 보냈다.

당신 마음에 양심과 인정이 조금이라도 남아 있다면 당신은 나를 속인 것을 부끄러워해야 할 것입니다. 안녕히 계십시오. 안타깝게도 내 마음속에서는 아직 당신 모습이 사라지지 않아서 이런 말을 입에 담기가 힘들군요. 하루빨리 이 상태에서 벗어나기를 바라고 있습니다. 내가 이번 일에 질려서 이제는 두 번 다시 이런 불길한 정열에 사로잡혀 괴로워하는 일이 없기를 하나님께 기도드릴 따름입니다.

이 편지를 보내고 나서 사드는 콜레트와 깨끗이 헤어졌을까? 그건 알 수 없다. 사드는 콜레트의 자극적인 육체의 매력에 몹시 집착하고 있었던 듯하다. 아마 돈과 선물을 듬뿍 줘서 기분을 풀어 주고 나서도 콜레트의 불평을 기꺼이 들어야 할 만큼 이미 약점을 잡힌 상태였을 것이다. 그러나 1764년 12월 이후 콜레트의 이름은 사드와 관련된 기록에서 자취를 감추어 버렸다. 다른 자료를 통해 알 수 있는 사실이라고는 콜레트가 1766년에 꽃다운 나이로 죽었다는 것뿐이다. 이 아름다운 이탈리아 극장 여배우의 죽음을 안타까워하는 사람도 적지 않았으리라.

보부아젱을 비롯한 정부들

콜레트와 맺은 관계는 1년도 되지 않아 끝났다. 그러나 사드가 신혼 시절에 만나서 몇 번이나 헤어졌다가 다시 만난 보부아젱이라는 악녀와의 관계는 적어도 2~3년은 계속된 듯하다. 일설에 따르면 보부아젱과의 관계는 결혼 전부터 이어졌다고 하지만, 몽트뢰유 집안의 사위가 되기 전까지 사드는 주머니 사정이 좋지 않았으므로 보부아젱처럼 사치스런 여자를 정부로 삼기는 어려웠을 것이다. 두 사람이 처음 만난 정확한 시기는 아직 밝혀지지 않았다. 앞으로 더 많이 연구하고 조사해 봐야 할 것이다.

자유사상가로서 첫 발을 내디딘 사드에게 보부아젱은 단순한 정부가 아니라 보다 의미 있는 존재였다. 그녀는 쾌락을 함께하는 친구이자 변태 성욕의 공범자였다. 보부아젱과의 관계야말로 사드의 수업 시절에 꼭 필요한 것이었다.

그 시대 상황을 기록한 바쇼몽의 《회상 비록》에 따르면 보부아젱은 '섬세한 미모의 소유자이지만 키가 작았기' 때문에 오페라 극장 무용수 일을 그만둬야 했다고 한다. 그 뒤 그녀는 상류층 사람들을 상대로 도박장을 경영했다. 그런데 여기서 사기도박이 자주 벌어지는 바람에 경찰에게 걸려 경찰청장 사르틴에게 징계 처분을 받기도 했다. 또한 보부아젱의 도박장은 부패한 귀족 자제들이 모여 음탕한 짓을 하는 곳이었다. 그 때문에 보부아젱은 한때 생트 펠라지 감옥에 갇히기도 했다.

보부아젱은 1784년에 죽었다. 이때 벌어진 재산 경매는 파리 사교계에서 큰 화제가 되었다. 이 여자의 마지막 애인이었던 해군성 재무관 생 잼은 참으로 통이 큰 남자였다. 그는 1년에 2만 에퀴나 되는 부조금 말고도 거의 180만 프랑에 상당하는 보석 따위를 보부아젱에게 선물했었다. 보부아젱은 그가 마련해 준 호화로운 집에서 살다가 죽었다. 그녀의 재산 목록을 보면 반지가 200개, 아름다운 옷이 80벌이나 되었고, 대좌(臺座)에 박혀 있지 않은 다이아몬드가 수도 없이 많았다고 한다.

하지만 사드와 사귈 무렵에는 보부아젱은 이렇게까지 사치스럽게 살 만한 신분이 아니었다. 이미 여러 남자들에게 의지하는 생활을 시작하긴 했어도 그녀는 아직 스물두 살 난 젊고 매력적인 여자였다. 1765년 5월, 사드는 보부아젱을 데리고 프로방스 지방에 있는 라 코스트 성으로 갔다.

라 코스트 성에서 사드는 보부아젱과 공공연히 부부 행세를 하면서 근처 귀족들을 초대하여 자작 연극을 선보이거나 무도회와 연회를 베풀었다. 그러자 곧 추문이 떠돌았다. 조용히 살고 있던 시골 귀족들이 보기에는, 파리에서 온 젊은 후작과 그의 사치스런 '아내'는 평화로운 일상을 파괴하는 기분 나쁜 침입자였다. 숙부인 수도원장도 연회에 참석해 주인 노릇을 하면서 여드레 동안 라 코스트 성에 머물렀다. 나중에 이 일로 몽트뢰유 부인이 그를 비난하자, 소심한 사드 신부는 변명할 말이 궁했는지 모든 책임을 조카에게 떠넘

2 자유사상가의 첫걸음 71

겨 버렸다. 어린 사드에게 자유주의를 가르쳤던 사람은 바로 이 놀기 좋아하는 신부였는데, 이제는 주객이 전도되어 오히려 숙부가 젊은 조카에게 끌려다니게 된 것이다.

이 불미스러운 사건은 이미 자유사상가로서 살아갈 수밖에 없게 된 사드가 사회와 양식(良識)에 처음으로 도전한 사건이었다. 자신의 굴욕감을 떨쳐 버리기 위해 그는 일부러 추문이 생길 만한 행동을 한 것이다. 아르퀴유 사건부터 마르세유 사건에 이르기까지 연이어 생겨난 사드의 추문은 갈수록 정도가 심해졌다. 여기서 우리는 사회에 대한 사드의 깊은 원한을 발견할 수 있다.

수녀인 숙모는 라 코스트에 있는 조카에게 비난하는 편지를 보냈다. 이에 대해 사드는 그야말로 통렬한 비웃음에 가득 찬 도전적인 답장을 썼다. 상대는 종교와 미덕의 대표자인 수녀였다. 사드는 자신의 입장을 확실히 의식하고 있었다.

숙모님, 당신의 비난은 조리가 맞지 않습니다. 솔직히 말해서 저는 성녀와도 같은 수녀님 입에서 그렇게 강경한 말이 튀어나올 줄은 꿈에도 몰랐습니다. 저는 제 집에 있는 여자를 제 아내라고 떠들고 다닌 적도 없고, 누가 멋대로 아내라고 생각하는 것을 허락한 적도 없습니다. 저는 누구 앞에서도 그런 말을 한 적이 없습니다. ……뭐, 하지만 그렇게 떠들고 싶은 사람들은 마음껏 떠들라지요. 설마 숙모님께서는 그렇게 말씀하고 다니시지는 않겠지요. 그런데 숙모님, 저와 마찬가지로 결혼을 한 당신의 여동생이 라 코스트에서 공공연하게 애인과 함께 살고 있다는 사실에 대해서는 어떻게 생각하십니까? 라 코스트는 악덕의 도시인 걸까요? 저는 그분만큼 나쁜 짓을 하지는 않았습니다. 나에 관해서 숙모님께 고자질한 사람(사드 신부)으로 말하자면, 그 사람은 성직자이면서도 언제나 자택에 몹쓸 여자를 둘이나 놔두고 있습니다. 아, 죄송합니다. 저는 당신이 쓰신 단어를 그대로 썼을 뿐입니다. 그렇다면 성직자 집은 기생집인 걸까요? (1765년 6월 또는 7월)

파리에 있는 몽트뢰유 부인의 불안은 극에 달했다. 부인은 추문을 몹시 두려워했다. 그녀가 수도원장에게 보낸 다음 편지를 보자.

그에게서 눈을 떼지 말아 주세요. 한시라도 눈을 뗐다가는 도저히 성공할 수 없을 거예요. 작년에 그가 콜레트와 헤어질 수 있었던 것도 다 제가 손을 썼기 때문입니다. 여자에게 속고 있다는 사실을 들려줘서 그를 정신 차리게 만든 사람이 바로 저입니다……. 부디 그 사람을 엄하게 꾸짖어 주십시오. 그리고 당신을 존경하는 마음에서 그 사람이 좀 더 신중하게 행동하도록, 돈을 낭비하지 않도록, 남들 눈에 띄지 않는 곳에서 조용히 살아가겠다고 결심하도록 해주십시오. 그 사람이 어리석은 짓을 하고 있는 이상, 파리보다는 차라리 프로방스에 있는 편이 낫습니다. 그나마 남들 눈에 덜 띌 테니까요. 그 사람이 파리에 온다고 생각하면 불안해서 견딜 수 없습니다. 그는 적어도 체면상 아내와 함께 살 테지요, 그리고 빚쟁이들에게 시달릴 테지요……. 정부에게 질려 버리면 새로운 여자를 사귈 테지요. 그럴 바에야 프로방스에서 그 여자와 함께 사는 편이 그나마 낫다 싶습니다. 그 사람은 지금 여자 치마폭에 휩싸여 기분 좋게 지내고 있겠지요. 게다가 그 여자는 남자에게 원조받는 계집애만큼 위험하지는 않으니까요……. 제 딸에 대해서는 뭐라고 드릴 말씀이 없습니다. 그 애는 아무것도 모릅니다. 어렴풋이 짐작은 하고 있는 모양이지만……. (1765년 8월 8일)

이에 대해 수도원장이 쓴 답장은 상당히 미묘하고 흥미롭다.

부인, 그 애에 대해 다소나마 신용이 있는 사람은 저와 당신밖에 없습니다. 하지만 우리가 뭘 할 수 있겠습니까? 현재로서는 많은 것을 기대할 수 없습니다. 젊은 날의 실수는 누구나 하는 법입니다. 그를 다시 바른 길로 인도하기 위해서는 부드러운 배려, 관대한 정신, 이성이 필요합니다. 이 점에서 부인은 정말로 잘해 주고 계십니다. 그는 부인에게 커다란 존경과 신뢰를 느끼고 있습니다. 머지않아 부인께서 원하시는 대로 일이 잘 풀릴 것입니다……. 제가 그에게 아내에 대한 이야기를 들려주었습니다. 아내가 얼마나 훌륭한 사람인지 그는 잘 알고 있었습니다. 온갖 말로 칭찬하더군요. 아내에게는 우정과 경의를 가지고 있는 듯합니다. 만일 아내에게 미움을 받는다면 그는 분명히 절망할 것입니다. 다만 그는 아내가 너무 냉정하고 신앙심이 깊다고 하더군요. 그래서 자꾸만 다른 곳에서 즐거움을 찾으려고 하는 겁니다. 혈기 왕성한 이 시기가 지나면 그도 비로소 아내의 진가를 알게 될 테지요. 하지만 이 시기는 우리의 생각보다 훨씬 더 길게 이어질 것 같습니다. (1766년 6월 1일)

사드는 '너무 냉정하고 신앙심이 깊은' 아내에게 불만을 품고 있었다. 즉 '정숙한 부인이 되기로 결심한' 아내가 싫어서 그는 다른 곳에서 쾌락을 얻으려고 한 것이다. 하지만 이는 뻔뻔스런 변명일 뿐이다. 사드의 방탕한 삶에 희생되어 줄 미덕의 화신인 '아내'라는 존재가 그에게는 꼭 필요했다. 미덕과 악덕은 손을 잡고 그의 쾌락에 봉사해야만 했다. 어느 한 쪽이 없으면 쾌락은 반감될 것이다. 사드는 아내에게 '우정과 경의를 가진다'고 했다. 실제로 그랬을 것이다. 정숙한 아내 덕분에 그는 남편으로서, 아버지로서, 후작으로서의 사회적 역할과 자신의 개인적 쾌락을 화해시킬 수 있었다. 뿐만 아니라 아내의 선의, 헌신, 독실한 신앙심 위에 군림하는 악덕의 찬란한 우월성을 확립할 수 있었다. 아내가 맡은 역할은 이른바 그의 철학을 완성시키는 데 꼭 필요한 주요 요소였다.

사드가 언제 보부아젱과 헤어졌는지는 확실치 않다. 경찰관 말레가 쓴 보고서에 따르면 그들은 1765년에서 1766년으로 넘어가는 사이에 헤어진 듯한데, 그로부터 1년 반 뒤에 사드는 보부아젱을 만나러 리옹으로 갔다. 한 번 헤어졌다가 다시 사귀게 된 걸까. 어쨌든 사드가 보부아젱에게 쓴 절교장(날짜는 없다)이 남아 있으니 그 주요 부분을 한번 살펴보자.

드디어 네 정체를 드러냈구나, 이 괴물아! 넌 정말 속이 시커먼 여자야. 하는 짓거리가 아주 비천해. 익명의 편지는 왜 쓴 거지? 그냥 나와 헤어지고 싶다고 말하면 될 것을. 나도 억지로 너와 사귀고 싶지 않다. 나도 마음만 먹으면 얼마든지 비열한 방법으로 너에게 복수할 수 있어. 하지만 그런 비겁한 수단은 쓰고 싶지 않다. 그건 너한테나 어울려, 이 끔찍한 괴물아! 네 덕분에 내가 비로소 눈을 떴다. 평생 너를 저주해 주마. 너와 네 동족들을 말이야. 나는 복수는 하지 않겠다. 굳이 복수할 필요도 없으니까. 나는 너에 대해서 오로지 한없는 경멸만을 느낄 뿐이다. 잘 가거라! 가서 새로운 먹잇감이나 찾아봐라.

1767년 1월 24일, 베르사유 근교에서 아버지 사드 백작이 얼마 안 되는 유산을 아들에게 남기고 향년 65세로 세상을 떠났다. 사드는 아버지가 갑자기 돌아가시자 몹시 슬퍼했다. 그 모습에 마음이 움직인 몽트뢰유 부인은 일시적으로 그와 화해했다고 한다.

그러던 어느 날 사드가 소속된 기병 연대에서 소집령이 내려졌다. 그해 4월 사드는 제1중대장으로서 다시 군에 복무하게 되었다. "이로써 당분간은 안심할 수 있겠어요." 몽트뢰유 부인은 이렇게 적었다. "정말 안타까운 일입니다. 주위 사람들을 행복하게 해 주려고 마음먹으면 제 자신도 행복해질 수 있는데 말이죠. 그저 도리를 지키면서 신중하게 행동하기만 한다면……."

그러나 사드는 연대장에게 소집 유예를 신청하고 그동안 몰래 보부아젱을 만나러 리옹으로 갔던 듯하다. 그때 파리에 있던 르네 부인은 임신 5개월째였다.

그해 8월 27일, 르네 부인은 아들을 낳았다. 처음 임신한 아이는 유산했으므로 이 아이가 첫아들이었다. 이름은 루이 마리였다.

하지만 사드는 아들에게 별로 관심을 두지 않았다. 10월에 그는 파리 교외 아르퀴유에 있는 조그만 집을 빌렸다. 이에 관해 경찰관 말레는 이렇게 보고했다.

머잖아 사드 후작에 관한 불미스런 소문이 항간에 퍼지리라. 그는 오페라 극장 여배우 리비에르 양과 동거하려 했다. 그녀에게 다달이 25루이를 줄 테니 연극이 없을 때에는 아르퀴유에 있는 자신의 별장에 와서 묵으라고 요구했다. 리비에르 양은 오카르 드 쿠브롱 씨에게 원조를 받고 있다는 이유로 이 요구를 거절했지만 사드 씨는 계속 그녀를 쫓아다니고 있다. 그리고 그녀를 유혹하는 데 성공하기 전까지, 아르퀴유 별장에서 저녁 식사를 함께할 여자를 몇 명 구해 달라고 포주 라 브리소에게 부탁했다. 이 여자는 전에도 그랬듯이 거절했지만, 아마 그는 좀 더 하등한 다른 창가에 여자를 구하러 갈 것이다. 조만간 분명히 소문이 날 것이다. (10월 16일)

자식이 태어났어도 도나티앵 드 사드는 방탕한 생활을 그만두지 않았다. 리비에르 양 말고도 오페라 극장 무용수 르클레르 양, 르로와 양과 자주 만났고 또 D**양, M**양 같은 여배우에게도 연애편지를 보냈다. 결혼하고 나서 5년 동안 그는 정숙한 부인의 침대보다는 기생집 지저분한 침대에서 더 많은 밤을 보냈을 것이다. 사드의 방탕한 생활은 점점 더 심해지는 광기와 초조한 절망으로 가득 차게 된다. 그는 밤낮으로 별장에 남녀를 끌어들여서 채찍으로 때리고 맞는 난행을 거듭했다. 하인은 시내에서 어슬렁거리다가 지나가는 가난한 여자나 추업부를 주인에게 데려다 주었다. 이윽고 사드는 돈으로 사는 쾌락에 한계를 느끼고 점점 질리게 된다. 그렇게 환멸을 느끼면 느낄수록 그의 상상력은 더욱 커져만 갔다. 이제 그는 지금까지의 쾌락과는 조금 다른 특별한 쾌락을 실험하려 한다. 용기가 없으면, 즉 자진해서 파렴치한이 되려는 용기가 없으면 이 실험을 할 수 없었다. 사드에게는 용기가 있었을까. 그 유명한 아르쾨유 사건의 전말이 바로 이 실험의 해답이었다.

  다음 장에서는 사드가 살면서 일으킨 첫 번째 대형 스캔들로 유명한 이 아르쾨유 사건 경과를, 재판소에서 피해자가 진술한 내용에 근거하여 되도록 객관적으로 재구성해 보겠다.

  그동안 많은 전설 탓에 왜곡되었던 아르쾨유 사건의 진상을 우리는 비교적 최근에 다소나마 정확히 알 수 있게 되었다. 열정적인 자료 수집가 모리스 엔이 완벽한 소송 기록 사본을 찾아낸 것이다. 우리는 이 자료를 자유롭게 읽을 수 있다.

3 전설과 추문

1768년 부활제

1768년 4월 3일 부활제, 일요일―. 오전 9시 무렵, 파리 시 중앙에 있는 빅토와르 광장에서 사드 후작은 회색 프록코트와 흰 토시를 착용하고, 사냥용 단검과 지팡이를 들고서 루이 14세의 동상 앞 울타리에 기대 서 있었다. 그곳에서 그리 멀지 않은 곳에서 서른여섯 살의 여자 거지 로즈 켈레르가 구걸하고 있었다. 그녀는 독일식 억양을 썼으며 프랑스어가 서툴렀다. 제과사의 과부로 방적 공장에서 일했으나, 한 달 전쯤에 직장을 잃었다. 후작은 그녀를 손짓으로 부른 뒤, 자신을 따라오면 1에큐를 주겠다고 말했다. "저는 그렇게 천한 여자가 아닙니다." 그녀는 항변했다. 그러나 후작이 "그건 오해요. 난 하녀가 한 명 필요할 뿐이오" 해명하자 안심하고 동행했다. 사드는 여자를 가까운 건물로 데려가서 잠시 기다리라고 명령했다.

잠시 뒤 삯마차를 끌고 돌아온 후작은 마차에 여자를 태우고 자기도 그 옆에 앉아 창의 덧문을 활짝 열었다. 마차가 파리를 빠져나갈 때까지 후작은 한마디도 하지 않았다. 그러나 앙페르 문을 지날 무렵 여자를 안심시키기 위해서인지 이렇게 약속했다. "걱정할 것 없소. 배부르게 먹여 주고, 좋은 대우도 해 줄 테니." 그러고는 다시 입을 꾹 다물고 잠들어 버렸다. 어쩌면 잠든 척만 한 것인지도 모른다.

마차는 목장 사이로 난 길을 오랫동안 요란하게 달렸다. 이윽고 아르쾨유에 도착하자, 후작은 마을 어귀에 마차를 세우고 여자와 함께 마차에서 내렸다. 12시 반쯤이었다. 조금 걷자 라르도네라는 거리가 나왔다. 그곳에 사드의 별장이 있었다. 사드는 여자에게 잠시 기다리라고 말하고, 정면 현관으로 들어가서 안쪽에서 작은 쪽문을 열어 여자를 들여보냈다. 작은 안뜰을 가로질러 여자는 이층의 한 방으로 그를 따라갔다. 꽤 널찍한 방이었다. 닫힌 덧문으로 한 줄기 빛이 들어와, 휘장이 달린 두 개의 침대를 어둠 속에서 희미하게 비췄다.

사드는 여자에게 "빵과 먹을 것을 가지고 올 테니 여기서 기다리시오. 외로워하지 말고" 말한 뒤, 그녀를 홀로 방에 남겨둔 채 방문을 단단히 걸어 잠그고서 나가 버렸다. 한 시간쯤 지나서 불을 켠 초를 들고 다시 나타나 "자, 아래로 내려오시오" 말하며 1층에 있는 작은 방으로 그녀를 데려갔다. 이 방도 위층의 넓은 방만큼 어두웠다.

방에 들어서자마자 사드는 옷을 벗으라고 명령했다. 여자가 이유를 묻자, 놀이를 위해서라고 대답했다. 약속이 다르지 않느냐고 여자가 항의하자, 사드는 말을 듣지 않으면 죽여서 마당에 묻어 버리겠다고 협박한 뒤 방에서 나가 버렸다. 여자는 무서워 옷을 벗었지만, 마지막 슈미즈만큼은 벗지 않았다. 다시 사드가 돌아와, 옷을 다 벗으라고 명령했다. "차라리 죽겠어요." 여자의 반항에도 사드는 아랑곳하지 않고 자기 손으로 여자의 속옷을 벗기고, 옆방에 그녀를 가뒀다. 이 방에는 빨간색과 하얀색이 섞인 인도 사라사 재질의 소파가 놓여 있었다.

사드는 이 소파에 그녀를 강제로 엎드리게 하고 노끈으로 그녀의 팔다리를 소파에 동여맨 뒤, 머리에는 베개 받침과 털토시를 씌워 버렸다. 그런 뒤 자신도 웃옷과 셔츠를 벗어던지고, 알몸 위에 조끼만 걸치고서 머리에 손수건을 둘렀다. 그러고는 회초리를 들고서 여자를 세게 때리기 시작했다. 여자가 비명을 지르자 사드는 단도를 들이대며, 조용히 하지 않으면 죽여서 마당에 묻어 버리겠다고 협박했다. 하는 수 없이 여자는 비명을 삼켰다. 그러자 사드는 나무 회초리로 대여섯 대 더 때리더니 이번에는 끝을 묶은 가죽 술이 달린 채찍으로 때렸다. 이따금 손을 쉬고서 상처에 연고를 발라 주었지만, 곧 있는 힘껏 매질했다. 여자가 "제발 살려 주세요. 부활제 성체도 받지 않고 죽기는 싫어요"라고 애원하자, 사드는 "알 게 뭐야. 정 그렇다면 내가 참회를 들어주지"라고 대답했다. 그러는 와중에도 채찍질은 점점 격렬하고 빨라지더니 갑자기 사드는 커다란 비명과 함께 사정해 버렸다.

이리하여 고문은 끝났다. 결박에서 풀려난 희생자는 옆방으로 이동해서 속옷을 입었다. 후작은 잠시 여자를 혼자 기다리게 한 뒤, 수건과 주전자와 대야를 가지고 들어왔다. 로즈 켈레르는 그것으로 몸을 씻었다. 여자의 속옷에도 피가 배어나왔으므로 사드는 속옷을 빨라고 명령했다. 그러고서 코냑 병을 들고 와서 말했다. "이걸 상처에 발라. 한 시간만 있으면 상처는 씻은 듯이 나을 거야." 여자는 시키는 대로 했지만, 고통은 오히려 심해질 뿐이었다.

후작은 옷을 다 입은 로즈 켈레르에게 빵과 삶은 달걀과 포도주를 주고, 아까 있었던 2층 방에서 기다리라고 명령했다. 그리고 방문을 잠그고 나가면서 다시 후작은 창에 다가가거나 소리를 내지 말라고 주의를 주었다. "오늘 밤 내로 돌려보내 줄 테니 걱정하지 마." 여자는 "돈도 없고 길거리에서 자기는 싫으니 제발 빨리 돌려보내 달라"고 간청했지만, 사드는 "그런 건 걱정하지 말라"고 대답했다.

방에 혼자 남자 로즈 켈레르는 문을 안쪽에서 걸어 잠그고 침대 커버를 두 장 연결했다. 그리고 단도로 덧문 틈을 쑤셔서 창문을 열고는 서로 묶은 침대 커버를 창틀에 단단히 고정하고서 그것을 타고 마당으로 미끄러져 내려갔다. 뒷마당이었다. 그녀는 포도 울타리를 발판 삼아 담장을 넘어 공터로 뛰어내렸다. 그때 왼팔과 손에 찰과상을 입었다.

퐁텐 거리에 다다랐을 때, 사드의 하인이 뒤쫓아 와서 아직 이야기가 남아 있으니 집으로 돌아오라고 말했다. 로즈가 거절하자 하인은 지갑을 꺼내 돈을 주려고 했다. 그러나 로즈는 돈을 받지 않고 내빼버렸다. 하인은 단념하고 돌아갔다.

손의 상처는 욱신거리고, 찢어진 속옷은 다리에 휘감겨 걷기 어려웠지만, 그녀는 꾹 참고 계속 걸었다. 도중에 마르그리트 시스드니에라는 마을의 아낙을 만나자, 로즈는 엉엉 울면서 그 사건의 전말을 설명했다. 두 여자가 더 다가와 이야기를 듣자 큰 소동이 빚어졌다. 기겁한 마을 사람들은 불쌍한 여자를 구석으로 끌고 가 상처를 확인하고, 마을 세금징수원의 집으로 그녀를 데려갔다. 로즈는 거기서 다시 샤를 랑벨이라는 공증인의 집으로 옮겨져, 랑벨 부인 앞에서 다시 사건의 전말을 이야기했다. 랑벨 부인은 충격이 너무 커서 그녀의 이야기를 거의 들을 수 없었다. 랑벨 부인은 헌병대에 신고하고 외과의를 불렀다. 로즈 켈레르는 진찰을 받았다. 그날 밤 그녀는 랑벨 저택 옆에 있는, 벨름이라는 사람의 집 외양간에서 잤다.

한편, 사드는 그날 6시쯤 아르쾨유를 떠나 파리의 누브 뒤 뢱상부르 거리에 있는 자택으로 돌아와 있었다.

이상이 유명한 아르쾨유 사건의 개요다. 이는 앞서도 말했듯이, 재판장에서 한 피해자의 진술을 토대로 최대한 공정하게 사건을 재

3 전설과 추문 81

구성한 것이다. 사드의 진술은 이와는 다소 다르다.

예를 들어 로즈는 빅토와르 광장에서 후작에게 "하녀로 써줄 테니 따라오라"는 말을 들었다고 했지만, 사드는 처음부터 "방탕한 놀이를 위해서"라고 분명히 말했다고 주장했다. 또 로즈가 "손발을 침대에 묶였다"고 주장한 데 대해 후작은 "그런 기억이 없다"고 말했다. 또한 로즈는 "나무 회초리와 몽둥이로 맞았다"고 진술했지만, 사드는 "회초리도 몽둥이도 쓰지 않았다. 단 가죽 채찍은 썼다"고 반박했다. 두 사람의 진술 중 가장 크게 다른 점은 로즈가 "단도로 몸을 난도질한 뒤 그 상처에 뜨거운 촛농을 떨어뜨렸다"고 주장한 데 반해 사드는 "나는 나이프도 촛농도 쓰지 않았다. 상처가 빨리 아물도록 촛농으로 만든 연고를 발라 주었을 뿐이다"라고 대답했다는 것이다.

우리로서는 이처럼 서로 다른 두 사람의 진술 가운데 과연 어느 쪽이 진실인지 알 수 없다. 사드의 진술에도 의심스러운 구석은 많다. 상식적으로도 그가 방탕이라는 목적을 명확히 제시하고 거지를 자기 집으로 끌어들였다고는 생각할 수 없다. 피해자의 손발을 침대에 묶는 것쯤은 사드 같은 남자라면 하고도 남을 짓이다. 그러나 사드가 나이프나 촛농으로 여자의 몸에 창상 또는 화상을 입혔다는 것은 많은 사람의 증언으로 보아 다소 신빙성이 부족한 진술인 듯하다. 외과의도 "뜨거운 촛농으로 인한 흔적, 즉 화상의 흔적은 한 군데도 발견되지 않는다. 등에 촛농 같은 것을 바른 자국은 보이지만, 화상 흔적이라고는 생각되지 않는다"고 증언했다. 그런 까닭에 로즈의 진술도 모두 믿을 수 없다.

전설과 추문

하지만 당시 파리에 급속히 퍼졌던 소문은, 소문이라는 것이 모두 그렇듯이 사건의 진상이 심하게 왜곡되었다. 이 사건이 당시 프랑스 민중에게 준 충격은 오로지 그런 왜곡된 소문에 따른 것으로 봐도 무방하다. 20여 년이 지나 레티프 드 라 브르톤이라는 작가가 다음과 같은 글을 썼는데, 아마 당시 소문도 이런 종류의 무책임한 유언비어에 기초한 것이 아닐까 생각된다. "……여자 거지는 탁자에 묶였다. 후작은 해부학자답게 여자의 몸을 구석구석 자세히 관찰하면서, 해부학 실험이 어떤 이익을 가져오는지에 관해 소리 높여 설명했다. 여자는 공포의 비명을 질렀다. 동료들은 해부에 들어가기 전에, 조수 노릇을 피하려고 방에서 나갔다. 그 틈에 여자는 노끈을 끊고 창문으로 도망쳤다. 그녀의 진술에 따르면, 그 방에는 사람 시체가 세 구 있었다고 한다……."(《파리의 밤 또는 밤의 목격자》 1788~1794년)

19세기 동안 수많은 연대기 작가가 전파한 전설도 이 레티프가 쓴 악의 가득한 중상 또는 흥미 본위의 소문에서 점점 비약했다고 볼 수 있다. 그중에서도 사드를 눈엣가시로 여기던 극평가 쥘 자냉은, 1834년 《파리 평론》 지상에 사드에 관한 글을 40쪽에 걸쳐 기재하면서 그를 비인간적인 괴물로 만들려고 혈안이 되었다. 이리하여 20세기에 이르기까지 아르쾨유 사건의 진실은 밝혀지지 않은 채, 사드는 '생체해부가'라는 황당무계한 별명을 얻게 되었다.

실제로 사드가 저지른 범죄는 그리 대단한 것이 아닌데도 어째서 이런 부당하고 떠들썩한 추문이 생겨났을까?

그 이유는 몇 가지로 생각할 수 있다. 첫째, 부르주아지의 봉기를 앞둔 당시 여론이 귀족의 범죄에 매우 엄격해졌다는 점이다. 18세기 말에 이르러 여론은 재판소의 솜방망이 처벌에 반감을 품게 되었다. 사드 이전의 수많은 귀족들이 거의 똑같은, 또는 더 중대한 범죄를 저질렀지만, 왕가와 결탁한 사법 권력은 그들을 엄격하게 처벌하지 않았다. 왕을 둘러싼 궁정인의 사법상 특권은 거의 그들에게 무슨 짓이든 해도 된다는 착각을 품게 했다. 실제 그들의 범죄는 모두 형식적인 처벌로 끝났다. 이에 반해 그 무렵 갑자기 세력이 커진 왕제반대파의 거점인 고등법원은 궁정파 귀족들에게 관용을 보이지 않고 노골적인 투쟁을 전개해 갔다. 왕가와 고등법원은 사사건건 대립했다. 불행하게도 사드는 이 신구세력 싸움의 소용돌이에 휘말린 것이다.

두 번째 이유는, 사드 사건을 심리한 투르넬 형사부(파리 고등법원 소속)의 원장 모프가 같은 법조계 집안인 몽트뢰유 가문의 오랜 정적(政敵)이었다는 점이다. 모프는 뒤에 대법관이 된 유명한 정치가인데, 평소 사이가 좋지 않던 몽트뢰유의 사위가 불명예스러운 사건을 일으켰다는 사실을 알자마자 기회로 여기고 재판소를 움직여 소송까지 끌고 가려 안달했다. 많은 증인이 재판소로 불려나왔고, 소문은 점점 퍼져나갔다. 그러나 몽트뢰유 집안의 반발로 왕의 이름으로 칙명구인장이 발부되고 더 나아가 면형장이 인가되어 심리는 마침내 흐지부지되고 말았다. 면형장이란 왕의 이름으로 내리는 사법상 최고 명령으로, 진행중인 소송을 모두 중단시키는 효력이 있다. 이른바 마지막 카드로, 여기에는 제아무리 고등법원이라도 꼼짝할 수 없었다.

추문을 크게 만든 세 번째 이유는 그 끔찍한 사건이 일어난 날이 그리스도교도가 가장 신성하게 여기는 제사일이었다는 점이다. 4월 3일은 부활제 일요일이다. 사드가 이날을 일부러 택해서 그런 짓을 저질렀는지 어떤지 우리로서는 알 길이 없다. 그러나 세상은 이것을 그리스도 태형에 대한 우롱이자 고해성사에 대한 모욕으로 간주했다. 신성모독 행위는 당시 가장 중대한 죄였다.

"민중의 증오는 말로 표현할 수 없을 만큼 커져 있습니다. 그들은 그 어이없는 채찍질을 그리스도 수난의 우롱이라고 해석하는 듯합니다. 어처구니가 없어서 말도 나오지 않습니다. 벌써 보름이나 그 황당한 사건으로 떠들썩합니다……그 애는 광폭한 민중의 희생양입니다."

사드를 어린 시절부터 잘 알던 생 제르망 부인이 신부에게 쓴 편지 내용이다.

시종 사드에게 호의적이었던 친척 생 제르망 부인은 세상의 오해를 웃어넘겼지만—최초로 투옥된 이래 사회와 지성에 대한 도전적 자세를 드러내기 시작한 사드가 신성한 종교적 제례 날을 일부러 골라서 여자 거지를 채찍질했다는 것도 완전히 부정하지는 않았다. 《악덕의 번영》에도 일부러 부활절을 골라 쥘리에트 일행이 음탕한 향연을 벌인 대목이 나온다. 작중 인물 클레어윌은 다음과 같이 말한다. "우리가 불경한 짓을 하기에 이날보다 좋은 날은 없어. 누가 뭐래도 난 그리스도교의 가장 신성한 의식을 모독하는 일에 진심으로 쾌락을 느껴. 일 년 중 이날을 그리스도교는 가장 중요한 축제로 간주하니까." 소설가의 공상은 젊은 날의 체험을 토대로 한 것이었을까? 어쨌거나 신성모독적 쾌락이 사디즘의 중요한 인자를 이룬다는 사실을 언제부터인가 사드는 이해했던 것 같다.

채찍질의 병리학

아르쾨유 사건은 사드가 처음으로 자신의 이상 성욕을 세상에 드러낸 사건이다. 채찍으로 여자를 때려서 쾌락을 얻는 성향. —이것은 뒷날 크라프트 에빙이 사드 후작의 이름에서 따서 '사디즘'이라고 명명한 성도착의 하나다. 확실히 이 사건 전에도 사드의 성적 향락이 반사회적 성격을 내포한다는 사실을 어렴풋이나마 우리에게 암시하는 몇몇 징후가 있었다. 예를 들어, 최초 투옥 뒤 다시 파리로 돌아온 사드를 감시하던 경찰관 말레가 창부집 여주인에게 "앞으로 사드에게는 여자를 내주지 말라"고 경고한 것도 주지해야 할 사실이다. 그러나 그전까지는 모호한 의혹의 구름에 싸여 있던 후작의 '도를 넘은 난잡한 행위'가 이 아르쾨유 사건으로 일거에 그 성격을 드러냈다는 점은 부정할 수 없다. 기묘한 말장난을 부린다면, 사드는 언젠가 사디스트가 될 것을 세상에 폭로한 셈이다.

주의할 점은 이 사건으로 명확해진 사드의 사디즘이 성병리학적으로는 매우 초보적인 단계에 불과하다는 사실이다. 그뿐만 아니라 그것은 매우 뇌수작용적인, 표상애(Erotic Symbolism)의 일종이기조차 하다. 피해자의 두려움, 눈물, 비명, 끈, 채찍, 피가 스며 나온 엉덩이 등이 이 예민한 감각의 남자에게는 오르가즘을 위한 필요충분조건이었던 것이다. 로즈 켈레르의 진술에 따르면, 후작은 "그녀를 묶었던 끈을 풀기 전에 끔찍한 (오르가즘에서 나오는) 비명을 질렀다"고 한다. 즉, 그는 사디스틱한 정황을 만들어내는 데에만 만족하고, 실제로 성행위는 하지 않았다.

로즈 켈레르라는 서른여섯 살의 여자 거지는 무지하고 소박하며 신앙심이 깊은 여성이었던 게 분명하다. 가난과 노동에 시달리긴 했지만, 그 육체에는 아직 젊음과 아름다움이 남아 있었을 것이다. 사드가 지금까지 알아온 창부나 여배우들과는 전혀 다른 종류의 상대였다. 그리고 그처럼 어리석고 속이기 쉬운 상대에게 사디스트의 정신적 고문이 효과를 발휘했던 것이다. 아르쾨유 사건에서는 피해자에게 가해진 정신적 고문이 쾌락의 보충적 역할을 했다는 데에 주목해야 한다. 로즈가 비명을 지르자 사드는 단도를 들이대며 "조용히 하지 않으면 죽여서 마당에 묻겠다"고 협박했다. "부활제 성체도 받지 못하고 죽기는 싫다"고 로즈가 울면서 호소하자 사드는 "내가 네 고해성사를 들어주겠다"고 냉소적으로 대답했던 것이다.

사드에 관한 정신병리학적 논문(1937년)을 발표한 앙드레 샤브리에 박사는 이 아르쾨유 사건에서 보이는 사드의 행동을 '반사회적 저항에 의한 초보적 사디즘'으로 규정했다. 과연 그대로이다. 사드가 부활제 날을 일부러 골랐다고 상정하면, 이 샤브리에 박사의 진단은 더욱 신빙성을 얻게 된다. 실제로 그것은 초보적 단계의 사디즘에 지나지 않는 것이다. 근대의 문란한 나이트클럽의 고문 방에도 이런 종류의 잔혹 취향을 만족시키기 위한 여자가 수없이 사육되었는데(공쿠르의 《일기》나 프루스트의 소설을 보라), 그녀들은 유방을 바늘로 찔린 정도로는 손님을 고소하지 않았다. 능동적 사디즘 단계는 다양하다. 법률을 어겨가면서까지 그 반사회적 욕망을 충족하려는 사람도 있거니와, 법률의 틀 안에서 어떠한 표상적 보조 수단에 의존해 그 욕망을 완전히 충족시키는 사람도 있다. 사드는 아마도 두 번째 범주에 속하는 신경증 환자였을 것이다. 후년에 작품 안에서 마음껏 도착적 욕망을 펼친 그는 문필 활동으로 반사회적 리비도를 승화시켰다고 볼 수 있다. 요컨대, 그의 사디즘은 전설이 말하는 것만큼 끔찍하지는 않았다는 것이다.

사건 그리고 경과

여기서 사건 후 경과를 더듬어 보자.

사건이 일어나고 나흘이 지난 4월 7일, 몽트뢰유 부인은 일찌감치 좋지 못한 소문을 지우기 위해 발 빠르게 움직였다. 느부 뒤 뤽상부르 거리에 있는 자택으로 사드의 옛 가정교사였던 앙브레 선생과 재판소 대리인 클로드 앙투안 조이에를 초대해 사건 내용을 설명하고 선처를 빌었던 것이다. 두 사람은 즉시 아르쾨유로 가서, 로즈 켈레르가 지내는 공증인 랑벨의 집을 방문했다.

몽트뢰유 부인이 보낸 사람에게 로즈 켈레르는 "끔찍한 학대를 당해서 그 충격 때문에 일을 해서 먹고살 수 없다"며 1천 에큐의 위자료를 요구했다. 같이 간 두 사람은 너무 높은 금액이라고 말했지만, 로즈는 자신의 요구를 강력하게 제시했다. 앙브레 선생과 조이에는 일단 물러나 의논한 끝에 1800리브르로 합의하려고 했다. 그러나 로즈는 2400리브르 이하로는 안 된다고 잘라 말했다. 어쩔 수 없이 두 사람은 파리로 돌아가 몽트뢰유 부인에게 사정을 보고했다. 부인은 소문을 한시라도 빨리 없애기 위해, 어떤 조건이라도 좋으니 수락하라고 했다. 두 사람이 다시 아르쾨유를 방문했을 때, 로즈는 침대에서 일어나 마을 아낙들과 함께 수다를 떠는 중이었다. '일을 해서 먹고살 수 없을' 정도로 심한 상처를 입은 환자로는 도저히 보이지 않았다. 두 사람은 씁쓸한 마음으로 고소취하장에 서명을 받고, 요구대로 2400리브르와 치료비 7루이를 그녀에게 주고 파리로 돌아왔다.

다음 날인 4월 8일, 궁내대신들이 사드에게 체포영장을 발부해 그는 소 뮤르 성채에 유치되었다. 경찰에게 호송되기 싫어서 특별히 허가를 얻어 앙브레 선생 혼자만 데리고 소 뮤르로 갔다. 사실 이것은 고등법원의 추궁을 피하기 위한 궁여지책이었다. 사드는 자진해서 안전한 장소로 피신한 셈이다.

그럼에도 4월 중순쯤부터 고등법원에서 재판이 열리고, 파리에 떠도는 소문도 점입가경이 되었다. 몽트뢰유 부인의 갖은 노력에도 사태 확산을 막을 수 없었던 것이다. 고등법원은 조사에 착수했고, 공소제기 절차는 착착 진행되었다. 4월 20일에는 가택 수색을 받았다. 집을 비운 사드에게는 15일 이내에 출두하라는 소환장이 발부되었다. 그 뒤 수많은 증인이 불려나가 당시 사정을 증언했다.

4월 23일, 죄수를 소 뮤르에서 피에르 앙시스 성채로 옮기라는 궁내대신의 명령이 떨어졌다. 사드는 사법경찰관 말레의 호송을 받으며 그곳으로 출발했다. 이는 왕의 하명이었으므로 고등법원의 의도와는 무관했다. 몽트뢰유 부인이 고등법원의 집요한 추궁을 피하기 위해, 왕가에 직접 간청하여 마련한 장치였다. 생각해 보면 이상한 이야기이다. 이미 왕의 명령으로 감옥에 갇힌 사드에게 고등법원은 소환장을 발부했으니 말이다.

15일 이내라는 기한이 지나도 사드가 출두하지 않자 5월부터 6월까지 고등법원의 태도는 강경해졌다. 어쩔 수 없이 6월 8일에 사드는 경찰관 말레의 호송을 받아 피에르 안시스에서 파리로 돌아왔다. 그리고 이틀 뒤인 6월 10일에 법정에서 심문을 받고 조서를 썼다. 그러나 이때 사드는 이미 왕의 이름으로 발부된 면형장을 갖고 있었으므로 그것을 재판소에 보이기만 하면 사실상 투르넬 형사부는 소송을 계속할 수 없었다.

같은 날, 고등법원은 왕의 면형장을 확인했다. 그 결과 피고 사드에 대한 최종 판결은 "재판소 부속 감옥에 있는 죄수에게 벌금 100리브르를 선고한다"는 경미한 것이었다. 이로써 모든 소송이 끝난 셈이었다. 사드와 몽트뢰유 가문에게는 실로 다행스러운 일이었다.

이리하여 사드는 다음 날 다시 피에르 안시스 성채로 보내져 11월 16일까지 궁내대신 관할 아래 복역하게 되었다.

8월 초에 사드 후작부인이 남편의 희망에 따라 피에르 안시스와 가까운 리옹으로 왔다. 그녀는 노잣돈을 마련하기 위해 자신의 마지막 다이아몬드를 팔아야 했다고 한다. 정조를 지키기로 결심한 아내는 리옹에 그대로 머물며 남편이 갇힌 감옥을 가끔 찾아가 초조하게 석방을 기다리는 그를 위로했다.

1768년 11월 16일, 라 코스트 영지를 벗어나지 않는다는 조건으로 드디어 사드는 자유의 몸이 되었다. 일곱 달에 걸친 옥중 생활에 종지부를 찍은 것이다.

그 무렵 몽트뢰유 부인이 사드 신부에게 보낸 편지의 단편이다.

딸은 온갖 사랑의 징표를 보여 주며 남편을 위해 일했습니다. 그러니 딸은 적어도 사드 가문의 친족에게 각별한 대우를 받을 가치가 있겠지요. 당신들의 호의를 받을 자격도 있을 겁니다. 딸도 그것을 원하고 있습니다. 두 사람은 아마도 라 코스트로 가서 살게 될 겁니다. 당신의 조카도 이로써 충분히 반성했을 겁니다. 앞으로는 아내를 슬프게 하거나 가족을 불안하게 하지 않을 겁니다. 하지만 부디 그를 유심히 감시해 주세요. 그리고 제게는 아무것도 숨기지 않겠다고 약속해 주세요. (1768년 11월 19일)

라 코스트에서의 생활

몽트뢰유 부인은 편지에 사드 부부가 라 코스트로 가서 살게 될 것이라고 썼지만, 그렇게는 되지 않았다. 석방된 사드만 라 코스트로 가고, 르네 부인은 남편과 헤어져 파리로 돌아왔던 것이다. 그녀가 파리로 돌아온 것은 아마 임신 3개월이었기 때문일 것이다(석 달 전이라면 후작이 옥중에 있었던 시기니까, 부부는 짧은 만남 동안 사랑을 나눈 셈이 된다). 리옹에서 남편의 석방을 기다리던 르네 부인은 출옥한 남편과 이 마을에서 며칠 동안 오붓한 시간을 보낸 뒤 다시 헤어져서 눈물을 머금고 파리로 돌아왔을 것이다.

파리에서는 몽트뢰유 부인이 사건 뒤처리로 분주한 나날을 보내고 있었다. 이번 사건으로 막대한 빚을 진 것이다. 임신 3개월인 르네 부인도 어머니와 함께 채권자를 설득하러 돌아다녔다.

한편, 라 코스트 성에서는 사드가 장모와 아내의 고생은 나 몰라라 한 채 혼자 신나게 즐기고 있었다. 때때로 파리가 그리워지면, 근신 중인 몸으로 무단으로 탈출 시도하여 주위 사람들을 긴장시켰다. 그가 여배우들을 모아 라 코스트 성에서 무도회나 연극을 열었다는 소문이 파리의 몽트뢰유 부인의 귀에까지 들어갔다. 그녀는 "라 코스트 대연회장에 불을 지르고 싶은 기분입니다"(사드 신부에게 보낸 편지)라고 썼을 정도로 격노했다.

1769년 5월에 이르러, 파리로 돌아와도 좋다는 허락이 겨우 떨어졌다. 그로부터 한 달 뒤인 6월 27일에 둘째 아들 도나티앵 클로드 아르망이 탄생했다. 사드는 부인 곁에서 즐겁게 아이를 돌보고 정원을 가꾸는 좋은 가장이 되었다. 몽트뢰유 부인도 이 사실을 편지로 만족스럽게 보고했다. 그러나 이 가식적인 미덕의 기간은 오래가지 못했다.

같은 해 9월 25일부터 10월 23일까지 사드는 네덜란드 지방으로 여행을 떠났다. 브뤼셀, 안트베르펜, 로테르담, 헤이그, 암스테르담 등을 방문했다(뒷날 사드는 《네덜란드 기행》이라는 제목의 글을 옥중에서 정리했는데, 이는 이때 보고들은 것을 편지 형식으로 서술한 것이다).

1770년 8월 초에 사드는 부르고뉴 기병연대 대위 자격으로 군직에 복직했다. 연대는 당시 포와투 지방의 퐁트네 르 콩트에 있었다. 그가 이 지역에 부임하자마자 불상사가 일어났다. 상관이 그의 지휘권을 박탈하고, 하사관들에게 사드 대위에게 복종하지 말라고 명령한 것이다. 아르쾨유 사건의 여운은 아직 세상 사람들의 기억에 또렷이 남아 있었던 것이다. 한번 오욕의 낙인이 찍힌 사람은 그것을 쉽게 지울 수 없다. 사드는 상관에게 항의하고, 더 나아가 연대장에게 직접 호소했다. 연대장은 그에게 호의적이었으나, 그 결과 사드에 대한 연대 내 분위기가 호전되었는지는 알 수 없다. 아마 차가운 조소와 험담이 마지막까지 그를 따라다녔을 것이다.

1771년 3월 13일에 사드는 기병연대장(대령) 자리를 육군성에 청원했는데, 일주일 뒤에 그 허가가 떨어졌다. 그러나 석 달 뒤인 6월 1일에는 파리로 돌아가 오스몬 백작이라는 사람에게 그 자리를 1만 리브르에 판 사실로 미루어 보아, 그 무렵에는 이미 그도 군대를 떠났던 것으로 추정된다.

1771년 4월 17일에 큰딸 마들렌 롤이 탄생했다. 사드가 세 자녀와 아내를 데리고 프랑스 남부의 라 코스트로 떠난 것은 같은 해 9월이다. 조금 늦게 처제 안 프로스페르 드 로네가 도착하여 형부 가족과 함께 살게 되었다. 왜 로네가 형부 일가와 같이 살게 되었는지는 지금도 밝혀지지 않았다. 어쨌든, 라 코스트에서 함께 살면서부터 이 처제의 존재는 곧 사드의 삶에 큰 부분을 차지하게 된다. 겉보기에는 평온한 3년 남짓한 가정생활 중 사드는 은밀히 아내와 장모를 배신하는 일련의 행동을 준비했던 것이다.

로네와의 연애

안 프로스페르 드 로네는 르네보다 대여섯 살 아래였다. 정확한 출생연도는 알 수 없다. 그녀는 어려서부터 수도원에서 자랐다. 그래서 공식 기록에는 '수녀회원(샤누아네스)'이라는 칭호가 붙어 있다. 수도원이라고는 해도, 당시는 주로 상류 가정의 딸을 맡아서 기르는 이른바 신부 학교 같은 곳이었다. 원내 규율도 매우 느슨했다. 옛날처럼 엄격한 곳은 절대 아니었다. 수녀들의 생활도 세속의 생활과 거의 다를 바 없었다. 유일한 금지 사항은 수도원을 이탈하는 것이었다. 이런 수도원 중에는 꽤 풍기가 문란한 곳도 있었다. 예를 들어 사드가 《악덕의 번영》에서 묘사한 파리의 팡테몽 수도원은 공쿠르의 《18세기의 여성》에도 그 이름이 나올 정도로 실제로 수많은 추문을 낳은 수도원이다. 그러나 로네가 형부와 관계를 맺게 될 무렵은 이미 수도원에서 나와 속세로 돌아간 뒤였다.

후작이 1769년 이전에 처제에게 특별한 관심을 보였다고는 생각하지 않는다. 널리 유포된 전설에 따르면, 사드는 처음으로 몽트뢰유 가문을 방문한 날 언니보다도 남자를 밝히는 로네를 보고 즉시 그녀에게 연정을 품었으며 오히려 그녀를 아내로 삼고 싶다는 의중을 표명했다. 그러나 언니를 먼저 시집보내고 싶었던 몽트뢰유 부인이 사드의 이런 요구를 물리치고 억지로 그와 언니를 맺어 주었다고 한다. 그러나 이 설에는 전혀 근거가 없다. 무책임한 전설을 만든 사람은 폴 라크로와다. 최근 프랑스에서 갑자기 활발해진 고증적 연구는 이러한 싸구려 소설 같은 억측을 단호히 부정한다.

그러나 로네에 관한 자료는 지극히 부족하다. 그녀가 언제부터 사드의 정부가 되었는지 정확히 아는 것은 불가능에 가깝다. 그녀와 형부가 나눈 편지는 한 통도 남아 있지 않다. 가족의 명예에 먹칠할 우려가 있는 증거 물건을 남기지 않으려고 몽트뢰유 부인이 편지를 모조리 불태워 버렸다고 한다. 물론 르네 부인은 꽤 이전부터 두 사람의 관계를 눈치채고 있었을 것이다. 1771년 가을에 로네가 라 코스트로 와서 언니 부부와 한 지붕 밑에서 살게 된 경위는 알 수 없지만, 체념으로 일관한 순종적인 르네 부인이 남편과 동생의 불륜을 묵인한 것은 아닐까 하는 생각도 든다.

어쨌든 두 사람의 결정적 관계, 즉 육체적 관계의 계기는 아마도 예기치 않게 끔찍한 결과로 번져 버린 마르세유 사건일 것이다. 사건 자체에 대해서는 다음 장에서 자세히 설명하겠지만, 사드는 이 사건 직후 신변의 위험을 느끼고 처제와 함께 이탈리아로 도망쳤다. 두 연인은 1772년 7월부터 9월 말까지 제노바, 베니스를 중심으로 이탈리아 북부를 부부인 척하고 돌아다녔다. 실제로 여행 중에 사드는 처제를 아내라고 칭하고 다녔다.

이 도망 계획도 르네 부인의 암묵적 양해 없이는 성공하지 못했을지 모른다. 부인이 라 코스트에 머물렀던 것은 명백히 경찰의 주의를 그곳에 붙들어 두기 위해서였다. 로네는 이탈리아와 프랑스 국경까지 형부를 배웅하고 오겠다는 핑계로 언니를 속이고 출발했다. 동생에게 속았음을 알았을 때 르네 부인은 뒤통수를 얻어맞은 기분이었을 것이다. 이윽고 사드가 로네를 납치했다는 소문이 돌았다. 그러나 전부터 두 사람의 은밀한 관계를 눈치채고 있던 르네 부인은 그것이 미리 짜여진 각본이었음을 몰랐을 리 없다.

젊은 로네는 언니와 달리 대담하고 괄괄한 성격에 낭만적이고 몽상적인 기질을 지녔다고 한다. 세련된 자유사상가로서 한 가정을 이룬 형부에게 그녀는 조숙한 호기심과 동경을 품고서 접근했다. 사드도 이 발랄하고 매력적인 소녀에게 급속히 이끌렸을 것이다. "그녀는 이 세상에 사랑하기 위해 태어났다는 사실을 그 젊은 가슴으로 절절히 느끼기 시작하는 행복한 나이입니다." 사드는 말했다. "건드리면 툭하고 떨어질 것만 같은 쾌락으로 가득한 그녀의 사랑스러운 눈을 보노라면 그것을 금방 알 수 있습니다. 남심을 자극하는 그녀의 창백함은 욕망의 모습 그 자체입니다. ……그녀의 입은 조그맣고 사랑스러우며, 그녀가 내뱉는 숨결은 산들바람보다 맑습니다. 몸매는 날씬하고 단단하며, 몸짓은 우아합니다. 태도는 자연스럽고, 우아한 아름다움이 넘쳐흐릅니다." (미발표 원고, 지르벨 렐리《사드 후작의 생애》에서)

젊은 연인을 찬미하는 사드의 이 뜨거운 문장은 아마 두 사람의 연애 중 극히 초기에 쓰인 것이리라. 이탈리아로의 도피는 남들 눈을 피해 두 연인이 처음으로 아무에게도 방해받지 않고 완전한 자유를 만끽한 여행이었다.

남부 유럽의 가을. 제노바에서 물의 도시 베니스까지, 두 사람은 손을 마주잡은 어린애처럼 즐겁게 명소와 미술관 감상으로 하루하루를 보내면서 꿈결 같은 여행을 계속했을 것이다. 경찰에 쫓긴다는 기분은 둘 다 까맣게 잊고, 사드는 32세, 그 연인은 23~24세였다.
―사드가 이탈리아 풍경과 고전미술을 특히 사랑했다는 사실은 《악덕의 번영》의 몇 가지 일화를 읽으면 금방 알 수 있다. 또한, 《알린과 발쿠르》 제2권 〈상빌 이야기〉에는 사랑의 도피를 한 젊은 두 연인이 베니스에서 노는 일화가 있는데, 이는 작가 자신의 젊은 날의 체험을 연상케 한다.

평전가 지르벨 렐리의 말을 빌리자면, 이 안 프로스페르 드 로네는 사드의 청춘시절 연애생활을 채색하는 세 명의 주요 여인 중 한 명이다. 다른 두 명은 아비뇽의 첫사랑 상대 로리스와 파리의 이탈리아 극장 여배우 콜레트이다. 두 사람 모두 청년 사드가 불타는 정열을 가지고 사랑했던 여성들이다.

로네에 대한 사드의 사랑이 어떤 견지에서 보면 그의 생애에 결정적 사건이 되었다는 사실을 기억해 두어도 좋을 것이다. 마르세유 사건의 죄가 아무리 중대했다 하더라도, 방센과 바스티유 감옥에서 13년이나 신음해야 할 필요는 전혀 없다고 해도 좋을 것이다. 1772년에 발부된 체포령이 파기되었음에도 칙령구인장을 가지고, 1777년 2월에 다시 사드를 감옥에 처넣은 사람은 다름 아닌 장모 몽트뢰유 부인이었다. 지금까지 사드를 위해 몇 번이나 추문을 지우려고 애쓰고 사관의 길을 찾아준 몽트뢰유 부인이 이 무렵부터 180도로 태도를 바꾸어 그에게 가혹하게 나온 이유는 대체 무엇이었을까? 그 이유는 바로 로네와 사드와의 불륜관계였다. 두 사람의 비도덕적인 연애가 세간의 입에 오르내리는 한 로네는 결혼 상대도 찾지 못할 것이다. 딸을 빨리 좋은 집에 시집보내려면 이 괘씸한 사위를 되도록 오랫동안 감옥에 가둬서 가문의 명예가 다시는 훼손되지 않도록 해야만 했다. 이것이 몽트뢰유 부인의 위선적인 가정제일주의 논리였다. 어디까지나 개인의 자유 편에 서 있던 사드는 이 위선적인 가정제일주의에 희생되어 고통받아야 했던 것이다. 바로 13년에 걸친 투옥생활이라는 희생이었다.

사드가 감옥에 갇히면서 두 사람의 사랑은 종말을 맞았다. 두꺼운 감옥 벽이 불타는 사랑을 억지로 막은 것이다. 뒷날 로네가 사드 신부에게 보낸 날짜 없는 편지가 남아 있는데, 거기에는 다음과 같은 구절이 적혀 있다.

고독에 묻혀 사시는 숙부님은 정말로 행복합니다. 저도 그러고 싶은 마음이 굴뚝같네요. 파리는 지루하고, 사교계는 신물이 납니다. 제 방에 있을 때가 유일하게 행복해서 되도록 방에 틀어박혀 지내고 있습니다. 공부만이 제 인생의 슬픔을 달래 줍니다. 시간이 흐르면 제 마음도 변해서 모든 것에 흥미가 생길지도 모르겠지만…….

사드 신부의 고독을 부러워하는 로네의 마음에는 잃어버린 사랑의 감미로운 추억이 아직 생생하게 각인되어 있었을 것이다. 형부와 이탈리아 여행을 했던 기억은 너무나도 아름답고 너무나도 짧은 꿈이었다. 꿈이 지나가고 나니 그녀는 세상이 시시해서 견딜 수 없었다.

그런데 두 사람 사이를 갈라놓은 것이 자신의 엄마라는 사실을 그녀는 알고 있었을까? 아니, 형부의 일생에서 가장 불행한 사건의 책임이 자기에게 있다는 사실조차 의식했을까?

한편, 사드도 오랫동안 처제를 잊지 못했던 것 같다. 사방천지를 전전하며 도망다니던 때나 라 코스트에서 애정 행각에 빠져 있을 때는 잊고 있었지만, 어둡고 답답한 감옥에 있다 보니 문득 그녀의 환영이 선명하게 되살아나곤 했다. 로네와 마지막으로 헤어진 뒤 몇 년이 지난 어느 겨울, 방센 감옥에서 우연히 그녀의 혼담 소식을 들은 사드는 안절부절못하며 부인에게 편지를 보내 그 진위를 끈질기게 캐물었다. 그것 말고도, 로네의 근황에 대해 알려 달라는 편지를 부인은 감옥에 있는 사드에게서 몇 번이나 받았다. 사드가 질문을 조목조목 써서 보냈을 때 부인은 그 진상을 알려야 할지 무척 주저했다고 한다. 오랫동안 답장을 쓰지 않았지만, 끝까지 입을 다물고 있을 수는 없었으므로 다음과 같이 조심스러운 편지를 썼다.

그간 동생 소식을 알리기를 꺼린 것은 그만한 이유가 있어서예요. 당신을 만족시키려면 결국 그 침묵을 깨야 하지만, 이런 편지를 쓰는 것도 당신에게 오해를 받고 싶지 않기 때문이지요. 동생 소식을 알려 드리는 것도 이번이 마지막이에요. 제가 당신 질문에 대답해 드리면, 이제 동생에 관해서 알려 달라고 요구하지 않겠노라고 약속 하셨지요? 그것만 알려 주면 마음이 편할 것 같다고 하셨지요? 그러니 당신 마음이 편하도록 그 질문에 하나하나 답해 드리지요.
왜 동생이 어머니 집에서 나왔느냐고요? —그건 당신과 전혀 관계없는 일이에요. 어떤 수치스러운 일이 있었던 것도 아닙니다.
동생이 저와 사이가 나쁘냐고요? —아니요.
동생이 어디에 사냐고요? —사는 동네를 가르쳐 드릴 수는 없어요. 어쨌거나 당신 인생에 지장을 주는 일은 없을 거예요. 대답해봤자 소용없는 일이지요.

르네 부인이 자세한 정보를 주지 않은 것은 물론 마음의 상처를 건드리고 싶지 않아서였겠지만, 그보다도 절망한 나머지 감정 변화가 극심해진 사드에게 자극적인 외부 소식은 되도록 알리지 않는 편이 좋겠다고 판단했기 때문이리라. 그게 아니라도 그는 투옥 생활로 신경이 날카로워져서 극심한 질투와 분노에 늘 정신상태가 불안했던 것이다. 게다가 한때 사드의 연인이던 로네는 이제 그를 감옥에 묶어 두기 위한 일종의 무책임한 도구로서 몽트뢰유 부인의 가정주의에 이용되고 있었다. 이 얄궂은 사실을 사드가 안다면 어떤 일이 벌어질까? 어머니의 위선적인 조치가 못마땅했던 르네 부인은 남편에게 사실을 알릴 용기가 나지 않았을 것이다.

옥중의 사드와 마찬가지로, 현재의 우리도 1775년부터 1780년까지 로네가 프랑스 어디에 있었는지 정확히 알 수 없다. 아마 어떤 때는 라 코스트에, 어떤 때는 파리에, 그리고 어떤 때는 클레르몽을 비롯한 지방 수도원에 있었을 것이다. 혼담은 있었지만, 결국 결혼 생활로는 이어지지 않았던 것으로 보인다.

그녀가 죽은 것은 1781년 5월 13일 오후 1시였다. 사흘 전부터 천연두 발진이 나타나고, 동시에 복막염으로 추정되는 복부 염증 증상도 보였다. 물론, 아직 죽을 나이는 아니었다.

당시, 파리로 와서 르네 부인과 함께 살던 사드의 오랜 친구 마리 도로테 드 루세(뒤에 상술)의 편지에는 이렇게 쓰여 있다. —"너무 갑작스러운 죽음이라 사드 부인이 놀라시는 것도 무리는 아닙니다. 부인은 무척 슬퍼하고 계십니다. 당연한 일인지라 저는 부인이 실컷 울게 내버려두고 있습니다. 목요일 저녁, 천연두 발진이 나타났습니다. 하복부의 염증도 같이 나타났습니다. 그녀가 죽은 것은 13일 오후 1시입니다. 몽트뢰유 부인도 비탄에 잠겨 계신다고 합니다. 그러다가 병이라도 나는 건 아닌지 사드 부인이 걱정하고 계십니다. 내일 사드 부인은 친정으로 가서 가족들과 슬픔을 함께할 예정입니다." (고프리디에게 보낸 편지)

젊어서 죽은 박복한 아가씨와의 꿈같은 짧은 연애는 사드의 생애에서 가장 아름다운 목가였다.

4 마르세유 스캔들

1772년 6월 27일

　마르세유 사건은 1771년 가을에 라 코스트로 거처를 옮긴 사드가 아내의 눈을 피해서 로네와 바람을 피우기 시작할 무렵에 뜻하지 않게 세상에 큰 반향을 불러일으킨 사건이다. 로네도 이 사건을 알았을 때는 크게 놀라서 사드 부인 앞에서 형부에 대한 속내를 폭로해 버렸다고 한다. 사드가 처제와 낭만적인 연애를 즐기는 동시에 창부와 몸종을 상대로 이러한 육체적인 향연을 즐겼다는 사실에는 우리도 놀라움을 금할 수 없다. 자유사상가로서의 사드가 드디어 확고한 발걸음을 내디딘 증거일 것이다.
　먼저 사건 개요를 살펴보자(기술은 1932년 모리스 엔이 처음 발표한 기소기록에 의거했음을 밝혀 둔다).

　1772년 6월 중순, 사드는 라 코스트 성에서 통칭 라투르라 불리는 몸종 알망과 함께 어음을 현금으로 바꾸려고 마르세유를 찾았다. 라 코스트에서 마르세유는 매우 가까웠다. 이 마을에서 사드는 '13번구'라는 여관에서 묵었다. 6월 25일에는 성 페레올 르 뷔유 거리에 사는 열아홉 살 된 사창 잔 니크를 찾아가 여관으로 오라고 구슬렸지만 거절당했다. 그 뒤에도 종종 그녀를 꼬드겼다고 한다.
　같은 날, 몸종 라투르는 길거리에서 마리안 라벨른이라는 열여덟 살짜리 창부를 만나 그녀에게 말을 걸었다. "우리 주인님이 계집애랑 놀려고 마르세유로 오셨는데, 아주 어린 애는 없니? 오늘 밤에는 배우들이랑 저녁 약속이 있어서 놀 수 없지만, 내일에는 내가 너를 데리러 올 수 있는데." 창부는 오바뉴 거리의 사창굴에 있는 '니콜라'라는 집에 산다고 가르쳐 주었다.

다음 날(26일), 사드와 라투르가 '니콜라'에 가 보니, 마리안은 전날의 약속을 까먹었는지 바다로 놀러 나가고 없었다. 그 다음 날 아침(27일) 8시쯤, 라투르가 다시 '니콜라'로 가 보니, 드디어 그녀가 돌아와 있었다. 라투르는 그녀에게 말했다. "주인님께서 이 집은 너무 눈에 띈다고 만날 장소를 다른 곳으로 바꾸시겠대. 어린 계집을 잔뜩 불러서 놀 거야. 오전 10시가 되면 카푸친 거리 구석에 있는 마리에트 볼레리라는 여자의 집으로 가서 기다려."

이 마리에트 볼레리가 살던 집은 지금도 남아 있으며, '마르세유시 오바뉴 거리 15번지 을'이라고 불린다. 만남 장소는 이 집 4층이었다. 여자들은 지정된 시각에 모여 기다렸다. 그들 중 방주인 마리에트 볼레리는 가장 나이가 많은 스물세 살이었고, 마리안 라벨른은 열여덟 살, 마리아네트 로제와 로즈 코스트는 스무 살이었다.

사드 후작은 파란색 안감을 덧댄 회색 연미복에 고동색 비단 조끼, 같은 색 반바지, 깃털 장식이 달린 모자 차림에 허리에는 장검을 차고, 둥근 금 손잡이가 달린 지팡이를 들고서 몸종 라투르와 함께 약속 장소에 나타났다. 어느 모로 보나 돈 많은 도락가다운 멋쟁이 신사의 모습이었다. 재판 기록에 따르면, 후작은 중간 키, 중간 체격에 금발로, '동글동글하고 단정한 얼굴'이었다고 한다. 라투르는 주인보다 키가 크고 머리는 늘어뜨린 모양이었으며 얼굴에 얽은 자국이 있는 남자로, 파랑과 노랑 줄무늬가 들어간 마도로스풍 재킷을 입고 있었다고 한다. 이쪽은 어느 모로 보나 부자 주인을 졸졸 따라다니는 건달 같은 모습이었다.

네 여자가 기다리는 방으로 들어가자 사드는 먼저 주머니에서 금화 한 줌을 꺼내더니, 그 수를 맞춘 사람과 가장 먼저 자겠다고 말했다. 마리안이 맞췄다. 그녀와 몸종만 남기고 다른 여자를 방에서 내보낸 뒤, 사드는 문을 잠갔다. 그러고는 두 사람을 침대에 눕히고 한 손으로 여자를 채찍질하면서 다른 한 손으로는 몸종을 발기시켰다. 그때 사드는 자기가 하인인 것처럼 라투르를 '후작님'이라고 부르고, 반대로 자기를 '라플레르(꽃이라는 뜻)'라고 부르게 했다.

 다음으로 라투르를 밖으로 내보낸 뒤, 사드는 금테두리가 달린 수정 봉봉 상자를 꺼냈다. 그리고 그 안에 든 회향 맛 봉봉을 여자에게 내밀며, 방귀가 나오는 약이니 많이 먹으라고 말했다. 사실 그 알약은 칸타리스(청가뢰라는 갑충을 건조시킨 자극성 약품)를 섞은 미약으로, 예로부터 최음제로 조제되는 것이었다. 마리안은 일고여덟 알을 먹었다. 사드는 더 먹으라고 말했지만 그녀는 거부했다. 약을 먹은 다음 이번에는 여자에게 '뒤에서' 하게 해주면 1루이를 주겠다고 말했지만, 여자는 이것도 거절했다.

 (그러나 이것은 그녀의 법정 증언일 뿐, 실제로는 사드가 좋아하는 자세로 했을지도 모른다. 법정에서 증언한 여섯 명의 여자 중 다섯 명이 사드에게 '뒤에서' 할 것을 요구받았으며, 다섯 명 모두 거부했다. 씀씀이가 좋은 손님의 기분까지 상해 가며 창녀들이 결벽스럽게 계간을 거부했으리라고는 생각하기 어렵다. 그러나 거짓이든 진실이든 그녀들이 재판관 앞에서 "절대로 계간하지 않았다"고 증언한 데는 그 나름의 이유가 있었다. 이 시대에는 수동적·능동적을 불문하고 모든 계간 행위를 죽음으로 다스렸기 때문이다. 당시 저명한 형법학자이자 파리 고등법원 변호사였던 뮈알 드 부그란의 법률서에도 "이 죄를 저지른 자는 성년법 제31조에 의거, 산 채로 화형에 처한다. 우리나라 법률해석학에 따라 채택된 이 형벌은 남녀에게

동일하게 적용된다"고 했다. 이것은 마르세유의 창부들이 화형을 겁내 법정에서 거짓 증언을 했으리라고 생각해도 좋은 충분한 근거이다. 물론 이는 추정에 불과하다. 그러나 확실하다고 해도 좋을 만큼 개연성이 큰 추측 아닐까? ―다시 이야기로 돌아가자.)

이윽고 사드는 주머니에서 양피지로 만든 술이 달린 채찍 하나를 꺼내들었다. 술마다 끝에는 갈고리가 달려 있고, 전체가 피로 빨갛게 물들어 있었다. 기괴한 도구를 준비해 온 것이다. 그는 이 채찍으로 자기를 때려 달라고 마리안에게 부탁했다. 그러나 여자는 세 번 정도 때리다가 겁이 나서 매질을 그만뒀다. 사드는 계속하라고 말했다. 여자가 거절하자 이번에는 싸리비를 사 오라고 부탁했다. 마리안은 방에서 나와, 부엌에서 일하던 하녀 잔 프랑수아즈 르메르에게 싸리비를 사 오라고 시켰다. 몇 분 뒤에 하녀가 싸리비를 사 와서 마리안에게 건넸다. 그녀는 채찍보다는 빗자루로 때리는 편이 낫겠다 싶어서 그것으로 후작의 엉덩이를 힘껏 때렸다. 순간 갑자기 위가 아파 부엌으로 달려가 하녀에게 물을 달라고 해서 마셨다.

다음은 마리에트 순서였다. 사드는 먼저 그녀의 옷을 마져 벗긴 뒤 침대 다리 아래에 무릎을 꿇게 하고 빗자루로 때리기 시작했다. 그러더니 이번에는 자기를 때리라고 부탁하고, 마리에트가 때리는 동안 자기가 얼마나 맞았는지 난로 굴뚝에 나이프로 그 횟수를 새겼다. 나중에 경찰이 조사한 바에 따르면, 그 횟수는 215, 179, 225, 240이었다. 다 더하면 859 차례나 맞은 셈이다. 다음으로 그는 침대에 여자를 똑바로 눕힌 뒤 그녀와 성교하면서 동시에 라투르에게 자기를 계간시켰다.

마리에트 다음은 로즈 코스트였다. 그녀는 알몸으로 침대에 누워 라투르와 성교하라는 명령을 받았다. 라투르는 정상 체위로 그녀와 성교했다. 그런 다음 사드는 마리안에게 했던 것처럼 마리에트를 채찍으로 때리면서, 다른 손으로는 몸종을 발기시켰다. 채찍질이 끝나자, 1루이를 줄 테니 몸종과 계간하라고 말했다. 그러나 그녀는 거절했다.

로즈가 나가고 마리아네트가 들어왔다. 사드는 그녀를 애무한 다음 채찍으로 때리려고 했다. 그러나 그녀는 침대 위에 뒹굴고 있던 피투성이 채찍을 보자마자 공포의 비명을 지르면서 방에서 뛰쳐나가려고 했다. 후작은 그녀를 붙들어 잡고, 아까부터 부엌에서 신음하던 마리안을 방으로 부른 뒤, 하녀에게 그녀가 마실 커피를 가지고 오라고 시켰다. 이리하여 두 여자와 몸종과 후작, 이렇게 네 사람이 방에 남았다. 후작은 다시 문을 잠갔다.

그리고 봉봉 상자를 다시 꺼내서 두 여자에게 먹으라고 권했다. 마리안은 손도 대지 않았지만, 마리아네트는 그것을 입에 넣었다가 곧 뱉어 버렸다(바닥에 굴러다니던 봉봉 두세 알을 나중에 경찰이 증거품으로 압수했다). 그런 다음 사드는 느닷없이 마리안을 침대에 쓰러뜨리고 재빨리 치맛자락을 들쳐 올리더니 그녀 엉덩이에 코를 갖다 댔다. 구풍제의 효과를 확인하기 위해서였다. 다음으로, 채찍질 준비를 마치더니 마리아네트를 가까이 불러서는 동료가 맞는 광경을 지켜보라고 명령했다. 후작은 마리아네트가 보는 앞에서 마리안을 계간하고, 라투르도 주인에게 같은 행위를 했던 모양이다. 마리아네트는 이 광경을 보다 못해 창가로 가서 눈을 질끈 감았다고 한다. 사드가 그녀에게 라투르를 발기시키라고 명령했지만, 그녀는 거절하고 도망치려고 했다. 한편, 계간당한 마리안은 울고 있었다. 사드는 여자들에게 호통친 뒤에야 방에서 나가도 좋다고 허락했다. 그리고 네 여자에게 각각 6리브르짜리 은화를 주고, 오늘 밤 함께 바다로 가면 10리브르를 더 주겠노라고 약속했다. —이로써 오전 중의 난교는 끝났다.

다음은 오후 순서였다. 저녁이 되자 다시 몸종이 오바뉴 거리에 나타나 바다에 가자고 여자들을 구슬렸으나 아무도 승낙하지 않았다. 거절당한 라투르는 이번에는 성 페레올 르 뷔유 거리에서 창부 한 사람을 발견하고 즉시 그녀에게 다가가 말을 걸었다. 그녀는 스물다섯 살로, 마르그리트 코스트라는 이름이었다. 라투르는 약속의 표시로 그녀에게 손수건 한 장을 건네주고, 나중에 만나자는 약속을 받고 헤어졌다.

그날 저녁, 사드는 데 로지엘이라는 배우와 여관에서 함께 저녁을 먹고 있었다. 몸종이 돌아와 주인에게 뭔가 귓속말을 건넸다. 사드는 즉시 손님을 돌려보내고, 다시 몸종과 둘이서 여자의 집을 찾아갔다. 그러나 몸종은 이번에는 여자의 집에 주인을 안내만 하고 혼자 돌아가 버렸다.

사드는 방으로 들어가 지팡이와 장검을 한편에 놓고, 가벼운 차림으로 침대에 걸터앉았다. 그리고 의자에 앉아 있는 마르그리트에게 수정 봉봉 상자를 내밀고는 먹으라고 말했다. 그녀가 대여섯 알 먹자 사드는 더 먹으라고 했다. 이제 됐다고 말해도 막무가내로 권하자, 여자는 어쩔 수 없이 잔뜩 먹었다. 이윽고 후작은 여자에게 배 상태가 어떠냐고 물었다. 그리고 여느 때처럼 '뒤에서' 하게 해 달라고 부탁하고, 그것도 모자라 '더 음탕한 행위'를 수없이 요구했다. 그러나 마르그리트는 정상 체위 말고는 싫다며 요구를 모두 거절했다. 결국 사드는 탁자 위에 6프랑을 놓고 돌아갔다고 한다.

다음 날(28일) 이른 아침, 사드는 말 세 마리가 끄는 역마차를 타고 마르세유 여관에서 라 코스트 성으로 돌아갔다. 전날 밤 즐겼던 여자가 이틀 뒤에 검사 앞에서 중대한 증언을 하고 이윽고 그를 곤경에 빠뜨릴 줄은 꿈에도 모른 채, 그는 도착하면 오랜만에 사랑하는 처제를 볼 수 있다는 행복감에 한껏 들떠 있었다. 마차의 창으로 생선 비린내 나는 마르세유 항구의 공기가 초여름 아침 바람을 타고 콧속으로 날아들었을 것이다.

성병리학적 관찰

마르세유 사건에서 가장 흥미로운 점은, 마르세유 사건 이후 사드의 에로티시즘이 발전하는 흔적이 이 사건에서 명료하게 보인다는 점이다. 뒷날 사드는 《소돔의 120일》(1785)에서 모든 성병리학적 도착의 실례를 계통적으로 분류·정리하는데, 인간 성욕을 과학적이라고도 해야 할 냉정하고 면밀한 태도로 관찰하는, 문학가로서의 사드 후작의 일관된 방법은 이미 실생활에서도 나타났던 것이다. 크라프트 에빙이나 해블록 엘리스의 성병리학 입문서를 읽을 때처럼, 우리는 마르세유 사건이라는 기묘한 세계로 들어갈 수 있다. 더구나 인간 성욕이 과학적 연구의 대상이 되기 시작한 19세기 말보다 사드가 살던 시대는 1세기나 앞서 있다. 이런 의미에서, 사드가 프로이트의 선구자라고 보는 견해도 아주 근거가 없지는 않다.

여기서 마르세유 사건에 나타난 사드의 도착증을 하나하나 항목별로 짚어 보자.

1. 사드=마조히즘

아르쾨유 사건에서는 오로지 사디즘의 충동이 일방적으로 보였지만, 이번 사건에 이르러서는 사디즘과 마조히즘의 공존이 보인다. 사드는 마리안과 마리에트에게 모두 채찍질함과 동시에 스스로 부탁해서 채찍질을 당했다. 로즈 코스트에게만은 채찍질을 부탁하지 않았는데, 아마도 그것은 그녀의 외관이 사디스트적(능동적) 역할에 어울리지 않는다고 느꼈기 때문이리라.

본디 사디즘과 마조히즘은 임상적으로 극과 극을 이루지만, 그것이 동일한 사람 안에 분리할 수 없는 성향으로 공존한다는 사례도 결코 드물지 않다. 도식적으로 말하자면, 사디즘이든 마조히즘이든 문제는 고통과 쾌락의 상호 관계이다. 프로이트에 따르면, "잔학성을 행사하는 입장이든 받는 입장이든, 그것을 기대하는 주체 편에서 보면 완전히 똑같은 효과를 나타낸다. 그 차이는 순수하게 기술적인 문제이며, 능동에서 수동으로의 심리적 이행에 불과하다." 더 나아가 프로이트는 마조히즘을 사디즘의 뒷면, 즉 "내부로 향한 사디즘의 부분 충동"으로 보았다. 또 독일의 신경과의 슈랭크 노칭은 성적 쾌락과 고통의 관계를 능동·수동의 구분 없이 표현하기 위해 '알골라그니아(Algolagnia)'라는 신조어를 생각해냈다. algos는 그리스어로 고통을 뜻하며, lagneia는 쾌락을 뜻한다. 이 단어는 개개 증례를 정의하기에는 부족하지만, 심리학적으로는 전혀 문제없이 사용되는 편리한 말이다.

단, 여기서 주의할 점은 사드가 진정한 사전적 의미의 마조히스트가 아니라는 사실이다. 진정한 마조히스트는 중세적인 세계, 마술적인 세계에 빠져 있다. 그런 사람은 핍박을 받으며 희열을 느끼고, 신 또는 물신(物神)을 매개로 해서 일종의 열반으로 인도되어 가는 것을 기쁨으로 여긴다. 마조히스트의 세계는 완전한 수동성, 정지성, 차가운 부동의 질서가 특징이다. 반면, 사드의 세계는 부정한 에너지가 삼라만상의 한계를 날려 버리는 뜨거운 합리적 세계, 쾌락이라는 인간지상주의적 목적을 향해 매진하는 실천적 세계이다. 확실히 그는 18세기에서 중세적 잔혹극을 연출했다고 할 수 있다. 그러나 계몽사상과 인권선언 시대에 태어난 불행한 이 연출가는 그 분출하는 부정의 에너지 때문에 삼라만상의 신비를 남김없이 벗어 버렸다. 무대에는 배경이 없어지고, 신비의 빛을 박탈당한 사물만 나뒹굴었다. 사드는 자신과 남을 신비의 빛에 현혹되지 않은 눈으로 끊임없이 관찰했다. 사물에 현혹되지 않는 것이 사드 생애의 염원이자 의지였다. 이보다 마조히스트와의 거리가 먼 태도는 없다. 마르세유의 창부집에서 그는 마리에트에게 채찍질 당하면서, 자신이 맞은 횟수를 난로 굴뚝에 나이프로 꼼꼼하게 새겼다. 매질당하는 자신을 관찰하는 자신. —그의 사드=마조히즘은 거침없는 정신의 자기운동으로서 수동과 능동 사이, 굴욕과 방만 사이를 끊임없이 움직였던 것이다. "어떤 방탕행위를 통해 얻는 굴욕은 방만해지기 위한 구실이 된다." 생 퐁(《악덕의 번영》의 등장인물)도 이렇게 말했다.

2. 코프로필리아

흔히 마조히즘 또는 페티시즘의 발현으로 간주되는 코프로필리아(분변애. 배설 행위 또는 배설물에서 성적 만족을 얻는 것)는 사드의 작품, 이를테면 《소돔의 120일》 따위에서는 대단히 커다란 비중을 차지하며 묘사되었지만, 실생활에서는 지극히 초보적인 단계에만 나타난다. 왜 그가 공상 세계에서 그토록 이상한 집착을 보이며 다양한 코프로필리아를 묘사했는지는 더 연구해봐야 할 하나의 수수께끼지만, 적어도 이 마르세유 사건에서는 유치하고 못된 장난으로밖에 받아들여지지 않는 단계에 머물러 있다. 회향 맛이 나는 봉봉은 예부터 장 내에 쌓인 가스를 배출시키는 작용이 있다고 믿어져 왔다. 사드는 이것을 창부들에게 먹여서 구풍제의 효과를 실험하려고 했던 것이다. 그러나 기대한 성과를 얻지 못하자 그는 크게 실망했다고 한다.

3. 항문애 또는 계간

코프로필리아와 관련하여 짚고 넘어가야 할 것이 항문애이다. 마르세유 사건에 관한 한 그는 거의 매번 여자들에게 '뒤에서' 성교하게 해 달라고('역 비너스(Anersa Venus)'라고 함) 요구했다. 몸종 라투르와 계간하면서 스스로 수동적인 역할을 했다는 것도 여자들에 의해 증언되었다. 소설 세계에서도 사드의 등장인물들이 거의 모두 여성의 '앞부분'에 깊은 혐오감을 표명하면서 오히려 여성을 '소년처럼' 다루기를 즐긴 것은 주지의 사실이다. 확실히 사드는 생전에 수많은 창부를 겪었으며, 보부아르를 비롯한 수많은 정부를 끼고 살았고, 처제를 유혹했고, 라 코스트 성에서 젊은 여자들을 잔뜩 모아 놓고 즐겼다. 그러나 대체 그가 이런 여자들과 일상생활에서 어떤 성적 관계를 맺었는가? 물론 그는 르네 부인에게 네 명의 자식(한 명은 유산했다)을 낳게 하고, 라 코스트 성에서 하녀 나농을 임신시켰다는 소문이 났을 정도의 남자였으니, 정상적인 성행위를 전혀 하지 않았다고는 단언할 수 없다.

그러나 보부아르 부인도 지적했듯이, 그의 성 본능이 본질적으로 항문애적이었다는 것은 의심할 여지가 없다. 사드가 라 코스트에 근신해 있을 무렵 몽트뢰유 부인이 쓴 편지(사드 신부에게. 1769년 3월 4일자)에 후작이 "여전히 몸종을 끼고 그에게 시중들게 하는지 아닌지…… 여전히 치질 때문에 말도 못 타는 상태인지 아닌지" 묻는 대목이 있다. ―이 몽트뢰유 부인이 던진 두 개의 질문에는 미묘한 관련이 있다. 그러므로 암시적이라 아니할 수 없다. 생각하기에 따라서는 꽤 노골적이고 무례한 억측으로도 볼 수 있을 것이다. 사실 사드는 이 무렵부터 10년쯤 지난 1777년에도 방센 감옥에서 치질로 고생했다. 마르세유 창부들의 증언을 봐도, 라투르는 주인에게 항문애적 봉사를 하는 데 매우 익숙했다고 한다. 프로이트에 따르면, 리비도가 항문애기에 고착된 인간의 성격적 특징은 인색함, 고집스러움, 꼼꼼함 등 세 가지이다. 이 세 가지 성격이 한 개인 안에 나타날 때, 심리 구조에 항문애적 요소가 많다고 봐도 무방하다고 한다. 이 원칙은 사드에게 딱 들어맞는다. 그의 돈에 대한 집착은 아버지나 숙부의 유산 상속 때 보여준 유난스러운 열의에서도 알 수 있고, 그 작품에 종종 유별난 구두쇠(이를테면 《미덕의 불운》에 나오는 고리대금업자 뒤 알팡)를 등장시키는 것에서도 짐작할 수 있다. 가장 사드적인 인물은 한결같이 이기적이고 인색하다. 나머지 두 가지 성격, 즉 고집스러움, 꼼꼼함은 그의 생애와 문필 활동에서 매우 구체적으로 보여준다(사드의 항문애적 경향에 관해서는 나중에 다시 언급하겠다).

4. 관찰＝노출증

이 두 대립적인 성적 경향도 사드＝마조히즘과 마찬가지로 한 개인에게 거의 대개 공존한다. 사드도 예외가 아니다. 그가 몸종에게 창부와 계간하라고 명령한 것은 스스로 그 행위의 목격자가 되기 위해서였다. 몸종이 로즈 코스트와 정상 체위로 관계했을 때도 사드는 그 모습을 지켜봤다. 한편 사드는 스스로 즐길 때도 그 자리에 타인을 참석시키고 싶어 했다. 괴로워하는 마리안을 일부러 방으로 끌고 와서 그녀에게 채찍질하고 계간하려고 한 것은 마리아네트에게 그것을 보여주기 위해서였다.

이러한 복수 참가자에 의한 집단적 성의 향연은, 특히 사드의 경우에는 에로티즘의 사회화로서 간과할 수 없는 중요성을 띤다. 사회화란 자신의 욕망을 남에게 강요한다는 것이 아니라, 보는 자와 보이는 자라는 관계를 만든다는 정도의 의미다. 물론 밀실에서 단둘이 즐기는 쾌락에도 사회는 이미 성립되어 있다고 할 수 있다. 그러나 보는 자신과 보이는 자신을 동시에 소유하는 관계는 3인 이상의 집단에 의한 관찰＝노출증적 에로티즘에 의해 비로소 가능해지는 관계다. 마르세유의 창부집에서 사드는 자기가 몸종인 것처럼 라투르를 '후작님'이라고 부르면서 이 '후작님'을 발기시키고, 이 '후작님'이 여자를 계간하는 것을 보고 즐겼다. 즉, 그는 보는 자기와 보이는 자기라는 설정을 연출한 것이다. 희생자를 학대하는(보는) 몸종의 '후작님'은, 사드인 '몸종 라플레리'에게 보인다(학대당한다). 몸종으로 전락한 마조히스틱한 자기비하는 상대를 바라보는 우월자인 사디즘에 의해 즉시 자존감으로 바뀐다. 이처럼 두 개의 마주보는 거울 사이에 놓인 듯한 영원한 반복, 대자(對自)와 대타(對他)의 혼합을 의식적으로 만들어내는 행위가 관찰=노출증적 에로티즘의 깊은 사회적 의미였던 것이다.

다시 스캔들

마르세유 사건은 앞선 아르쾨유 사건을 능가할 정도로 큰 논쟁거리가 되었다. 그 특이한 내용은 사람들의 호기심을 더욱 자극했다. 1772년 7월, 거리는 그 소문으로 떠들썩했다. 마르세유에서 파리까지 입에서 입으로 전해질 때마다 소문은 크게 부풀어 올랐다. 18세기의 귀중한 풍속 자료로 알려진 《회상비록》의 작가 바쇼몽은 다음과 같이 썼다.

마르세유에서 온 편지에 따르면, 4년 전 논란이 되었던 사드 백작은 최근에 다시 이 마을에서 끔직하고 엽기적인 사건을 일으켰다고 한다. 그는 무도회를 열어 많은 사람을 초대하고, 식후에 초콜릿 봉봉을 대접했다. 아주 맛이 있어서 많은 사람이 먹었다. 그런데 이 봉봉에는 칸타리스가 섞여 있었다. 알다시피 칸타리스를 먹으면 누구나 음란한 기분이 되고, 묘한 흥분감에 휩싸이고, 온갖 방탕한 생각을 하게 된다. 무도회는 순식간에 저 로마의 광연(狂宴) 같은 모습으로 바뀌었다. 아무리 얌전한 여자도 약효에는 어쩔 수 없었다.

이리하여 사드는 처제와 즐긴 뒤 사법의 추적을 피해 그녀와 함께 도망쳐 버렸다. 무섭도록 지속성 강한 발기 상태에서 난교를 즐긴 탓에 수많은 사람이 죽거나 건강을 해쳤다. (《회상비록》 제6권)

무문곡필(舞文曲筆)이란 이런 것일 것이다. 독자 여러분은 이미 기소기록에 근거한 마르세유 사건의 진상을 아실 것이다. 진상은 바쇼몽이 의기양양하게 말한 '무도회'나 '로마의 광연' 따위와는 아무 관계도 없었다. 물론, 죽은 사람은 한 명도 없다. 바쇼몽의 기술은 너무도 무책임한 유언비어다. 같은 사건을 글로 남긴 사람이 또 한 명 있다. 일기 작가 시메온 프로스펠 알디다.

사드 백작은 몸종과 공모하여 아내를 독살한 죄로 지난달 엑스 고등법원에서 참수형을 선고받았다. 그는 수녀인 처제와 비도덕적인 사랑에 빠져 불륜관계를 맺었다. 그러나 형이 집행되기 전에 두 사람은 네덜란드로 도망쳤다. (《내 한가한 날의 기록》 제1권)

소문은 급기야 아내 독살로 발전해 버렸다. 이 밖에도 무수한 설이 있다. 예를 들어, 프랑스 혁명 당시 활약한 역사가 J.A. 뒤롤은 《귀족인명록》이라는 소책자에서 사드가 젊은 창부를 모아 흥분제를 먹이고 난교를 즐긴 뒤에 그중 몇 명을 죽였다고 진짜인 것처럼 썼다. 이 책은 한창 혁명 중에 나왔는데, 뒤롤은 사드에게 무슨 원한이라도 있었던지 혁명으로 드디어 자유를 되찾은 시민 사드를 다시 실각시키려고 그러는 것처럼 비방과 중상을 서슴지 않았다. 독살자, 생체해부가라는 별명은 이리하여 19세기까지 계속되었다. 줄 자난과 폴 라크로와도 마르세유 사건에 관한 기술에서 각각 사망자가 두 명이나 나왔다고 썼다.

20세기에 이르러서야 우리는 모리스 엔의 노력으로, 기록보관소에 있는 기소기록의 모든 복사본을 자유롭게 읽을 수 있게 되었다. 진실은 철없는 어린애 장난에 불과했다.

체포까지

사건에 관해서는 이미 기술했으니, 사건 뒤의 경과를 살펴보자.

사건이 일어난 지 사흘째인 6월 30일, 마르세유 지방재판소가 드디어 행동에 나섰다. 봉봉을 먹은 창부 마르그리트 코스트가 27일 이후 "위에 타는 듯한 통증을 느끼고, 검은 피가 섞인 액체를 몇 번이나 토했다"고 고소장을 냈기 때문이다. 마르그리트는 소환되었고, 그녀의 토사물은 재판관 앞에서 분석되었다. 다음 날부터 마리에트를 비롯한 다른 네 명의 여자도 조사를 받았다. 마르그리트 말고 봉봉을 먹은 여자는 마리안뿐이었는데, 그녀 역시 복통을 호소했다. 그러나 의학 분석 결과, 토사물에는 비소도 승홍도 포함되지 않았음이 밝혀졌다. 독살미수설은 근거를 잃었다.

복통 및 구토의 원인은 칸타리스의 원료인 갑충이 충분히 갈리지 않은 데에 있다고 봐도 좋을 것이다. 8월 8일과 19일에 두 여자는 합의금을 받고 고소를 취하했다. 그럼에도 소송 절차는 놀라울 만큼 빠르게 진행되었다. 7월 4일에는 사드와 라투르에게 체포영장이 발부되고, 7월 11일에는 라 코스트가 압수수색 당했으며, 9월 3일에는 마르세유 지방재판소에서 결석재판이 열렸다. 같은 달 11일에는 매우 의례적으로 빠르게 엑스 고등법원에서 심리 최종판결이 내려졌다. 판결에 따르면 "독살미수와 계간 혐의에서 유죄가 인정된 사드와 그의 몸종 라투르는 목에 밧줄을 건 채 교회당 정문에 맨발로 무릎 꿇고 앉아 1근 무게의 촛불을 손에 들고서 신과 국왕과 법률에 사과해야 한다. 다음으로 생 루이 광장에 마련된 처형대로 끌고

가 사드는 참수형에, 라투르에 교수형에 처한 뒤, 그 시체는 불속에 던지고, 타고 남은 재는 바람에 날린다"고 되어 있다.

다음 날인 12일에는 사드와 라투르의 초상화가 엑스 마을 광장에서 화형에 처해졌다. 결석재판에서 사형을 선고받은 자는 본인 대신 그 초상화를 태우게 되어 있었던 것이다. 앞서 말했듯이, 신변의 위험을 느낀 사드와 몸종이 7월 초 처제를 데리고 남몰래 라 코스트 성을 빠져나가 국경을 넘어 이탈리아로 도망쳤으니, 재판은 그가 없는 사이에 열렸던 셈이다.

그들의 이탈리아 여행은 7월부터 9월 말까지 이어졌다. 10월 2일이 되자, 어떤 이유에서인지 언니가 남아 있는 라 코스트 성으로 로네 혼자만 돌아왔다. 석 달이 지나서야 홀로 불현듯 나타난 부정한 동생을 맞이하는 르네 부인의 심정은 어땠을까? 두 사람은 손을 맞잡고 울었을지도 모른다. 그러나 동생은 언니의 얼굴을 똑바로 쳐다보지 못하고, 언니는 동생에게 진실을 물을 용기조차 없었을 것이다. 이제는 연적이 된 두 여자 사이에는 냉랭한 침묵만이 존재했을 것이다. 그 무거운 분위기를 견디기 어려웠는지, 며칠 지나지 않아 로네는 다시 형부와 밀회하기 위해 이탈리아 국경과 가까운 바닷가 마을 니스로 떠나 버렸다.

니스에서 만난 사드와 로네는 다시 국경을 넘었다. 10월 27일에는 샹베리(사부아 주. 당시 살데니아 왕국령)에 도착해서 하인 두 사람과 함께 '황금 사과나무'라는 여관에 투숙했다. 사드는 '마잔 백작'이라는 가명을 쓰고, 여전히 로네와 부부인 체했다. 두 하인이란 라투르와 칼루트론(통칭 '청춘'이라고 한다)이었다. 이윽고 11월 초순에 로네가 라투르를 데리고 라 코스트로 돌아가자, 사드는 칼루트론과 함께 샹베리 변두리에 있는 시골집에서 살게 되었다.

눈에 띄지 않는 이 집에서 사드는 약 한 달간 누구와도 만나지 않고 조용히 갇혀 지냈다. 그런데 12월 8일 밤 9시, 살데니아 왕국의 경관 몇 명이 이 은신처를 급습했다. 그는 집 안에 갇힌 채 구속당하고 말았다. 경관 대장은 살데니아 왕이 서명한 체포장을 갖고 있었다. 그야말로 아닌 밤중에 홍두깨였다.

다음 날 아침 7시, 역마차에 태워진 사드는 경관 네 명의 호송을 받으며 사부아 주 미올란 요새로 이송되었다. 그보다 조금 늦게 라투르도 이곳에 수감되었다. 그는 자진해서 주인 곁으로 온 것이다.

미올란 요새대장은 드 로네였다. 그는 상사에게서 새로운 죄수를 엄중히 감시하라는 명령을 받았다. 감시인의 눈길에서 몇 발짝도 벗어나지 못하도록, 탑 꼭대기에 있는 좁은 성벽 안에만 갇혀 지냈다. 물론 면회는 일절 금지였고, 편지쓰기도 허락되지 않았다. 몸종 라투르는 주인과 같은 방에서 자는 것만큼은 허락받았지만, 주인의 탈주를 도와서는 안 되므로, 탑의 문을 자유롭게 드나드는 것은 금지당했다. 이리하여 넉 달하고도 이십이 일에 걸친 미올란에서의 부자유한 감금 생활이 시작되었다.

한편, 살데니아 왕국령인 샹베리에 사드 후작이 남몰래 산다는 사실을 대체 누가 당국에 일러바친 것일까? 몽트뢰유 부인이었다. 조심성 없게도 사드는 은신처에서 장모에게 원조를 구하는 편지를 보냈던 것이다. 외국에서 외톨이로 지내다 보니 그 외로움을 견딜 수 없었던 것일까? 아니면 금전적인 부자유를 참을 수 없었던 것일까? 어쨌거나 한때 유력한 후견인이었던 사람이 이제는 가장 무시무시한 적이 되어 버렸다는 사실을 그는 아직 알지 못했다. 앞서도 말했듯이, 사위와 딸 로네의 불륜을 안 시점부터 그에 대한 몽트뢰유 부인의 태도는 몰라보게 달라졌다. 집에 도움이 안 되는 사위는 영원히 감옥에 붙들어 매 두어야 한다. 그녀는 이미 이런 무서운 결심을 굳혔던 것이다. 물론 그녀라고 해서 사위의 불명예스러운 죄상이 낱낱이 밝혀짐으로써 사드 가문의 명예가 더럽혀지는 것을 원하지는 않았다. 따라서 엑스 고등법원의 판결이 내려지기까지는 르네 부인과 함께 사법대신에게 가끔 탄원도 했다. 그러나 일단 유죄가 결정되고 나자, 오히려 법의 보호 아래에 그를 감금해 두는 편이 가족과 딸을 위해서 좋은 일이라 생각했다. 이리하여 몽트뢰유 부인의 책모로 파리 주재원인 살데니아 왕국대사 페레로 데라 마르몰라 백작을 통해 살데니아 경찰에게 사드 체포 권한이 주어졌던 것이다. 사드는 장모의 덫에 걸려든 셈이다.

이때부터 사드와 몽트뢰유 부인은 결정적인 이해 대립자가 된다. 한쪽이 가정·국가·질서를 대표한다면, 다른 한쪽은 필연적으로 반가정·반국가·반질서를 대표하게 되었다. 여기서 친자 대립을 축으로 하는 명료한 도식이 완성된다. 사드가 프랑스 혁명에 가담한 이유도 멀리 거슬러 올라가면 여기서 비롯했다고 할 수 있다. 사드에게 프랑스 혁명이란 부모에게 반항하는 아이의 권리 요구였는지도 모른다.

미올란 성에서 탈출

미올란 감옥에 갇힌 사드는 처음에는 자기가 왜 체포되었는지 전혀 알 수 없었다. 가족의 요청이 있었다는 설명을 들어도 반신반의했다. 아무리 사이가 나빠졌다고는 하나, 설마 자기 아내의 어머니가 당국에 자기를 신고함으로써 체포에 일조했으리라고는 꿈에도 생각하지 못했던 것이다.

감시는 실로 엄중했다. 요새대장 드 로네의 보고에 따르면, "사드가 탑 아래를 산책할 때는 보초의 보고로 경비 중사가 감시를 서고, 탑 안을 거닐 때는 보초가 직접 감시를 섰다. 밤이 되면 사드 방에는 자물쇠가 채워졌다." 이 엄중한 감시를 견디다 못한 죄수는 적어도 자유롭게 편지를 교환하게 해주고, 생활필수품을 마련하기 위해 하인을 밖으로 심부름 보내게 해달라고 사부아 주지사에게 탄원서를 거듭 써서 보냈다. 그 결과 엄중한 처우는 다소 완화되었지만, 외부와의 연락은 여전히 금지했다.

사드는 옥중에서 종종 극도로 흥분하여 요새대장에게 덤벼들거나 온갖 욕설을 퍼부었다고 한다. "사드는 아주 위험한 인물입니다." 드 로네는 보고한다. "변덕스럽고 화를 잘 내며 금방 흥분합니다. 그런가 하면, 탈주하기 위해 누군가를 매수하려고 시도하기도 합니다. 이미 저도 그 제안을 받았습니다. 성 안을 온종일 돌아다니는 죄수를 저는 감당하기 어렵습니다. 자포자기하면 무슨 짓을 저지를지 모릅니다……" 투옥된 지 한 달 남짓이 지나자 사드는 극도의 낙담과 절망 탓에 심한 불면증에 빠져 두통에 시달리게 되었다. 그 때문에 의사가 불려온 적도 있다.

탈주와 매수의 희망을 절대로 버리지 않는 '위험한' 죄수 사드에게 요새대장 드 로네도 꽤 애를 먹은 것 같다. 그러나 사드도 드 로네 같은 야만스러운 남자에게 이 새끼 저 새끼 등 비속한 말로 불리는 것은 도저히 참을 수 없었다. 두 사람은 얼굴을 마주할 때마다 싸웠다. 드 로네는 마침내 두 손 두 발 다 들고, 제발 죄수를 다른 곳으로 옮겨 달라고 상사에게 요청했다.

감시의 눈은 엄중했지만, 감옥 생활은 상당히 편했다. 감옥까지 따라온 몸종이 이것저것 돌봐 주었고, 주문하면 만들어지는 요리는 퍽 사치스러웠다. 물론 값은 나중에 본인이 냈다. 때로는 다른 죄수를 만찬에 초대해서 환담을 나누거나 초콜릿과 과자를 상에 올리기도 했다. 죄수 중에 랄레 드 송지 남작이라는 남자가 있었는데, 사드는 이 남자와 몸종 라투르와 함께 밤늦게까지 트럼프를 즐기곤 했다. 송지 남작은 도박꾼이어서 사드와 몸종은 늘 돈을 잃기만 했다. 이것이 원인이 되어 큰 싸움이 된 적도 있다. 요컨대 일상은 여유자적하고 타락한 생활 그 자체였다.

체포되기 전 니스에서 샹베리로 거처를 옮겼을 때, 사드는 일용품이 든 여행 가방을 니스의 숙소에 두고 왔다. 이 가방은 몸통 칼루트롱이 니스로 가서, 미올란에 있는 사드에게 가지고 올 예정이었다. 그런데 몽트뢰유 부인은 종종 편지에서 이 가방의 내용물을 상당히 궁금해했다. 혹시 그 가방 안에 사드가 쓴 원고나 서류나 편지 따위가 들어 있다면 죄수에게 절대로 넘겨주지 말고 파리에 있는 자기에게 보내 달라고, 파리에 주재하는 살데니아 대사를 통해 몇 번이나 거듭 부탁했었다. 이것은 무엇을 의미하는가? 첫째는 이미 사드가 이 무렵부터 원고지를 손에서 놓지 않고 글을 쓰는 습관을 들였다는 사실이다. 두 번째는 켕기는 구석이 있는 몽트뢰유 부인이 사드의 문필 활동으로 이번 체포건의 진실이 폭로되는 것을 크게 두려워했다는 사실이다. 또한 사드가 가방에 소중하게 간직했던 편지는 처제에게서 받은 연애편지였을 것이다. 그것이야말로 몽트뢰유 부인이 어떻게든 없애고 싶어하는 끔찍한 불륜의 증거품이었다.

사드는 투옥 뒤 자신이 놓인 처지를 점점 명확하게 알게 되었다. 장모에 대한 맹렬한 적의와 증오심이 고개를 쳐들기 시작했다. 필력으로 반격하고 싶었다. 그는 사부아 주지사 라투르 백작에게 편지를 보냈다. "백작님, 귀하의 설명에 따르면 저를 이런 곳에 처넣은 사람이 바로 제 가족이라지요. 그런데 바로 그 가족이 저를 변호한다니 이상하지 않습니까? 전혀 앞뒤가 맞지 않습니다. 이렇게 된 이상 저로서는 제 처지를 수기로라도 써서 친구들에게 보낼 수밖에 없습니다. 언젠가 귀하에게도 보내 드릴 테니, 그때는 부디 사방팔방에 뿌려 주십시오."(1771년 12월 31일자) —몽트뢰유 부인은 살데니아 대사에게서 죄수의 이 무모한 계획을 듣고 놀라서 새파랗게 질렸다. 그녀는 대사에게 이런 편지를 썼다. "그 수기에 거짓이나 처가를 비방하는 내용이 있으면 큰일입니다. 무분별한 글이 여기저기 뿌려져서 이 이상 세상의 조롱거리가 된다면 저도 가만히 있지 않겠습니다. 주네브 근방에 장모를 협박하는 수기가 출판된다면 그보다 더 큰 피해는 없을 것입니다." (1773년 1월 10일자)

2월 14일에 사드는 라투르 지사를 통해 살데니아 왕에게 청원서 한 장을 보냈다. 그 일부를 인용하면 다음과 같다.

가장 추하고 타산적인 목적에서 장모는 제가 파멸하기를 바랍니다. 제 불행을 이용해서 제게 가혹한 법적 제재를 가하고, 영원히 저를 어둠에 파묻어 버리려는 심산입니다. 그 여자는 제가 법정에 출두해서 판사들 앞에서 사실(마르세유 사건)을 이야기하고 결백을 입증할까봐 몹시 두려운 겁니다. ……폐하, 제 파멸을 바라는 그 못된 여자가 제 호소를 두려워하지 않는다면, 제게 정당한 형벌을 가하지 않고 이렇게 교활한 수법에 의존할 필요가 어디 있을까요? 어째서 저를 프랑스 감옥에 넣지 않을까요? 프랑스 왕이 그러도록 허가할 리 없다는 사실을 그 여자가 잘 알기 때문입니다. ……폐하, 부디 사건의 진상을 물어 주십시오. 폐하를 속이려는 자가 있다는 사실을 깨달으시고, 한시라도 빨리 저를 자유의 몸으로 되돌려 주십시오. 그 여자가 씌운 굴레에서 저를 구해 주시고, 제게 변명의 기회를 주십시오. 지금 전 변명할 수 없는 처지에 있습니다.

이렇게 계속해서 탄원서와 친서를 보내면서 사드는 은밀히 외부 친구들과 연락할 수단도 모색했다. 아주 불가능한 일은 아니었다. 조제프 비올론이라는 젊은 남자가 상점 점원으로 위장한 채 사드의 감옥을 드나들면서 외부 사람들의 편지를 전달하는 역할을 했던 것이다. 조제프 비올론은 편지를 가지고, 샹베리에 있는 '사과나무' 여관으로 갔다. '사과나무' 여관에는 전에 사드가 이곳에 묵었을 때 알게 된 보라는 남자가 있었다. 그는 사드를 위해 위험한 연락책을 맡아 주었다. 사드에게 매수되어 그의 편이 된 남자가 또 있었다. 미올란 요새부관 뒤클로였다. 그러나 그는 거의 밤이면 밤마다 죄수의 방에서 식사할 정도로 죄수와 친해진 나머지 이윽고 요새대장의 의심을 사서 면직되고 말았다.

사드가 가장 든든하게 생각하고 가장 신뢰하고 가장 사랑하는 도움의 손은 부인인 르네였다. 그녀는 남편의 감금을 수수방관하지 않았다. 미올란 요새대장에게 몇 번인가 편지를 보내기도 했지만, 애원도 협박도 호소도 아무 소용없음을 깨닫자, 자진해서 어머니 몽트뢰유 부인의 뜻과 반대되는 직접 행동을 개시하기에 이르렀다. 그녀는 자기 손으로 남편을 구출해내겠다는 꿈같은 계획에 진지하게 열중하기 시작한 것이다. 이것은 몽트뢰유 부인을 적으로 돌리는 행위였다. 순종적이고 내성적인 그녀에게 이만한 용기 있는 실행력과 치밀한 계획성이 있을 줄을 누가 상상이나 했으랴? 두말할 것 없이 그녀에게는 기댈 곳이 없었다. 2월 말, 그녀는 역마차를 타고 혼자서 파리에서 출발했다. 프로방스로 간다는 구실이었지만, 사실은 곧장 리옹에서 살데니아로 향했다.

르네 부인이 샹베리에 도착한 것은 3월 6일 저녁이었다. 이곳에서 그녀는 남장을 하고, 충실한 종자 알바레와 형제인 척했다. 그들은 이름을 숨기고서 단둘이 여관에 묵었다. 다음 날 두 사람은 몽메리안이라는 마을에 도착했다. 이 마을에서 그녀는 알바레에게 편지를 건네며 미올란 요새대장에게 전달하라고 명령했다. "이 편지를 가진 자에게 딱 15분만 남편과의 면회를 허락해 주십시오"라는 내용이었다. 그러나 이미 3월 초부터 상사에게 경고를 받았던 드 로네는 이 부탁을 단번에 거절했다. 알바레는 죄수를 보지 못하고 몽메리안으로 돌아왔다.

르네 부인은 그대로 3월 14일까지 몽메리안에 머물며, 각 방면에 같은 내용의 편지를 보냈다. 그러나 어느 곳에서도 허락은 떨어지지 않았다. 부인은 어쩔 수 없이 남편과의 면회를 단념하고 잠시 라 코스트로 물러났다. 3월 18일에는 그곳에서 살데니아 왕에게 다음과 같은 탄원서를 썼다. "제 남편은 지상에서 사라져야 하는 극악무도한 악당과는 종류가 다릅니다. 지나치게 풍부한 상상력이 일종의 경범죄를 저지르게 한 것에 불과합니다. 편견이 그를 범죄자로 만들어 버린 겁니다. 사람을 죽인 것도 아니고 명예를 훼손한 것도 아닙니다. 그저 젊은 혈기를 못 이겨 잘못을 저질렀을 뿐입니다. 그런데 어째서 재판소가 나서서 일을 크게 만드는지요……."

르네 부인은 계획을 단념한 것이 아니었다. 그녀의 계획이 그 어려운 미올란 성에서의 탈출을 어떻게 기적적으로 이루어냈는지를 다음에서 말하겠다.

상점 점원으로 가장한 조제프 비올론은 요주의 인물로 찍혀서 성 출입을 금지당했다. 그러나 4월 29일에 마침내 마당을 통해 성 안으로 숨어든 뒤 은밀히 사드 후작과 탈출 계획을 의논하는 데 성공했다. 다음 날 그는 생 피에르 달비니 마을의 어느 주점에서 오후 4시까지 미리 푹 자 두었다가, 밤이 되자 성 근처로 나갔다.

한편 사드 후작은 동료 죄수 랄레 드 송지 남작과 오후 7시에 저녁을 먹으러 성내 식당으로 갔다. ─얼마 전부터 저녁은 방에서 먹지 않고 식당에서 먹고 있었다. 방까지 요리를 나르게 하면 요리가 식어 버리니까 식당에서 먹게 해 달라고 부탁해서 이미 요새대장 드 로네의 허가를 받았던 것이다. 식당 옆에는 식료품을 보관하는 방이 있었다. 사드는 이 방 구석에 있는 화장실의 창틀이 떨어져서 사람 하나가 자유롭게 드나들 수 있는 공간이 생겼다는 사실을 전부터 눈치챘던 것 같다. 이 창 밖은 성의 뒤쪽이었는데, 산을 바라보고 있는 데다 창에서 땅까지는 4미터 남짓밖에 되지 않았다.

라투르는 요리를 나르다가 요리사의 눈을 피해 식료품 창고로 숨어들어 그 방의 열쇠를 훔쳤다. 그런 다음 주인 방으로 가서 촛불을 켜고, 드 로네에게 쓴 두 통의 편지를 탁자 위에 올려 놓고 왔다.

8시 반에 후작, 송지 남작, 라투르 세 사람은 화장실 창문을 넘어 성벽 아래서 기다리던 조제프 비올론의 도움으로 땅에 내려섰다. 르네 부인의 계획에 따라 비올론이 줄사다리를 준비해 두었는지도 모른다. 네 사람은 밤의 어둠을 틈타 프랑스 국경을 향해 질주했다.

9시에 간수가 식사를 마치고 근무하러 돌아왔다. 그때 그는 사드 방 열쇠구멍에서 빛이 새어나오는 것을 보았다. 후작과 송지 남작이 체스를 두나 보다 싶어 별로 신경 쓰지 않고 그대로 잠이 들었다. 규정대로라면 송지 남작을 그의 방으로 데려가야 했지만, 너무 피곤해서 그만 곯아떨어지고 말았다.

새벽 3시, 간수가 눈을 떴을 때 사드 방에서 여전히 빛이 새어나오고 있었다. 아무래도 이상해서 서둘러 대장에게 보고하러 달려갔다. 드 로네는 벌떡 일어나 달려왔다. 후작의 방은 잠겨 있었다. 문을 부수고 들어가자, 방은 텅 비어 있고, 촛불 두 자루만이 꺼질듯 말듯 타고 있었다. 탁자 위에는 대장 앞으로 된 편지 두 통이 놓여 있었다. 한 통은 사드가 쓴 것이고, 다른 한 통은 송지 남작이 쓴 것이었다.

"사슬을 끊고 내 몸을 해방시키는 일은 실로 통쾌하기 그지없지만, 일말의 유려가 없는 것은 아니다." 사드는 잔뜩 비아냥대며 썼

4 마르세유 스캔들

다. "내 도주의 책임을 당신이 지게 되지나 않을까 하는 것 때문이다. 당신의 정직함, 당신의 예의바름을 충분히 아는 나로서는 그렇게 생각하기만 해도 가슴이 먹먹해진다……." 그런 다음 사드는 추적해 봤자 소용없다는 것을 알리기 위해 다음과 같이 썼다. "내 아내가 영지에서 원군을 보내 준 덕분에 나는 도주에 성공했다. 말을 타고 무장한 남자 열다섯 명으로 구성된 이 원군은 성 아래에서 나를 기다리고 있다. 모두 자기를 희생해서 날 구출해내겠다는 각오를 다진 자들이다." 물론 이는 협박일 뿐, 실제로 열다섯 명의 부대가 있었던 것은 아니다. 또 사드는 "나에겐 처자식이 있다. 혹 내가 죽기라도 한다면, 그들은 지옥끝까지라도 당신을 쫓아갈 것이다"라고 득의양양하게 썼다.

사드는 편지와 함께 감옥에 남기고 간 자신의 재산도 일목요연하게 목록으로 만들어 두고 갔다. 이러한 정리벽은 자못 사드답다. 사드는 방에 남기고 온 여행 가방, 가구, 식기 등을 모아 라 코스트에 있는 사드 부인에게 보내 달라고 썼다. 특히 "방 벽에 붙여 둔 지도 여섯 장"과 "아직 새 것인 파란 프록코트", "자기에게 매우 잘 길든 사냥개 두 마리"를 잊지 말고 보내 달라고 부탁했다. 옥중에서 개를 길렀던 모양이다. 뭐 이렇게 사치스러운 죄수가 다 있나 싶지만, 당시 특권계급에게는 이런 사치도 허용되었을 것이다.

한편, 미올란 성을 탈출한 세 사람은 조제프 비올론의 안내로 밤새 걸어 다음 날 새벽에 샤파렐랑에 도착했다. 이 마을에서 사드는 사부아 주지사에게 편지를 썼다. 아침이 되어 요새대장이 파견한 수색대가 프랑스 국경까지 출동했지만, 이미 사드 일행은 국경을 넘어 그르노블을 향해 가고 있었다. ─르네 부인이 꾸민 도망 계획은 이렇게 멋지게 성공했다.

5 라 코스트 성에서

부인의 청원운동

미올란 성에서 탈출에 성공한 1773년부터 이듬해 말까지 사드는 라 코스트 성에서 부인과 함께 숨어 살았다. 탈주한 뒤 곧바로 영지로 돌아가면 위험하므로 얼마 동안 여러 마을을 전전하며 숨어 지내고, 종종 필요에 따라 여행도 했겠지만, 어쨌든 라 코스트를 중심으로 되도록 사람들의 눈을 피해 1년 정도 지냈다.

그동안에는 오히려 부인이 두드러지는 활동을 했다. 엑스 고등법원의 판결에 따라, 남편이 이른바 '민사사(民事死, 사형·무기징역 또는 유형 등에 처해진 자의 모든 권리를 박탈하고 죽은 자와 동일하게 취급하던 제도)라는 법적 제재를 받았으므로, 먼저 이를 정당한 수단으로 파기하는 것이 급선무였다. 그리하여 부인은 아비뇽과 엑스를 방문하고, 나중에는 파리까지 홀로 찾아가서 남편의 재심리를 요구했다. 가족 중 어느 누구도 더는 청원운동에 나서지 않았지만 르네 부인 혼자 그 일을 떠맡았다. 그녀의 열성적인 활동을 어머니 몽트뢰유 부인은 두려움이 서린 눈빛으로 바라보았다. 어머니는 극악무도한 남편에게 정절을 바치는 딸을 이해할 수 없었다. 몽트뢰유 부인은 당시 경시청감 사르틴에게 손을 써서, 1773년 12월 16일, 라 코스트를 가택 조사하여 후작을 체포하기 위한 영장을 발부받도록 하는 데 성공했다. 딸과 어머니는 스스로의 확고한 의지에 따라 정반대로 행동한 것이다.

이에 따라 이듬해인 1774년 1월 6일 밤, 파리 경찰 구피 검찰관은 순경 네 명과 마르세유 헌병대 기병대를 거느리고 라 코스트 성을 급습했으나 사드 후작의 모습은 어디에도 없었다. 성에는 르네 부인밖에 없었다. 검찰관의 물음에 르네 부인이 "남편은 여기에 없다"고 대답하자 경관들은 이내 두 패로 갈라져 성 안을 남김없이 수색하며 후작의 서재를 어지르고 불살랐다. 그들은 원고와 편지를 압수하고 부인에게 욕설을 퍼붓고는 돌아갔다(아마도 후작은 경관이 들이닥치기 전에 마을 주민의 급보를 받고 성에서 나와 친구 집을 전전하며 도망 다녔을 것이다).

이 난폭한 기습에 사드 후작부인은 분노했다. 같은 해 3월, 공증인 고프리디에게, 그의 이름으로 몽트뢰유 부인에게 항의문을 써서 파리 재판소로 보내게 했다. "경관은 서재의 책상과 서랍을 뒤져 찾아낸 편지와 원고를 모조리 압수하여 일부는 태우고 나머지는 모조리 가지고 돌아갔습니다. 게다가 국민의 권리와 인간의 권리를 모두 침해하는 이러한 강도와 다름없는 행위를 왜 몽트뢰유 부인이 시켰는가에 대해서는 일언반구 설명도 없었습니다……." 그러나 이 항의문에 대한 재판관의 답변은 끝내 받지 못했다.

같은 해 4월부터 5월에 걸쳐, 사드는 라 코스트를 떠나 보르도와 그르노블로 도망여행을 계속했다. 체포령이 내린 이상 라 코스트 근처에 머무는 것은 위험했기 때문이다. 동시에 이 무렵부터 사드 집안의 경제상황이 두드러지게 기울기 시작한다. 아버지 백작이 남긴 부채가 크고, 토지도 대부분 저당 잡혔다. 르네 부인은 채권자에게 협박당하면서도 청원운동을 하느라 동분서주했다. 사드 신부에게 편지를 보내 도움을 요청했지만 기회주의자인 신부는 몽트뢰유 부인의 눈치를 살피느라 르네 부인에게 힘을 빌려주려 하지 않았다.

6월에는 사드도 라 코스트로 돌아온 듯했다. 그는 르네 부인을 다그쳐 얼른 파리로 보내려고 했다. 항의문에 대한 재판소의 답변은 도저히 올 기미가 보이지 않았고, 엑스 고등법원의 판결 파기 청원도 아직 아무런 성과를 올리지 못했다. 계속 연장되기만 할 뿐 조금도 궤도에 오르지 못하는 관청의 일처리에 사드는 초조함을 느꼈다. 그는 재판소에 제출할 의견진술서를 스스로 작성하여 아내에게 직접 가지고 가게 할 생각이었다. 그는 공증인 고프리디에게 보낸 편지에 이렇게 썼다. "부디 아내가 대담하고 정확하게 행동하여 모든 사건을 마무리하길 바랍니다. 아내가 일을 잘 처리하여 어서 이런 끝없는 방랑생활에서 하루빨리 발을 뺄 수 있기를 기대합니다. 나는 내가 활동가로 태어나지 않았다는 것을 스스로 잘 알고 있습니다. 그런데도 활동가의 역할을 해야 한다는 것이 가장 큰 괴로움입니다."

7월 14일에 르네 부인은 라 코스트를 떠나 파리로 향한다. 부인은 파리에 머물면서도 어머니가 있는 친정에는 들르지 않고 오로지 호텔에만 머물렀다고 한다. 날마다 재판소에 가서 번거로운 법률 수속을 밟으며 바쁘게 지냈다. (이상한 점은, 이때 파리에 가면서 르네 부인이 여동생 로네를 데려갔다는 사실이다. 로네가 사드 신부에게 보낸 편지에 그러한 사실이 나타나 있다. 대체 언제부터 로네는 라 코스트에 다시 머물기 시작했던 것일까. 그리고 그 무렵 로네와 형부의 관계는 어떠했을까. 그 점은 자료가 부족하여 알 길이 없다. 다만 로네가 파리의 어머니 집에서 다시 가출하여 라 코스트에 있는 형부의 성이나 프로방스 지방의 수도원에 잠시 머물렀으며, 사드를 둘러싼 두 자매 사이에 화해의 기운이 감돌았다는 점을 상상할 수 있을 뿐이다.)

르네 부인은 11월 중반에 라 코스트로 돌아왔다. 결국 청원운동은 큰 성과를 거두지 못하고 부인은 피곤한 몸을 이끌고 돌아왔다

(로네는 그대로 파리에 남은 듯하다. 폴 브르댕은, 리옹에서 사드 부부가 만나 함께 라 코스트로 돌아왔다고 추측한다) 이리하여 다사다난했던 1774년이 막을 내렸다.

이 해는 사드 부부에게 암담하기 그지없었다. 법률 소송은 모두 실패하여 도저히 끝이 보이지 않았다. 권력이라는 거대한 벽 앞에서 개인이 얼마나 무력한가를 절감했다. 부부는 라 코스트로 돌아와 그해 겨울 동안 성 안에 틀어박혀 누구와도 만나지 않고 지냈다. 3시에 저녁식사를 마친 뒤, 사드는 서재에 틀어박혔고 부인은 옆방에서 잠자리에 들기 전까지 하녀들과 함께 시간을 보냈다. 밤이 되면 성관은 불을 끄고 육중한 문을 단단히 걸어 잠갔다. 프로방스 지방 특유의 유명한 북풍이 불어대는 기나긴 겨울밤 동안 캄캄하고 고요하게 웅크린 사드의 성은 마치 불길한 폐가(廢家) 같았다. 그러나 두꺼운 성벽 안에서 붉게 타오르는 난롯불 가에는 후작의 향락 대상으로 새로이 고용된 젊은 아가씨 다섯 명이 있었다.

처녀들 사건

사드 후작의 생애에 일어난 몇 가지 추문 가운데 1774년 12월부터 이듬해 1월에 걸쳐 라 코스트 성에서 은밀히 일어난 사건은 비교적 널리 알려지지 않았다. 아주 최근에야 새로운 자료가 발견되어, 기존의 사드 전기에서는 거의 거론되지 않았던 것이다. 폴 브르댕이 편집한 사드 가족의 미발표 서간집과 모리스 엔의 전기와 질베르 렐리가 열정으로 써낸 후작의 서간집(《처녀여, 독수리라는 새는……》 1949)을 통해 우리는 사건의 윤곽을 어렴풋하게 그려볼 수 있다.

1774년 11월, 사드 부부는 리옹에서 만나 라 코스트로 돌아왔을 때 그곳에서 다섯 처녀와 한 소년을 고용하여 영지의 성으로 데려왔다. 처녀들은 하녀로, 소년은 비서로 부릴 생각이었다. 그토록 재정이 궁핍한데도 새로이 하인을 고용하는 것을 이해할 수 없겠지만, 인색하면서도 경제관념이 전혀 없는 점은 사드 집안의 유전인 낭비벽 때문이었을 것이다. 당시 군인으로서의 후작의 수입은 기탁된 상태였으므로 르네 부인이 은 식기를 저당 잡혀가며 살림을 꾸려가고 있었다. 몽트뢰유 부인에게도 돈을 빌려 달라는 편지를 곧잘 보냈다.

그러한 처지에서 새로이 다섯이나 젊은 처녀를 고용한 후작의 속내는 무엇이었을까. 당연히 아르퀴유와 마르세유의 향연을 재연하기 위해서이다. 두꺼운 벽에 가로막힌 1774년의 강탄제 밤은 음란한 사바트(마녀들의 집회)의 밤으로 돌변했다. 하녀들은 모두 15세 전후의 젊은 처녀들이었다. 당시 34세였던 르네 부인도 이 광란에 기꺼이 참여했다고 하는 믿을 만한 증거가 있다. 무슨 일이든 남편의 뜻에 복종하는 것이 부인의 신조였다. 커튼을 친 성 안의 깊숙한 밀실에서 난롯불에 창백하게 비치는 알몸을 채찍으로 때리거나 맞는 광경을 상상할 수 있다.

이윽고 처녀들의 부모가 고소하여 리옹 재판소에서 조사가 시작되었다. 사드는 처음에 리옹에서 처녀들을 하녀로 고용했을 때 자신의 신분을 비밀에 부쳤으나 그가 바로 악명 높은 마르세유 사건의 범인임이 드러나자 처녀들의 부모가 들고일어난 것이다. 르네 부인은 추문을 덮어 버리기 위해 몇 번이나 어머니에게 도움을 요청했으나 몽트뢰유 부인은 끝까지 사위에게 적개심을 노골적으로 드러냈다. 처녀들의 몸에는 성 안의 향연에서 생긴 채찍 자국이 남아 있었으므로 그 자국이 사라질 때까지 어딘가 안전한 곳에 숨겨 둘 필요가 있었다. 상처를 가장 심하게 입은 처녀는 소만에 있는 사드 신부의 수도원으로 옮겨졌으나, 신부는 그 처녀를 달가워하지 않았다.

또 다른 처녀 마리 튀상은 카도루스 수도원으로 옮겨졌으나 그녀는 몇 달 뒤에 그곳에서 도망쳐 나왔다. 이 처녀들 사건은 몽트뢰유 부인이 참다못해 리옹 재판소에 압력을 넣어 무사히 해결되었다.

그러나 또 다른 추문이 기다리고 있었다. 같은 해 5월 11일, 24세가 된 하녀 안느 사브로니엘(통칭 나농)이 쿠르테종에서 딸을 출산하자, 이 아이가 사드의 자식이라는 소문이 퍼지기 시작했다. 나농은 오베르뉴 지방의 농민의 딸로 성 안에서 열린 향연에도 참가한 듯하다. 그러나 그녀는 아이를 낳고 1달쯤 지나 르네 부인과 크게 싸우고 욕설을 퍼부으며 미친 듯이 성을 뛰쳐나왔다. 싸움의 원인은 알려지지 않았다. 어쨌든 사드 부인은 추문이 계속 번지는 것을 막기 위해 은 식기를 훔쳤다는 혐의를 씌워 오히려 그녀를 고소했다. 비록 사실무근이었으나, 어떻게 해서든 나농의 입을 막기 위해 손을 써야 했다. 나농이 리옹 재판소로 달려가 사건을 다시 들추기라도 하면 큰일이었기 때문이다. 이윽고 7월 5일에, 파리에서 몽트뢰유 부인의 도움으로 나농을 아를르의 감옥에 보내기 위한 칙령 구인영장이 도착했다. 쥐미에주 수도원에 숨어 있던 나농은 딱하게도 체포되어 곧바로 감옥에 갇혔다. 아기는 젖을 충분히 빨지 못해 태어난 지 두 달 만에 눈을 감았다. 비참한 이야기지만 사드 집안에게는 불행 중 다행이었다.

언제나 빈둥거리며 어물쩍 넘어가려고 하여 몽트뢰유 부인을 화나게 했던 사드 신부도 끝없이 이어지는 이러한 추문에는 넌더리가 났는지, "조카는 미쳤으니 감금해주기 바란다"(5월 16일)고 의뢰했을 정도였다. 이 신부는 점점 나이가 들어감에 따라 일찍이 자기 스스로 교육시켰던 조카를 귀찮아하기 시작했다.

이탈리아 여행과 저작 계획

나농 사건은 마무리되었지만 사드의 신변에는 여전히 위험이 도사렸다. 라 코스트 부근에는 경관들이 잠복해 있어 그는 언제 잡힐지 모르는 상황이었다. 그러므로 성의 다락방에 작은 상자 같은 것을 마련하여 그 안에서 숨어 살기도 했다.

1775년 7월 26일, 사드가 하인 칼루트론을 데리고 서둘러 이탈리아로 달아난 것도 점점 다가오는 위험을 감지했기 때문이다. 일찍이 마르세유 사건이 터진 뒤 처제와 손을 잡고 도망갔을 때처럼 사드는 다시 '마장 백작'이라는 가명을 쓰며 8월에는 피렌체, 9월에는 로마, 이듬해 1월 말에는 나폴리로 향한다.

여행 도중에는 아내에게 종종 편지를 보냈다. 로마에서 보낸 편지에는 이런 내용이 있다. "내 셔츠를 만들어 두시오. 옷깃 재단에 충분히 신경을 써서……."(9월 22일)

나폴리에서는 고미술품을 대량으로 사들였다. 그래서인지 프랑스 대리공사 베랑제 씨는 그를 리옹에서 8만 루블을 착복하고 달아난 공금횡령 범인으로 착각하기도 했다. 마장 백작이라는 가명으로 여행한 사드는 처음에 진짜 신분을 밝히려 하지 않았다. 그러나 그곳에 머물고 있는 프랑스 장교가 그런 인물은 없다고 단언하자 마침내 본명을 밝힐 수밖에 없었다. 결국 그는 프랑스 대령의 제복을 입고 법정에 출두해야 했다. 이러한 일이 벌어지는 동안 그는 줄곧 나폴리 경찰에게 감시받고 있었으므로 마음고생이 상당했을 것이다. 이는 엄청난 추태가 아닐 수 없다.

5월에는 나폴리에서 프랑스를 향해 출발했다. 6월 1일에 로마에 도착하여 같은 달 13일에는 볼로냐, 18일에는 토리노에 이른다. 그리고 6월 말에 그르노블에 도착하여 이 마을에서 하인 칼루트론에게 라 코스트의 상황을 보고 오라며 정찰을 보낸다. 아마도 사드는

7월 초에 라 코스트로 돌아왔을 것이다.

　앞에서 말했듯이, 사드는 이탈리아를 여행하면서 어마어마한 양의 미술 골동품을 사들여 큰 상자에 채워 차례로 라 코스트 성으로 보냈다. 집을 지키던 관리인 레이노는 상자가 도착할 때마다 소스라치게 놀랐다. 집에서는 후작부인이 돈 때문에 골머리를 앓고 있는데 주인은 외국에서 쓸데없이 낭비만 했기 때문이다. 상자에서 나오는 물건은 레이노가 보기에는 아무 쓸모도 없는 잡동사니일 뿐이었다. 대리석상, 화석, 산호 세공품, 포도주병, 고대 등불, 로마 시대의 눈물항아리, 옛날 돈, 인형, 광석, 베수비오 대리석, 유골항아리, 에트루리아 항아리, 스네이크우드 조각, 질산칼륨, 해면, 조개껍데기 컬렉션, 작은 남녀양성상, 꽃병, 토스카나 설화석고, 정교한 수갑, 사라센 도자기 찻잔, 나폴리풍 작은 칼, 목판화 등이었다. 게다가 철학서, 신학서, 연극연감, 역사서, 사전 같은 책도 많았다.

　사드는 왜 이러한 물건을 고심하며 사 모았을까. 바로 특정한 성향을 가진 사람 특유의 못 말리는 수집벽 때문이었다. 합스부르크 왕가의 루돌프 2세 같은 사람에게도 두드러지게 나타나는 이러한 기질은 말하자면 '물체애(物體愛)'라고 할 수 있는 에로틱의 한 형식이다. 일반적으로 분열증적 성격을 지닌 예술가 자질이 있는 사람에게 이러한 성벽이 종종 나타난다. 자연에 대한 일종의 백과사전적인 왕성한 호기심이라고 할 수 있다. 온갖 것을 수집 망라하여 그 안에서 하나의 세계를 만들어 소우주를 구축하려는 집념이다. 뒷날 《소돔의 120일》을 쓴 저자가 이러한 집념에 사로잡혀 있다고 해도 전혀 이상하지 않다. 사드는 이탈리아 여행을 계기로 마침내 그의 정신에 내적 세계에 대한 욕구가 눈뜨기 시작한 것이다.

　다음으로 사드는 책과 원고지와는 떨어져서 살 수 없게 되었다.

현실이 그에게 등을 돌릴수록 내적 세계 확립이 더욱 중요해졌다. 현실을 향한 투쟁보다 갇힌 곳에서 자신의 꿈을 위해 힘쓰는 쪽이 훨씬 중요한 과제가 된 것이다.

실제로 이탈리아를 여행하면서 사드는 저작 계획을 가슴속에 품고 있었다. 수많은 마을에 들러 몇몇 학자와 친교를 맺고 저작을 위한 자료를 제공해 달라고 의뢰했다. 결국 실현되지는 않았지만 그가 쓰고자 했던 책은 피렌체와 로마 같은 이탈리아의 오래된 도시에 관한 역사적·철학적 비평서였던 듯하다. 동시에 사드는 로마에 은거하는 주세페 오베르티라는 학자와 친구가 되어 그에게 바티칸 도서관에 있는 방대한 에로틱 문헌을 발췌해 달라고 할 생각이었다. 고대 도서뿐 아니라 동시대 작가의 호색서적도 그 대상이었다. 오베르티와 사드는 고대 에로티시즘과 고문과 범죄학 등에 공통된 관심을 보이며 매우 친해졌다. 서로 지식을 교류하고 온갖 비밀을 이야기할 정도로 사이가 좋아졌다. 이처럼 마음이 통하는 인물을 친구로 얻은 것이 사드의 작가적 열정을 부추기는 데 적지 않은 역할을 했을 것이다. 그러나 불행하게도 오베르티는 사드가 부탁한 위험한 일을 계속하다가 로마교황청 이단 심문소에 들켜 가택수사를 받고 체포되어 넉 달 동안 감옥에 갇히게 된다. 가톨릭이 금서로 지정한 책에 관심을 보이는 것은 당시로서는 매우 위험한 일이었다. 오베르티는 이단 심문소의 감옥에서 나온 직후 사드에게 자신의 어려운 처지를 호소하는 편지를 보냈다(1776년 말 또는 1777년 초).

인간 정념의 어두운 충동에 대해 사드가 그 시절부터 얼마나 과학적이고 냉철하게 관찰해왔는지는, 1761년 2월 20일에 뱅센에서 아내에게 보낸 편지에 잘 나타나 있다. 이 편지는 그가 범죄자나 살인자가 아니라 단순한 자유사상가일 뿐이라고 아내에게 설명한 아주 긴 편지로, 그 편지에는 사드가 여행 도중 한 번도 몸에서 떼지 않았던 수첩(나중에 장모의 간계로 빼앗긴다)에 대한 이야기도 나오고, 오베르티로 보이는 학자에 대해 언급한 부분도 있다. 아래에 그 편지의 일부를 인용하겠다.

내 수첩에서 사람들은 비난할 만한 세 가지 사항을 발견했다고 하오. 지금 그것을 차례로 설명하리다. 먼저, 임부에게 태아를 배출하게 하는 방법이오. 물론 이런 내용을 수첩에 적은 것은 경솔한 행동이었고 내 실수요. 그건 틀림없소. 하지만 나는 지금까지 연인과 함께 나눈 부도덕한 행위를 숨기기 위해 그러한 죄를 짓는 부인과 처녀를 여럿 보았소. 그녀들의 고백을 들어보면, 그 방법에는 엄청난 고통이 따르고 목숨까지 위험하다고 하오. 그러나 이탈리아에서 이루어지는 방법을 들어보면 고통도 전혀 없고 위험하지도 않소. 그래서 나는 흥미가 생겨 그 방법을 수첩에 적어둔 거요. 그것이 비난받아 마땅한 일이라고는 추호도 생각지 않소. 다음은 로마 학자(오베르티를 말하는 듯하다)와 나눈 토론 내용이오. 그는 고대인이 무기에 독을 바르는 방법에 대해 자신의 의견을 이야기했소. 나는 그에 대해 다른 의견을 주장했소. 언젠가 어떤 책에서 그러한 방법을 읽은 기억이 났기 때문이오. 애당초 우리가 이런 이야기를 나누게 된 것은 둘이 함께 산탄젤로 성의 무기고를 견학했기 때문이오. 그곳에는 독을 바른 고대인의 검이 잔뜩 있었소. 나는 로마에 대해 쓸 때 이러한 점도 이야기하고 싶었기 때문에 그의 의견을 수첩에 받아 적었고, 그 근거를 찾아내면 내 의견도 그에게 편지로 적어 보내기로 약속했소. 단지 그뿐이오. 대체 무슨 죄를 지었다고 그러오. (이하 생략)

사드가 이탈리아를 여행하면서 받은 강렬한 인상, 특히 바티칸 미술관과 피렌체의 레오폴드 대공의 미술진열실, 나폴리의 베수비오 화산, 폼페이 폐허, 볼로냐 수도원 등에서 받은 인상은 나중에 그의 대작 《악덕의 번영》에서 훌륭하게 꽃을 피운다.

권총 사건

1776년 여름 무렵, 이탈리아 여행에서 돌아온 사드의 주변에서 이상한 소문이 돌기 시작했다. 사드가 신앙생활을 시작했다는 것이다. 그러나 적어도 이는 나쁜 소문은 아니었다. 르네 부인은 앞장서서 이 소문을 긍정했고, 사드가 로마에서 교황을 알현하고 왔다는 그럴싸한 소문까지 퍼뜨렸다. 그러나 경건한 신앙생활에 접어들었다던 사드는 여행에서 돌아와 반년도 채 지나기 전에 젊은 처녀들 몇몇을 성으로 불러들여 다시 새로운 방탕사건을 일으켰다.

10월 중반에 사드는 라 코스트를 떠나 몽펠리에로 간단한 여행을 떠나기로 계획했다. 그리고 이 마을에서 그는 지난해까지 성에서 일하던 로제트라는 하녀와 다시 만난다. 이전부터 사드와 관계를 맺었던 로제트는 여기서 다시 전 주인과 관계를 맺고, 새로이 아델라이드라는 젊은 처녀를 후작에게 소개해 주었다. 아델라이드는 라 코스트 성에서 일하기로 동의한다.

아마도 사드는 하녀를 찾기 위해 몽펠리에까지 갔을 것이다. 10월 말에는 그곳의 프란시스코파(派) 수도사 뒤랑 신부가 사드의 의뢰를 받아 라 코스트에서 일할 요리사를 모집했다. 그 결과 카트린이라는 22세의 방직공 처녀가 소개인과 함께 '빨간 모자'관이라는 여관에 머물고 있는 사드를 찾아갔다. 카트린은 몽펠리에에서 40에퀴를 번다고 말하고 급료로 50에퀴를 요구했다. 사드는 알았다고 말하며 일만 잘하면 더 주겠다고 약속한다. 뒤랑 신부는 걱정하는 카트린의 아버지를 구슬리며 사드 집안은 '수도원처럼 성실한 집안'이므로 걱정할 필요가 전혀 없다고 말한다. 이리하여 처녀는 뒤랑 신부와 함께 마차로 라 코스트 성으로 온다. 그보다 조금 늦게 사드도 몽펠리에서 영지로 돌아온다.

12월이 되자 뒤랑 신부는 사드에게서 하인 네 명을 더 모아 달라는 편지를 받는다. 어느 날 밤, 신부와 함께 네 남녀가 마차로 라 코스트로 왔다. 비서와 이발사와 하녀와 수습 요리사였다. 그들이 도착한 날 밤, 식사를 마치자 사드는 그들을 저마다 다른 방에 가두었다. 밤이 깊어지자 사드는 그들의 방에 들어가 돈을 줄 테니 몸을 달라고 유혹한다. 놀란 하녀들은 이튿날 새벽 네 시가 되자 재빨리 타고 온 마차를 다시 타고 뒤랑 신부와 함께 돌아가 버렸다. 요리사 소녀 혼자 성에 남았다(다만 이 기록은 카트린의 아버지의 진술을 바탕으로 한 것으로, 사드는 뒤랑 신부에게 편지를 보낸 기억도 없고 밤중에 하녀들을 집적거린 일도 없다고 잘라 말했다).

세 하인은 몽펠리에로 돌아가자 카트린의 아버지에게 간밤에 있었던 일을 알렸다. 석 달 전에 딸을 라 코스트로 보낸 아버지는 이 이야기를 듣고 불안한 마음에 뒤랑 신부에게 매섭게 따졌지만 신부는 계속 시치미를 뗐다. 사드 후작의 행실이 나쁘다는 소문은 전부터 들었지만 얼마 전부터는 고친 줄 알았다고 말했다. 아버지는 어떻게 해서든 딸을 데려오고 싶다고 말했지만 신부는 그러지 말라고 만류했다. 그러나 우직한 아버지는 포기하지 않았다. 마침내 신부는 아버지를 진정시키려고 후작에게 편지를 쓰기로 했다. 그러나 카트린은 글을 읽을 줄 몰랐으므로 편지를 읽을 수 없었다. 카트린은 수도원장에게 편지를 읽어달라고 부탁했다. 그런데 그 편지 내용은 아버지가 기대한 내용과 정반대였다. 뒤랑이 그를 속인 것이다. 머지않아 뒤랑 신부는 매춘 알선 혐의로 수도원에서 쫓겨난다.

그로부터 약 한 달 뒤인 1777년 1월 17일, 카트린의 아버지는 마침내 더 이상 참지 못하고 라 코스트 성으로 찾아가 딸을 돌려달라고 소리친다(딸 카트린은 성에서 쥐스틴이라는 이름으로 불렸다). 사드의 편지에 따르면, "금요일 오전, 정오가 가까워질 무렵에 문을 두드리는 소리가 났습니다. 듣자하니 요리사 쥐스틴의 아버지가 왔다고 하더군요. 사내는 거만한 걸음걸이로 성큼성큼 들어오더니 딸을 데려가러 왔다고 말하고는 온갖 욕설을 내뱉기 시작했습니다. 나는 말했습니다. '이보게, 딸을 만나러 왔으면 그 딸은 여기 있으니 원하는 만큼 이야기를 나누다 돌아가게. 하지만 그렇게 욕하진 말게. 자네가 딸을 데려가겠다면 말리지는 않겠네만 다음 하녀가 올 때까지만 기다려 주게.' 그러자 사내는 딸의 팔을 잡아채고 힘으로 끌고 가지 뭡니까. 나도 사내의 팔을 잡고 조용히, 조금도 난폭하지 않게(나는 서재에서 내려오느라 그때는 지팡이와 모자도 지니고 있지 않았습니다) 현관으로 그를 데리고 가면서, 그런 난폭한 방식은 좋지 않다고 달래면서 원한다면 마을로 가서 해명해 주겠다고 말했습니다. 그 말이 끝나기가 무섭게 사내는 아무 말도 없이 갑자기 내 눈앞에 권총을 들이댔습니다. 권총이 불을 뿜긴 했지만 다행히 총알에 맞진 않았습니다. 내가 얼마나 두려웠을지 생각해 주십시오."(공증인 고프리디에게 보낸 편지. 1월 22일)

그 뒤 사내는 마을로 달아나 온 마을에 사드에 대한 악담을 퍼뜨리고 다녔다. 오후 5시 무렵, 카트린이 아버지를 찾아 마을에 사람을 보냈다. 그녀는 아버지를 진정시키고 다시 차분하게 이야기해 볼 생각이었다. 그러나 아버지는 마을사람 네 명과 함께 성으로 돌아오자 또다시 난폭하게 날뛰며 안뜰을 향해 권총을 두 발이나 쏘았다. 사드가 그곳에 숨어 있다고 생각한 것이다. 마을사람들도 겁에 질려 뿔뿔이 흩어졌다. 아버지는 그대로 마을 술집으로 향했다. 재판소 서기가 마을의 유력자와 함께 이 술집을 살펴보러 왔지만 어째서인지 그는 체포되지 않았다.

이틀 뒤 카트린의 아버지는 라 코스트 부근을 어슬렁거리다가 1월 20일 아침 일찍, 마침내 화를 가라앉히고 봉펠리에로 돌아갔다.

두 번째 체포

사드가 이탈리아 여행을 마치고 돌아온 직후인 1776년 말부터 라 코스트 성의 재정상황은 점점 더 나빠졌다. 조상 대대로 이어져 온 성을 유지하기란 쉬운 일이 아니었다. 장작을 살 돈도 떨어지고 창문의 덧문도 떨어져 나갔다. 추운 겨울에도 입을 것이 없어서 후작부인은 침대 속에서 웅크리고 몸을 녹였다. 채권자가 날마다 찾아오자 마침내 사드도 손을 들고 말았다. 그가 관리하는 4만 루블의 수입은 당시 기탁된 상태였다. 따라서 생활에 도움이 되지 않는 골동품을 사들이거나 책에 호화로운 장정을 할 여유는 어디에도 없었다. 그래도 사드는 먹을 것과 입을 것이 부족한 상황에서도 취미인 문인 생활은 계속해 나갔다. 힘든 사람은 살림을 꾸려나가야 하는 후작부인이었다.

르네 부인의 끈질긴 부탁에 못 이겨 몽트뢰유 부인은 돈을 보내주기도 했다. 그러나 그 돈은 성을 수리하는 데 말고는 쓸 수 없다는 명목으로, 사드 가문의 경제를 담당하는 공증인 고프리디에게 보냈다. 사드 부부는 이러한 장모의 수법에 화를 내며 선량한 고프리디에게까지 분풀이했다.

여기서 사드의 인생 후반에 중요한 역할을 하게 되는 공증인 고프리디(가스파르 프랑수아 구자비에)에 대해 짧게 설명하겠다. 그의 집안은 아버지 대부터 라 코스트의 사드 가문을 섬겨왔다. 그는 사드와 동년배로 어릴 때는 곧잘 사드와 어울려 놀았다고 한다. 집안의 신뢰를 한 몸에 받으며 충실하게 직무를 다했지만 사드의 편은 아니었다. 몽트뢰유 부인이 시키는 대로 따르며 사드를 불리하게 하는 계획에 가담하기도 했다. 사드는 그 사실을 알고도 비꼬는 말만 몇 마디 했을 뿐 단호하게 대처하지는 않았다. 하지만 고프리디는 르네 부인에게는 언제나 연민을 느끼고 있었다. 직무는 충실하게 수행하지만 소심하고 겁이 많으며 누구에게나 붙임성 있게 대하는 사람이었다. 하지만 나이가 들면서 게을러지고 탐욕스러워져 사드를 화나게 하는 일이 많아졌다.

권총 사건이 일어난 1777년 1월 초순에 숙부인 사드 신부가 심각한 유행성 감기에 걸렸다. 후작부인은 곧바로 편지를 보내어 만에 하나 숙부가 죽으면 유산 분배를 담당하고 싶다고 부탁한다. 그들이 얼마나 돈이 궁했는지를 잘 알 수 있다. 그러나 사드 신부는 죽지 않았다.

비슷한 시기에 병에 걸려 죽은 사람은 숙부가 아니라 사드의 어머니 마리 엘레오노르 드 마이예 카르망 백작 미망인이었다. 1월 14일, 파리의 앙페르 거리에 있는 카르멜회 수도원에서 65세로 생애를 마감했다. 사드 부부는 이 비극을 3주 뒤에 파리로 왔을 때 비로소 알았다.

그런데 사드 부부의 파리 여행 목적은 불분명하다. 어쩌면 어머니의 사망(또는 위중) 소식을 받고 서둘러 길을 나섰을 수도 있고, 르네 부인이 몽트뢰유 부인과 긴히 만날 일이 있어 사드도 함께 나섰는지 모른다. 그 무렵 몽트뢰유 부인은 권총 사건에 대하여 딸에게서 '10쪽이 넘는 모욕적인 편지'를 받았다며 노발대발하면서 고프리디에게 편지를 보냈다. 부인의 의견에 따르면 그 편지는 "딸이 쓴 것은 분명하나 틀림없이 사위가 시켜서 썼다"는 것이었다. 부인은 이런 말도 안 되는 편지를 보낸다면 앞으로 사드에게서 완전히 손을 뗄 수밖에 없으니 자기 일은 스스로 해결하라고 매몰차게 말했다. 권총 사건 재판과 사드 집안의 경제가 매우 걱정스러운 상태까지 와 있는 가운데 어머니에게서 이런 냉담한 편지를 받고 난감해진 르네 부인은 어머니를 직접 만나 용서를 빌어야 한다고 생각했을지도 모른다. 어쨌든 두 사람은 파리를 향해 길을 나섰다.

두 사람은 각각 따로 출발했다. 사드는 하인 칼루트론을 데리고, 부인은 하녀 카트린을 데리고 멀고 험한 여행길에 올랐다. 따로 출발한 이유는 당연히 사드가 사람들의 눈을 피해 다녀야 하는 몸이었기 때문이다. 카트린은 그 권총 사건의 주인공이었으나 그녀는 아버지가 있는 몽펠리에로 돌아가지 않고 여주인과 함께 파리로 가고 싶어했다고 한다. 2월 8일, 부부는 파리에 도착하여 르네 부인은 어머니의 집으로, 사드는 옛 가정교사 앙브레의 집으로 갔다.

파리에 도착한 이후에는 사드도 어머니의 죽음을 알았던 듯하다. 앙브레의 집에 도착하자 곧바로 옛 친구였던 모 신부에게 상중인데도 함께 어울려 놀자는 편지를 보냈다. "어머니가 돌아가셔서 파리에 왔네. 얼마 전 프로방스에 있다는 소식을 보냈는데 어느새 파리에 와 있다고 놀랄지도 모르겠군. 사정이 있어서 친척들과 아직 완전히 화해하지 못했기 때문에 당분간은 숨어서 지내고 있네. 내가 여기에 있다는 이야기는 아무에게도 하지 말아주게. 어쨌든 자네와 만나고 싶네. 내 사정도 말해주고 자네 이야기도 듣고 싶으이. 또 함께 새로운 놀이도 하세. 솔직히 자네만큼 도움이 되는 사람은 드무니 자네가 꼭 필요하네. 물론 원한다면 언젠가 답례는 하겠네. 어딘가 남의 눈에 띄지 않는 곳을 가르쳐주게. 자네 집도 괜찮네. 해가 지면 꼭 찾아갈 테니. 함께 여자를 낚으러 가세. 이 편지를 가지고 간 자에게 답장을 전해 주게. 다만 나에 대해 묻거나 자세한 이야기를 들으려 하진 말게. 그 이유는 다음에 말해 주겠네. 그럼 잘 부탁하네……."

그러나 아무리 용의주도하게 숨어 있어도 사드가 파리에 있다는 사실이 알려지고 나면 손쓸 길이 없었다. 어머니 집에 도착한 르네 부인이 부주의하게도 이 사실을 어머니에게 이야기하고 만 것이다.

그리하여 파리에 도착한 지 닷새째인 2월 13일, 사드는 자코브 거리의 단마르크 여관에서 또다시 말레 형사에게 체포되고 말았다. 그리고 같은 날 오후 9시 반에 이미 파리 교외의 뱅센 감옥에 수용되었다.

뱅센의 죄수

사드를 체포하는 데에 몽트뢰유 부인이 손을 썼음은 틀림없는 사실이겠지만, 과연 사드 부부가 몽트뢰유 부인이 파 놓은 함정에 보기 좋게 걸려들어 파리까지 나오게 되었는지는 확실한 증거가 없어 알 수 없다. 어머니가 눈을 감은 시기가 운 좋게 맞물렸는지도 모른다. 몽트뢰유 부인이 사드 부부를 파리로 불러들이기 위해 백작부인의 병을 핑곗거리로 사용했던 것일까? 그것은 근친자의 죽음을 모독하는 잔인한 방법이지만 아주 불가능한 것은 아니다. 아니면 고프리다 사드 신부가 부인과 공모하여 부부에게 파리 여행을 권했을지도 모른다. 아무튼 사드 부부의 이번 파리 체재는 그 명목이 무엇이건 간에 음모가 몽트뢰유 부인이 일을 꾸미기에 매우 유리한 상황이었던 점만은 확실하다.

따라서 사드가 체포되었다는 소식을 듣고 기뻐한 사람은 몽트뢰유 집안사람들만이 아니었다. 목숨이 위독한 중병에서 이미 거의 회복한 사드 신부도 고프리디에게 편지를 보냈다. "이제 나도 안심할 수 있겠군요. 모든 사람이 만족스러워하고 있을 겁니다."(2월 23일) 이 편지를 보아 두 사람 또한 사드가 감금되기를 남몰래 바라고 있었던 것이다.

갑작스러운 불행에 망연자실한 사람은 르네 부인밖에 없었을 것이다. 부인이 무심코 흘린 한마디에 곧바로 파리 경찰이 움직였다. 부인은 자신의 부주의를 얼마나 후회했을까. 어머니의 음모로 남편이 체포되었다는 사실을 부인도 잘 알 수 있었다. 그러나 이 일을 어머니에게 추궁하자 몽트뢰유 부인은 단호하고 냉정한 말투로 자신은 이번 일에 관여하지 않았다고 대답했다. 그뿐만 아니라 르네 부인에게는 남편이 갇힌 곳조차 알려 주지 않았다. 바스티유 감옥에 감금되어 있을지 않을까 하는 생각에 부인은 그 근처까지 가 보았으나 본디 감옥 안에는 허가 없이 들어갈 수 없었고, 위수병에게 물어보아도 만족스러운 대답을 듣지 못했다. 남편에 대한 소식은 오로지 당국의 규정에 따라 전달될 뿐이었다. 소식에 따르면 남편은 매우 건강하며 아무 불편 없이 살고 있다고 했다. 하지만 부인은 도저히 안심할 수 없었다.

한편 뱅센 감옥에서 사드는 독방인 11호실에 수감되었다. 이 방은 성벽보다 더 높은 망루에 있어 그만큼 감시하기가 쉬웠다. 또한 죄수는 창문을 통해 바깥 경치를 바라볼 수 있었다.

1777년 2월 말, 죄수로부터 처음으로 아내에게 편지가 왔다. "이런 잔혹한 상황에서 더는 버티지 못할 것 같소. 나는 절망에 빠져 있소. 스스로 내가 누구인지조차 모르게 될 때도 있소. 이런 끔찍한 고통을 견디기에는 내 피가 너무도 뜨겁기 때문이오. 어떻게 해서든 내 분노를 머리에서 지우고 싶소. 나흘 안에 밖으로 나가지 못한다면 내가 벽에 머리를 찧고 죽지 않는다고 아무도 보장하지 못할 거요……." 그리고 사드는 장관에게 직접 호소하거나, 필요하다면 왕의 발밑에 무릎을 꿇어서라도 자신에게 자유를 되돌려 달라고 요청해주기 바란다고 아내에게 애원했다.

같은 날 사드는 장모 몽트뢰유 부인에게도 편지를 보냈다. 그 편지는 분노로 가득 차 있었다.

부인께서는 복수와 잔인함이 선택할 수 있는 모든 수단 가운데서 가장 저열한 수단을 선택하셨군요. 나는 혹시 아직 어머니가 살아계신다면 다시 한 번 어머니를 만나 입을 맞추고, 이미 돌아가셨다면 오로지 그분을 위해 눈물 흘릴 목적으로, 오로지 어머니의 임종을 보기 위해 파리로 왔습니다. 그런데 당신은 하필이면 이런 시기를 이용하여 또다시 나에게 욕을 보이는군요! 어떻게 이럴 수 있습니까! 나는 전에 당신에게 편지를 보내어 당신이 내 장모인지 아니면 우리 집안의 폭군인지 물었던 적이 있는데, 이제야 그 의문이 풀리는군요. 당신이 사랑하는 아버지를 잃었을 때 나는 당신의 눈물을 닦아드리지 않았습니까? 마치 내 친아버지가 돌아가셨을 때처럼 내가 당신의 슬픔을 진심으로 위로한 것을 모르십니까. 나는 당신을 방해하기 위해 파리로 온 것이 아닙니다. 어머니에 대한 의무를 다하면 당신 앞에 무릎을 꿇고 사죄하며 당신의 분노를 풀어드리고 당신과 친밀하게 이야기를 나누며 내 사건을 마무리하기 위한 의견을 청할 생각이었습니다. 이는 먼젓번 편지에서도 말씀드렸지만, 앙브레 선생님께서도 당신에게 말씀드렸을 겁니다. 그런데도 그 쓸모없는 사내는 당신과 짜고 나를 속이고 배신하여 둘이서 보기 좋게 성공을 거두셨군요. 호송되는 동안 내가 들은 바에 따르면, 사건을 매듭짓기 위해 무슨 일이 있어도 내가 구금되어야 한다는군요. 그런데 이제 와서 그 말이 사실이라고 믿을 수 있겠습니까? 사르데냐에서도 당신은 같은 수법을 쓰셨지요? 그 뒤로 나는 2년이나 집을 비웠지만 그 일이 사건을 해결하는 데 조금이라도 도움이 되었습니까? 당신이 노리는 것은 내 유죄선고 파기가 아니라 나를 완전히 파멸시키려는 것 아닙니까.

그 뒤 사드는 자살하겠다고 협박하거나, 하다못해 자식과 한 번이라도 만나게 해 달라고 애원하거나, 편지로 장모의 마음을 움직이기 위해 온갖 술책을 썼다. 몽트뢰유 부인에 대한 분노가 아무리 크더라도 부인 말고 지금 자신의 역경을 구원해 줄 수 있는 사람이 아무도 없다는 점을 잘 알고 있었기 때문이다.

사드는 3월 6일에도 아내에게 비통한 마음을 담은 편지를 보낸다. "아, 사랑스러운 친구여, 내 끔찍한 상황은 언제 끝나겠소? 하느님, 산 채로 매장된 이 무덤에서 나는 언제쯤 나갈 수 있습니까. 내 운명은 비할 바 없이 처참하오. 내 고통은 글로는 다 쓸 수 없을 정도요. 내 마음을 좀먹는 불안은 도저히 표현할 길이 없소. 이곳에서 내가 할 수 있는 일은 울면서 소리 지르는 것뿐이오. 하지만 아무리 울고 소리 질러도 아무도 들어주지 않소. 사랑하는 친구와 슬픔을 함께 나눴던 게 언제 적인지 모르겠소. 지금은 나 혼자 뿐이오. 나한테는 온 세상이 죽은 것과 다름없소! 당신이 내 편지를 받았는지조차 알 방법이 없구려. 앞서 보낸 편지에도 답장이 전혀 없는 것을 보면 틀림없이 당신에게 전달되지 않은 게지. 그런데도 이곳에서 나에게 편지를 써도 좋다고 한 것은 내 불안을 즐기기 위해서이거나 내 마음속을 엿보고 싶어서일 것이오. 나를 괴롭히는 미친놈들이 생각해 낸 새로운 고문인가 보오."

그러나 3월 무렵에는 르네 부인의 편지가 남편에게 전해진 듯하다. 부인에게 보낸 4월 18일자 편지는 사드가 그녀의 편지를 받아본 뒤에 쓴 것이다. 그 편지는 비꼬는 말투로 부인의 선의를 짓밟는 심술궂은 내용으로 뒤덮여 있다. 죄수의 절망에서 생긴 변덕스러운 감정이 의심과 억측을 낳은 것이다.

나 같은 처지에 있는 사람이 생각하는 것은 모래 위에 지은 누각일 뿐이고, 마음속에 쌓아 올린 모든 희망은 곧바로 허물어지는 환영에 지나지 않다고 해도 과언이 아니오. 나는 속으로 여섯 가지 가능성을 세우고 머지않아 석방되리라는 희망을 걸었소만 이제 그중의 한 가지밖에 남지 않았소. 당신이 4월 14일에 보낸 편지가 다른 희망을 모조리 빼앗아 버렸기 때문이오. 햇빛에 아침이슬 사라지듯 말이오. 물론 당신의 편지에도 위로가 될 만한 말이 있긴 했소. "때가 되면 더는 그곳에 있지 않아도 돼요"라고 당신은 말했소. 이보다 더 믿음직한 말이 어디 있겠소. 여섯 달 동안 있어야 한다면 여섯 달 동안 있으면 되니 말이오. 좋은 말이오. 당신에게 글을 가르친 선생은 당신이 불행한 사람의 상처에 이토록 훌륭하게 독을 바를 수 있게 되어 매우 흡족해하실 거요. 당신보다 훌륭한 학생은 없을 테니 말이오. 하지만 내 하느님은 이런 끔찍한 생활을 더는 견디지 못할 것 같소. 아무렴, 그렇고말고, 나는 잘 아오. 미리 말해두겠소만, 나에게 이토록 부당하고 가혹하게 대한 것을 언젠가 사람들은 후회하게 될 거요. 그것도 다 날 위한 것이라고 말하는 거요? 대의명분은 좋구려. 사람을 미치광이로 만들고 건강을 해치게 하고, 눈물과 절망을 안겨주는 것도 다 그 사람을 위한 것이라니 말이오! 솔직히 말해 남이 주는 그런 온정을 고마워할 만큼 나는 너그러운 사람이 아니오. 게다가 당신은 터무니없는 일을 참으로 거창하게도 말하는구려. "이번 일이 반성을 위한 기회가 될 것"이라고? 그야 나도 반성 정도는 했소. 하지만 이처럼 더럽고 야만스러운 대우를 받으면서 내 마음에 떠오른 유일한 반성이 무엇일 것 같소? 모르겠다면 가르쳐 드리지. 내 마음에 새겨진 유일한 반성은, 어떻게 해도 한때의 실수를 바로잡을 수 없는 나라, 경솔한 행동을 죄로 규정하고 벌하는 나라, 그리고 뱃속이 시커먼 사기꾼 같은 여자가 죄 없는 사람을 제멋대로 압박하는 나라를 하루빨리 떠나 어느 자유로운 나라로 안식과 정의를 찾아가고 싶다는 반성이오.

이 뒤로도 편지는 길게 이어지지만, 그 원망 가득한 말투는 사드의 소설에 종종 나오는 인물의, 남을 원망하고 사회를 저주하고 온 세상을 증오하는 말투와 완벽하게 일치한다. "내가 악인이 된 것은 사회가 악하기 때문이오. 세상 사람들의 배덕과 내숭, 엄숙주의가 나를 악의 길로 내몬 거요." 사드 특유의 간접증명법인 이 논리는 말 그대로 죄수의 원한에서 나온 논리이다. 그러나 많은 청중(그 대부분은 희생자이다) 앞에서 연설하는 사드의 작중인물과 달리, 이 죄수가 분노를 쏟아낼 수 있는 유일한 상대는 충실한 아내뿐이었다. 르네 부인은 남편의 해방을 위해 노력하는 것이 "자신의 유일한 목적이며 다른 일은 안중에 없다"고 그 무렵에 보낸 편지에서도 분명하게 밝혔다. 부인은 죄수 사드에게 결코 없어서는 안 될 인물이 되었다.

6월 무렵에는 르네 부인도 남편이 뱅센 감옥에 갇혀 있다는 사실을 알았다. 그러나 면회는 여전히 허락되지 않았고, 편지도 모두 당국이 검열했다.

8월, 감옥 안에서 사드는 치질로 매우 고생했다. 르네 부인은 고프리디에게 보낸 편지에서 사드의 병 이야기를 하며 빈정거렸다. "작은아버지(사드 신부)께 전해주세요. 또다시 수명이 늘어났다며 기뻐하실 테니까요." 사드 신부가 조카의 체포 소식을 듣고 기뻐한 것을 빗댄 말이다.

그러나 그 신부는 같은 해 12월 31일에 소마느 수도원에서 72세의 나이로 숨을 거둔다. 폴 브르댕의 기술에 따르면, 신부가 큰 빚을 남겨 유산 상속 문제가 복잡했다고 한다. 가족들은 이름도 모르는 채권자가 나타나 권리를 주장했기 때문이다. 조카 사드 후작에게도 토지와 동산, 장서와 고대 동전 수집품, 진열장에 있던 동물 표본 등이 유산으로 증여될 예정이었다.

1778년 3월, 이 무렵 옥중에 있는 남편에게서 소식이 갑자기 끊기자 후작부인은 매우 걱정한다. 부인의 편지를 인용하겠다.

사랑하는 여보, 당신의 편지가 아직도 오지 않았습니다. 나를 죽일 만큼 괴롭히는 이 침묵을 언제까지 계속하실 건가요? 지금 나는 마치 감옥에 갇혀 있는 듯한 기분입니다. 이번 사건 자체도 걱정스럽지만, 그보다도 순간순간 달라지는 상황이 나는 더 괴롭습니다. 오랫동안 편지가 오지 않으면 나는 너무나 슬픕니다. 당신도 역시 걱정하거나 슬퍼하고 있겠지요. 그리고 온갖 생각을 하다가 있지도 않은 일을 상상하고 있겠지요. 하지만 그건 세상 사람들이 지금까지 당신에게 너무나 가혹했기 때문이에요. 상식으로 이해할 수 없는 박정한 사람들이에요. 그런 사람들은 아무리 미워해도 성이 차지 않지요. 사랑하는 여보, 제발 그런 사람들과 나를 함께 취급하지 말아주세요. 용기를 가지세요. 아무리 슬퍼도 꺾이지 마세요. 꾹 참고 모든 일이 끝나는 날을 기다리세요. 불행에도 굴하지 않는 강인한 사람처럼. 하지만 그렇다고 해서 이런 상태가 하루빨리 달라질 리 없다고 단정하진 마세요. 어쨌든 나는 지금 상황만을 말하고 싶어요. 세월이 가면 그만큼 끝날 날이 다가오고 있다는 뜻이니 그 걱정하지 않아도 좋으니까요. 어쩌면 이는 우리의 앞날을 위한 힘든 시련인지도 몰라요. 당신도 나와 함께 세상 사람들의 판단이 틀렸다는 것을 증명하기 위해 노력해 주세요. 당신이 나오면 실행할 수 있는 계획이 하나 있어요. 사랑하는 여보, 당신을 기다리며 마음을 담아 키스를 보냅니다. (3월 31일)

이 편지에 불필요한 주석은 달지 않아도 될 것이다. 부인의 한결같은 애정은 의심할 여지가 없다. 부인은 4월 15일 편지에 이렇게 썼다. "나는 건강해요. 내 걱정을 해주다니 얼마나 기쁜지 몰라요. 당신의 아주 사소한 애정의 증표도 나한테는 무엇과도 바꿀 수 없는 소중한 보물입니다. 지금도 그렇고 내가 살아 있는 동안 영원히 그럴 거예요. 영원히, 당신은 내 영혼의 유일한 목적이에요. 당신과 당신의 행복 없이는 내 행복도 존재하지 않아요. 우리가 다시 함께 하는 날, 나는 너무 기뻐 숨이 멎을지도 몰라요. 어서 빨리 그날이 오기를 바라요. 진심어린 애정을 담아……"

마르세유 사건 재심리

사드가 뱅센 감옥에 있는 동안 시작된 마르세유 사건 판결의 재심리 요구운동의 경위를 설명하겠다.

앞에서 말했듯, 1772년의 판결 파기를 요구하는 청원운동은 한때 르네 부인이 열심히 추진했지만 만족할 만한 성과는 올리지 못했다. 그 이유는 관청 일이 지연된 탓도 있지만, 몽트뢰유 부인이 그 일에 적극적으로 가담하지 않았기 때문이다. 사드가 아무리 안달하며 탄원서를 보내도 르네 부인의 힘으로는 두꺼운 법률의 장벽을 넘지 못했다.

몽트뢰유 부인은 1777년 여름이 되어서야 비로소 적극적으로 움직이기 시작했다. 옥중에서 거듭 호소하는 사위에게 마음이 움직였는지는 알 수 없다. 어쩌면 몽트뢰유 부인도 명예롭지 못한 죄상이 언제까지나 사드 가문의 이름에 먹칠하는 상황을 더 참고 볼 수 없었는지도 모른다. 어쨌든 9월에 마르세유 사건 변호사 조제프 제롬 시메옹이 청원서를 작성하여 심리관에게 제출하고, 몽트뢰유 부인과 르네 부인은 사법장관 베르젠 백작에게 편지를 보냈다. 이 편지에서는 몽트뢰유 부인도 온갖 미사여구를 동원하여 사드 가문을 칭찬한다.

이 가족의 가명은 장관님도 잘 알고 계시지요. 같은 이름의 제독이 장관님을 배로 콘스탄티노플까지 모셔다 드린 일이 있습니다. 그의 동생은 현재 마르세유의 성 빅토르 교회 참사회의 회장으로 있습니다. 그 두 사람도 나와 마찬가지로 이 가슴 아픈 사건에 대하여 장관님의 선처를 호소하고 있습니다. 두 사람은 지금 이곳에 있지 않아 내가 대신 사드 집안을 위해 그리고 내 딸과 손자를 위해 부탁 드리는 바입니다. 딸과 손자의 불행을 슬퍼하고, 그 불행이 어서 빨리 끝나기를 바라는 마음이 어미보다 절절한 사람이 어디 있겠습니까. 그 나이와 천진함, 왕가와의 혈연관계 등 모든 것이 그들에게 유리한 조건을 갖추고 있습니다. 그들의 아버지가 받은 판결이 부당함은 말할 것도 없지요.

몽트뢰유 부인의 진정서가 효력을 발휘했는지, 그 해 10월 16일에 경시총감 르노아르가 직접 뱅센의 죄수를 찾아왔다. 그런데 사드는 아내에게 보낸 편지에서 그 회견이 매우 실망스러웠다고 말한다. 석방될 희망이 생기기는커녕, 불안만 점점 더 커졌다는 것이다. 경시총감이 그에게 석방 시기를 분명히 밝히지 않고 애매하게 말했기 때문이다. 경시총감은 몽트뢰유 부인이 최근에 재심리 요구 운동을 시작했다고 죄수에게 말했으나, 사드는 부인에게 편지를 보내 "그런 일은 믿을 수 없다"고 말했다.

1778년 1월 5일, 사드는 몽트뢰유 부인에게 혈서를 보내어 괴로운 옥중 생활의 끝장을 보게 해달라고 애원했다. 몽트뢰유 부인은 재판이 열릴 경우 정신착란을 가장하면 법정에 출두하지 않아도 되고 그 편이 심리에도 유리할 것이라고 제안했다. 이 제안을 받아들이게 하기 위해 부인은 전년 7월부터 딸을 통해 사드에게 거듭 이야기했다. 그러나 사드는 그때마다 화를 내며 그 제안을 물리쳤다.

몽트뢰유 부인은 풍기문란죄를 변명할 수 있는 것은 광기뿐이며, 비역죄 혐의를 벗기 위해서라도 미치광이 흉내를 낼 필요가 있다고 생각했다. 사드가 이를 거절한 것은 자존심 때문이었을까.

5월이 되자 몽트뢰유 부인의 소개장을 가지고 온 봉투라는 사내가 뱅센의 죄수를 만나러 와서, 정신착란증으로 재판에 결석하든지 아니면 법정에 출두해서 심리를 받든지 선택하라고 다구친다. 봉투는 법률가였는데, 사드는 이 '음험한 짐승 같은 사내'를 처음 본 순간 혐오와 의심이 일어 온갖 핑계를 대며 즉답을 회피했다.

사드가 의심한 첫 번째 이유는, 르네 부인이 봉투가 하는 이야기를 전혀 알지 못한 점이었다. 부인이 직접 이야기하면 바로 믿을 텐데 왜 봉투라는 사내를 보낼 필요가 있는가. 엑스 재판소로 데려간다는 이야기는 어쩌면 함정이 아닐까. 게다가 재판소에 가야 한다고 해도 내가 왜 경관들에게 호송되어 가야 하는가. 경관들에 둘러싸여 자기 고향에 구경거리가 되기는 싫다, 호송이라는 절차가 꼭 필요하다면 말레 형사와 그 부하, 그리고 자기 하인을 포함한 세 사람만 가길 원한다, 재판소에 출두할 때 입을 마땅한 옷이 마땅하지 않다, 아이에게 인사도 하지 않고 출발하기는 너무 괴로우니 그 점도 고려해 주길 바란다, 이러한 온갖 불평과 요구사항을 늘어놓았지만 며칠 뒤에 다시 봉투가 와서 양자택일을 하라고 하자 결국 사드는 법정에 서기로 마음먹는다. 미치광이 노릇을 하는 것을 도저히 참을 수 없었던 모양이다.

이리하여 1778년 5월 27일, 마르세유 사건 판결 파기를 요청하기 위해 엑스 법정으로 출두하는 것을 허가하는 칙서가 사드에게 도착했다. 독살과 비역죄 증거가 약한 점, 공소기록에 무효한 부분이 많은 점이 재심을 인정한 이유였다.

6월 14일, 마침내 재판소에 출두할 날이 다가오자 사드는 말레 형사와 함께 뱅센 감옥을 나섰다(사드는 1년 4개월 동안 뱅센에 구류되어 있었다).

6월 20일 저녁, 사드는 말레 형사와 함께 엑상프로방스에 도착해, 그날 밤은 '상 자크' 여관에 머무르고, 이튿날 21일 오후에 엑스 마을의 왕립감옥에 수용되었다.
말레 형사의 보고에 따르면, 이 엑스 마을의 감옥에 수용되어 있는 동안 사드는 귀족으로서 충분한 대우를 받았음에도 제멋대로 행동하여 경찰관을 쩔쩔매게 했다고 한다. 게다가 대범한 면을 보이려고 매점에서 죄수들에게 성대한 향연을 베풀었다고 한다. 뿐만 아니라 사드는 죄수 가운데 미인 여자 죄수를 발견하고는 그녀에게 끈질기게 접근하려고 했다.
1778년 6월 31일, 마침내 사드는 엑스 감옥에서 끌려나와 처음으로 법정에 출두했다. 이미 칙서 때문에 1772년의 판결은 파기되었으므로 소송은 새로운 단계로 접어들었다.
그날 아침, 사드는 감옥에서 나와 장막을 두른 가마를 타고 자코뱅 수도원으로 갔다. 그곳에서 재판이 열리기로 되어 있었다. 법정에 들어서자 죄수는 판사석 앞에 무릎을 꿇고 있다가 재판장의 신호에 따라 일어섰다. 가장 먼저 변호사 조제프 제롬 시메옹과 왕실 공소원 검사장 에마르 드 몽메이앙의 구두변론이 이루어졌다. 변론이 끝나자 판사들의 합의에 의해, 즉 마르세유 사건 판결에 따라 추정된 독살죄는 무효로 완전히 파기하게 되었다. 그러나 비역죄와 풍기 문란 사실에 대해서는 다시 증인을 소환하여 심리를 열기로 했다. 재판은 2시간 동안 계속되었으며, 2백 명이 넘는 구경꾼이 사드 후작의 얼굴을 보기 위해 자코뱅 수도원 문 앞에 구름같이 몰려들었다. 그러나 가마에 장막이 둘러져 있어 수도원 문을 들어갈 때나 나올 때나 사드의 얼굴은 보이지 않았으므로 구경꾼들은 실망했다.

증인과 피고인에 대한 신문은 7월 2일과 7일에 이루어졌으며, 증인으로는 마르세유 사건의 피해자 마리에트 볼레리가 출두했다. 그 이전에 고프리디는 변호사가 시키는 대로 마르세유로 가서 증인으로 소환할 예정인 여자들에게 금품을 주어 증언 때 할 말을 미리 맞춰 두었다. 7월 10일에 증인과 피고의 대면이 이루어졌다.

7월 14일, 판결이 내려졌다. 먼저 오전에 프로방스 고등법원에서 사드에 대한 마지막 공개신문이 이루어졌다. 그리고 바로 판결문이 나왔다. 피고 사드는 비역죄 및 풍기 문란죄로 훈계처분을 받고, 벌금 50루블에 처해졌으며, 앞으로 3년 동안 마르세유 체류를 금지당했다. 벌금을 내면 죄수 명부에서 그의 이름은 말소된다. 더는 신병을 구속할 이유가 없어진 것이다.

이리하여 6년이라는 긴 세월에 걸쳐 마르세유 사건도 해결되었다. 무죄는 아니었지만 생각보다 판결이 가벼웠으며, 실질적으로는 거의 무죄나 다름없었다. 사드는 다시 떳떳하게 자유를 누릴 수 있게 되었다.

그러나 엑스 고등법원에서 나온 뒤에도 여전히 경관들이 그를 감시했다. 1777년 2월 3일, 어머니의 죽음과 함께 마르세유 부인이 신청한 칙명 구인영장의 효력이 아직 사라지지 않았던 것이다. 앞에서 언급했듯이, 재판소의 권력과 왕의 권력은 독립되어 있었으므로, 칙명 구인영장은 왕이 서명하기만 하면 재판소와 무관하게 그 효력을 발휘할 수 있었다. 생각지 못한 결과에 사드는 아연했다. 그렇다면 무엇을 위해 굳이 재판을 하러 엑스까지 왔는지 알 수 없었다. 수렁 같은 법률문제에서 겨우 빠져나왔다고 생각했는데 그에게는 또 다른 무거운 사슬이 둘러져 있었던 것이다. 분노와 절망에 사로

잡힌 사드는 항의할 기력조차 잃고 말았다. 게다가 항의해도 소용없었다. 상대는 그저 상사의 명에 따를 뿐인 일개 경관이었기 때문이다.

옥중에서 사드가 의심했듯이, 엑스 재판소에 출두하라는 제안은 정말로 함정이었다. 딸이 시집간 사드 가문의 명예를 회복하고 사위인 사드를 영원히 법의 감시 아래 두려 한 몽트뢰유 부인의 바람은 훌륭하게 성공한 것이다. 주목할 점은, 몽트뢰유 부인의 엄중한 권고에 따라 르네 부인에게는 이번 재판 과정을 처음부터 숨겼다는 사실이다. 몽트뢰유 부인은 무모한 딸의 예기할 수 없는 간섭이 두려웠던 것이다. 6월 22일, 또다시 소식이 뚝 끊긴 남편을 걱정하며 르네 부인은 빈 감옥으로 절절한 편지를 보냈다. 그 무렵 사드는 이미 엑스에 와 있었지만 부인은 그 사실을 전혀 모른 채 남편이 뱅센 감옥에서 병이라도 걸린 줄 알고 크게 걱정하고 있었다.

두 번째 탈주와 세 번째 체포

7월 15일, 사드는 말레 형사, 두 경관과 함께 다시 뱅센 감옥으로 돌아왔다. 자유의 기분을 맛본 것은 말 그대로 한순간뿐이었다.

일행은 마차를 타고 론 강을 따라 산길을 달렸다. 일부러 아비뇽을 피해 타라스콩으로 우회해서 달렸다. 아비뇽에는 사드를 아는 사람이 많았기 때문이다.

16일, 론 강 기슭의 발랑스라는 마을에 도착하여 저녁 9시 반에 '루브르' 여관에 짐을 풀었다.

지정된 방으로 들어가자 사드는 도로와 접한 창문 쪽으로 다가가 말레 형사가 식사 준비가 끝났다고 알리러 올 때까지 그대로 있었다. 사드는 식욕이 없다는 핑계로 식사를 거절했다. 그러자 말레 형사와 그 동생 앙투안 토마는 사드의 방으로 식탁을 옮겨 와 그가 보는 앞에서 식사를 했다. 사드는 방 안을 걸어 다니다가 10시 무렵에 갑자기 화장실에 가고 싶다고 말했다. 동생 앙투안 토마가 자리에서 일어나 긴 복도 끝에 있는 화장실로 사드를 데려갔다. 사드는 촛불을 들고 화장실로 들어갔다. 앙투안 토마는 복도로 이어지는 계단 출구에서 사드를 기다렸다. 이 계단이 바깥으로 통하는 유일한 통로였기 때문이다. 5, 6분 지나자 후작이 나왔으나 일부러 촛불을 화장실에 두고 발소리를 죽이며 조용히 나왔으므로 앙투안 토마는 사드가 바로 옆에 올 때까지 그의 기척을 느끼지 못했다. 그때 사드는 어두워서 발을 헛디딘 시늉을 하며 엉덩방아를 찧었다. 앙투안 토마가 깜짝 놀라 달려가 그를 일으켜 세우려다 자기도 같이 넘어질 뻔 했다. 그러자 그 틈을 타서 사드는 '바람같이' 몸을 일으켜 앙투안 토마의 팔 밑으로 빠져나가 돌계단을 네 칸씩 뛰어 내려가 안뜰의 어둠 속으로 몸을 감추었다(이는 바스티유 기록보관소에 남아 있는 말레 형사의 보고서를 바탕으로 한 내용이다. 아래도 마찬가지이다).

앙투안 토마는 곧바로 죄수의 뒤를 쫓았다. 소란한 소리를 듣고 형 말레 형사와 두 부하도 우르르 계단을 내려갔다. 네 사람은 안뜰에 이어져 있는 마구간과 마차 보관소, 지하 창고, 건초 저장소 등 모든 곳을 샅샅이 수색했다. 하지만 도망자는 찾아내지 못했다. 아마도 쪽문을 통해 밖으로 달아난 듯했다. 여관 근처의 집들과 뜰에서 다락방까지 남김없이 뒤졌다. 말레 형사는 곧바로 기마헌병대에 알리러 가야겠으니 마차를 내 달라고 여관 주인에게 부탁했지만, 주인은 이 시간에는 성문이 닫혀 있어 불가능하다고 대답했다. 그래서 경관은 일단 두 패로 나뉘어 몽테리마르 방면과 탄 방면으로 이어진 길을 샅샅이 수색하게 했다. 그러나 역시 헛일이었다.

이튿날 아침 마을 성문이 열리자마자 말레 형사는 사드의 인상착의를 설명하고 경관 12명에게 근처 마을과 인근의 밭으로 들어가 숨어 있을 가능성이 있는 집들을 차례차례 수색하라고 했다. 또한 다른 경찰들은 론 강 선착장으로 이어지는 길로 보냈다. 백방으로 손을 써서 마을 근처를 수색했지만 여전히 도주범은 발견되지 않았고 아무런 단서조차 얻지 못했다. 말레 형사는 포기하고 도피네 주기마헌병대 소속 판사를 여관으로 불러 사드가 한 시간 정도 머물렀던 여관방을 다시 점검했다. 그곳에는 후작이 남긴 몇 가지 소지품이 있었다. 먼저 무명자루가 하나 나왔다. 그 안에는 노란 가죽 실내화, 하얀 솜바지와 조끼, 소매 달린 가운, 셔츠, 손수건 네 장, 구두 세 켤레, 머리에 뿌리는 가루, 옷깃, 넥타이 등이 들어 있었다. 녹색 자루에는 향료나 연고가 든 작은 파엔차 도자기 항아리, 그다지 질이 좋지 않은 은 숟가락과 포크, 양초 두 자루, 시트, 안에 털가죽을 댄 옷, 영국풍 프록코트 두 벌, 멜튼 실내복, 영국풍 장식 끈이 달린 검은 모자, 동으로 만든 화장도구 통, 비누 상자 등이 들어 있었다. 짐 가방이 하나 더 있었지만 이것을 점검한 판사가 다시 봉인했다.

  그렇다면 사드는 경찰의 눈을 속이고 어디로 도망갔을까. 나중에 그가 당시를 회상하며 쓴 《나의 포로 생활》(1776~1784)이라는 글을 인용하겠다.

  나는 밤 11시 무렵 여관을 빠져나와 마을에서 약 1킬로미터 떨어진 탈곡장 근처에 있는 농민의 오두막에 몸을 숨겼다. 먼저 두 농민이 나를 몽테리마르로 안내해 주었다. 그러나 1리쯤 가다가 계획을 바꾸어 론 강가를 따라 가서 배를 타기로 했다. 그런데 배가 보이지 않았다. 동틀 무렵이 되자 비바레라는 마을에서 배를 발견하여 그것을 타고 아비뇽으로 갔다. 노를 저어 준 농사꾼에게는 1루이를 주었다. 이리하여 7일째 저녁, 아비뇽에 도착하자 나는 키노라는 자의 집에 묵으며 그 부부와 함께 저녁을 먹었다. 키노는 나를 위해 마차까지 마련해 주었다. 나는 그 마차를 타고 저녁에 아비뇽을 출발하여, 18일 오전 9시에 라 코스트로 돌아왔다.

집에 돌아왔을 때는 기진맥진한 상태였지만 그는 먹지도 자지도 않고 가장 먼저 고프리디에게 편지를 보냈다. "피로와 굶주림에 지쳐 쓰러질 듯한 상태로 지금 집에 돌아왔네. 자네한테 그 내막을 소상히 얘기해 주지. 마치 소설과 다름없네. 되도록 빨리 와주게. 그리고 심부름꾼에게 레몬과 열쇠를 있는 대로 모두 가지고 오라고 하게. 자네가 오는 김에 전에 보관해 달라고 했던 편지 묶음 두 개도 함께 가지고 와주면 고맙겠네. 이제 무얼 좀 먹고 푹 잘 생각이네. 내일은 자네와 함께 식사하고 싶군. 레몬과 열쇠, 잊지 말게나."

탈주하여 자유를 되찾은 사드는 뛸 듯이 기뻐했다. 그 뒤로 약 한 달 동안 라 코스트에서 평안한 나날을 보낸다.

성에 사드 부인은 없었지만 가정부로 함께 사는 마리 드로테 드 루세라는 사드의 소꿉친구가 있었다. 그녀는 지쳐서 성으로 돌아온 사드를 따뜻하게 맞이하여 마치 어머니처럼 헌신적으로 그의 시중을 들었다. 앞으로도 그녀의 이름이 종종 나오므로 이 처녀에 대해 간단히 소개하겠다. 루세는 1744년 1월 6일 라 코스트 근처의 생 사튀르냥 다프트에서 태어났다. 사드보다 4살 어리므로, 당시 34세였다. 그녀는 공증인의 딸로, 일찍이 사드가 소만느에 있는 숙부의 수도원에서 지낼 때 함께 놀았던 소꿉친구이다. 다음 장에서 이야기하겠지만, 1778년 11월 6일, 즉 사드가 다시 뱅센에 수감된 8주 뒤, 루세는 파리에서 르네 부인과 함께 2년 반 동안 사드의 석방운동에 힘썼다. 1781년 6월에 프로방스로 돌아오고 나서 3년 뒤인 1월에 결핵으로 눈을 감을 때까지 라 코스트 성에서 사드 가족의 재산을 충실히 관리했다. 사드 부부에게는 더없이 좋은 친구이자 더없이 좋은 가정부였다. 그뿐만 아니라 루세는 사드가 순수하게 정신적으로 사랑한 유일한 여성이며, 그녀가 옥중의 사드와 주고받은 몇몇 편지를 보면 평생 결혼하지 않은 '성녀'(사드의 표현)이면서 문학적 재능도 남달랐음을 알 수 있다.

다정한 루세와 거의 한 달 동안 오붓하게 지낸 사드는 행복했을 것이다. 뒤이어 곧바로 닥친 어두운 날들을 위한 둘도 없이 즐거운 추억이 되었기 때문이다. 사드는 고프리디처럼 겉과 속이 다른 사내는 조금도 믿지 않았지만 루세는 전적으로 신뢰했다. 아내가 없는 라 코스트 성에 루세조차 없었다면 11년에 걸친 유폐생활 전의 짧은 막간 같은 평온한 날들은 아마도 암흑으로 점철되었을 것이기 때문이다. 사실 그날들이 정말로 평온하기만 한 것은 아니었다. 위험은 눈앞까지 닥쳐왔고 불길한 예감은 탈주범 사드의 가슴속을 쉴 새 없이 휘젓고 다녔기 때문이다.

파리에서는 그 무렵 르네 부인과 어머니가 격렬하게 다투고 있었다. 어머니에게서 처음으로 최근에 열린 재판 경위와 남편이 다시 뱅센으로 호송된 경위를 들은 르네 부인은 분노했다. 어머니는 거의 두 달 동안 딸의 눈앞에서 진실을 감추고 있었던 것이다. 이윽고 남편이 탈주하여 라 코스트로 무사히 돌아왔다는 소식을 듣자, 르네 부인은 곧바로 라 코스트로 돌아가겠다고 했다. 그러자 몽트뢰유 부인은 "암사자처럼 불같이 화내며 그랬다가는 감금하겠다고 협박"(르네 부인의 편지)했다. 어머니의 서슬이 너무도 시퍼렇자 르네는 어머니의 뜻을 거스르면 오히려 역효과가 날 것이라고 생각해 라 코스트로 돌아갈 생각을 접고 한동안 때를 기다리기로 했다. 그녀가 라 코스트로 가버리면 어머니는 망설임 없이 경찰에 연락할 것이라고 냉정하게 판단한 것이다. 멀리 떨어져 있어도 르네 부인의 가슴속에는 사드와 마찬가지로 불길한 예감이 자리잡고 있었던 것이다.

8월 19일, 사드가 루세와 마을 사제와 함께 산책하고 있을 때 정원사 상뷔크가 걱정스러운 표정으로 "마을 술집에 수상한 사내들이 잔뜩 모여 있다"고 말했다. 루세가 마을로 내려가 확인해 보니 술집에 있던 사람들은 비단상인들이었다. 이로써 한숨 돌렸지만 여전히 불안을 씻을 수 없었던 사드는 그날 당장 근처의 오페드 마을로 몰래 피난하여 새로 온 비달이라는 수도사의 집에 머물기로 했다. 그리고 루세에게 부탁하여 하루에 두 번씩 성의 상황을 보고할 심부름꾼을 보내달라고 했다.

그러나 그 뒤 루세가 마침내 사태가 긴박해졌다는 소식을 알리자, 오페드 마을도 더는 안전하지 않았으므로 21일, 22일 밤은 마을에서 1리쯤 떨어진 길가에 있는 낡은 헛간에서 시중드는 사내와 함께 숨어서 잠을 청했다.

23일, 사드는 헛간에서 극심한 흥분을 느꼈다. 안절부절못하며 진정할 수 없었다. 함께 있던 사내가 걱정되어 서둘러 오페드 마을의 비달을 불렀다. 비달이 왜 그러느냐고 묻자 사드는 대답했다. "별 것 아닐세. 여기서 나가고 싶을 뿐이야." "몸이 안 좋은가?" "아닐세, 그저 여기서 나가고 싶네." "어디로 갈 생각인가?" "집으로 돌아갈 거네." "말도 안 되는 소리. 나는 함께 가지 않을 걸세." "같이 갈 생각은 없네. 나 혼자 가겠네." "잘 생각하게." "생각했네. 집으로 돌아가겠어." "집은 위험한 걸 모르나?" "됐어. 그런 건 다 허상이야. 위험할 리가 있나. 자, 가세." "하다못해 나흘만 기다려 보게." "싫네. 나는 가겠어." 비달은 하는 수 없이 사드를 보내주었다. 성에 도착하자 다들 딱하다는 표정을 지으며 사드를 자극하는 이야기는 일부러 피했다. 그에게는 휴식이 필요했지만, 실제로는 위험이 바로 코앞까지 닥쳐와 있었다.

24일, 오페드 마을 수도사는 전날부터 성에 머물렀다. 모두가 사드에게 도망가라고 권했지만 그는 듣지 않았다.

25일, 고프리디에게 몽트뢰유 부인과 르네 부인이 보낸 편지가 왔다. 고프리디는 그 편지를 들고 사드의 성으로 가지고 갔다. 몽트뢰유 부인이 사드에게 꼭 보여주라고 했기 때문이었다. 그 편지를 읽고, 브레스 지방의 국왕대리인 역할이 사드에게서 다른 사람에게로 넘어간 사실을 처음으로 알게 된 사드는 큰 충격을 받는다. 그러나 아무리 몽트뢰유 부인이라도 이런 나쁜 소식을 보낸 직후에 경찰 추격대를 보내지는 않을 것이라고 판단하고 조금 마음을 놓았다. 르네 부인의 편지에도 그를 안심시키는 내용이 쓰여 있었다(하지만 이 또한 몽트뢰유 부인의 교묘한 함정이었음이 이튿날 밝혀진다).

26일 새벽 4시, 하녀 고통이 옷을 대충 걸치고 허둥거리며 사드의 침실로 달려와 소리쳤다. "나리, 얼른 도망가세요!" 사드는 벌떡 일어나 잠옷 차림 그대로 옆방으로 숨었다. 계단에서 시끄러운 소리가 났다. 이윽고 문이 부서지고 사드는 열 명쯤 되는 사내들에게 끌려 나왔다. 한 사람이 사드의 배에 칼을 들이대고 한 사람은 사드의 머리에 권총을 겨누었다. 그들은 말레 형사 밑에 있는 파리의 경찰들과 살롱 마을의 기마헌병대였다(사드는 나흘만 기다려 보라고 한 수도사 비달의 말을 들었어야 했다).

말레 형사는 사드를 보고 욕설과 폭언을 퍼부었다. 몇 번이나 뒤통수를 쳤기 때문에 분노가 머리끝까지 쌓인 것이다. 사드를 '네놈'이라고 부르고 코끝에 권총을 들이대며 말했다. "꼴좋구나. 네놈은 앞으로 죽을 때까지 감옥에서 썩을 거다. 이 위에 있는 방에서 온갖 나쁜 짓을 해온 벌이지. 그 방에서 해골이 나왔단 말이다."

(이상의 내용은 사드가 아내에게 보낸 편지와 그 장면을 목격한 수도사 비달과 로세, 마을 사제와 정원사 상뷔크 등이 재판소에서 작성한 조서에 근거한 것이다. 그들은 모두 경찰의 횡포에 격분했다. 루세는 나중에 몽트뢰유 부인에게 편지를 보내어 그때의 상황을 빠짐없이 보고했다. 말레 형사가 해골 운운한 것은 조금 설명이 필요하다. 이전에 사드는 장난삼아 사람의 뼈를 구해 서재에 장식한 적이 있었다. 그 해골은 1775년 무렵 정부(情婦)로 잠시 라 코스트 성에 살았던 마르세유의 무녀 뒤프랑이 마르세유에서 가지고 온 것이었다. 더 자세한 내막은 알 수 없다. 어쩌면 그녀가 선물로 주었을 수도 있다. 때마침 그 무렵은 나농이나 쥐스틴과의 관계를 시작으로 사드가 여자들에게 빠져 있던 시기였다. 이야기가 복잡해지기 때문에 지금까지 언급하지 않았지만 뒤프랑 말고도 성에는 로제트, 아델라이드 등의 정부들이 살았었다. 사드가 일부러 방에 해골을 장식했다는 사실에서, 그의 시체애호증 경향을 지적하는 질베르 렐리 같은 연구가도 있지만, 그보다는 사드의 박물학 애호 취미에 가까울 것이다. 아무튼 그는 해골에 싫증이 나자 그것을 뜰에 버려두었던 듯하다. 그러자 사드의 성에서 백골이 발견되었다는 불길한 소문이 인근 마을에서 파리까지 널리 퍼져나가게 되었다.)

사드는 오랏줄에 묶여 성 밖으로 끌려 나갔다. 루세와 비달도 그 모습을 보고 있었지만 손쓸 방법이 없었다. 사드는 그대로 경찰에게 끌려가 마차에 올라탄 뒤 카바이옹을 지나 아비뇽으로 향했다. 어느 마을에서나 오라를 받은 죄인의 모습은 사람들의 시선을 끌었다. 특히 아비뇽에는 사드 가문 친척이 많이 살았다. 이곳을 지날 때 사드는 얼마나 부끄럽고 괴로웠을 것인가. 사드는 "발랑스에 갈 때까지 온갖 욕설을 듣고 학대를 받으며" 지났다고 편지에 적었다.

아비뇽에서 론 강을 따라 북상하여 9월 1일에 프랑스 중부 리옹에 도착했다. 이 마을에서 사드는 고프리디에게 편지를 보내 자세한 지시를 내렸다. 특히 영지 관리와 숙부의 유산상속 문제를 강조했다. 장서와 박물표본을 잊지 말고 받으라고 거듭 말했다. 또한 루세는 믿음직하고 훌륭한 여성이므로 모든 일을 그녀와 상의해서 처리하라고 했다.

루세도 9월 5일에 고프리디에게 편지를 보냈다. 불쌍한 사드를 위해 몽트뢰유 부인을 소개해 달라고 청원했다. "그는 당신의 친구입니다. 당신을 진심으로 사랑하고 있어요. 당신은 그를 돕고, 그의 수감 기간을 줄여줄 수 있어요. 그렇게 해주세요. 부탁드립니다……."

사드 일행은 리옹에서 이틀 정도 휴식한 뒤 마차를 갈아타고 9월 7일 오후 8시에 마침내 파리 교외의 뱅센에 도착했다. 2주에 걸친 여정이었다. 사드가 지닌 물건은 녹색 프록코트와 흰색 윗옷, 반바지, 검정색 양말, 수면모자, 실내화, 셔츠 두 장, 수건 두 장이 전부였고, 돈과 보석은 하나도 없었다. 사드는 그대로 독방인 6호실에 갇혔다. 이 방은 지난번에 있었던 11호실과는 달리 바깥 풍경이 전혀 보이지 않고 바람도 잘 통하지 않아 습할 뿐더러 겨울이면 몸서리나게 추웠다.

이리하여 11년에 걸친 수감생활이 시작되었다. 처음 5년 반은 뱅센에서, 나머지 5년 반은 바스티유에서…….

사드가 알고 있는 감옥 밖의 구제도 세상에는 해마다 해체의 그림자가 짙어지고 있었다. 그러나 왕정을 뒤흔드는 정치적·사회적 격동은 감옥 안에 있는 죄수의 귀에까지는 들리지 않았다. 세상이 아무리 바뀌어도 죄수는 여전히 눈이 가려진 채 마음의 목소리에 귀를 기울이고 있을 수밖에 없었다. 그것이 이 감옥문학자가 정신을 육성하고 단련하기 좋은 환경이었다고 말할 수 있을까. 내면의 목소리가 무의식적으로 이러한 고독과 감금 상태를 길게 늘이는 계기를 만들었던 것일까. 앞으로는 그 점을 살펴보고자 한다. 어쨌든 사드가 작가로서 다시 태어나 현실 세계로 되돌아가기 위해서는 프랑스 대혁명까지의 유예기간이 필요했다. 그 역사적인 1789년의 격발이 일어나기까지 11년에 걸친 고통스러운 인내가 필요했다.

또한 그가 작가로서 현실 세계에 복귀했을 때 그의 생애는 이미 반쯤 끝나 있었다. 감옥의 고독 속에서 모든 작가의 궁극목표인 자유의 불꽃을 가장 찬란하게 불태운 도나티앵 알퐁스는 이제 사드가 아닌 전혀 다른 사람이 되어 혁명 후의 파리 거리로 나온다. "문학은 자신의 폐허 위에 세워진다. 이 역설은 우리에게는 너무나 당연한 것이다."(《문학과 죽을 권리》) 모리스 블랑쇼는 말했다. 따라서 앞으로 살펴볼 사드의 옥중 생활 11년이야말로 이 천재의 생애 가운데 가장 중요한 시기라고 할 수 있다. 이제 이 감옥문학자의 목숨까지 건 역설의 비밀을 샅샅이 파헤쳐보고자 한다.

6 뱅센의 종소리

신경쇠약

"사람들도 알듯이 뱅센 성은 발루아 왕조의 필리프가 착공하고 샤를 5세가 완성했다"고 미라보는 말했다. 뱅센 성은 14세기의 가장 전형적인 성채 건축 양식이다. 감옥으로 사용하기 시작한 것은 루이 11세 시대부터이다. 미라보의 글을 조금 더 인용하겠다.

"이 성은 매우 견고하게 지어져 지금까지도 노후한 흔적이 전혀 보이지 않는다. 이 성을 부수려면 카농포(원거리 사격용 대포)가 필요할 것이다. 성 주위에는 석재로 보강한 깊이 약 40척의 해자가 둘러져 있다. 깎아지른 듯한 돌담 위에는 안쪽에서 바깥쪽으로 튀어나온 돌림띠가 둘러져 있어, 해자 안까지 이르렀다 해도 벽을 넘어 성 안으로 침입하기란 불가능하다. 성벽에는 입구가 하나밖에 없으며 보초 두 명이 망을 보고 있다. 세 곳으로 난 성문은 언제나 굳게 닫혀 있다. 네 탑에 있는 방은 모두 감옥이다. 감옥은 이중 철문으로 되어 있다. 벽두께는 16척, 천장 높이는 30척이 넘는다. 이 어두운 방에는 햇빛이 들어오는 창문조차 없어 언제나 영원한 밤이 지배한다. 안뜰 쪽으로 창문이 나 있지만, 해자의 흉장(胸墻) 꼭대기에 튀어 나온 성벽 안쪽의 방에는 그것조차 없다. 당연히 죄수들의 방에는 낮이나 밤이나 자물쇠가 걸려 있고 빗장이 질러져 있다."(《구인영장과 국가 감옥론》, 1782)

사드는 이 끔찍한 뱅센 감옥 6호실에 수감되었다. 9월 7일, 남편이 수감된 날 사드 부인은 이 사실을 알고 크게 낙담하여 루세에게 편지를 보낸다. "아, 충격이 너무 큽니다. 나는 괴로움의 심연에 빠져 있어요. 어떻게 해야 남편이 나올 수 있을까요? 누구에게 부탁해야 하나요? 무엇을 믿어야 하죠? ……이 사건 이후 나는 어머니와 만나지 않았습니다. 사흘 안에 남편을 다른 곳으로 옮기고 그곳에서 나와 만나게 해주지 않으면 영원히 어머니를 증오하고 저주할 것이라는 편지를 보냈습니다. 지난 18개월 동안 모든 사람들에게 속기만 하여 너무 피곤합니다. 당신의 의견을 들려주세요. 당신의 의견을 듣고 혼란스러운 내 마음을 정리하고 싶습니다. 만약 남편에게 편지를 쓸 수 있다면 당신이 이곳으로 올 거라고 말해 둘게요. 그러면 남편도 안심할 거예요."

이윽고 두 달 뒤인 11월 6일, 루세는 사드 부인의 바람에 따라 파리로 온다. 그러나 몽트뢰유 부인은 루세가 딸에게 접근하는 것을 달가워하지 않았다. "그 부인은 후작과 헤어질 때 사드 부인에게 말을 전해 달라는 부탁을 받은 게 틀림없어요. 딸의 마음을 달래기는커녕 더욱 흥분시키기만 할 게 뻔해요." 몽트뢰유 부인은 고프리디에게 이러한 내용의 편지를 보냈다.

한편 뱅센에 갇힌 사드의 생활은 예전보다 더욱 가혹해졌다. 감옥에 들어온 뒤 아흐레가 지나서야 겨우 속옷을 갈아입고 면도를 할 수 있었다. 9월 22일에 처음 책을 만질 수 있었고, 28일에야 비로소 아내의 편지를 받았다.

짧은 자유를 만끽할 새도 없이 다시 감옥에 갇히게 된 사드는 절망한 나머지 아내의 편지마다 일일이 시기했다. 아내의 성실을 의심하며 그녀도 몽트뢰유 부인의 책략에 가담하지 않았느냐고 몰아세우고, 자신에게 성의를 표시할 생각이라면 이 감금 상태가 언제 끝나는지 정확한 날짜를 알려 달라고 다그쳤다. 죄수의 공상에서 생긴 시기심은 이전에 수감 생활을 할 때에도 종종 나타났지만, 구류기간이 길어질수록 그 상태가 더욱 심각해져 1789년에 풀려날 때까지 계속되었다. 그리고 그 피해자는 오로지 르네 부인이었다. "당신이 나와 보면 당신의 생각이 얼마나 잘못되었으며 그 공상이 얼마나 허무맹랑한지를 증명하기 위해 나는 당신의 편지를 고이 보관해 두겠습니다. 당신이 그것을 하나하나 읽고 '역시 당신이 옳았소'라고 말할 때까지 나는 당신을 방에서 나오지 못하게 할 거예요." 르네 부인도 나중에는 원망스럽다는 듯이 항의했다.

아내에게 보낸 첫 번째 편지(10월 4일자)에서 후작은 산책도 못하고 종이 한 장도 구할 수 없는 생활의 고통을 구구절절 호소한다. "겨울이 되어도 불조차 피워주지 않을 거요. 오히려 쥐에게 물릴까 걱정이오. 쥐 때문에 한잠도 못 자겠소. 고양이를 기르고 싶다고 부탁했지만 여기서 동물은 키울 수 없다고 거절당했소. 그래서 이렇게 말했소. '동물을 금지하려면 쥐도 금지해야 할 것 아니오.'"

실제로 사드가 감옥에서 맞는 첫 겨울은 추위와 변변치 못한 물자 때문에 괴로움이 매우 컸다. 처음으로 펜과 종이를 받고 원하는 때에 마음대로 글을 쓸 수 있게 된 것은 3개월 뒤인 11월 7일이었다. 그와 더불어 일주일에 두 번씩 산책도 허용되었다.

이 죄수의 산책에 대해 미라보는 이렇게 기록했다. "하루에 한 시간씩 뜰을 산책할 수 있는 사람은 가장 우대받는 몇몇 사람뿐이다. 뜰은 30보 정도의 넓이로 열쇠를 든 옥리(獄吏)가 감시한다. 그 앞에서 죄수는 간수와 함께 묵묵히 걷기만 한다. 죄수가 말을 걸어도 간수는 대답하면 안 된다. 종이 울리면 움막 같은 방으로 다시 돌아간다. 감시하는 옥리의 존재가 얼마나 불편한지 여러분도 짐작할 수 있을 것이다." 미라보도 사드와 같은 시기에 뱅센 감옥에 수감되어 있었다.

죄수의 식사도 형편없었다. 하루에 두 끼가 아침 11시와 저녁 5시에 제공되므로, 저녁을 먹고 나면 11시간이나 공복으로 지내야 했다. 아침은 스튜와 부식, 저녁은 구운 고기와 부식, 빵 조금과 포도주가 나왔다. 목요일 아침에는 과자, 목요일과 일요일 저녁에는 사과 두 개뿐이었다. 대체로 접시는 매우 더럽고, 고기도 차갑게 식어서 딱딱한 경우가 많았다. 미라보는 죄수들에게 이토록 형편없는 식사를 내주는 것으로 보아 형무소장이 국비를 횡령하고 있는 것이 틀림없다고 말했다.

미라보의 말은 옳았다. 실제로 형무소장 샤를 드 르쥐몽은 부당이득을 취하다가 나중에 발각되어 파면되었다. 사드도 미라보 못지않게 권력욕이 강한 관료주의자를 혐오했다. 편지에서 "반바지와 조끼를 갖춰 입은 극악무도한 자"라 부르며 멸시하고 "돈 몇 푼에 죄수들을 굶겨 죽이려 한다"라고 공격했다. 사드는 전에도 미올란 성의 요새대장 드 로네와 종종 싸웠지만, 르쥐몽에게는 그보다 더 큰 증오와 적개심을 품었다.

감옥에서 나가는 정확한 날짜를 말하라고 부인에게 요구했듯이, 사드는 처음에 11년이나 감옥에 갇혀 있게 될 줄은 상상도 못했다. 적어도 해가 바뀌면 나갈 수 있으리라 생각했다. 11월 6일에 파리로 와 앙페르 거리에 있는 카르멜회 수도원에서 사드 부인과 함께 살게 된 루세도 사드에게 편지를 보내어 "늦어도 내년 봄에는" 석방될 것이라고 단언했다. 죄수를 위로하고 용기를 불어넣기 위한 그녀의 희망적인 관측이었을지 모르지만, 나중에 사드는 일시적인 위안에 불과한 근거 없는 말을 한 루세를 원망했고, 그 탓에 두 사람 사이에 잠시 편지 교류가 끊어진 시기도 있었다.

끊임없이 불안과 절망에 시달리며 살아가는 죄수가 이유 없이 남을 원망하고 화를 내다가 점점 신경쇠약에 걸리는 과정을 사드에게서도 분명하게 볼 수 있었다. 예를 들어 그가 숫자에 편집증을 보이기 시작한 것도 뱅센에서 처음 겨울을 보낼 때부터이다. 사드의 감방에서는 수많은 편지 말고도 종종 의미를 알 수 없는 숫자에 관한 언급이 있다. 사드는 이를 '부호'라 불렀는데, 신비한 일종의 점이었다. 그는 자신이 언제까지 감금되어 있어야 하는지 전혀 몰랐다. 여러 사람에게 물어보았지만 아무도 정확하게 답해 주지 않았다. 그래서 스스로 알아내려고 계산에 근거한 독자적인 연역법을 스스로 개발해낸 것이다. 즉 편지의 행수와 편지에 같은 단어가 몇 번 나오며 어미가 동음으로 끝나는 단어가 몇 개인지를 계산하여 출옥 날짜를 추론하는 것이다. 출옥 날짜뿐 아니라 나중에는 감옥에서 일어난 온갖 사건도, 예를 들어 금지된 산책이 다시 허용되는 날짜와 르네 부인이 면회 오는 날짜까지도 이 계산으로 알아내려고 했다. 그리고 그 체계를 통해 이끌어낸 결론이 마음에 들지 않으면 사드는 그것이 몽트뢰유 부인의 책략 때문이라고 생각했다. 몽트뢰유 부인이나 그의 부하가 자신을 의기소침하게 만들고 혼란스럽게 하기 위해 일부러 르네 부인에게 그러한 숫자를 쓰도록 지시했다는 것이다. 또한 눈에 보이는 옥리와 형무소장의 여러 행동과 말도 몽트뢰유 부인이 꾸민 '부호'라고 의심했다. 요컨대 자신을 둘러싼 모든 것이 불길한 암호처럼 보였으며 그 암호는 모두 음험한 몽트뢰유 부인이 그에게 절망을 안겨주기 위해 꾸민 책략이라고 생각했던 것이다.

따라서 그 계산에 의한 결과가 마음에 들지 않으면 사드는 부인을 노골적으로 비난하며 "당신의 상상력은 형편없소", "왜 좀더 진실하게 '부호'를 만들 노력을 하지 않는 거요"라며 부인을 힘들게 했다. 르네 부인은 사드와 달리 부호 체계를 알지 못하므로 아무리 애를 써도 그가 좋아하는 숫자 배열을 만들어낼 수 없었다. 부인은 그저 어쩔 줄 몰라 쩔쩔맬 뿐이었다.

이처럼 사드의 불안정한 정신 상태는 광기와 종이 한 장 차이인 신경쇠약 증상을 나타내는 뚜렷한 증거였다. 다시 말해 완전한 피해망상이었다. 사드는 고독한 감옥에서 결국 미치기 직전의 상황에까지 내몰린 것이다.

사드의 이 숫자와 계산에 대한 야릇한 신앙은 미신이라고 치부할 수도 있지만, 일종의 정신적인 메커니즘에 의한 방어본능의 발현이라고도 해석할 수 있다. 신앙에 기대지 않으면 이성이 무너질지도 모르는 상황에서 자아가 무의식적으로 저항하는 것이다. 그의 자아는 여전히 저항했다. 바깥세상에서 받은 상처가 접근하지 못하도록 필사적으로. 이윽고 그가 이 자아에서 정신적인 악센트를 추출하여 그것을 초자아로 넘길 때 비로소 사드는 유머러스한 정신태도를 획득할 수 있을 것이다. 프로이트의 통찰에 따르면 유머의 기능은 '자신을 괴롭히는 현실을 내 몸에 접근하지 못하게 하는' 것이다. 자신에게 닥친 고통에서 벗어나기 위해 인간의 정신이 만들어내는 여러 방법 가운데에는 신경증으로 시작하여 정신착란으로 이어지는 계열도 있다. 유머 역시 이 계열에 속한다. 다만 마치 아버지가 아들을 감싸듯 크게 부풀어 오른 초자아가 무력한 자아를 보호하고 위로하며 바깥세상에서 받은 온갖 상처로부터 벗어나게 할 수 있다는 점이 전자와 두드러지게 다를 뿐이다. 사드의 초자아는 아직 깨어나지 않았으므로, 그의 자아는 아버지를 찾는 자식처럼 목표를 잃고 괴로워하며 무의미한 숫자 신앙에서 유일한 구원을 찾고 있는 것이다. 그 신앙이 없으면 사드의 이성은 무너지고 말았을 것이다. 이윽고 사드는 초자아를 크게 부풀려 객관적인 정신을 얻고 상처받은 자아를 감싸며 유머를 충분히 발휘하게 된다. 이는 영웅적인 투쟁이며, 그 투쟁 끝에 사드는 자신의 자아가 현실세계에 정복되지 않음을 당당히 과시하며 나르시시즘의 승리를 노래한다.

루세와의 순수한 정신적 사랑

1779년 2월, 새해가 밝았지만 혹독한 겨울은 아직 끝나지 않았다. 봄이 오려는 기미조차 보이지 않는다. 사드는 아내에게 보낸 편지에서 이렇게 말한다. "성 안의 가장 습한 방에서 난로를 쓰지 못하는 것은 정말 괴롭소." 이 편지 끄트머리에 참으로 애절한 글귀가 있어 여기에 인용한다. 그는 불기운이 전혀 없는 감옥 안에서 죽은 숙부가 쓴 《페르라르카의 생애》를 읽고 있었다.

여기서 나에게 위로가 되는 것은 모두 페르라르카요. 나는 이 책을 비할 바 없이 기쁜 마음으로 탐독하고 있소. 하지만 세비에 부인이 딸에게 보낸 편지에 썼듯이, "순식간에 읽어 버릴까봐 천천히 읽고" 있소. 참으로 훌륭한 작품이오! 나는 라우라에게 흠뻑 빠져 있소. 어린애처럼 낮에는 온종일 라우라의 이야기를 읽고 밤에는 그녀의 꿈을 꾸오. 어제 꾼 꿈 이야기를 들어 보겠소? ……한밤중이었소. 나는 책을 든 채로 잠이 들었는데, 갑자기 그녀가 내 앞에 나타났소. 나는 라우라의 모습을 분명히 보았소. 묘지에서 걸어 나왔는데도 그녀의 아름다움은 조금도 퇴색하지 않았소. 그 눈은 페트라르카가 칭송한 그대로 뜨겁게 빛나고 있었소. 검은 상복으로 온몸을 감싸고 있고, 아름다운 금발이 그 위에서 물결치고 있었소. 사랑의 여신이 그녀에게 아름다움을 되돌려주어 상복 차림에서 묻어나오는 슬픔을 누그러뜨리려 한 듯했소. "왜 지상에서 괴로워하고 있나요?" 그녀가 물었소. "내가 있는 곳으로 오세요. 내가 사는 무궁한 공간에는 불행도 슬픔도 불안도 없어요. 자, 용기를 내어 날 따라오세요." 그 말을 듣고 나는 그녀 발밑에 엎드려 "아, 어머니!" 하고 외쳤지만 목이 메어 목소리가 나오지 않았소. 그녀는 내게 손을 내밀었고, 나는 그 손을 눈물로 적셨소. 라우라도 나와 같이 눈물을 흘렸소. "나도 옛날, 당신이 싫어하는 이 세상에 살던 무렵에는 곧잘 미래로 눈을 돌리곤 했답니다. 당신은 나의 자손인데, 그런 당신이 이렇게 불행한 일을 당할 줄은 정말 생각도 못했어요." 라우라가 말했소. 나는 절망과 애정에 이성을 잃고 그녀의 목에 팔을 둘러 그녀를 끌어안으려 했소. 하지만 그 순간 환영이 사라지고 나한테는 괴로움만 남았소. ……잘 있으시오, 사랑하는 친구여, 진심을 담아 당신에게 키스합니다. 부디 나를 불쌍히 여겨주시오. 당신이 생각하는 것보다 나는 훨씬 더 불행하오. 내가 얼마나 고뇌하고 있는지 헤아려주구려. 온갖 생각이 교차하는 내 마음은 온통 검게 물들어 있소. 하지만 나를 차가운 눈초리로 보는 사람들에게도 키스를 보냅니다. 나는 그 사람들의 죄만 미워할 뿐이오. 2월 17일.

　같은 해 3월 22일, 사드는 부인에게 편지를 보내어 루세가 그려 준 자기의 초상화가 도착했다고 알린다. 그 그림은 네덜란드 화가 반 로의 구도를 모방해 그렸다고 한다. "성녀(루세)의 이 작품은 천하일품이오." 사드는 무척 기뻐했다. "데생도 하지 않고 완성하다니 참으로 대단하오. 라 코스트에 있을 때 그려달라고 몇 번이나 부탁했는데 그때는 그려주지 않았지. 나는 이 그림을 평생 소중하게 간직할 거요."(안타깝게도 이 초상화는 분실되어 지금은 남아 있지 않다.)
　3월 29일에는 산책이 허용되어 일주일에 두 번씩 뜰을 거닐 수 있게 되었다.
　루세와 편지를 자주 주고받게 된 것도 이 무렵부터이다. 두 사람은 편지로 문학과 시를 이야기하고, 리처드슨의 《클라리사 할로》에 대해 토론하고 압운 유희를 즐기며 끊임없이 기지를 자랑하며 다정한 연인이 된 기분을 즐겼다. 사드는 아내를 상대로는 채우지 못하는 지적 허영심과 아슬아슬한 농담과 경묘하고 세련된 대화의 즐거움을, 루세와 편지를 주고받으며 만끽했다. 이 무렵 그가 루세에게 보낸 편지를 인용하겠다.

옛날에는 내가 당신의 조리 있는 이야기를 두 시간이 넘도록 말없이 듣기만 했다고요. 물론 그랬지요. 더없는 즐거움을 만끽하며 들었다고 해도 과언이 아니에요. 하지만 그때 나는 자유였어요, 자유로운 인간이었어요. 하지만 지금 나는 '뱅센 감옥에 갇힌 한 마리 짐승'입니다. 조리 있게 말하지 못하는 상태가 되어 버렸어요. 아마 머지않아 말하는 법도 잊어먹을지 몰라요. ……내 '우리'에 와서 살고 싶다고요? 루세 성녀여, 그건 말도 안 되는 소리예요. 여기서 살기에는 당신의 나이가 너무 많아요. 열 살부터 열다섯 살쯤 되는 아이가 아니면 여기서는 살 수 없어요. 하지만 나는 당신도 알다시피 이제 열두 살이랍니다. 그러니 어떻게든 살아갈 수 있는 겁니다. 그런데 숨김없이 사실 그대로 말해 주면 좋겠군요…… 당신은 내 방을 직접 본 적이 있는 사람처럼 잘 알고 있는데 혹시 날마다 여기 와서 보고 가는 건 아닌가요? 나와 매일 밤 전쟁을 치르는 그 마성의 쥐가 실은 당신이 아닙니까? 틀림없이 그럴 거예요, 맞지요? 정말로 그렇다면 나는 이제 막대기로 때려서 쫓아내거나 하지 않을 겁니다! 쥐덫 대신 내 침대로 당신을 맞이하겠소……

이 편지 내용은 누가 봐도 농담인 것을 바로 알 수 있지만, 사드는 때로 마치 진심인 듯한 사랑 고백을 과장스럽게 써서 보냈다. 루세도 꽤 대담한 답장을 보냈다. 그녀는 정형시 음절에 대해 길게 논한 끝에 "사랑하는 사드, 내 영혼의 기쁨이여"라고 말한다. "당신을 만나지 못해 죽을 것 같아요. 언제쯤 당신 무릎 위에 앉아 당신의 목에 기대어 원하는 만큼 키스하고 당신의 귓가에 수많은 사랑의 말을 속삭일 수 있을까요."(4월 24일 자) 그런데 이 정열적인 문장은 그 부분만 일부러 프로방스어로 쓰여 있어 진지하게 썼다고는 도저히 생각할 수 없다. 게다가 루세의 편지 여백에는 르네 부인의 필적으로 이렇게 쓰여 있다.

여기에 '성녀'가 당신에게 바치는 사랑 고백이 있어요. 이 글을 읽고 나는 지옥의 고통을 맛보고 있습니다. 당신은 대체 그녀의 신성을 뭐라고 생각하시는 거죠? 그녀는 당신의 마음을 얻으려고 안간힘을 쓰고 있어요. 이러면 내가 있을 곳이 사라지잖아요. 나는 온 힘을 다해 반대할 거예요. 두 사람이 내가 바라는 것보다 멀리도 가까이도 가지 않도록 족쇄를 채워둘 거예요. 나는 당신이 가장 최근에 보낸 편지도 다 읽었어요. 너무 기가 막혀서 웃음이 나오더군요. 둘이서 그렇게 즐기는 건 괜찮지만 그 이상은 안 돼요. 그럼 이만.

르네 부인의 글 다음에 또다시 루세가 추신을 썼다.

부인이 질투하는군요. 어떻게 생각하세요? 그래도 내 연인이 되실 건가요? 당신의 상냥하고 충실한 부인이 허락하지 않는다고 말씀하셨으니 선택지가 별로 없군요. 우리는 어쩌면 좋죠? 둘이서 부인을 속일까요? 하지만 우리는 둘 다 동정심이 너무 많아요. 서로 원망하는 마음 없이 협력하는 수밖에 없어요. 나는 그러기로 결심했어요. 사랑하는 사드, 나는 완전히 당신의 것이에요. 당신의 가장 좋은 친구라고 믿어주세요.

두 여인은 서로 편지를 보여주며 농담인지 진담인지 모를 고백을 같은 편지지 위에 썼다. 이 사실을 어떻게 판단할 수 있을까. 장 데보르트나 폴 쥐스티와 같은 기존의 평전가들은 이것이 루세의 진실한 사랑 고백이라고 보았으나, 질베르 렐리는 4월 24일에 쓴 이 편지도 다른 많은 편지들처럼 장난일 뿐이라고 단정했다. 하지만 루세와 르네 부인의 감정은 반쯤 진심이 아니었을까. 두 여인은 한 남자를 사랑하면서도 서로의 우정이 깨지는 것을 두려워했기 때문이다.

특히 루세는 정열보다 이성의 힘이 강한 여성으로 르네 부인의 좋은 상담역으로서 법률상의 문제에도 관여했다. 35세까지 독신으로 살아온 그녀로서는 농담을 가장하지 않고는, 너무도 비현실적인 이 죄수와의 사랑에 깊이 빠져드는 것을 스스로 용납하지 못했을 것이다. 그녀의 자존심이 걸린 문제였기 때문이다. 그녀가 미인인지 아닌지는 여기서 문제가 되지 않는다. 그러나 어쨌든 35세 노처녀가 '성녀'로 미화되고 이상화된 것은 사드가 감옥에 갇힌 몸이었기에 가능했을 것이다. 그 점을 똑똑한 루세가 이해하지 못할 리 없다. 사드가 자유의 몸이었다면 그는 더 젊은 아가씨 꽁무니만 쫓아 다녔을 것이므로 세 사람의 관계는 애당초 성립하지도 않았을 것이다. 결국 감옥에 있었기 때문에 사드는 제멋대로 행동하며 두 여인의 애정에 기댈 수 있었다. 그리고 두 여인은 서로 잘 협력하며 이 까다로운 사내를 부지런히 섬겼다.

감옥 바깥은 이미 봄이었다. 오페드 마을 수도사 비달이 4월 22일 라 코스트 마을의 소식을 사드에게 알린다. 성의 과수원에는 꽃이 탐스럽게 피었다. 사과나무와 배나무가 서로 앞다투어 가지를 뻗는다. 벚꽃은 주인의 부재를 한탄하고 있는 듯하다. 하녀 고통은 정자를 말끔하게 수리하고 주인이 돌아오기를 기다렸다. 머지않아 포도넝쿨이 정자를 녹색 이파리로 뒤덮을 것이다.

그래도 사드가 있는 뱅센 성에는 봄이 영원히 찾아오지 않을 것만 같았다. 감방은 "말할 수 없이 습하여 건강에 좋지 않고 만족스럽게 하늘을 올려다보지도 못한다. 죄수가 탈주하지 못하도록 모든 통로가 모두 막혀" 있어 무척 갑갑했다. 하다못해 겨울 동안만이라도 불을 피우는 방으로 옮겨 달라고 몇 번이나 요구했지만 들은 척도 하지 않았다. 5월 16일, 사드는 여전히 부인에게 편지를 보내어 감옥 생활에 대한 불만을 터뜨렸다.

5월 19일에는 산책이 일주일에 네 번으로 늘어났다.

이 무렵 새해가 밝으면 석방될 것이라고 기대하던 사드는 점점 초조한 마음을 억누르지 못했다. '늦어도 내년 봄에는' 이라고 루세가 약속하지 않았던가. 마침 그 무렵, 건강이 나빠져 루세가 라 코스트로 돌아가려 한다는 소식을 듣고 사드는 그녀에게 편지를 써서 왜 그런 무책임한 말을 했느냐며 따졌다. 굳이 오래된 편지 구절을 찾아 그대로 인용해 가며 매섭게 비난했다. "당신은 끔찍한 거짓말을 했을 뿐 아니라 나에게 아주 잔혹한 짓을 했소. 그 앞뒤 안 맞는 말을 보시오! 나는 그 말이, 나를 괴롭히려는 추하고 비열한 음모를 꾸민 것이라고 생각할 수밖에 없소……." 하지만 매서운 비난조는 중간부터 라 코스트에서 루세와 함께 지냈던 짧은 추억을 떠올리며 향수 어린 말투로 바뀐다. "라 코스트로 간다고요. 그렇다면 꼭 8월에 가시오. 가서 벤치에 앉으시오…… 그 벤치를 기억하오? 그래요…… 벤치에 앉아 이렇게 생각하는 거예요…… 일 년 전에 그가 여기에 앉아 있었지, 나와 함께…… 그 사람은 나한테 언제나 솔직하게 흉금을 털어놓았지…… 그리고 당신은 작은 녹지로 가서 생각해요…… 여기에 내 탁자가 있었어, 그 탁자에서 그 사람의 편지를 써주었지. 그 사람은 나에게 아무것도 숨기지 않았어…… 이 안락의자에 그 사람이 앉기도 했지…… 그 안락의자를 기억하지요?……"

하지만 한 번 어긋나 버린 두 사람의 관계는 쉽게 회복되지 않았다. 사드는 루세와 편지 교류를 끊을 생각까지는 없었던 듯하다. 마지막까지 루세가 한 수 접어주기를 기대한 흔적도 있다. 그러나 편지가 몇 번 오고간 뒤 두 사람의 감정은 점점 더 날카로워져 더는 편지를 주고받을 수 없게 되었다. 두 사람은 거의 동시에 결렬을 알리는 최후통첩을 보냈다. "후작님, 편지 교류는 여기서 이만 마치도록 하죠. 서로에게 냉혹한 말만 퍼부은들 무슨 소용이 있겠어요. 마음만 아플 뿐이죠. 나는 아무도 미워하고 싶지 않아요. 당신은 또 금방 잊어버리겠죠, 그렇죠? 나도 당신을 극복할 수 있길 바랍니다……."

루세는 이때 이미 폐병에 걸린 상태였다. 12월에는 피를 토하고 팔에서 나쁜 피를 뽑아내는 치료를 받았다. 그 뒤로는 병상에 누웠다가 일어나기를 되풀이했다.

이듬해 10월, 우연히 후작의 재판기록을 보고 체포와 감금의 진짜 이유를 알고 루세는 깜짝 놀란다. 전에는 그 이유를 어렴풋하게밖에 알지 못했던 것이다. 루세는 고프리디에게 편지를 보냈다. "쉬운 일은 아니었군요. 그토록 무모한 일을 한 사람이 징역형이나 종신금고형을 선고받지 않았으니 오히려 다행인지도 몰라요. 몽트뢰유 부인도 우리가 생각했던 것만큼 나쁜 사람은 아니었군요. 후작에게는 좀더 강력한 적이 있을 거예요. 그 적이 죽거나 잊거나 하지 않으면 도저히 나올 가망이 없을 거예요……."

후작의 진짜 죄상을 알고 루세는 마침내 마귀의 농간에서 깨어난 사람처럼 본디의 자신으로 돌아간 듯했다. '나의 사랑하는 사드'는 이제 어디에도 없었다. 루세 부인과 협력하여 희망 없는 석방운동을 하느라 동분서주하고 싶은 마음도 도저히 들지 않았다. 그보다는 프로방스의 조용한 시골로 돌아가 몸조리하고 싶었다. 1780년 11월, 루세는 고프리디에게 보낸 편지에서 파리 생활에 흥미를 잃었으며 하루빨리 시골로 돌아가 안정된 생활을 하고 싶다고 말했다.

그러나 루세와 사드는 1781년 4월에 이르러 다시 편지 교류를 하기 시작했다. 사드는 그 무렵 자신을 몽테리마르 감옥으로 이송하는 계획이 진행되고 있는 것을 알고, 루세에게 외국으로 망명할 결심을 이야기하며 그녀와 친분이 있는 외교관을 소개해 달라고 부탁한다. 이에 루세는 "15개월인가 18개월 만에 내가 아직 파리에 있는지 물어봐 주셔서 감사하군요"라며 빈정대는 투로 답장을 보낸다. 자신은 프로방스로 돌아갈 생각이라고 말하고 "라 코스트에 볼일이 있으면 허심탄회하게 말해 주세요"라고 했다. 그러면서 사드의 부탁을 넌지시 거절한 것이다.

루세는 이 편지를 쓴 직후에 프로방스로 출발했다. 그러나 병세가 상당히 깊었는지 긴 여행에 지쳐 아비뇽에서 며칠 쉬다가 일어서지도 못하는 상태로 다시 라 코스트로 돌아왔다.

루세는 라 코스트로 돌아온 뒤에도 사드와 계속 편지를 주고받았다. 물론 전과 같은 들뜬 사랑놀이는 아니었다. 이 무렵에는 감옥에 있는 사드도 집필활동에서 유일한 즐거움을 찾기 시작했다. 두 사람 사이에는 시간이 흐르면서 앙금이 씻겨나가고 온화한 우정만 남았다. 1782년 1월 26일, 사드는 옥중에서 루세에게 〈철학적 선물〉이라는 서간형식의 철학논문을 보냈다. 이 신랄한 소논문에서 이미 사드의 후년의 사상을 엿볼 수 있다.

같은 해 5월, 루세는 다시 라 코스트에서 살며 사드 집안의 재산을 관리하게 된다. 그 전에는 근처에 있는 사제의 집에서 살고 있었다. 고프리디의 말에 따라 황폐해진 성의 수리작업에 적극적으로 임했다. 그러나 게으른 고프리디의 행실에 대해서는 사드 부인에게 있는 그대로 적어 보냈으므로, 고프리디는 루세를 꺼림칙하게 여겼다. 실제로 사드의 성은 주인이 없는 사이에 손질을 제대로 못하는 바람에 상당히 황폐해져 있었다. 루세는 그해 가을부터 언제 성이 무너질지 몰라 끊임없이 두려움에 떨었다. 벽에는 균열이 생기고 회반죽이 자꾸만 떨어졌다. 난로도 부서졌고 북풍이 불면 창문도 떨어져 날아갔다. 루세는 너무 무서운 나머지 이불을 가지고 와 부엌에서 잠을 청하기도 했다.

루세는 1783년 7월 무렵부터 갑자기 폐병이 악화되어 이듬해 1월 25일에 눈을 감았다. 그녀가 죽자 라 코스트의 경제는 다시 고프리디의 손으로 넘어가 엉망진창이 되었다.

옥중에서의 분노

1779년 7월 15일, 뜰 산책이 일주일에 5번으로 늘었다. 루세와 편지 연락을 끊은 지 두 달 뒤의 일이었다.

9월, 사드는 하인 칼루트롱에게 명하여 베수비오 화산 분화구에 관한 자료를 필사하여 편지와 함께 자신에게 가져오라고 했다. 그는 천재지변이나 기이한 자연현상 등에 특별한 흥미를 보였다. (소설 《쥐스틴》에는 정액을 발사하여 솟구치는 에트나 화산의 용암을 멈추게 하는 화학자 아르마니의 이야기가 있다. 또한 《악덕의 번영》에는 쥘리에트와 클레어빌이 공모하여 베수비오 화산 화구에 희생자를 던져 넣는 대목이 있다. 질베르 렐리는 활화산과 성병리학의 관계를 주장하지만, 나는 몇 번이나 말했듯이 이는 사드의 백과사전적인 박물학 애호심, 자연에 대한 호기심이라고 생각한다. "내 생각은 뷔퐁 씨와 조금 유사합니다. ……사랑의 즐거움은 오직 향락에만 있다고 생각합니다. 형이상학은 가장 지루하고 야단스러운 것입니다."

사드는 1782년 1월에 스승 앙브레에게 쓴 편지에서 말했다. 물론 자연의 파괴행위는 디오니소스적인 에너지의 해방을 상징한다. 그래서 아이들은 화산이나 홍수로 불어난 하천을 보면서 어른보다 더 큰 쾌락을 느끼는 것이다. 사디스트적인 쾌락이라기보다는 소아성욕적인 것이라고 할 수 있다.)

11월, 사드는 격렬한 기침에 시달렸다. 의사를 불러 달라고 부탁했지만 그 다음 날에도 의사는 오지 않았다. 간수에게 물어보자 사드가 편지를 잘못 써서 의사가 오지 않는 것이라고 말했다. 사드는 의사에게 직접 편지를 썼는데, 규칙에 따르면 반드시 형무소장을 거쳐야 한다는 것이다. 형무소장 르쥐몽은 자신이 무시당했다고 화를 내며 일부러 편지를 사드에게 되돌려 보냈다. 사드는 관리의 형식주의에 격분하여 그 경위를 부인에게 알렸다. "사람이 어찌 그런지 모르겠소. 참으로 혐오스럽기 그지없소. 양심 있는 사람들은 모두 그놈을 얼마나 싫어하는지 아마 그놈은 모르고 있을 거요. 머지않아 다 말해 주겠소. 나는 그날만 기다리며 살고 있소."(12월 2일)

두 번째 겨울도 첫 겨울과 마찬가지로 괴로운 나날의 연속이었다. 너무 추워 산책하지 못할 때도 있었다. 신경쇠약뿐 아니라 사드의 몸 곳곳에서 이상이 생기기 시작했다.

1780년 4월, 죄수는 운동부족과 가슴 통증(아마도 기침이 원인이었을 것이다) 때문에 아무것도 먹지 못했다. 게다가 현기증이 나고 코피까지 났다. 절기가 바뀔 때마다 옥중생활이 몸에 큰 부담이 되었던 것이다.

4월 21일, 경시총감 르노아르가 뱅센을 방문했다. 그는 사드를 찾아와서 머지않아 부인과 면회하게 해주겠다고 약속했다. 그는 자선병원을 개선하거나 고문 폐지 활동을 펼쳤던 만큼, 죄수를 동정하고 세상의 평판도 좋았다.

이 경시총감이 다녀간 나흘 뒤 사드는 매일 산책할 수 있게 되었다. 총감의 입김이 작용한 것이 틀림없었다.

그러나 이 무렵 사드의 숫자 편집증은 더욱 심해졌다. 6월에는 그 계산법에 따라 자신이 아주 먼 외딴섬으로 이송될 것이라고 믿기 시작했으며, 그 두려움에 밤에도 잠을 이루지 못했다. 아내에게는 이런 편지를 보냈다. "나는 옛날부터 바다가 무섭고 아주 질색이었소. 나와 함께 바다를 본 적이 있는 칼루트롱에게 물어보면 잘 알 거요. 아무래도 나는 바다를 싫어하는 기질을 타고난 것 같소. 나는 섬의 왕을 시켜준다고 해도 거절할 거요. 배를 타느니 죽는 게 낫소……." 그리고 사드는 이 끔찍한 계획의 진위를 부인에게 끈질기게 따져 물었다. 사드의 주장에 따르면 이 계획도 몽트뢰유 부인과 그 부하가 그를 괴롭히기 위해 꾸민 음모라는 것이었다.

6월 26일, 사드는 옥리와 크게 싸운다. 사드는 옥리가 '참을 수 없이 무례한 짓'을 했다고 말했지만, 옥리는 자신이 살짝 때리는 시늉을 하자 사드가 갑자기 달려들어 때렸다고 증언했다. 격렬한 분투 끝에 사드는 기절하여 한동안 의식을 잃었다. 이튿날 아침까지 피가 섞인 기침을 해댔다. 이 싸움 때문에 사드는 귀중한 산책을 금지당했다.

그 다음날 간수장 바랑지가 산책 금지령을 전하러 오자 사드는 그에게 간수장과 형무소장의 욕을 잔뜩 퍼부었다. 그뿐만 아니라 다른 죄수들에게 큰 소리로 "나는 학대받고 있소"라고 말하며 자신을 지지해 달라고 호소했다. "나는 사드 후작이오, 기병대 연대장이오"라고 몇 번이나 외치며 장모와 대신을 욕했다. 그때 우연히 죄수인 미라보가 뜰을 산책하고 있었다. 사드는 창문으로 미라보를 보고는 "너 때문에 내가 산책을 못하게 되었어. 너는 형무소장이랑 자는 사이렷다. 가서 그놈의 엉덩이나 빨지 그래"라며 욕을 해댔다. 그러고는 "이 변태 놈아, 용기가 있으면 네놈 이름을 대 봐라. 내가 여기서 나가면 네놈의 귀를 물어뜯어 줄 테니"라고 말했다. 미라보도 지지 않고 되받아쳤다. "안됐지만 나는 번듯한 신사다. 너처럼 여자를 해부하거나 독살한 적은 한 번도 없단 말이다. 내 이름이 알고 싶다면 기꺼이 네놈 어깨에 칼로 또렷이 새겨주마. 물론 그때까지 네놈이 처형당하지 않고 살아 있다면 말이지만."

오노레 가브리엘 드 미라보 백작은 나중에 자코뱅당 영수로 활약한 프랑스 혁명의 중심인물이다. 곰보 얼굴에 미친개라고 불리며 두려움을 사기도 했으나, 그는 천성이 웅변가이고 혈기 왕성하여 젊은 시절에는 남의 부인을 유혹하거나 빚더미에 앉는 등 방탕한 생활을 했다. 뱅센에 투옥된 것도 빚 때문에 그의 아버지가 칙명 구인영장을 내리게 했기 때문이다. 그는 뱅센에서 《구인영장과 국가감옥론》 2권을 쓰고 라틴어로 변역을 했다. 지루함을 때우기 위해 성적인 작품도 썼다. 그는 사드에게 끝내 분이 풀리지 않았는지, 12월 13일에 출옥할 때 사드의 죄수 명부 뒤에 그날의 사건을 빠짐없이 기록해 두었다. 미라보가 제3신분 의원으로서 루이 16세에게 "우리는 인민의 뜻에 따라 왔소"라는 유명한 말을 한 것은 그 사건으로부터 9년 뒤의 일이었다. 시대는 혁명을 향해 움직이고 있었다.

'여자를 해부하거나 독살'했다는 미라보의 말은 당연히 아르퀴유 사건과 마르세유 사건을 가리키는 것이다. 그 사건이 근거 없는 헛소문이라는 사실은 이미 3장과 4장에서 자세히 이야기했다.

형무소장 르쥐몽이 경시총감에게 제출한 보고서에 따르면 사드는 이 사건 전에도 죄수들을 선동하려고 했다. 그는 한 죄수의 방 앞을 지날 때 큰 소리로 외쳤다고 한다. "친구여, 음식을 조심하시오. 독이 들었을지도 모르오!"

어쨌든 이 사건 이후, 사드는 건강을 위해 꼭 필요한 산책을 완전히 금지당하고 큰 고통을 받아야 했다. "나는 신선한 공기를 마시지 못해 미칠 듯이 괴롭소. 모든 동물에게 필요한 것을 빼앗아가다니 참으로 비열한 방법이 아니오." 사드는 아내에게 이렇게 호소했다. 산책금지령은 이듬해 3월까지 여덟 달 동안 계속되었다. 또한 그는 편지에 이렇게 썼다. "머리 손질을 못하게 된 뒤로 머리칼이 빠지기 시작했소. 지금까지 그 사실을 숨겨 왔소만 더는 허세를 부릴 때가 아닌 것 같소. 출옥하면 마음을 굳게 먹고 가발을 써야겠소. 정말 큰 결심을 한 거요. 하지만 나도 이제 젊은 나이는 아니니 환상은 버려야 하겠지요. 마흔을 바라보고 있으니."(7월 27일)

사드는 1740년에 태어났으므로 이해(1780년)에는 꼬박 나이 마흔이 된다. 그러나 사드는 그때까지 제대로 된 문학작품을 쓰지 못하고 메모나 끄적거리는 수준이었다. 이런 작가도 드물 것이다. 라클로도 《위험한 관계》를 썼을 때 나이 마흔이었다. 사드는 인생 전반을 말하자면 실천적인 자유사상가로서 살면서 노느라 여념이 없었다. 그 뒤에는 경찰에 쫓겨 도망 다니느라 바빴다. 사드가 고백한 대로, '활동가로 태어나지 않았는데도 활동가의 역할을 해야 한다는 것이' 그 무렵 그의 가장 큰 불행이었다. 마흔 고개를 넘어서자 마침내 그의 작가적 정신이 무르익는다. 그것은 어쩌면 강요된 환경이 만들어낸 결과인지도 모른다. 미라보처럼 '시간을 죽이고 육신을 위로하고 적대하는 사회를 뒤집을'(보부아르) 필요가 있었는지도 모른다. 그러나 어쨌든 감옥 안에서는 '활동가 역할을 할' 필요가 없었다. 그에게는 명상이 필요했던 것이다.

1780년에 쓴 마지막 편지를 인용하겠다. 12월 30일, 그가 이제 막 마흔을 넘기려는 즈음 사드는 헛된 석방 희망을 주는 아내와 그 뒤에서 실을 조종하고 있는(그렇다고 그가 믿는) 장모에게 불같이 화를 낸다.

당신의 추악한 거짓말의 본질이 여기에 있소. 그런데도 당신은 언제나 책임을 피하기 위해 본인도 속았다고 말을 하지. 그렇다면 처음부터 아무 말도 하지 말았어야 할 것 아니오. 아니면 확실한 말만 하면 될 것이오. 요컨대 당신은 코를 잡힌 채 남이 휘두르는 대로 따라다니는 바보일 뿐이오. 그리고 당신을 끌고 다니는 놈들은 교수형에 처해야 할 극악무도한 놈들이오. 까마귀가 시체를 쪼아 먹으러 올 때까지 교수대에 매달아둬도 시원찮을 놈들이오. 당신의 천한 어미의 악취 나는 고름이 내 몸에 방울방울 떨어지는 것을 더는 참을 수 없소. 당신 어미는 고름덩어리요. 지금까지 그 몸뚱이를 끌고 잘도 버텨왔지. 나는 부인의 초상화를 그려 보았소. 여기서 나가면 완벽하게 완성할 생각이오. 그림 속 몽트뢰유 부인은 알몸으로 위를 보며 누워 있소. 마치 해안에 밀려온 바다의 괴물 물고기처럼. 경시청감 르노아르 씨가 부인의 맥을 짚으면서 말하지. "부인, 절개수술을 해야 합니다. 안 그러면 고름이 가득 차서 숨을 쉬지 못하게 됩니다." 그리고 그의 정부(情夫)인 알바레(몽트뢰유 부인의 비서로 법률고문을 맡고 있었다)가 상냥한 여주인의 몸에 바늘을 찌르는 거요. 말레 형사가 촛대를 들고 옆에 서서 이따금 흘러내리는 고름을 찍어서 맛을 보지. 그리고 그 하인인 형무소장 르쥐몽은 그릇을 받쳐 들고 특유의 가성으로 "조심하시오! 우리 감옥의 석 달 치 식량이오"라고 말하고 있소. 어떻소? 재밌는 그림이 완성될 것 같지 않소?

이 그림이 정말로 완성되었다면 고야의 환상처럼 기괴한 작품이 만들어졌을 것이다. 몽트뢰유 부인에 대한 사드의 증오는 이 무렵부터 그의 상상력을 자극하는 하나의 강력한 동기가 되기 시작했다. 또한 이 편지의 끄트머리에는 격렬한 저주를 퍼붓고 있다. "당신과 당시의 빌어먹을 가족과 그 천한 추종자들 모두 자루에 넣어서 물 속에 던져버릴 수만 있다면……하느님께 맹세하건대, 그때가 내 생애 가장 행복한 순간일 거요. 이것이 내 새해 인사요."

질투의 시기

세 번째 겨울이 지났다. 1781년이 시작되었다.

르네 부인은 여전히 남편의 석방을 위해 이리저리 바쁘게 뛰어다녔다. 라 코스트와 가까운 몽테리마르 성으로 남편을 옮겨오면 그만큼 상황이 나아지리라 생각하고 왕가와 긴밀한 관계를 맺고 있는 소랑 후작부인에게 도움을 청해, 3월 말에는 사드를 그곳으로 이송하라는 허가를 받았다. 이 계획은 그녀가 혼자 판단하여 진행했다. 몽트뢰유 부인에게는 비밀로 했으므로 나중에 부인은 딸의 계획이 성공한 것을 알고 화를 냈다. 그러나 감옥 안에 있는 사드는 르네 부인에게서 몽테리마르로 이송한다는 이야기를 듣고는 이 또한 장모의 계략이 틀림없다고 생각하고 완강히 거부했다. "내가 남프랑스의 사정을 잘 아는데 몽테리마르 마을에 그런 성은 없소"라고 주장하기까지 했다. 실제로 이는 르네 부인의 착각으로, 죄수를 옮기기로 한 곳은 몽테리마르 근처의 크레스토 감옥이었다. 그리고 크레스토 감옥은 뱅센보다도 설비가 훨씬 안 좋은 음습한 곳이었다. 4월 12일, 사드는 경시총감에게 편지를 써서 무조건 석방하지 않는다면 어느 곳으로도 옮기고 싶지 않으며, 자기 뜻을 무시하고 억지로 호송한다면 도중에 반드시 탈주할 것이라는 결심을 밝혔다. 동시에 루세에게도 편지를 써서 그녀의 지인인 북아프리카 영사를 소개해 달라고 부탁했다. 사드는 이 영사에게 부탁하여 국외로 망명할 생각이었다. 그러나 결국 이전 계획은 없던 일이 되었다.

7월 13일, 사드 부인은 처음으로 유폐된 남편을 면회할 수 있었다. 사드는 둘이서만 만나기를 바랐지만 감시인이 붙었다. 죄수는 성 안 회의실에서 아내와 만났다. 4년 5개월 만의 만남이었다.

부인이 처음 뱅센을 다녀간 뒤부터 석 달 동안은 말하자면 사드의 '질투의 시기'였다. 아내를 향한 말도 안 되는 폭풍 같은 질투가 수없이 발작처럼 일어났다.

7월 27일(면회 2주 뒤)에 르네 부인은 라 코스트에 있는 루세에게 편지를 보냈다.

처음 면회한 뒤로 남편은 있지도 않은 일을 상상해 내고는 나를 괴롭힙니다. 어찌할 바를 몰라서 질투하고 있는 것 같아요. 당신의 웃음소리가 여기까지 들리는군요. 누구한테 질투하는 줄 알아요? 바로 르페브르예요(그러고 보니 확실히 르페브르는 나에게 잘 해 주긴 하네요). 그가 남편에게 주라며 나에게 책을 몇 권 사줬는데 바로 그 일 때문에 그래요. 그리고 남편은 빌레트 부인에게도 질투해요. 부인이 자기 집에서 같이 살자고 나에게 권했거든요.

이 두 사람에 대해 사드가 질투할 만한 근거가 있는지 알아보겠다.

먼저 빌레트 부인은 18세기 프랑스문학사에서 유명한 인물이다. 그녀는 재색을 두루 갖춘 여성으로, 젊었을 때부터 볼테르의 사랑을 듬뿍 받았으며, 그의 소개로 스무 살 연상의 부호 빌레트 후작과 결혼했다. 이 후작은 시인으로도 알려져 있지만 소년성애자로 더욱 유명하며, 그 때문에 한때 부인과 불화를 겪기도 했다. 나중에 프랑스혁명이 발발하자 그는 왕성한 언론활동을 한다. 요컨대 부부가 진보적 지식인 귀족이었으므로, 젊고 아름다운 빌레트 부인의 살롱에는 파리의 지적인 유한계급들이 많이 모였다. 사드 부인과 만나던 당시 빌레트 부인은 스물네 살이었다고 한다. 빌레트 부인은 어머니와 사이가 멀어지고 루세와도 떨어져 혼자 살고 있는 르네 부인을 불쌍히 여겨 자기 집에 와서 살라고 권했다. 파리의 빌레트관은 호화롭고 넓은 대저택이었다. 그러나 사드가 편지에서 의심했듯, 빌레트 부인이 '사포 신봉자(여성동성애자)'였는지에 대한 증거는 없다. 무엇보다 사드는 빌레트 부인의 살롱에 드나드는 많은 사내들에게 아내가 유혹당하지 않을까를 걱정했던 것이다.

르페브르는 1771년부터 1772년까지 사드의 비서를 지냈다. 프로방스 지방의 하층계급 출신인 청년으로, 처음에는 사드 신부의 집 하인으로 일하다가 신부에게서 읽고 쓰는 법을 배웠다. 그는 시골에서 야심을 안고 파리로 나온 청년답게, 프랑스 혁명 당시에는 정세의 변화에 맞춰 자코뱅파가 되었다가 온건파가 되기도 했다. 나중에는 악명 높은 잔인한 혁명가 프레롱의 부관이 되었으며, 혁명이 끝난 뒤에는 베르당의 군수가 되어 《웅변술 연구》 같은 저서도 남겼다 (그 무렵 사드는 완전히 몰락하여 샤랑통 정신병원에 있었다. 혁명에 의한 계급서열 해체가 이러한 곳에도 잘 나타나 있다).

사드는 아내에게 질투할 때도 그의 '천한 태생'을 언제나 문제 삼았다. "당신은 나를 배신하고 그런 천한 놈에게, 내 영지의 한낱 농군에게 몸을 내준 거요! 이게 무슨 일이란 말이오! 이런 치욕을 받으며 살아가야 하다니!"

사드는 부인의 정부라고 믿고 있는 그 청년을 저주한 나머지 죽이기 위해 루세가 사드 부인에게 그려준 르페브르의 초상화를 이용해 전통적인 인형 주술을 하기도 했다. 루세가 종이 여백에 "살이 꽤 쪘어요. 당신의 연인도 이렇게 통통하면 좋을 텐데"라고 쓴 것으로 보아, 이 초상화가 파리에 머물던 중 그녀가 장난삼아 끄적인 것임을 금방 알 수 있다. 사드는 르네 부인에게 그 초상화를 뱅센으로 보내라고 요구했다. 그 뒤 종이에는 사드의 피가 묻어 있고, 칼로 도려낸 구멍이 뚫려 있었다. 가로 30센티미터, 세로 16센티미터의 종이에는 18세기풍 머리를 한 30세 정도의 청년이 그려져 있었는데, 눈썹이 짙고 볼이 통통한 미남이었다. 칼로 도려낸 구멍은 모두 열세 곳이며, 그중 여덟 곳은 구멍 둘레에 갈색으로 변한 혈흔이 있었다.

인형 주술은 중세 이후 다양한 사례가 널리 알려져 있다. 먼저 원수의 모습과 거의 닮은 인형을 만든다. 종이에 그린 초상화나 밀랍을 반죽해서 만든 인형이나 방법은 대체로 비슷하며, 바늘과 못으로 인형의 몸을 사정없이 찌르고 마지막에 심장을 찔러 불 속에 던져넣는다. 밀랍인형 몸이 완전히 녹으면 저주를 받은 사람도 죽는다는 것이다. 인형을 태우지 않고 저주하는 말을 퍼부은 뒤 비밀스러운 곳에 묻어두는 방법도 있다. 묻어둔 것이 발견되면 마법의 효력은 사라진다. 인형 대신 옛날에는 동물 심장을 사용했다고도 한다.

17세기 파리에서는 루이 14세의 애첩인 몽테스팡 부인이 몰래 참여했던 유명한 '흑미사 사건'과 비슷한 주술 사건이 종종 일어날 만큼 미신을 믿는 분위기가 팽배해 있었다. 사드가 태어난 18세기에도 칼리오스트로, 생제르망 백작 같은 신비로운 전설이 있듯이, 신비로운 것에 이끌리는 대중은 언제나 존재했다. 중세에는 마술이 시골에서 이루어졌지만, 17세기 이후에는 파리나 리옹 같은 대도시로 스며들었다. 물론 18세기는 볼테르의 시대, 이성신앙의 시대였다. 그러나 H. 다르메라스는 이렇게 말했다. "대혁명이 일어나기 전 15년 동안 파리에서 악마 소환은 상류사회에 널리 퍼져 있던 놀이 가운데 하나였다." 사드의 작품에서도 요술사와 마술사, 비밀결사와 악마 숭배 같은 당시의 풍속을 반영한 신비사상의 단편을 종종 엿

볼 수 있다. 사드와 같은 합리적인 시대정신의 소유자도 그러한 것에 끌리곤 했던 것이다. 따라서 그가 아내의 연인이라고 믿는 청년을 옛 중세의 미신적인 방법으로 저주해 죽이려 한 것 자체는 그리 놀라운 일이 아니다. 또한 그가 주술의 효과를 정말로 믿었다고 생각할 필요도 없을 것이다. 다만 시대적 취향에 무의식적으로 따랐을 뿐이다.

르네 부인이 변명하면 사드도 일단은 안심했다고 편지를 보냈지만 곧바로 복장이나 화장에 대해 꼬장꼬장하게 요구하고 나서야 마음이 풀렸다. 질투라기보다는 자기보다 약한 사람을 괴롭히고 싶은 욕망, 그것이 육체적으로 불가능하자 정신적으로 학대하려는 욕망에 휩쓸려 있는 듯했다. 1781년 여름에 쓴 편지를 인용한다.

그런 변명이 무슨 소용이오? 다른 여자들을 좀 보라고? 다른 여자들의 남편도 감옥에 갇혀 있단 말이오! 남편이 감옥에 갇혀 있는데도 그런 옷을 입는 여자는 경박한 매춘부뿐이오. 설마 당신이 그런 우스꽝스러운 차림으로 영성체를 하러 가진 않겠지? 유행이 어떻든 예순 먹은 부인이 유행을 좇아 뭘 한단 말이오. 당신은 아직 예순이 되지는 않았지만 그 정도 나이라고 생각하고 살아야 하오. 불행은 나이보다도 훨씬 빨리 사람을 늙게 하니까 말이오. 우리는 예순이라고 생각하고 행동이나 옷차림을 맞춰야 하오. 당신이 정숙하다면 오직 내 마음에만 들도록 행동해야 할 것이오. 내 마음에 들려면 더없이 정숙하고 수수하게 보여야 하오. 내 요구사항은 이렇소. 당신이 날 사랑한다면 여자들이 '실내복'이라고 부르는 옷을 입고 나를 만나러 오시오. 큰 모자를 쓰고 머리칼은 곱게 빗고 절대 말아 올려서는 안 되고…… 가슴이 크게 파인 옷은 안 되오. 지난번처럼 칠칠치 못한 차림으로 오면 곤란하오. 그리고 피부는 되도록 시커멓게 보이도록 하시오.

르네 부인은 희생자의 역할을 하나하나 충실히 따랐다. 아무리 부당한 비난을 받고 부당한 요구를 하더라도 그녀는 꾹 참으며 남편을 조리 있게 설득하고자 했다. 남편이 믿어주기를 바라고 변함없는 사랑의 증거를 내보이려 했다. 부인은 어떠한 요구도 순순히 받아들였다. 부인의 편지들을 살펴보자.

사랑하는 여보, 내 편지를 잘 받았는지, 그 편지를 읽고 당신 마음이 가라앉았는지, 아직도 일말의 의심이 남아 있는지 어떤지 걱정이에요. 나에게는 양심에 거리낌이 없는 것만으로는 충분치 않아요. 그뿐 아니라 당신의 행복과 당신의 만족까지도 원해요. 당신이 의심과 걱정을 숨기는 것보다 분명히 말해 주시는 쪽이 더 나아요. 내가 결백을 증명하는 건 무엇보다 쉬운 일이니까요……

나에 대한 당신의 생각에, 나는 놀라고 낙담하여 어쩔 줄을 모르겠습니다. 나는 오직 당신만을 위해 사는데 그 점을 의심하고 경멸하시다니요! 더 말하지 않을게요. 하지만 당신은 내 마음에 상처를 주셨어요. 이 상처는 영원히 아물지 않을 거예요. 변명하실 필요는 없어요. 내 행실은 모든 사람이 보아서 알고 있어요. 아무렴요, 나를 잘 알고 있는 당신이 편지에 쓰여 있는 대로 믿으실 리 없지요……

내 마음은 달라지지 않았어요. 여전히 당신을 사랑하고 앞으로도 영원히 사랑할 거예요. 내 마음속에 있는 유일한 생각은, 당신이 감옥 안에서 생각하는 모든 것이 터무니없는 공상에 지나지 않는다는 사실을 당신이 출옥하면 직접 증명해 보여주겠다는 것뿐이에요.

 이보다 더 감동적인 말은 어디에도 없을 것이다. 그러나 르네 부인이 스스로를 변호할수록 죄수의 분노는 더욱 광폭해졌다. 부인의 말대로, 사드는 스스로 믿지도 않는 것을 억지로 믿는 시늉을 하며 부인을 비난하는 데에서 가학적인 동시에 피학적(被虐的)인 쾌락을 발견한 듯했다. 르네 부인은 그 때문에 빌레트 부인의 호의도 거절해야 했을 뿐더러 남편의 질투심의 근원을 끊기 위해 라마르쉬 거리의 아파트를 팔고 수도원에서 살 생각까지 했다.
 8월 18일, 부인이 루세에게 보낸 편지를 보면, 이 무렵 남편의 편지는 경시총감에게 압수되어 부인에게는 전해지지 않은 듯하다. 그 이유는 편지 내용이 너무도 잔인했기 때문이다. 사정을 알아보러 경시총감을 만나러 간 르네 부인은 오히려 총감에게서 "르페브르가 대체 누굽니까"라는 질문을 받고 부끄러워서 얼굴이 새빨개지고 말았다. "나는 수도원에 들어갈 생각이에요." 부인은 루세에게 말했다. "샤프롱 거리에 있는 영국 수녀원이나, 아니면 생토르 수녀원에 머물 거예요. 나는 내 계획을 누구에게도 말하지 않았어요."
 한편 르네 부인은 사드에게 편지를 보냈다. "나는 절대로 빌레트 부인 댁에 신세지지 않겠다고 약속해요. 전처럼 당신이 다시는 괴로워하지 않도록 수도원으로 들어갈 생각이에요. 빌레트 부인이 내 처지를 동정해서 나도 그분에게 호의를 느꼈던 거예요. 하지만 그 우정도 이제 끝났습니다. 당신이 싫어하면 그분과 만나지 않겠어요."
 결국 사드 부인은 파리의 누브 생트 주느비에브 거리에 있는 생토르 수녀원에 자리를 잡았다. 이곳은 한때 루세가 잠시 머물었던 곳이기도 하다. 수녀원에는 이처럼 평범한 과부나 젊은 처녀를 수용하는 시설이 딸려 있었다. 사드 부인은 숙박비 2백 루블과 식비 3

백 루블을 내고 시설이 썩 좋지 않은 기숙사에서 살게 되었다.

질투의 병리학

르네 부인의 이처럼 순종적인 자기 포기와 정절을 보고 있노라면, 우리는 사드 부부의 성생활을 다시 한 번 검토해 보아야겠다는 소박한 의문에 사로잡히게 된다. 가학자와 피학자의 호흡이 너무도 완벽하게 맞아떨어지면 오히려 이상한 느낌을 받게 된다. 게다가 르네 부인의 성격을 잘 알고 있는 우리는 사드가 정말로 질투할 만한 이유를 찾기도 어렵다. 르네 부인은 가톨릭의 도덕률에 사로잡혀 있었을 것이고, 침대에서 느끼는 쾌락에도 적극적이지 않았을 것이다. 그런 부인이 어떻게 바람을 피우고 간통을 할 수 있겠는가.

그러나 이는 매우 일면적인 생각이다. 물론 르네 부인은 결혼 초기에는 정숙하고 조신한 아내였을 것이다. 그러나 1774년부터 1777년까지 라 코스트 성에서 사드가 소녀들을 모아 난교 파티를 벌였을 때, 르네 부인도 그 파티에 참여했다는 기록이 남아 있다. 물론 사드가 강요했기 때문일 것이다. 그러나 결혼생활 10년이면 미덕은 악덕의 공범자 또는 노예가 될 수도 있는 것이다. 르네 부인은 남편과 여동생의 불륜을 알면서도 어머니에게 비밀로 했고, 라 코스트 성으로 데려온 남편의 정부들에 대해서도 세상 사람들이 알지 못하게 했다. 적어도 그녀는 자신의 미덕을 손상시키지 않는 범위 안에서 남편의 악덕에 협력했다. 즉 희생자로서의 역할에 만족하고, 피학적(被虐的)인 상상력으로 성적인 환희를 느끼는 습관을 무의식적으로 익히고 있었다는 뜻이다.

또한 사드는 아내에게 종종 대담하기 그지없는 성적인 표현을 써서 보내곤 했다. 이것으로 보아 그 부부 사이에는 일종의 약속이 있었음을 상상할 수 있다. "당신 엉덩이에 정중하게 키스하오. 당신 어머니에겐 비밀로 하시오. 그 부인은 독실한 얀센교도라 여자가 몰리노주의자 대우를 받는 것을 좋아하지 않으시는 듯하니. 부인의 믿음에 따르면 남편인 코르디에 씨(몽트뢰유 씨)는 오직 '번식 항아리'에 '삽입'했을 뿐이고 그 항아리에서 벗어난 자는 모두 지옥에 떨어져야 하오. 하지만 나는 예수회 주교 밑에서 자랐소. 생체스 신부의 가르침에 따라 되도록 '공허 속에서 길을 잃지 않도록' 조심해 왔소. 데카르트가 '자연은 공허를 싫어한다'고 하지 않았소. 나는 코르디에 부인과는 도저히 의견이 맞지 않는구려. 하지만 당신은 철학자요. 당신은 매우 아름다운 '부조리'를 가지고 있고 당신의 포동포동한 부분은 손으로 잡는 느낌도 좋소. '부조리' 안은 좁고 '직장' 안은 뜨겁지. 그래서 나는 당신과는 꼭 들어맞는 거요."(1783년 7월) 이 편지는 성적인 은유를 가득 담아 당시의 신학 개념을 이야기하고, 거의 노골적으로 아내와의 항문성교를 언급하고 있다. 이런 음란한 글을 아내에게 즐겁게 써 보낸 점을 보면, 그들의 부부생활이 무미건조하고 행실 바르고 미덕으로 가득한 관계는 결코 아니었음을 알 수 있다.

따라서 후작의 불합리한 질투를 단순한 각도에서만 본다면 오류를 범하게 될 것이다. 물론 5년 가까이 뱅센 감옥에 갇혀 있다 보면 누구나 조금은 질투와 환영에 시달리게 될 것이다. 그러나 사드는 이 질투의 감정을 세련했으며 아내를 끌어들임으로써 성립하는 간통의 선정적인 이미지에서 유일한 쾌락을 찾았던 것으로 보인다. 즉 자신을 배신하고 상대 남성과 정을 통하는 아내의 모습을 머릿속으로 선명하게 그림으로써 자신의 흥분을 더욱더 자극하는 복잡한 과정을 밟은 것이다. 이는 관음증환자의 심리이며, 질투하는 사람은 대체로 불같이 분노하면서도 한편으로는 속아주기를 원하는 무의식적인 욕망을 숨기지 못한다. 스피노자가 질투를, "사랑하는 여자가 다른 사람에게 몸을 맡기는 모습을 표상하는 사람은 오직 자신의 욕망을 방해받기 때문에 슬퍼하며, 사랑하는 여자의 표상상을 다른 남자의 생식기 및 정액과 결부시켜 생각할 수밖에 없어 결국 사랑하는 여자를 싫어하게 되는" 과정으로 보았다(《에티카》). 그의 주장은 마지막 결론을 제외하면 진리를 이야기하고 있는 듯하다.

사드는 아내를 향한 자신의 비난이 부당하다는 점을 충분히 알면서도 아내를 철저하게 추궁하고 싶다는 충동을 억누를 수 없었다. 아내의 간통을 실제로는 조금도 믿지 않았지만 이러한 모습을 머릿속으로 마구 떠올리며 성적인 흥분을 얻고 싶었다. "꿈속에서 본 당신은 언제나 실제의 나이보다 늙었고, 무언가 나에게 말하고 싶지 않은 비밀을 간직하고 있는 듯하오. 게다가 당신은 어머니의 꾐에 빠져 언제나 나를 배신합니다. 그런 꿈을 나는 벌써 5백 번이나 꾸었소." 사드는 아내에게 편지(첫 면회 이전)로 고백한다. 정신분석학자들은 여기에 오이디푸스 콤플렉스에 입각한 프로이트적 해석을 내리지만, 나는 역설적인 질투의 병리학을 주장하는 질베르 렐리에게 동의한다. 질투하는 사내의 속고 싶어하는 무의식적인 욕망이 꿈속에서 결실을 맺었다고 본다.

그런데 이러한 질투의 양면성은 어떠한 성병리학의 원리에서 유래하는가. 질베르 렐리는 이를 동성애적 경향 또는 양성적 경향이라고 추정한다.

사드의 동성애적 경향에 대해서는 새삼 언급하지 않아도 될 것이다. 제4장에서 이야기한 대로 마르세유 사건 때는 하인 라투르와 남색이 문제가 되었다. 라투르 말고도 하인 칼루트론이 이탈리아 여행에 동행하거나, 라 코스트 성에서 주인의 일을 봐주었던 것을 기억할 것이다. 사드 주변에는 언제나 젊고 아름다운 비서나 하인이 있었다. 그가 아내와의 관계를 의심한 비서 르페브르도 한때는 사드와 남색 관계를 가졌을 것이다. 따라서 그는 아내에게 질투한 동시에 자신을 배신하고 여자와 접촉한 르페브르에게도 질투한 것이다. 일반적으로 동성애적 경향(또는 양성적 경향)을 가진 남편 또는 연인은 그 경쟁상대인 남자의 쾌락에 질투심을 느끼는 동시에 아내의 쾌락에도 의식적으로든 무의식적으로든 질투하기 마련이다. 사드도 마찬가지였다. 스피노자의 말처럼, "사랑하는 여자의 표상상을 다른 남자의 생식기 및 정액과 결부시켜 생각할 수밖에 없으며", 양성적 경향을 가진 남자는 다른 남자의 생식기를 혐오하면서 한편으로는 그것에 매료되는 모순된 감정에 사로잡힌다. 사드가 아내의 배신을 혐오하면서, 다른 남자를 통해 즐기는 그녀의 쾌락에서 일종의 성적인 흥분을 느낀 것도 그 때문이다. 정신분석학에서는 이러한 질투의 양극성을 '오레스테스 콤플렉스' 또는 '마르크 왕 콤플렉스'(트리스탄 전설에서 유래)라고 한다.

 이상의 추론은 결코 관념론의 유희가 아니다. 사드에게 '다른 남자의 생식기'가 생생한 현실감을 가지고 끊임없이 눈앞에 어른거리는 환상이었다. 놀랍게도 그는 르네 부인의 편지(1782년 8월 5일자) 여백에 르페브르의 성기 크기를 "길이 18.9센티미터, 둘레 13.55센티미터"라고 적었다. 무엇을 근거로 한 계산인지는 알 수 없다. 그러나 그는 이전에 남색을 하면서 르페브르의 생식기를 직접 보았을 것이다. 라 코스트 성에서 열었던 난교 파티에서 어쩌면 르네 부인은 사드의 명령에 따라 르페브르의 발기한 성기를 자신의 성기(또는 항문)에 삽입한 일이 있을지도 모른다. 《신(新) 쥐스틴》의 등장인물은 말한다. "폴린, 나는 내 것으로 널 어떻게 하기보다 이처럼 훌륭한 다른 사람의 것으로 네가 당하는 걸 보는 게 훨씬 즐겁단다. 만약 내가 결혼한다면 내 가장 큰 쾌락은 다른 사람의 것으로 내 아내가 당하는 것을 보는 걸 거야." 작중인물의 말이 모두 작가의 사상 표현이라고 볼 수는 없지만 이 경우, 양성적 경향을 의식한 등장인물의 이러한 고백은 사드의 질투 병리학을 상당히 정확하게 해명한다고 볼 수 있다.

고독의 쾌락 그리고 탄탈로스

사드의 질투는 주기적으로 폭발했다.

1781년 10월 말, 부인이 보낸 편지에서 "나는 살이 많이 쪘어요. 이러다 돼지가 되진 않을지 걱정이에요. 나를 보면 깜짝 놀라실 거예요"라는 글을 보고, 사드는 부인이 부정을 저지른 끝에 임신을 했다고 생각하고 불같이 노하며 소리 지른다. 그 목소리는 감옥 밖에까지 들렸다고 한다. "살이 쪘다고? 이게 무슨 뜻이야?" 그는 아내의 편지 여백에 갈겨썼다.

광포하게 분노한 사드가 면회 온 부인에게 위해를 가할 수 있겠다고 판단한 경시총감 르노아르는 부인의 면회를 금지했다. "부인, 그래도 굳이 면회를 오시겠다면 나는 대신에게 이 일을 보고하여 금지명령을 받을 생각입니다. 나는 내 양심에 따라 이 일을 결코 숨기고 싶지 않습니다." 경시총감은 르네 부인에게 편지를 보냈다.

또다시 절망의 구렁텅이에 빠진 부인은 그래도 포기하지 않았다. "무슨 일이 있어도 남편에 대한 사랑은 달라지지 않습니다." 루세에게 각오를 다지며 말했다. 르네 부인은 자기 대신 일찍이 사드의 가정교사였던 앙브레에게 감옥에 면회를 가 달라고 부탁할 생각이었으나 이 바람도 이루어지지 않았다. 친족 말고는 면회가 금지되어 있었기 때문이었다.

12월 15일, 르네 부인은 경시총감에게 면회 금지를 풀어달라는 내용의 탄원서를 보냈다.

경시총감님, 부디 이 이상 면회금지 기간을 늘리지 마시고 남편과의 만남을 허락해 주실 것을 부탁드립니다. 남편이 쓴 글이 아니라 사실에 근거하여 판단해 주십시오. 지난번 면회 때 남편은 난폭한 짓을 조금도 하지 않았습니다. 형무소장과 부관에게 물어보시면 아실 것입니다. 만일 그들의 말이 내 말과 다르다면 그분들은 잔인한 사람들입니다. 사실 그 짧은 면회시간 만큼 남편이 나에게 다정하게 대해 준 적은 없습니다. 경시총감님에게도 꼭 보여 드리고 싶습니다. 그러면 남편에 대한 생각을 바꾸시고, 남편을 정당하게 대우해 주실지도 모른다고 생각하기 때문입니다. 남편은 지금 절망한 나머지 정신착란에 빠져 있을 뿐입니다. 조금 더 친절하고 끈기 있게 살펴봐 주신다면 남편도 안정을 되찾을 것입니다. 남편은 절망적인 환경에서 마음에도 없는 말을 하고 있을 뿐이니 그 환경을 개선해 주시면 남편도 바뀔 것입니다. 6년이라는 괴로운 감금상태는 남편을 최악의 절망 속으로 밀어 넣기에 충분했습니다. 부디 한 순간이라도 우리의 잔인한 운명을 생각해 주십시오. 그리고 이 운명을 바꿀 수 있도록 힘써 주십시오. 그렇게 해주신다면 더없이 감사하겠습니다.

르네 부인은 '6년의 감금상태'라고 했지만, 1778년 9월부터 정확하게 계산하면 3년 4개월이 지났다. 하지만 그래도 긴 시간임에는 틀림없다. 이리하여 마침내 햇수로 5년째인 1782년을 맞이한다. 르네 부인의 탄원 덕분에 이해 1월부터 면회금지가 일시적으로 해제되었다.

5월, 사드가 옥중에서 루세에게 보낸 편지를 인용하겠다. 앞에서 인용한 라우라의 환상에 대한 죄수의 열광적인 보고와 더불어 이 편지도 죄수의 가장 서정적인 영혼의 고양을 나타낸다.

여기서 내 귀에 들리는 유일하고 구슬픈 악기는 바로 저주받은 종소리요. 그 종에선 지옥의 절규가 울려 퍼집니다. 죄수는 남의 일도 모두 자기와 관련이 있다고 망상할 뿐 아니라 남의 말을 무조건 악의적으로 해석하기 마련이오. 종소리는 꼭 이렇게 말하는 것 같소.

불쌍한 놈 불쌍한 놈
죽기 전에는 나갈 수 없노라
죽기 전에는 나갈 수 없노라

나는 참을 수 없는 분노에 휩싸여 벌떡 일어나 종지기를 때려죽이러 가려고 했소. 하지만 서글프게도 복수의 문은 아직 열리지 않았소. ……그래서 나는 다시 자리에 앉아 펜을 들고 "좋아, 그렇다면 저놈과 똑같은 방법으로 복수해 주지"라고 생각했소. 그것 말고는 달리 방도가 없기 때문이오. 나는 시를 썼소.

내 마음이여 내 마음이여
기쁨에서도 즐거움에서도
해방되어라 해방되어라

두건 쓴 수도사들
용두질하는 손 부족함 없노라
용두질하는 손 부족함 없노라

이곳은 편안하도다
편안하도다 고맙게도

내 손이 있노라 내 손이 있노라

이리 오너라 이리 오너라
내 고민을 내 고민을
네 음부로 위로해 다오

마누라 덕분에 마누라 덕분에
나는 비참하게도
탄탈로스가 되었노라 탄탈로스가 되었노라

아, 이것이 운명인가 이것이 운명인가
아, 너무도 잔혹하도다!
죽을 것 같도다 죽을 것 같도다

나도 황기 꽃도 덧없이 시든다
하다못해 그 씨앗을 하다못해 그 씨앗을
주우러 오라 주우러 오라

이것이 순교자인가 이것이 순교자인가
아무리 기다려도
괴로움 끝이 없도다 괴로움 끝이 없도다

"두건 쓴 수도사들"(원어는 capucin)은 남근을 가리킨다. 질베르 렐리는 고독한 쾌락, 자위를 노래한 이 시를 베를렌의 호색한 서정시와 비교했다. 나는 그뿐 아니라 장 쥐네와도 비교하고자 한다. 이 시에는 나중에 그 20세기 도둑작가가 노래했듯이 죄수의 소외된 사랑이 가장 훌륭하게 표현되어 있다. "고독과 절망의 절정에 있는 사랑은 쥐네가 수음(手淫)을 일컬은 사치스러운 이름일 뿐이다"라고 사르트르는 말했는데, 뱅센의 죄수 사드 또한 사랑 없이 사랑하는 수음의 새크러먼트를 알고 있었던 듯하다.

그런데 이 편지를 받은 사람은 한때 연애 놀이를 하던 성녀 루세이다. 아무리 문학을 이해하는 여성이라고 해도 독신 여성에게 이런 방종한 시를 써 보내는 사드의 태도에는 기가 막히지 않을 수 없다. 그러나 이것은 사드의 상투적인 수단이었다. 1779년 1월 1일에도 루세는 고프리디에게 한탄하는 편지를 썼다. "후작의 편지를 모두 필사해서 당신에게 보내기란 도저히 불가능합니다. 무엇보다 내용이 너무 긴데다, 오싹하고 기분 나쁜 내용이 이어지다가 갑자기 그 옆에 전혀 엉뚱한 내용이 적혀 있기도 합니다." 사드는 조금도 꺼리지 않고 편지에 외설적인 말이나 비속어를 썼다. 아내에게도 그랬다. 그에게는 말이 곧 자위행위였기 때문이다. "자위하는 사람은 말을 객체로 파악하려 한다." 사르트르는 말했다. 사드가 시에서 독자에게 "하다못해 그 씨앗을 주우러 오라"라고 한 것은, 자위행위로 분출된 정액을 뜻하는 동시에 환영이 완성되는 동시에 덧없이 사라지는 말의 씨앗이라고 해석할 수도 있다.

집필과 눈병

사드가 편지에서 '종지기를 때려죽이러 가려고 했소'라고 말했듯이, 뜻대로 되는 것 하나 없는 감옥에서 그의 분노는 수차례 폭발했다. 미라보와 싸운 이후로 간수에게 호통을 치거나 폭력을 휘두른 일도 한두 번이 아니었다. 1782년 7월 31일에는 그 때문에 산책을 금지 당했을 뿐 아니라 독방 앞 복도에도 나오지 못하게 되었다.

또한 8월 6일에는 책까지 모두 압수당했다. 책이 "그의 머리를 흥분시키고 추잡한 글을 쓰게 한다"는 이유에서였다. 르네 부인은 편지를 썼다. "당신이 아무 일도 하지 못하고 무료하게 계실 것을 생각하니 어쩔 줄을 모르겠습니다. 하지만 제발 집필에서만은 손을 놓아 주시길 부탁드려요. 당신에게 좋지 않으니까요. 그보다는 당신의 참된 마음에 어울리는 바른 생각을 하는 데에 힘써주세요. 머릿속에서 떠오른 나쁜 생각을 말하거나 쓰시니까 오해받는 거예요."

하지만 사드는 아내의 충고에 "나에게는 무엇보다 즐거운" 독서와 집필활동을 그만둘 생각은 없으며, "상상력이 이끄는 대로 따라갈 때야말로 불행한 내 처지를 위로받는" 유일한 시간이라고 말했다. 그리고 이미 누구의 충고에도 귀를 기울이지 못하게 된 자신을 "가르치려는 생각은 버리라"고 못을 박았다. 이는 말하자면 사드의 신앙고백이며, 마침내 작가로서 살아갈 결심을 굳힌 감옥수감자의 외부세계에 대한 선전포고이다.

이 무렵 사드는 성적이고 잔혹한 공상의 날개를 종횡무진 펼치며 그것을 스스로 즐기는 한편, 남몰래 저술의 뜻을 키워가고 있었다. 《소돔의 120일》을 쓰기까지는 아직 멀었지만 이미 몇 가지 습작을 해 놓은 상태였다. 이윽고 만 4년을 채워가는 수감생활 중에 읽은 책만 해도 어마어마한 양에 이르렀다. 언젠가는 축적된 지식과 공상이 뜨거운 머리에서 튀어나올 수밖에 없으리라.

뱅센 감옥에서 사드가 가장 원한 것은 음식과 책이었다. 사드는 아베 프레보의 《마농 레스코》, 맹트농 부인의 전기, 루크레티우스의 《만상론(萬象論)》, 볼테르의 대화편, 뷔퐁의 《박물지》, 몽테뉴 전집, 조제프 드 라 포르트의 여행기, 데릴, 생 랑베르의 시, 다르노의 희곡, 그 밖에 프랑스와 로마제국에 관한 역사서, 연대기, 연극 등을 주로 읽었다. 프랑스 극장과 이탈리아 극장에서 새로 상연되는 희곡도 알고 싶어했다. 르네 부인은 홀바흐의 《자연의 체계》와 루소의 《고백록》 등도 구해 주었지만 이러한 책은 감옥의 검열로 그의 손에는 전해지지 않았다. 프랑스 혁명 전야였다. 백과전서파와 이신론자의 책을 당국은 기피했다. 사드는 장 자크의 책이 너무나 읽고 싶었다. 그는 루소의 사상을 위험시하는 관리들의 무식함을 한탄했다. "네놈들처럼 편협한 마음을 가진 놈들 눈에는 루소가 위험인물로 보일 수 있겠지만 내가 볼 때는 세상에서 가장 뛰어난 작가다. 나에게 장 자크는 너희의 그 '그리스도 흉내' 같은 책이다."

책 검열이 심해졌을 뿐 아니라 9월 25일에는 1월부터 허가된 아내와의 면회도 다시 금지되었다. 죄수의 태도가 나쁘다는 이유였다. 아내에게 보낸 편지가 '외설적'이라는 이유로 르네 부인에게 전달되지 않은 적도 한두 번이 아니었다.

10월이 되자 사드는 형무소장 르쥐몽이 "자신을 독약실험에 이용"하고 있다며, 뱅센에서 몽 생 미셸 감옥으로 옮길 수 있도록 힘써 달라고 아내에게 편지를 보낸다. 여섯 달 동안 독약을 주입당하여 끔찍한 고통을 맛보고 있으며, 자신은 독방에 갇혀 밖으로는 한 발자국도 나가지 못하고, 식사를 가져다주는 간수도 "작은 창문으로 마치 미치광이에게 먹이 주듯" 음식을 밀어 넣는다. 이런 대우는 도저히 참을 수 없다. 자신의 생명은 몽트뢰유 부인의 음모로 인해 "팔린 셈이다." 의사를 불러달라고 부탁해도 거절당했다. ……사드는 경시총감에게도 편지를 보냈지만 아무런 소용이 없었다. 죄수의 정신상태만 의심받을 뿐이었다.

사드가 처한 환경은 최악의 상태였다. 이리하여 사드는 마침내 쓸 수밖에 없는 상황까지 내몰리게 되었다.

1782년 7월 12일, 사드는 대화체 형식의 철학적 작품 《사제와 임종을 앞둔 사내의 대화》 및 《수상(隨想)》을 포함한 수첩을 한 권 썼다. 전자는 42세가 된 사드가 처음으로 무신선언을 한 작품으로, 앞으로 이어질 눈부신 집필활동의 선구적인 작품이다.

이 작품은 일반적으로 사드의 첫 작품으로 여겨지는데, 엄밀하게는 그의 문학적 생애의 첫 작품이라고 할 수 있다. 물론 이전에도 젊은 날에 쓴 이탈리아 여행 견문록(미발표), 1782년 1월에 루세에게 보낸 서간형식의 소논문 《철학적 선물》을 비롯한 몇 가지 습작이 있다. 또한 1781년 4월에 완성된 희극 《변덕스러운 사내》(미발표)도 빼놓을 수 없다. 그러나 이 《사제와 임종을 앞둔 사내의 대화》에서 사드는 작가로서 사상적 위치를 처음으로 분명히 드러냈으므로 이 작품은 비록 짧지만 그의 문학적 생애 가운데 기념비적인 작품으로 꼽힌다.

집필활동과 동시에 사드는 눈병을 앓기 시작한다. 어두운 촛불 밑에서 며칠 동안 깨알 같은 글씨를 써나갔기 때문일 것이다. 1783년 2월 13일 편지에 사드는 이렇게 썼다.

눈이 계속 나빠지고 있소. 찌르는 듯 아프고 건조해서 이대로 있으면 완전히 실명할 것 같소. 안과의사를 좀 보내주시오. 벌써 여섯 달째 부탁하고 있는데 아직도 이런 말을 하게 만들다니 당신도 참 박정하구려. 그리고 하인도 필요하오. 나 혼자서는 도저히 감당하기가 어렵소. 일과에 쫓기기라도 하는 날엔 도저히 일을 할 시간이 없소. 아침 9시부터 정오까지, 저녁 6시부터 11시까지 내 곁에 있어줄 사람이 필요하오. 부탁이니 당신이 어떻게든 손을 써주시오. 나는 건강할 때도 거창한 요구를 한 적이 없지 않소. 하지만 이제는 부탁하지 않고는 도저히 넘어갈 수 없구려. 면회를 올 생각이라면 내 방에서 면회하게 해달라고 허가를 받아 보시오. 미리 말해두지만, 회의실 같은 곳에 내려가고 싶지 않소. 나한테는 그만한 기력이 없소. 다음 물건들을 보내주시오. 램프 갓 2개, 양초를 완전히 감쌀 수 있는 것으로. 그리고 고급 장미향수. 카데 약국에서 파는 가장 향기 좋은 고급품 말이오. 겨우 이만큼 쓰는데도 아주 지치는군. 부디 같은 말을 몇 번이나 되풀이하지 않게 해주시오. 마음을 담아 키스를 보내오. 내 고통은 말할 수 없이 심각한 상태요.

  이 짧은 편지의 글자는 마치 안 보고 쓴 것처럼 크고 망설인 흔적이 있으며 떨리기까지 했다. 이 무렵부터 4월 상순까지 쓴 편지는 모두 이렇다. 눈이 잘 보이지 않았던 모양이다. 그의 눈병은 아마도 각막염이었던 듯하다.
  형무소장의 요청에 따라 당시 파리에서 으뜸으로 꼽히던 왕실 안과의사 크랭장이 뱅센으로 불려와 환자를 진찰했다. 크랭장은 '이리스 뿌리'라고 불리는 붓꽃 뿌리에서 채취한 분말향료를 환자에게 처방했다. 사드는 '엉터리 처방'이라며 화를 냈다. "처음에는 조금 좋아진 듯했소. 눈앞을 가리고 있던 뿌연 막이 점점 사라지는 것 같았지. 하지만 가루야이 떨어지자마자 곧바로 처음 상태로 되돌아가고 말았소."
  며칠 뒤 사드는 다시 부인에게 편지를 써서 안경을 사 오라고 했다. 18세기에는 안경이 매우 귀했는지, 사드는 안경을 "얼굴 절반을 가리는 마스크 모양을 한 유리 기구"라고 설명했다. "눈을 먼지로부터 보호하기 위해 쓰는 물건이오. 설명하기 어렵지만 당신은 내 말을 잘 이해하리라 믿소."
  3월 18일, 사드가 아내에게 부탁한 물건을 나열해 보겠다. 머랭(설탕과 달걀로 만든 크림과자) 두 다스, 레몬 비스킷 한 다스, 신축한 이탈리아 극장의 겨냥도, 그 극장에서 처음 상연하는 작품 각본, 고급 해면 두 개, 양초 6파운드, 대형 램프 심, 비단을 댄 녹색 양복, 윤이 나는 갈색 파엔차 도자기로 된 우유 데우는 그릇. "지난번에 보내준 물주전자는 너무 작소." 사드는 덧붙였다. 그리고 작은 강아지(사드는 세터라는 사냥개를 좋아했다. 미올란 성에 유폐되어 있을 때에도 감옥에서 작은 개를 두 마리 길렀다). 그리고 사드는 자기가 쓴 희곡 《불공평한 재판관》을 하인 칼루트롱에게 깨끗이 옮겨 적게 시키라고 부탁했다.

3월 26일에는 희곡 《잔느 레네》 및 단막극 《광기 어린 시런 또는 쉽게 믿는 남편》의 원고를 아내에게 보냈다. 이 무렵에도 여전히 뜰 산책은 금지되어 있었으므로 아내에게 어떻게든 허가를 얻어달라고 애원한다.

3월 말, 눈병이 더욱 심각해져 사드는 불안에 떨며 아내에게 편지를 쓴다. "염증이 심해지면서 안으로까지 퍼졌소. 상태가 나쁜 눈 안쪽으로 머리 절반이 마치 불에 덴 것처럼 뜨겁소. 어젯밤에는 그 때문에 편두통까지 왔소." 그는 큰 병으로 번질 것을 걱정하며 상태가 심각해지면 여자 간호사를 붙여 달라고 부탁한다. "남자 간호사는 싫소. 남자에게 간호받는다면 그 사실만으로 견디지 못하고 죽어버릴 거요. 남자 간호사가 어떤지 당신은 아시오? 야전병원에서 부상병이나 돌보던 녀석들이오. 그런 놈들에게 걸리면 오래 살지 못할 거요. 사흘도 못가 죽어버리고 말 거요."

7월 2일, 뱅센 탑 꼭대기에 피뢰침이 설치되었다. 그날 또는 그 이튿날에 뇌우가 쏟아져 피뢰침에 벼락이 떨어졌다. 파리 마을에서는 마치 세상의 종말을 맞은 것처럼 시민들이 두려움에 떨었다. 르네 부인도 이 사건에 놀라 뱅센에 있는 사드의 안부를 편지로 물었다. 사드는 아무렇지 않게 되물었다. "당신이 말하는 사건이란 게 대체 뭐요? 여기서는 아무것도 느끼지 못했소. 7월 2일에 탑 위에 피뢰침이 설치되었소. 그 피뢰침이 벼락을 불러들여 첨탑에 벼락이 떨어졌을 뿐이오. 당연한 일이 아니오? 그게 어쨌다는 거요? 그것은 사건이 아니라 단지 실험, 단순한 실험일 뿐이오. 그래도 당신 편지를 보고 조금은 감개에 젖었소. 정말로 내가 벼락을 맞아 죽는다면 그보다 편한 죽음이 어디 있겠소. 괴로움을 느낄 새도 없이 순식간에 끝날 테니 말이오." (사드가 《미덕의 불행》에서 여주인공 쥐스틴이 벼락을 맞아 죽게 한 까닭은 무엇일까. 괴로운 생애 끝에 편안한 죽음을 맞게 해주고 싶었던 것일까.)

또한 사드는 이 편지에서 아내가 시시한 낙뢰사건에 정신이 팔려 벌써 1년이나 뜰을 산책하지 못한 자신의 괴로운 처지를 잊고 있다고 나무랐다. 1782년 7월 말부터 산책을 금지당했으므로 꼬박 1년이 다 되었다. 독방에 갇혀 바깥 공기를 마시지 못한 채 사드는 7월의 무더위 때문에 죽을 듯이 괴로워한다.

고독한 쾌락도 지겨워진 어느 날, 사드의 마음에 불안이 싹튼다. 9월 2일에 몽트뢰유 부인에게 보낸 편지를 보면 그의 마음이 극도로 약해졌음을 알 수 있다. "부인, 당신께 폐를 끼치고 싶지는 않지만 반드시 편지를 드릴 수밖에 없군요. 여기에 온 이래 나는 당신에게서 온갖 공격을 받았지만 최근의 그것처럼 내 마음을 아프게 한 것은 없었습니다. 내 아내가 부정을 저지르고 있다는 소문을 당신은 굳이 부정하지 않으셨습니다. 어머니란 사람이 그런 불명예스러운 소문을 허용하고 자신의 사위에게 믿게 하려는 속내가 무엇입니까? 당신의 잔인한 책략이 분명합니다. 부인, 당신은 나와 부인이 헤어지기를 바라시지요? 내가 이곳에서 나가면 더는 아내와 함께 살지 않기를 원하시지요? 하지만 그럴 가능성은 없습니다. 나는 무슨 일이 있어도 아내와 헤어지지 않을 겁니다……." 그리고 사드는 자신이 지금도 아내를 뜨겁게 사랑하고 있으며, 감옥에서 나가면 아내에게 용서를 빌며 지난 죄를 뉘우치고 새로운 생활을 시작할 생각이라고 썼다. 그러니 단 하루라도 좋으니 아내와 단둘이 만나게 해달라고 눈물로 호소했다. 이 자학적일 만큼 비굴한 말투는 마치 굶주린 사람이 빵을 동냥하는 투였다. 고독한 곳에서 성욕에 굶주린 그는 부끄러움도 체면도 내던지고 하다못해 아내와 하룻밤을 보내게 해달라고 애원한다.

가을이 되어도 눈병은 낫지 않았다. 안과의사는 밤에 책을 읽지 말라고 충고했다. 그래서 사드는 읽기를 멈추고 가을밤이 깊어가도 오로지 쓰는 일에 몰두했다. 사드는 경시총감이 원고를 개봉하지 않는다고 약속한다면 회상기를 쓸 생각이라고 아내에게 말했다. 회상기 말고도 작품 세 개를 계획하고 있다고 즐거운 듯이 알렸다. 지금까지 쓴 10권 정도의 노트를 바탕으로 《프랑스 고금 저문집(著聞集)》이라는 프로방스 지방 설화집을 엮을 생각이었던 듯하다.

서간문학자

앉아서 글을 쓰기 시작하면서 사드의 마음에도 여유가 생기기 시작했다. 자신을 객관적으로 바라볼 수 있게 된 것이다. 1783년 가을에 쓴 편지는 11년에 걸쳐 쓴 사드의 옥중 편지 가운데 문장이 가장 생기 있고 유머와 기지가 넘친다. 무엇보다 감옥의 불안과 짜증이 사라진 것은 아니지만 그 절망 밑바닥을 뚫고 지하수처럼 콸콸 흐르는 맑은 결의를 읽을 수 있다. 바로 작가로서의 결의이다. 사드는 마침내 외부 현실의 공격으로부터 자신의 인간적 존엄성을 온전히 지키는 법을 익힌 것이다.

때로는 약한 소리를 하거나 비굴해지기도 했지만 자신의 성격, 자신의 도덕, 자신의 작가적 신념을 스스로 저버리는 말은 한 번도 쓰지 않았다. 그는 자신의 성격을 아주 잘 알고 있었다. "오만하고 조급하고 툭하면 화를 내고 모든 일에 극단적이며 상상력이 방탕하고, 행실이 나쁜 점에서는 견줄 자가 없으며, 광신에 가까울 만큼 무신론자요. 나라는 사람은 이렇소. 다시 말하지만, 나를 죽이거나 아니면 있는 그대로의 나를 받아들이시오. 나는 영원히 변하지 않을 테니." 1783년 11월에 아내에게 보낸 편지의 내용이다. 이 밖에도 이 감옥문학자의 불꽃같은 신앙선언이 곳곳에 삽입된 편지는 무려 스무 통이 넘는다.

내 사고방식은 내가 숙고한 결과요. 그것은 나의 생존, 나의 본질과 떼려야 뗄 수 없는 관계요. 그것을 내가 멋대로 바꿀 수는 없소. 설령 바꿀 수 있다고 해도 바꿀 생각이 없소. 당신들이 비난하는 이 사고방식이야말로 내 인생의 유일한 위안거리요. 오직 그것이 옥중의 괴로움을 모두 잊게 하고 내 모든 쾌락을 구성하며 내가 삶보다도 집착하는 것이오. 내 불행을 만든 것은 내 사고방식이 아니라 다른 사람들의 사고방식이오. 바보들의 편견을 경멸하는 이성적인 사람은 결국 바보들의 적이 될 수밖에 없으니까. 그것은 충분히 예상할 수 있는 일이니 그런 일에 신경 쓸 필요는 전혀 없소. 여행자가 여행을 하고 있소. 누군가가 함정을 파서 여행자가 함정에 빠졌소. 이것이 여행자의 죄요, 아니면 함정을 판 몹쓸 놈의 죄요? 내 도덕과 취미를 희생하면 자유를 얻을 수 있다고 해도 그런 자유는 내가 바라지 않소. 차라리 생명과 자유를 희생하는 게 낫소. 내 도덕과 취미는 내 안에서 광신적일 만큼 발달해 버렸소. 이 광신은 나를 박해한 사람들이 만들어낸 결과요. 그들이 박해를 계속할수록 내 도덕은 내 마음속에서 더욱 굳건하게 자랄 거요. 그러니 이 도덕을 버리는 조건으로 나에게 자유를 주겠다면 그런 자유는 필요 없다고 분명히 말해 두겠소. (1783년 11월)

앞에서는 프로이트가 정의한 유머의 기능에 대해 이야기했는데, 사드가 이러한 정신 태도를 갖게 된 것은 뱅센 감옥에서 오랫동안 시련을 겪었기 때문이리라. 프로이트는 말한다. "유머는 우리의 마음을 해방시켜주는 무엇을 가지고 있으며, 또한 숭고하고 영혼을 고양시키는 무엇을 가지고 있다. 말할 것도 없이 그것은 나르시시즘의 승리이며, 자아의 불가침성을 관철할 때 생긴다. 이 경우 자아는, 외부 현실의 유혹에 따라 스스로를 상처 입히고 고뇌를 강요하기를 거부하며, 바깥세상이 결코 상처주지 못하게 할 뿐 아니라 그 상처도 자신은 쾌락의 실마리로 삼을 수 있음을 과시한다."

이미 우리는 고름으로 가득 찬 알몸의 몽트뢰유 부인의 그림연극을 보여준 사드의 악의적인 유머를 알고 있으며, 자위를 노래하는 시와 성적인 은유에 담긴 일종의 '데페이즈망(낯선 만남을 연출하는 초현실주의 기법)'과 유사한 사드의 경쾌한 유머도 알고 있다. 알다시피 로트레아몽 백작의 시에서 주요한 발견은, 문학작품 속에 의학과 자연과학 책에서 따온 수많은 용어를 삽입하는 것, 즉 말을 본디 있어야 할 장소에서 추방하는 것이다. 이 수법은 나중에 시와 회화에서 초현실주의의 가장 중요한 방법으로 꼽히게 되며, 막스 에른스트는 이를 '데페이즈망'이라고 불렀다. 그런데 우리는 사드의 편지에서 이미 이 20세기 수법이 상당히 자주 사용되고 있음을 알 수 있다. 앞에서 나는 신학용어의 은유를 통해 교묘하게 항문성교를 논한 사드의 통쾌한 문장을 인용했는데, 여기서 한 가지 예를 더 제시하겠다.

내가 용기를 주문하여 당신(르네 부인)이 걱정스럽다는 거요. 그런데 용기가 이미 만들어져 있다면 당신이 걱정할 만도 하지만 아직 만들게 하겠다는 말밖에 하지 않은 지금, 단지 주문을 한 것만으로 벌써 신경이 곤두서고 영혼이 고통의 감각을 알리다니 내 조그만 소뇌로는 도저히 이해할 수 없구려. 당신은 그런 걸 하면 사람들이 이상하게 본다고 하는데 나는 그 점을 도대체 이해할 수 없소. 작은 여자가 큰 용기를 주문했다고 해서 우리 무신론적 철학자들이 이성이 머무는 곳으로 여기는 솔방울샘에 어떤 혼란이 생기기라고는 도저히 믿을 수 없소. (1783년 11월?)

여기서 말하는 용기가 무엇을 담는 그릇인지는 알 수 없다. 어쩌면 담뱃갑일지도 모른다. 18세기의 귀족들은 부서지기 쉬운 물건이나 바늘, 가위, 실, 화장도구처럼 작은 물건들을 넣어두는 길쭉한 원통형 구리 용기를 곧잘 이용했다. 그런데 사드의 편지를 보면, 그가 이러한 원통형 용기를 어떠한 목적을 위해 종종 즐겨 썼는지 알 수 있다. 그 목적은 바로 또 하나의 고독한 쾌락인 항문자위를 말한다. 이 문장 바로 뒤에 사드는 '엉덩이의 지병에 필요한 쿠션'을 보내 달라고 아내에게 요구한다. 그는 여기서도 일부러 자신의 치부를 드러내어 르네 부인을 곤란하게 만들고는 즐거워한다. (사드가 항문자위를 하느라 원통형 용기를 애용한 점은 뒤에서 이야기할, 바스티유 감옥에서 보낸 편지인 〈바닐라와 마닐라〉에서도 잘 나타난다.)
이 편지는 생물학 용어를 쓴 '데페이즈망'이다. 뇌 중앙에 있는 솔방울샘이 정신에 직접 작용하는 유일한 기관으로 여긴 철학자는 바로 르네 데카르트였다.
사드의 옥중 편지는 황폐해진 심정 묘사와 적나라한 자신의 성 폭로, 암울한 유머로 점철되어 있으며, 낭만주의 이전의 어떠한 작가의 고백록보다도 흥취가 풍부한 인간 정념의 대기록이다. 장 자크 루소도 대담하기 그지없는 사드의 필치 앞에서는 주춤할 수밖에 없다. 사드가 감옥이라는 특수한 환경에서 그와 같이 고도의 단계에 이른 주체성의 승리와 자아의 불가침성을 자랑스럽게 선언한 것은 참으로 놀라운 일이며, 문학사상의 일대 장관임에 틀림없다.

1784년 1월부터 르네 부인은 또다시 뱅센에 있는 남편을 부지런히 방문할 수 있게 되었다. 신임 관내대신 브르퇴이가 죄수에게 관용을 베풀었기 때문이다. 브르퇴이는 프랑스 혁명사의 첫 장에 그 이름을 올린 국왕파 정치인으로, 네켈이 파면되고 그가 내각에 복귀(1789)한 사건은 대혁명이 발발하는 계기가 되었다.

2월 말, 사드는 그 숫자를 이용한 점을 근거로 자신이 프랑스에서 멀리 떨어진 나라에 대사로 보내질 것이라는 망상에 사로잡혔다. 그러나 그 사이에도 그는 새로 희곡을 쓰고 아내에게 비평을 해달라고 요구했다. 《탄크레드》라는 단막으로 된 그 운문극은 타소의 비극에서 소재를 따온 듯하나 현재는 남아 있지 않다.

그런데 사드의 공상과는 달리, 프랑스 정부는 죄수를 다른 감옥으로 옮기기로 결정했다. 먼 나라로 보내기는커녕 오히려 더 가까운, 파리 한가운데에 있는 가장 끔찍한 감옥이 그를 기다리고 있었다.

2월을 끝으로 뱅센 감옥은 봉쇄되었고, 그 성은 다른 용도로 쓰기로 한 것이다. 이는 정부의 기밀사항이었으므로 2월 29일 저녁까지 사드는 그 사실을 꿈에도 몰랐다. 그날 밤, 그는 느닷없이 6년 동안 살아 익숙해진 뱅센 감옥에서 끌려나와 그대로 바스티유로 연행되었다.

감옥일지에 따르면 그를 바스티유로 연행한 사람은 쉴부아 경부이며, 도착한 시간은 오후 9시, 수용된 방은 '자유의 탑' 3층에 있는 독방이었다.

이리하여 사드의 바스티유 생활이 시작된다.

7 자유의 탑

바스티유 감옥 이야기

바스티유란 말은 본디 중세에 '성채(城砦)'를 의미하는 보통명사로 쓰였다. 로마인은 바스티유를 공격요새로 사용했기 때문에, 감옥과는 아무 관계도 없었다. 파리 위그 오브리오에 의해 최초로 건설 기초를 세운 때가 1370년 4월 22일로, 그로부터 2세기에 걸쳐 바스티유는 영국 군대의 침입에 대비해 요새의 역할을 감당했다. 이때부터 고유명사처럼 쓰였다. 때로는 왕족의 영빈관으로서, 루이 11세와 프랑수아 1세는 이곳에서 성대한 연회를 베풀기도 했다.

바스티유가 국사범이나 외국의 스파이, 독살 사건 등의 범인들 감옥으로 사용된 것은, 루이 14세 때부터였다. 그 유명한 철가면(프랑스 역사·전설 등에 나오는, 철가면을 쓴 수수께끼 정치범)이 생트 마르그리트 요새에 보내지기 전에 한때 이곳에 머물렀던 것도, 루이 14세 시대의 일이었다. 그 뒤 볼테르, 마르몽텔, 스텔 부인 등의 문인들도 위험한 사상인물로서 수감되기도 했다.

그러할지라도 바스티유는 특권계급을 위한 이른바 특별한 감옥이었다. 《루이 14세의 시대》에 대하여 볼테르와 교류가 있었던 문인 라보멜은 바스티유에 수감되었을 때 600권의 장서를 들여왔으며, 책장은 국비로 만들게 했다고 한다. 물론 노예를 부리는 것도 허용되었다. 스텔 부인은 반년 정도 이곳에 수감되었는데, 같은 감옥에 있는 젊은 기사와 사랑에 빠져 오히려 석방의 날이 다가와도 기뻐하지 않았다고 한다.

또한 바스티유에는 살아 있는 죄수만이 아니라 위험하다고 여겨지는 것은 책이나 인쇄기까지도 보내졌다. 유명한 금단의 책인《백과전서》전35권은 성의 한쪽 구석에 오랜 기간 감금되어 있었다.

기록에 따르면, 바스티유는 둥근 8개의 기둥으로 이루어져 높이는 약 24미터이고, 5층이나 6층으로 되어 있으며, 겨울엔 춥고 여름엔 찌는 듯이 무더운 곳이었다. 천장 안쪽을 캐럿이라고 했는데, 문자 그대로 천장이 둥글고 서서 걸을 수 없을 정도로 낮아 흉악한 범죄자들을 이곳에 가두었다. 지하 감옥은 모두 8개로 끈적끈적하고 비위생적인 곳이었는데, 죄수를 처벌하는 곳으로 사용되었다가 1772년에 폐쇄했다. 8개의 탑을 저마다 '모퉁이탑', '예배당탑', '우물탑', '벨트디엘탑', '버지니엘탑', '국고탑', '백작령탑'이라 불렸으며, 마지막 8번째를 '자유의 탑'이라고 했다. 이 8번째 탑을 '자유의 탑'이라고 부른 이유는 비교적 우대받은 죄수들을 가두는 곳이었기 때문이었다. 사드가 수감되었을 무렵 '자유의 탑' 꼭대기에는 13개의 대포가 있었으며, 축제 때마다 대포를 쏘아 올렸다고 한다.

탑들마다 방이 하나씩밖에 없었다고 하니까, 탑의 내부는 그다지 넓지 않았던 것으로 여겨진다. 방은 전부 37개이었고, 육각형이며, 지름이 대략 5미터, 천장까지의 높이는 거의 5~6미터쯤 되었다. 천장과 벽은 회색 바탕에 흰색이었고, 바닥은 벽돌로 되어 있었으며, 3개의 계단을 오르면 3중 겹의 창문이 보였다. 물론 창문은 단 하나뿐이었으며, 벽의 두께는 1.5~2미터쯤 되었다. 가구는 침대와 탁자, 의자, 난로, 석탄을 푸는 작은 샵, 부젓가락 등이 놓여 있었고, 죄수가 필요한 것을 밖에서 들여오는 것도 가능했다. 프란츠 펑크-브렌타노가 쓴《바스티유의 전설 및 기록》에 의하면, 바스티유의 방은 때에 따라서는 아주 우아하게 꾸며졌다고 한다. 사드가 칠이

벗겨진 벽을 눈부시게 아름답고 현란한 천으로 덮었다고 기록했다.

랑게의 《바스티유 회상록》(1783)에 의하면, "바스티유 성문은 생탕트완 거리에서 떨어진 오른편에 있었다. 제1문의 꼭대기에는 여러 가지 무기와 갑옷과 투구들이 놓여 있었고, 그 입구에는 보초대가 있어 밤마다 병사 둘이 파수를 섰다. 입구는 제1탑과 연결되어 있어 병사의 막사와 지휘관의 막사 말고도 이런저런 물건들이 놓였고, 또 병기고로도 연결되었다. 바깥 뜰은 입구를 경계로 하여 제2의 바깥 뜰과 이어져 있었는데, 호위병들의 막사와 공구, 줄사다리가 있었다. 그리고 바깥 뜰의 오른쪽에는 지휘관의 관사가 우뚝 서 있었다." 바스티유의 외관은 보기에도 음산하고 위압적이었다. 게다가 주위는 생탕트완 거리의 그만그만한 작은 집들이 옹기종기 밀집해 있어서, 검게 우뚝 서 있는 8개의 탑은 더 한층 불길한 인상을 주었다.

죄수의 식사는 양이 좀 많았던 것 같다. 아침 7시, 점심 11시, 저녁 6시에 3번 제공되었는데, 양이 모자랄 때에는 마음대로 더 달라고 할 수 있었다. 식비는 죄수의 사회적 지위에 따라서 저마다 다르게 책정되었다. 하층민은 1일에 3프랑, 부유층·재계인사·문인·법관은 10프랑, 최고법관은 15프랑, 원수는 30프랑이었다. 대귀족이 수감되었을 때에는 하루 식비로 120프랑의 거액을 쏟아부었다. 사드처럼 가족의 요청에 의해 감금된 경우 식비는 국가 부담이 아니라 자비로 충당해야 했다. 그의 식비는 3개월에 800프랑이었다.

죄수의 산책 장소는 두 곳으로 정해져 있었는데, 탑 꼭대기와 안쪽 뜰이다. 사드 후작은 1788년 11월 24일부터 저녁 무렵에는 안쪽 뜰을 1시간 산책하는 것과 아침에도 1시간 탑 꼭대기에서 바깥 공기를 쐬는 것이 허락되었다. 하지만 이것은 예외적이며 매우 특별한 대우였다. 다른 사람들은 안쪽 뜰에서만 산책하는 것으로 제한되어 있었기 때문이다. "비좁은 안쪽 뜰은 막사와 취사장에서 풍겨나오는 냄새로 아주 불쾌했다." 그는 수감되어 첫 주일에 쓴 편지에 이렇게 불만을 털어 놓고 있었다. 이 상황에 대해 랑게는, "안쪽 뜰은 25제곱미터 되는 사각지대로서 주위 성벽의 높이는 30미터를 넘었다. 창문은 한 개도 없어서, 마치 넓은 우물바닥과도 같았다. 그리고 겨울엔 북풍이 불어 오기 때문에 추위를 견디어 내기가 힘들었다. 여름엔 바람이 잘 통하지 않아 태양이 지글지글 타는 듯한 불더위를 견뎌야만 했다"고 기록했다. 산책은 한 사람씩 순서대로, 병사와 함께한다. 따라서 수감인원이 많을 때에는 좀처럼 기회가 돌아오지 않았는데, 죄수의 수는 1년 평균 16명이었다.

이 무렵 프랑스 국고는 사정이 여의치 않아 감옥을 유지하는데 어려움을 겪고 있었다. 바스티유의 별관이라고도 일컬어지는 뱅센이 폐쇄된 것도 이러한 프랑스의 경제적인 이유 때문이다. 진보적인 네케르 장관도 바스티유라고 하는 전시대적 유물 같은 존재에는 손을 덴 것처럼, 아무 쓸모없는 바스티유는 국비 절감을 위해 폐쇄해야 한다고 주장했다. 위정자들은 어떻게든 수감자의 수를 줄이려 했다. 그래서 죄수의 수는 1788년 5월에는 27명, 12월에는 9명, 그 이듬해 7월 14일에는 7명으로 줄어 들었다. 하지만 사드가 감금되었을 무렵엔 아직 13명의 죄수가 남아 있었다.

감옥문학의 비밀

'자유의 탑' 3층에 감금된 지 일주일쯤 지난 1784년 8월 무렵, 사드는 처음으로 아내에게 편지를 썼다. 그는 아무 예고도 없이 강제적으로 뱅센에서 바스티유로 옮겨진 것에 격렬한 분노를 토로했다. 그는 이 조치를 몽트뢰유 부인의 음모라고 믿었으며, 더욱이 새로운 환경의 변화를 참을 수 없었던 것 같다.

당신도 알고 있는 것처럼 나에게 필요한 것은 먹는 것보다 운동이야. 그런데 방은 뱅센의 절반 정도밖에 되지 않아서, 몸을 크게 움직이며 걸을 수도 없어. 가끔씩 몇 분 정도 안뜰로 산책을 나가지만, 거긴 막사와 취사장에서 나는 고약한 냄새로 가득 차 있어. 그것도 병사의 감시를 받으며 끌려 가는 거야. 마치 루이 16세 왕정에 반기를 든 죄수처럼 말이야……! 게다가 나는 침대 정리도 해야 하고 방 청소도 해야 해. 침대 정리는 그래도 괜찮아. 남이 정리해 주는 것보다 내 손으로 하는 것이 재미도 있거든. 하지만 방 청소는 정말 하고 싶지 않아. 우리 부모는 나에게 청소하는 법을 전혀 가르쳐 주지 않았거든. 이건 내 탓이 아니야. 완전히 우리 부모 탓이지. 그들에겐 자식에 대한 선견지명이 없었던 모양이야……. 만일 우리 부모에게 그런 능력이 있었더라면, 나는 어느 누구보다도 청소를 잘하겠지. 지금 당장 누구든 청소하는 방법을 가르쳐 줄 사람을 보내주었으면 해. 그럼 청소를 잘할 수 있게 될 거야.

그리고 입고 있는 이 옷이 전부야. 조금 지나면 엄마 배 속에서 나올 때의 모습이 되겠지. 뱅센에서 나올 때 모든 짐을 놓고 가도록 명령을 받았어. 한 장의 셔츠도, 한 개의 모자도 가지고 올 수 없었단 말이야. 부탁인데 여기에 올 때 셔츠 2장과 손수건 2장, 수건 6장, 헝겊구두 3족, 목면 양말 4개, 목면 모자 2개, 나이트캡을 묶는 리본 2개, 검은색 호박단 모자, 모슬린 넥타이 2개, 가운, 눈을 씻는 천 조각 4개 그리고 책 몇 권을 가져다줘. 물론 뱅센에 남기고 온 가구들도 반년 안에 받을 수 있도록 해줘.

그것 말고도 사드는 눈약이랑 향수, 쿠션, 베개 등 자질구레한 필수품 목록을 써서 보냈다.

3월 16일, 르네 부인은 처음으로 바스티유를 방문하여 오후 4시부터 7시까지 면회를 허락받았다. 이때 양초를 들여보냈다. 그 뒤로 한 달에 두 번씩 정식으로 면회할 수 있게 되었다.

4월 14일부터 식사할 때 둥근 나이프를 사용할 수 있게 되었는데, 식사를 마치면 곧바로 나이프를 건네주어야만 했다.

4월 29일 뱅센에 두고 온 사드의 짐이 도착했다. 목록표를 보니 가구와 옷가지들, 그리고 134권이나 되는 책이름이 낱낱이 적혀 있었다. 눈에 띄는 책들을 집어 보니, 마르몽텔의 《시법(詩法)》, 라아르프의 저작집, 페늘롱의 저작집, 《브간뷔르 여행기》, 루크레티우스의 시, 마리보의 《마리안의 생애》, 니콜의 《논리학》, 《아라비안나이트》, 《일리아스》, 타소의 《해방된 예루살렘》, 필딩의 《대도 조나단 와일드전》 등이 있었다. (아르세날 도서관에 소장되어 있는 것으로, 사드가 바스티유에 있을 때 가지고 있었던 책 목록을 보면, 보다 많은 역사서, 문학서, 희곡작품들이 있었다. 이것은 사드가 얼마나 독서광이었는지를 잘 나타내 준다.)

편지에 계속해서 불평을 늘어 놓고 있지만, 결국 사드의 바스티유 생활은 뱅센에서 보다는 훨씬 편하고 자유로웠던 것 같다. 부인과의 면회도 순조로웠고, 집필에 필요한 종이나 펜, 잉크 등도 그때그때마다 받을 수 있었다. 7월 16일에는 안과의사가 그의 치료를 위해 감옥에 들어오는 것도 허락되었다. 그 무렵 사드의 눈은 분비물이 많이 생겨서 잘 보이지 않았다고 한다. 그래서 안과의사는 치료를 위해 정기적으로 감옥을 방문하게 되었다.

간수장이었던 드 로네는 군인 출신으로, 엄격한 형식주의자였지만 위선을 떨지는 않았다. 뱅센의 간수장에 비하면 훨씬 괜찮은 인물이었던 것 같다. 이러저러한 환경의 변화가 있었고, 눈이 나빠졌음에도 사드의 집필 활동은 매우 왕성하게 진행되었다.

본디 감옥이라는 곳이 죄수가 집필에 전념할 수 있는 환경을 계속해서 제공할 리 없으며, 뱅센과 마찬가지로 죄수의 유일한 즐거움인 산책과 면회도 몇 번씩이나 금지되곤 했다. 그것은 사드가 부인을 폭행하고 병사에게 심한 욕설을 내뱉었기 때문이다. 1787년 10월 7일, 어느 죄수가 수감되었는데 산책이 금지된 것이다. 그러자 화가 난 사드는 간수장에게 아주 심하게 욕설을 쏟아부은 것이다. 그 때문에 결국 10개월이나 부인과의 면회가 금지되기도 했다. 1788년 6월 5일, 간수장에게 무례한 행동을 하여 산책을 금지당했는데, 반항까지 하여 총검을 가진 병사에게 제압당하기도 했다.

그전 1785년 8월 15일에도 이른바 '목걸이 사건'에 연루된 드 로앙 추기경이 바스티유에 수감되자, 죄수들의 면회가 한때 금지된 적이 있었다. 프랑스 왕가의 추문 '목걸이 사건'은 왕비 마리 앙투아네트, 드 로앙 추기경과 그 무렵 유럽상류 사회에 소문난 사기꾼 칼리오스트로 등도 연관되어 있어서 프랑스 혁명의 서곡으로도 일컬어진다. 드 로앙 추기경은 바스티유 감옥에서 방을 두 개나 사용하고 세 명의 시종을 거느리며 호사스러운 생활을 하고 있었다.

이 '목걸이 사건'으로 유럽사회가 술렁이고 있었던 때, '자유의 탑'의 한 죄수는 끓어오르는 흥분 속에, 역사적 문제를 일으킨 대작 《소돔의 120일》의 완성을 묵묵히 서두르고 있었다.

1785년 10월 20일에 정서를 시작하여 37일 만에 원고를 완성한 세 사드의 《소돔의 120일 또는 음탕학교》는 아마도 사드가 뱅센에 있을 무렵 구상하여 바스티유로 옮겨오기 조금 전쯤 아니면 바스티유에 와서 집필을 시작한 작품일 것이다. 이 대작이 그렇게 짧은 기간에 완성되었으리라고는 믿어지지 않기 때문이다. 적어도 1784년에 시작하여 1785년 10월 무렵까지 심혈을 기울여 완성했으리라 짐작 된다. 이것은 본디 4부로 구성되었는데 내용이 완성된 것은 머리말과 1부뿐이다. 나머지 3부는 줄거리만 대략적으로 묘사해 놓은 상태인 것으로 보아, 뒷날 폭넓게 내용을 전개시키려 했음이 틀림없다.

1785년 가을이 깊어갈 무렵, 사드는 희미한 촛불 아래서 저녁 7시부터 밤 10시가 되도록 넓이 12센티의 작은 종잇조각들을 이어 붙이기 시작하더니 장장 12미터의 종이 두루마리를 만들었다. 그리고는 성치도 않은 눈으로 개미가 기어가는 듯한 글씨를 한 자 한 자 빼곡히 채워 나가기 시작했다. 그렇게 20일 동안을 써 내려가니 한 쪽 면이 완성되었다. 그러자 이번에는 뒷면으로 옮겨 적었다. 그리하여 37일에 걸쳐 혼신의 힘을 다해 종이 두루마리를 글씨로 가득 메웠다. 그동안 사드에게는 '목걸이 사건'의 소문도, 프랑스 왕가의 추문도 들리지 않았다. 드디어 겨울의 문턱에 들어선 11월 28일, 원고가 완성되었다. 이 종이 두루마리가 20세기 들어서야 처음 빛을 본 귀중한 《소돔의 120일》이다.

《소돔의 120일》을 끝마친 사드는, 1년 정도 준비기간을 거쳐, 바로 다음 대작인 《알린과 발쿠르》를 구상했던 것으로 보여진다. 이것은 앞의 작품들보다 더 길고 복잡한 구성으로 짜인 서간체 소설로, 《위험한 관계》의 라클로 또는 리처드슨의 영향을 받은 것으로 생각된다. 완성은 이 책의 부제로도 명시되어 있는 것처럼, '프랑스 혁명 1년 전'이었으나(혁명 뒤에 일부 첨가되었다), 이미 사드는 1786년 11월 부터 소설을 쓰기 위해 자료를 모으고 있었던 것으로 여겨진다. 그는 스페인과 포르투갈에 대한 몇 개의 질문을 써서 부인에게 전달했고, 11월 25일 편지에는 그 대답을 빨리 보내도록 재촉한 것을 보아서도 그가 이미 새 소설에 착수했음을 알 수 있다. "가장 간단한 방법은 그 나라에서 태어난 어학 교사를 찾아 가서 그에게 질문서를 넘겨주고, 해답을 종이에 적어주도록 부탁하는 거야. 제발 빨리 좀 해 줘." 《알린과 발쿠르》에 나오는 많은 일화는 대부분 스페인 또는 포르투갈을 배경으로 하고 있기 때문에, 편지 내용으로 보아 이 소설의 자료 때문이라는 것이 틀림없다.

그런데 더욱 놀라운 것은 사드가 이 《알린과 발쿠르》를 집필하면서, 뒷날 장편소설 《쥐스틴》의 원형이 된 단편 《미덕의 불행》을 불과 15일(1787년 6월 23일~7월 8일) 만에 썼다고 하는 사실이다. 단편이라고는 하지만, 이 소설은 138쪽(400자 원고지 400매에 가까운 분량)에 달하며, 소설로서 부족함이 없는 작품이다. 이 왕성한 집필 활동과 신들린 듯한 창작욕의 비밀을 푸는 열쇠는, 감옥이라고 하는 평범하지 않은 좀 특별한 환경에서 찾을 수밖에 없을 것 같다.

사드는 단편 소설 《미덕의 불행》을 완성한 뒤, 그 이듬해부터는 같은 주제로 좀 더 방대한 장편 구상에 들어갔다. 그러니까 138쪽에 달하는 소설의 내용을 수정 보완하여 두 배 이상의 분량이 되는 장편을 쓰고자 했던 것이다. 아마도 이 장편은 같은 해에 완성되었음에 틀림없다. 같은 해 10월 1일 만들어진 '해설 첨부 작품 목록'을 보더라도 이 장편의 이름이 들어 있기 때문이다. 이것이 혁명 뒤 1791년에 처음 출판된 《쥐스틴, 또는 미덕의 불행》이다.

이처럼 바스티유에서 사드의 창작 활동은 참으로 경이로울 만큼 왕성했다. 그는 1784년부터 1788년까지 5년 동안 3권의 장편소설을 썼는데, 이것들은 거의가 같은 시기에 구상되어 집필된 것이다. 이 가운데 《알린과 발쿠르》는 4권으로 구성된 가장 긴 소설이다. 완성된 시기로 보면, 《소돔의 120일》이 가장 빠르고, 나머지 2권은 어느 쪽이 먼저인지 정확하게 알려져 있지 않다. 집필 속도 또한 놀랍기 그지없어서, 뒷날 단편집 《사랑의 범죄》로 정리된 중편소설 《외제니 드 프랑발》 등도 200장이 넘는 분량인데, 1788년 3월 1일에 쓰기 시작하여 단 6일 만에 탈고했다.

완성된 원고의 일부는 르네 부인이 면회를 왔을 때 몰래 넘겨주거나, 나머지는 독방 안에 감추어 두었다. 사드가 원고 보존에 얼마나 신중했는지는 《소돔의 120일》을 종이 두루마리에 필사한 것만 보아도 짐작할 수 있다. 사람의 눈에 띄어도 괜찮다고 여겨지는 작품은 큰 노트에 적어 두는 것이 일반적일 것이다.

1788년 '해설 첨부 작품 목록'을 보면, 그해 사드는 희곡 2권과 장편소설 5권, 단편소설 4권, 잡문집 4권을 집필했다. 이 목록에는 《사제와 임종을 앞둔 사내의 대화》, 《소돔의 120일》 같은 작품들은 기록되어 있지 않기 때문에, 실제로는 더 많은 작품을 썼을 것이다.

"사드는 작가로서 완전히 혁명기에 속해 있다"고 모리스 엔이 기록하고 있으나, 엄밀히 말하자면 이 '작가로서'라는 말은 '출판된 작품의 작가로서'라는 의미로 이해해야 할 것이다. 왜냐하면 지금 살펴본 바와 같이 장편소설을 포함한 사드의 많은 걸작품들은 이미 7월 14일 바스티유 습격 사건이 일어나기 10개월 전에 거의 완성되었기 때문이다. 나머지 3대작으로 불려지는 작품들 《규방철학》, 《신(新) 쥐스틴》, 《악덕의 번영》은 혁명이 일어나고 난 다음에 출판되었다. 사드는 40세(1780년)까지 거의 작품 활동을 하지 않았으나, 뱅센과 바스티유 감옥에서 10여년 세월을 지내면서 방대한 양의 작품을 쓴 작가로 성장했다. 이것이야말로 감옥문학의 기적이 아니고 무엇이겠는가! 작품을 쓰는 것이야말로 사드에게 구원이었던 것이다. 전제주의는 그를 감옥 안에 가둬둠으로써 한 가정을 도덕적으로 안전하게 지켰을지는 모른다. 하지만 생각지도 않게 죄수에게 감옥이라는 가장 일하기 좋은 장소를 제공함으로써, 단지 한 가정뿐만이 아니라, 전제주의와 사회 전체에 대해 가장 무서운 복수의 칼날을 갈게 하는 기회를 제공한 셈이었다. 이제껏 인간의 지혜로 만들어낸 무기 중에서 철학작품에 견줄 만큼 인간의 전면적 해방을 위해 유효한 무기는 없었기 때문이다.

"나는 잠들어 있을 때조차 혼란스럽지 않은 때가 한 순간도 없었다. 나의 이 혼란이 전 인류의 타락과 착란을 일으킬 때까지 계속 퍼져 나가길 원한다. 그래서 내가 죽은 뒤에도 그 효과가 사라지지 않고 남아 있을 것 같은 그런 무시무시한 영원의 효과를 가진 죄악을 찾아내고 싶다"고 말하는 영국 부인 크레아빌(^{악덕의 번영의}_{등장인물})에 대해 쥘리에트는 다음과 같이 잘라 말한다. "글을 쓰는 것으로 이르게 되는 정신적 살인만이 그런 터무니없는 바람을 들어줄 수 있어." 사드 또한 절대적 고독 속에서 계속하여 글을 씀으로써, 이 세상의 모든 권력에 대하여 정신적 살인을 꾀하고 있었던 것이다.

《바닐라와 마닐라》

1787년 5월 25일 르네 부인이 쓴 편지(고프리디 앞으로 보낸 편지)를 보면 이렇다. "후작은 아주 잘 있어요. 하지만 살이 너무 많이 쪘어요." 감옥에서 사드는 식욕이 너무나 왕성해서 르네 부인에게 과자나 비스킷 등 많은 음식을 보내도록 종종 편지를 썼던 것이다. 하인 칼투르론의 편지에도 감옥에 있는 후작은 해적 선장처럼 담배를 피우면서 게걸스럽게 식사를 했다고 전한다. 사드는 운동 부족과 폭식으로 점차 알아볼 수 없을 만큼 살이 쪘다. 배는 풍선처럼 부풀어 오르고, 머리카락은 하나둘씩 빠지기 시작하여 이마가 훤히 드러나 보이고, 비곗덩어리로 철렁거리는 뒤룩뒤룩 살찐 50세의 중년 남자를 상상해보면 맞을 것이다. 20대의 유연함도, 30대의 매끈함과 아름다움도 이미 잃어버린 지 오래되었다.

이러한 그의 병적인 폭식의 원인이 단지 단조로운 옥중생활에 있다고 말할 수는 없을 것이다. 확실히 식욕은 '고독의 쾌락'은 아니다. 하지만 먹는다는 것은 위장 기능과 성적 기능을 동등한 것으로 취급하는 어린아이의 성기전적체제(性器前的體制)를 기준으로 본다면, 에로틱한 활동의 대체물이 될 수도 있을 것이다. 우리는 이미 사드의 성욕이 항문애적(肛門愛的)이라는 것을 인정했다. 성기전적 체제의 제2단계는 항문애적이며, 제1단계는 구순애적(口脣愛的) 또는 식인자적(食人者的)이다. 사드 안에 이 두 가지 단계가 지속되었다고 인정하는 것은 이상하지 않을 것이다. 그는 그의 작품에서 식욕과 에로틱의 향연을 긴밀하게 연결해서 생각하고 있다. '많이 먹고 많이 마시는 것만큼 음탕에 가까워지는 길은 없다'고 그의 작품 속 인물로 하여금 말하게 하고 있다. 그리고 이 두 가지 욕망의 동일화는 사람 고기를 즐겨 먹는 망상에 이르러 완결된다. 이 망상은 프로이트도 확신하고 있는 것으로 우리의 어린 시절을 분석적으로 연구해 보면 이해할 수 있다. 이것이 식인자적 체제로 불려지는 것이다.

사드 스스로도 고백하는 것처럼, 그는 무엇에든지 극단적이었다. 질투에 있어서도, 집필 활동에 있어서도, 식탁의 쾌락에 있어서도, 항상 질적인 극단과 함께 양적인 극단을 추구했다.

성적 흥분에 있어서는 어땠을까? 이에 대해 흥미진진한 자료로, 1784년 말 즈음 그가 바스티유에서 그의 아내에게 쓴 편지를 보면 알 수 있다. 이 편지는 사드를 연구하는 사람들 사이에서 일반적으로 《바닐라와 마닐라》로 불린다. 사드가 말하는 성적 극치, 오르가슴이 어떤 종류의 것인지를, 이 편지에서 자세히 알 수 있다.

《바닐라와 마닐라》는 신비스러운 상징적 말들이 많아서, 읽는 사람들을 혼란에 빠지게 만든다. 사드가 쓰고 있는 말들의 뜻을 정확하게 이해하지 않으면, 편지 전체의 내용을 분명히 알 수 없다. 하지만 다행스럽게도 샤르벨 레리는 이러한 말들의 뜻을 쉽게 풀어주었다. 열쇠가 되는 말은 세 가지인데, 곧, '활'은 페니스, '화살'은 정액, '마닐라'는 사드가 가끔 부인에게 요구하는 원통 모양의 용기를 뜻한다. 이 원통형의 용기가 항문 수음을 위한 도구이다. '바닐라' 깊은 뜻은 없는 것 같고, 말 그대로 이해하면 될 것이다.

그럼 문제의 편지 내용을 살펴 보도록 하자.

나는 바닐라는 흥분을 일으키는 식물이며, 마닐라라고 하는 여송연은 적절하게 사용되어야 한다는 것을 잘 알고 있어. 하지만 그것 밖에 방법이 없을 때에는 어떡하면 좋을지 모르겠어. 도를 넘지 않도록 알맞게 쓰는 수밖에 도리가 없는 듯해. 아침에는 1시간쯤 충분히 시간을 들여 두툼한 마닐라를 5개 정도 쓰고, 저녁에는 30분쯤 좀 가는 마닐라를 3개쯤 쓰는 것으로 하고 있어. 이렇게 하면 뭐라 말하지 못하겠지. 이치에 맞게 하고 있고, 이것이 습관이 되면 몸에 해로울 것도 없을 테니까. 활이 팽팽하게 당겨졌는데도, 화살이 날아 가려고 하질 않아. 그것이 괴로워. 화살을 날리려고 해도 도구가 없으면 마음만 초조해져. 이 녀석은 참을성이 없거든. 그래서 난 감옥은 몸에 좋지 않다고 말하는 거야. 고독은 상상의 나래를 펼치도록 힘을 불어 넣어 주지만, 이 힘의 결과로 착란은 더 심해지는 것을 느껴.

난 이 튀어 날아오르려 하지 않는 고집스러운 화살에 대해서는 거의 포기 상태가 되어 버렸어. 그런데 말이야, 이 말도 듣지 않는 녀석이 튕겨 날아갈 때는 정말 엄청나거든. 마치 간질이 발병한 것처럼 말이야. 경련도 일어나고 고통스럽고 그래. 당신도 조금은 느껴봤을 거야. 여기선 정말 더 격렬해진 거 같아…….

그래서 난 이 발작의 원인을 분석해 보았고, 그것이 극단적인 농밀함이라는 것을 알았어. 목이 가는 병에서 크림을 꺼내려고 하는 것과 같은 이치라고 할까. 크림의 농도가 진하면 진할수록 용기는 팽팽해져서 결국엔 터져버리는 거야. 그러니까 가끔씩 화살을 날려 버리는 것이 좋다는 거지. 난 이것이 왜 필요한지를 아주 잘 알고 있어. 하지만 문제는 화살이 말을 잘 안 듣는다는 거야. 그래서 억지로 날려 보내려고 하니까 너무 힘이 들어. 만일 내가 수감되기 전에 사용했던 방법을 쓴다면 지금처럼 힘들지 않고 활을 잘 쏠 수 있을지도 몰라. 활을 날려 보낼 때 일어나는 발작도 그렇게 격렬하지 않을 것이고, 위험도 그만큼 줄어들 거야. 여기서 위험하다고 하는 건 내가 화살을 그다지 쏘지 않는다는 거야. 방에 들어갈 때 문이 쉽게 열리면 크게 노력을 들이지 않아도 되지. 그런데 문이 좀처럼 열리지 않는다면 힘을 써서 열지 않으면 문을 열 수 없는 것과 같은 이치야. 활이 활기차게 곧바로 튕겨 나간다면, 별다른 노력이 필요 없어. 하지만 오랫동안 화살을 쏘지 않고 방치해 두어서 그 농도가 너무 진해졌다면, 엄청난 노력을 하지 않고서는 원하는 대로 할 수가 없어…….

혹 믿고 얘기할 수 있는 의사가 있다면 지금 내가 말한 것을 그대로 전하고 어떻게 하면 좋을지 상담을 받았으면 좋겠어. 감옥에서 풀려 나는 대로 곧장 의사에게 진료를 받고 싶어. 난 다른 사람에게는 없는 체질상 결함이 있는 것 같아. 젊었을 땐 잘 몰랐는데, 나이가 들면서 확실해지는 것을 느껴. 이런 생각이 들 때면 정말이지 너무 비참해져…….

활이 좀처럼 말을 듣지 않으면, 그것만으로도 머리가 이상해져. 그래서 억지로라도 활을 쏘려 하면 피가 거꾸로 솟고 이성을 잃기까지 해. 그래도 어떻게든 성공을 하고 나면, 이번엔 심한 발작 증세가 나타나는 거야. 또 성공을 못하면 화가 나서 참을 수가 없어.

이 귀중한 고백을 읽으며 확실히 알게 된 것은, 사드가 40대 중반에 접어 들면서 성기능 저하로 크게 어려움을 겪고 있었다는 사실이다. 보조 수단을 쓰지 않으면 사정할 수 없었던 것이다. 그의 편지에서 암시하고 있듯이 '다른 수단'이라는 것은, 아마도 채찍으로 때리거나 맞거나 하는 '가학피학성애(加虐被虐性愛)'적 행위를 가리키는 말일 것이다. 사드는 성적 쾌락의 절정을 오로지 잔학성(殘虐性)에 두고 있었던 것이다. 잔학성 이미지를 떠올리기가 어려울 때에는 마닐라 같은 원통형 도구를 써서 스스로 위로해야 했다. 이것은 일시적인 방편에 지나지 않았지만, 어쩔 수가 없었다. 실제로, 성적 상대가 없는 감옥에서 이러한 잔학성 이미지를 떠올린다는 아주 어려운 일이었다. 그래서 사드는 이성을 잃기도 하고, 화를 참지 못해 안절부절못했다.

젊은 시절의 성적 방탕 생활로 인한 사정 곤란은 그렇게 보기 드문 일이 아닐지도 모른다. 사드가 표현하고 있는 방탕아들도 많든 적든 간에 이런 종류의 인물들뿐이다. 이들은 하나같이 과도한 성적 방탕으로 인해 시든 정력을 회복시키기 위해서는 채찍으로 때리는 것만큼 효과를 내는 것은 없다고 잘라 말한다. 하지만 사드의 경우 특별히 주목해야 할 점이 있는데, 그것은 사정했을 때의 말로다 할 수 없는 격렬함이다. 사드는 이것을, 일종의 간질과 같은 발작이며 그대로 정신을 잃고 쓰러져 버릴 것 같은 맹렬함 그 자체라고 말한다. 그의 나이 28세 때쯤, 로즈 켈레르를 채찍으로 내리치는 순간 그녀의 찢어지는 듯한 날카로운 비명소리와 함께 사정을 했다고 한다. 그것도 그녀의 몸엔 손가락 하나 대지 않고서 말이다.

어쨌든 간에 사드가 공상에 의한 오르가슴을 느끼기 위해 아주 어려움을 겪었다고 하는 증언은, 사디스트적 욕망이 반성적인 특징을 전혀 가지고 있지 않다는 헨리 엘리스(《성심리의 연구》의 저자)의 보고서를 바르게 뒷받침하고 있다. 사드는 설령 자신이 여인의 몸을 만지지 않는다 할지라도 항상 여인의 육체가 도구로서 눈앞에 있어야 할 것을 갈망했다. 사드의 사디즘은 확실히 성적 상대를 필요로 하는 자기 주장의 출현이었다. 이러한 의미에서 그의 성적고립주의는 역설적으로 사회적이라고 말할 수 있겠다. 사드는 그의 편지에서 감옥은 몸에 좋지 않다고 분명히 말하고 있다. 디오게네스였다면 감옥에서도 충분히 만족한 생활을 했을 것이다. 사드가 오나니슴(수음)에 빠질 수밖에 없었던 것은 강제적으로 처해진 환경의 결과일 뿐이었다. 가령 그가 고독 속 쾌락에 익숙해졌다 할지라도 보들레르 같은 본질적 오나니슴은 아니다.

시대의 변화

사드의 광적인 꿈을 잉태시킨 바스티유 바깥 사회에서는 그와 친분이 있었던 사람들 사이에 조금씩 냉엄한 변화가 일어나고 있었다.

그의 숙부 수도원장이 1778년에, 검찰관 말레가 1780년에, 사촌 여동생 안 프로스페르 드 로네가 1781년에, 그리고 편지 친구 루세가 1784년에 이미 세상을 떠났고, 게다가 그의 시종인 칼투르론도 죽음을 맞이하게 된다. 병명은 확실하지 않은 채 입천장 절개 수술을 한 뒤, 수술한 보람도 없이 죽었다고 한다. 사드가 감옥에 갇혔을 때, 그는 파리에 사는 르네 부인의 집에 들어가 그녀를 충성스럽게 섬겼다고 한다. 르네 부인을 위해 편지를 대필하기도 했다. 칼투르론이 병들어 눕게 되자, 르네 부인은 정성을 다해 그를 돌보았다. 그가 죽은 것은 1785년 5월 24일이었다.

살아 있는 사람은 몽트뢰유 부인과 르네 부인뿐이었다.

사드에 대한 몽트뢰유 부인의 확신은 여전했다. 그녀는 사위의 성격이 절대적으로 좋아질 리 없으며, 감옥에서 풀려나면 또다시 추문을 일으킬 것이 뻔하다고 믿고 있었다. 그녀는 고프리디 앞으로 보낸 편지에 다음과 같이 적고 있다. "더 이상 애쓸 필요가 없다고 생각합니다. 지금까지는 사위가 간절하게 애원해서 몇 번이나 손을 써서 감옥에서 풀려 나오도록 했습니다만, 그때마다 얼마나 후회했는지 모릅니다. 당신도 잘 알고 있는 대로 말입니다."

게다가 몽트뢰유 부인은 사드 집안의 재산 관리권을 사위에게서 빼앗으려고 몇 번씩이나 공증인을 바스티유에 보내어 그의 서명을 받아 내려고 했다. 물론 사드는 그때마다 그 요구를 단호하게 묵살했다. 그러나 1787년 6월 21일에 파리 재판소 민사 재판관은 십 년 동안 집을 떠나 감옥살이를 하고 있는 사드의 재산관리권을 양도하도록 결정을 내렸다. 이 판결의 서명은 사드 집안의 친척과 몽트뢰유 씨가 했다. 그리하여 재산관리권은 고프리디에게 위임되었지만, 실제로는 지방 행정관과 몽트뢰유 씨가 분담하여 권한을 행사하게 되었다. 아이들의 양육권은 르네 부인과 행정관에게 위임되었다. 이리하여 사드는 가장으로서의 모든 권리를 잃어버렸다.

사드가 감옥에 들어간 뒤 세 아이는 모두 할머니 몽트뢰유 부인의 손에 맡겨졌다. 장남 루이 마리는 1784년 로안 스비즈 보병 연대에 입대했다. 그 무렵 사드는 뱅센에 수감되어 있었는데, 아들의 편지를 받고는 몹시 성을 내며 르네 부인에게 엄명을 내렸다. 아들도 자신과 같은 기병대에 들어 가야 하며, 그리고 자기의 감독 아래에서 일 년간 지낸 뒤에라야 학교든 집이든 떠날 수 있다는 것이었다. 하지만 17세의 루이 마리는 아버지의 뜻을 저버리고 로안 스비즈 보병 연대에 입대했다. 루이는 아버지 사드에 대해 수치심과 혐오감을 품고 있었던 것 같다. 원망스럽게도 사드 후작의 이름은 너무나도 잘 알려져 있었다. 더러운 죄로 감옥에 갇힌 남자, 그런 아버지의 실체를 목격한 아들의 마음이 어떠했을지 충분히 짐작할 수 있다. 루이는 군대에서도 사드 드 마잔이라는 가명으로 생활했다. 그리고 1787년에는 육군 소위로서 미국 주둔지에 있었던 것 같다.

한편 둘째 아들 클로드 아르망은 1784년 10월, 열다섯 살의 어린 나이에 마르타 기사단의 입단을 허락 받아, 1787년 5월 신입단원으로서 마르타섬에 도착했다. 마르타 기사단은 요하네 기사단으로도 불렸으며, 십자군 전쟁 때 부상병 간호를 목적으로 설립된 군사조직의 오랜 종교단체이다.

딸 마들렌 롤은 열 살이 되어도 읽기와 쓰기를 못한 것으로 보아 지능 발달이 좀 늦었던 것 같다. 1785년 6월 16일 고프리디 앞으로 보낸 편지에 르네 부인은 이렇게 말했다.

"저는 병에 걸렸습니다. 그런데 편지를 대필해 줄 칼투르론도 이젠 없습니다. 딸은 바보처럼 글씨도 쓸 줄 모른답니다. 저와 함께 생활하면서부터는 조금 나아졌습니다만, 마들렌을 가르치는 데는 좀 시간이 걸릴 것 같습니다. 딸은 태어날 때부터 머리가 나쁜 것 같습니다."

사드와 한 살 차이인 르네 부인도 벌써 오십 가까운 나이가 되었다. 기록에 의하면 그녀는 종종 바스티유 감옥으로 남편을 만나러 오곤 했다. 그 고통의 시간을 잘 참고 넘어온 것이다. 하지만 이미 그녀는 체력적으로도 기력적으로도 한계를 느끼기 시작했던 것 같다. 이제 그녀가 해야 할 의무는 다했다는 의식이 그녀 안에 자리잡고 있었는지도 모른다. 남편에 대한 애정보다는 아들들에 대한 애정이 더 컸다 해도 이상하지 않았다. 사드 후작이 먹을 것을 가져오지 않는다고 아이처럼 발버둥을 치며 아무리 화를 내어도 어깨를 살짝 움츠릴 뿐 이제는 반응할 기력도 남아 있지 않았다. 부인도 나이가 들었으며, 시대도 변해 가고 있었다. 두 아들도 부인 곁을 떠나고 없었다. 그녀가 감옥에 있는 남편에게 쓴 편지를 보자.

"저의 귀여운 기사님으로부터 편지가 도착했나요? 저한테는 오지 않아요. 지금 항해 중이라고 하는데, 전 늘 바다가 염려스러워요.

하지만 약속한 대로 툴롱이나 마르세유에서 편지를 보내겠지요……. 제 건강은 회복된 거 같아요. 그런데 다리가 고장이 났는지 말을 안 들어요. 아마도 무리를 한 탓이겠지요. 때가 되면 좋아진다고 들 하지만, 저는 믿을 수 없어요."(일시불명)

일찍이 탄원서를 들고 감독 기관을 이리저리 뛰어다니던 그녀의 튼튼했던 다리도, 이제는 말을 듣지 않게 되었다. 세월의 흐름에는 이길 자가 없었던 것이다.

사건의 전날 밤

1788년 9월 22일, 방을 바꿔달라는 사드의 요청이 받아들여져, '자유의 탑' 7층으로 옮기게 되었다. 같은 해 10월 초에는 사드의 감옥생활을 돌봐주기 위해서 폐병(廢兵)을 그의 시종으로 부릴 수 있게 되었다. 사드는 새 방의 설비를 갖추려고 부인에게 많은 돈을 보내도록 요청했고, 그 돈으로 벽 장식용 천과 침대를 마련했다.

같은 해 10월 30일, 경시총감 클론은 사드 부인의 요청을 받아들여 사드에게 신문 구독을 허락했다. 게다가 11월 24일에는 저녁 무렵 한 시간의 안뜰 산책에 더하여, 오전에도 옥상에서 한 시간의 산책이 허락되었다. 처음 이곳에 왔을 때와 비교하면 대우가 엄청나게 좋아졌다.

이렇게 하여 드디어 1789년이 되었다. 두말할 나위도 없이 프랑스 대혁명이 발발한 해이다.

다리가 불편해도 르네 부인의 바스티유 방문은 정기적으로 이루어졌다. 1789년 1월에는 세 번, 2월에는 네 번, 3월에는 여섯 번, 4월에는 네 번, 5월에는 네 번, 6월에는 세 번. 이렇게 그녀는 계속해서 남편을 찾았던 것이다.

이 무렵 이미 파리 거리는 어수선했다. 삼부회 소집과 더불어, 3

월 말에는 엑스, 마르세유, 툴롱 등에서 민중 폭동과 집단 약탈이 있었는데, 4월 말이 되자 이런 기운이 파리로 번져 가기 시작했다. 바스티유 감옥 바로 옆 생탕트완 거리에서 레베이용 벽지 공장 노동자들이 소동을 일으킨 것이다. 르네 부인은 고프리디 앞으로 보낸 편지에, 6월 20일의 '테니스 코트의 서약'에 관해 적고 있다. 더욱이 6월 30일에는 아베이 사건으로 알려진 군대 봉기가 있었다. 몇 명의 프랑스 근위병이 상관의 명령에 반항하여 아베이 감옥에 수용되었으나, 팔레 루아얄 광장에 모인 4천의 군중이 아베이로 쳐들어가 수용된 근위병들을 구출한 것이다.

감옥에 수감되어 있었던 사드가, 이러한 파리 거리의 흉흉함에 대해 얼마나 정확히 파악했었는지는 잘 모른다. 하지만 그는 신문을 구독했으므로 이러한 사회 움직임에 대해 무지했다고는 생각할 수 없다. 아니 오히려, 지금 자신이 처한 상황에 대해 더욱 분명하게 인식했음에 틀림없다. 그는 전제주의의 희생자였기 때문이다. 그리고 바스티유는 전제주의의 상징이었던 것이다.

7월 2일 사드는 바스티유에서 소동을 일으켰다. 이 기묘한 사건에 대해서는 여러 가지 추측들이 있어서 어느 것이 맞는지 판단하기 어렵다. 하지만 《폭로된 바스티유》(1789)를 쓴 피에르 마뉘엘에게 들어 보기로 하자. 여기서 마뉘엘은 바스티유 간수에게서 직접 들었다고 말하고 있다.

"파리의 소동이 꼬리에 꼬리를 물고 번져 가자, 바스티유 간수장은 경계를 강화하고 비상사태에 대비하여 대포에 탄환을 장착하고서는 탑 꼭대기에서의 산책을 금지시켰다. 사드는 이 조치에 분을 참지 못해, 만일 산책을 허락해 주지 않으면 소동을 일으키겠다며 씩씩거렸다. 간수가 사드의 이러한 불만을 간수장에게 전달했으나, 간수장 드 로네는 꿈쩍도 하지 않았다. 그러자 사드는 느닷없이 하수를 흘려 보내기 위해 사용하는 깔때기 모양의 양철관을 뽑아 들더니, 이것을 확성기라도 되는 듯 입에 대고는 생탕트완 거리로 향한 창문에 서서 아래 시민들을 향해 외치기 시작했다. 순식간에 사람들이 모여들었다. 사드는 간수장이 죄수들을 얼마나 못살게 구는지 그의 횡포에 대해 늘어놓으며, 박해받고 있는 죄수들을 구해달라고 고함쳤다."

간수장 드 로네가 국무장관 브르트이유에게 보낸 보고서를 보자.

"그는 감옥에서 몇 번이나 고함을 치며, 소동을 일으켰습니다. 이 사람을 여기에 두는 것은 위험스러운 일이며, 공무를 수행하는 데에도 방해가 된다고 생각합니다. 이 죄수는 샤랑통 정신병원이나, 이런 종류의 병원에 보내야 마땅하다고 생각합니다. 정말이지 갱생의 가능성이 전혀 보이지 않는 이러한 자를 더 이상 여기에 두어야 한다는 법적인 근거는 없다고 생각합니다. 이 상황에 탑 꼭대기에서의 산책을 허가할 수는 없는 일이며, 더욱이 대포에는 포탄이 장착되어 있습니다. 이처럼 위험한 일은 없을 것입니다. 사드 씨를 빠른 시일 내에 호송하도록 허가증을 사령부에 내려주시기를 간곡히 부탁드립니다……."

뒷날 사드가 온건주의자의 혐의를 받고 혁명정부의 감옥에 보내어지기 전, 이 보고서의 복사본을 보내줄 것을 내무장관에게 청원했던 적이 있다. 재판소에 이것을 보여줌으로써 자신의 결백을 입증하려 했음에 틀림없을 것이다.

1790년 5월 고프리디 앞으로 보낸 편지에 사드는 이렇게 설명하고 있다.

"7월 4일 불만스러운 일이 생겨 바스티유에서 좀 소동을 일으킨 것을 가지고, 간수장은 내무장관에게 청원서를 제출했지. 결국 내가 민심을 자극해서 바스티유 창문 밖으로 민중들을 모으고, 그들에게 감옥을 파괴하러 오도록 선동했다는 거야……. 분명히 그럴 의도였지. 덕분에 나는 샤랑통 자선수도원에 보내져, 몽트뢰유 집안의 악인들을 위해서 9개월 동안이나 정신병자들과 간질병자들 속에서 이루 말할 수 없는 고통의 시간을 보냈지."

또한 1792년 4월 19일, 라 코스트 지방 헌법회의 회장에게 보낸 편지에, 사드는 다음과 같이 적고 있다.

"조사해 보면 금방 아실 테지만, 저는 바스티유 감옥 창문 밖으로 민중을 소집하고 소동을 일으킨 위험인물로 간주되어 이동을 명령 받은 자입니다. 이 소동이 발단이 되어 결국 공포의 바스티유는 무너지고 말았습니다. 이 사실에 대하여는 공식 인쇄물로 발표되었으며, 일반 민중들도 알고 있는 사실입니다. 바스티유 간수장이 내무장관 앞으로 보낸 편지를 찾아 보십시오. 거기에 지금 제가 말한 것들이 기록되어 있을 테니 말입니다. 또한 간수장은 이런 말도 썼더군요. '오늘 밤 사드 씨를 바스티유에서 이동시키지 않으면, 국왕의 자리가 위험할 수도 있습니다'라고. 도대체 왜 제가 이런 박해를 받아야 한단 말입니까?"

더욱이 1794년 6월 24일 인민위원회 위원에게 보낸 편지를 보면, 사드는 과거 자신의 행위를 상당히 미화시키고 있음을 알 수 있다.

"1789년 7월 3일 저는 바스티유에 있었습니다. 그곳에서 저는 수비대원을 가르치는 일을 맡고 있었습니다. 또한 파리 주민들에게 이 바스티유에서 그들을 향해 준비되었던 잔학한 계획을 폭로했습니다. 드 로네는 저를 위험인물로 믿고 있었던 것 같습니다. 드 로네가 바스티유에서 저를 쫓아내려고 내무장관에게 보낸 편지를 저는 가지고 있습니다. 저는 어떻게 해서라도 바스티유의 배신을 막아보려고 했습니다. 수비대원들에게 외쳤습니다. '너희는 시민들에게 대포를 발포할 정도로 부끄러움을 모르는 인간들이냐?' 하고 말입니다. 그들에게서 만족스러운 대답을 듣지 못했기에, 먼저 기선을 제압해야 한다고 생각했습니다. 그래서 양철관을 뽑아 들고 파리 시민들에게 외쳤던 것입니다."

　이 편지는 사드가 마치 영웅이라도 된 것처럼 미화되어 있으나, 그럴 리 없다. 그는 단지 그의 유일한 소일거리였던 탑 꼭대기 산책이 금지된 것에 분을 품고 소동을 일으킨 것에 불과한 것이니 말이다. 사드의 편지에 써 있는 것처럼 7월 2일의 소동이 12일 뒤 바스티유가 민중에 의해 점령된 사건과 직접적인 관련이 있는지는 의문이다. 그 무렵 바스티유에 수감되어 있던 죄수들는 사드를 포함하여 불과 8명밖에 되지 않았으며, 다른 죄수들은 구제도의 희생자라고 여겨질 만한 인물들이 아니었기 때문이다.

　7월 4일 오전 1시 국무장관 브르트이유의 명령에 의해 무장한 경관 여섯 명이 잠자고 있던 사드를 덮쳤다. 사드는 옷을 갈아입을 여유도 없이, 거의 벌거숭이인 채 마차에 실려 샤랑통 정신병원으로 이송된 것이다. 바스티유에서는 소지품을 한 개도 가져올 수 없었다. 그리고 사드가 쓰고 있던 방은 슈농 경부에 의해 봉인되었다. 뒷날 사드의 회고록에 보면, 이때 바스티유에 놓고 온 물건은 가구와 옷 등이 백 종류 남짓 되며, 게다가 그의 소중한 책들이 600여 권이었다고 기록하고 있다. 그중에서도 사드가 가장 애석하게 여겼던 것은 인쇄소에 맡기기만 하면 되는 15권의 원고였다.

　샤랑통으로 옮겨 온 사드는, 곧바로 르네 부인에게 바스티유에 놓고 온 물건들 중에서 다른 것은 그렇다 치더라도 원고만큼은 꼭 찾아오도록 간곡히 부탁했지만 그의 바람은 끝내 이루어지지 않고 말았다. 이러한 그의 뜻과는 아랑곳없이, 드디어 7월 14일이 눈 앞에 다가왔다. 혁명의 불은 예상을 뒤엎고 아주 빠른 속도로 번져갔다.

8 혁명의 소용돌이

7월 14일

1789년 7월 8일, 뱅센 감옥에서 사드와 심하게 욕설을 퍼부으며 싸움을 했던 미라보는, 제3신분 의원으로서 라파예트와 시에예스의 지지를 바탕으로 궁정의 군대 소집에 항의하고, 계속해서 시민군 조직을 국민의회에 참여시키는 일에 동의하고 있었다.

7월 11일, 시민의 지지를 한 몸에 받고 있었던 네케르 장관이 파면 당하고, 일찍이 르네 부인의 뱅센 방문을 도와주었던 궁정파 브르트이유가 기용되었다. 이것에 파리 시민은 격분했다. 그날 밤 극장은 네케르의 실각을 애도하여 공연하지 않았고, 주식시장은 문을 닫았다.

7월 12일, 젊은 카미유 데물랭이 팔레 루아얄 광장에 모인 시민들을 향하여 외치고 있었다.

"파리 시민이여, 앉아서 애국주의자 성 바르텔레미를 기다리는 것보다 무기를 들자!"

녹색 나뭇잎을 몸에 걸친 수천의 파리 시민은 네케르와 올레앙공의 반신상을 짊어지고 파리 거리를 행진하더니, 밤이 되자 폭동을 일으켜 군대와 충돌했다.

7월 14일 이른 아침, 시민들은 무기를 얻기 위해 미친 듯이 날뛰고 있었다. 때마침 기마병 1대가 생탕트완 거리를 지나, 바스티유 쪽으로 행진하자 시민들은 바스티유 감옥이 군대집결 장소라고 지

레짐작했다. 시민들은 샤르트르 대성당에 난입하여 병기고에서 2만 8천의 소총과 5대의 대포를 손에 넣고는, 라폴즈 감옥을 부수고, 범죄자들을 풀어 주었다.

"바스티유를 향하여! 바스티유를 향하여!"

시민들의 외침은 꼬리에 꼬리를 물고 번져갔다.

태양이 불을 뿜어대고 있던 여름날 시민군이 바스티유를 둘러싼 것은 정오쯤 되어서였다. 시청에 진을 친 시민군 상임위원회는 바스티유 사령관 드 로네에게 무기를 내어줄 것과 대포를 철거하도록 요구했다. 그러나 맹수처럼 으르렁거리는 시민군에 겁이 난 사령관은 돌연 발포를 명했다. 포위전이 전개되었고, 이 공격에 시민 수백 명이 목숨을 잃었다. 하지만 점차적으로 압박해 오는 시민군 앞에 바스티유는 병력의 열세에 몰려 결국 항복할 수밖에 없었다. 성으로 들어가는 다리가 내려지고, 군중은 한꺼번에 성 안으로 몰려 들어갔다. 사령관 드 로네와 요새 부관 롬살브레, 부관 보좌 미레는 그레브 광장으로 끌려나와 갈기갈기 찢겨 죽임을 당했다. 이들의 목은 창끝에 꽂혔다.

바스티유 감옥에서 자유의 몸으로 풀려난 죄수는 단 일곱 명뿐이었다. 그중 한 명은 젊은 방탕아 소라쥬 백작이고, 넷은 위조지폐 사기꾼, 나머지 둘은 미치광이였다. 정치범이나 사상범은 한 명도 남아 있지 않았다. 그럴지라도 이 일곱 명은 거리를 누비며 시민들의 환호를 받았다. 불행하게도 사드는 이런 영웅대접을 받게 되는 기회를 놓친 것이다.

이날 7월 14일, 르네 부인은 아직 사드가 부탁한 일을 하지 못했다. 그의 소중한 원고는 아직 바스티유 안에 있었다. 르네 부인은 슈농 경부에게 옥중에 두고 온 사드의 물건들을 적당히 처리해 달라는 부탁만 한 채로, 난리를 피해 서둘러 파리를 빠져나온 것이다.

바스티유에 쳐들어온 시민군은 봉인된 사드의 방문을 부수고 들어가 가구와 옷, 책들을 마구 짓밟아버렸다. 원고는 대부분이 찢겨지고 불태워져 버렸다. 그중에서 백 년 뒤에 발견되어 빛을 본 것이 《소돔의 120일》과 결국엔 영원히 분실되고 말았지만 《어느 문인의 초고(草稿)》와 《일기》 등이었다고 한다. 사드가 그 어느 작품보다 소중하게 여겼던 《소돔의 120일》 원고는, 이렇게 하여 두 번 다시 그의 품으로 돌아오지 못했던 것이다.

《소돔의 120일》 원고를 잃어버린 것이 사드에게는 얼마나 큰 고통이었는지를 그는 이렇게 고백했다.

"일찍이 나는 인쇄소에 맡기기만 하면 되는 원고 15권을 가지고 있었습니다. 하지만 감옥을 떠난 지금 원고는 사분의 일밖에 남아 있지 않습니다. 아내의 게으름으로 일부는 없어졌고, 일부는 도난당했습니다. 13년간의 사투가 물거품이 되어 버렸습니다……. 원고의 사분의 삼은 바스티유 감옥 내 방에 있었습니다. 7월 4일에 나는 샤랑통으로 강제 이송되었습니다. 그리고 14일에 바스티유는 시민군에게 점령당하고 파괴되어……. 나의 원고는 600여권의 책과 함께 갈기갈기 찢겨지고 불태워지고 약탈당하고……. 결국 하나도 되찾을 수 없게 되었습니다. 이게 모두 아내의 게으름으로 인해 생긴 결과인 것입니다. 나의 보물들을 되찾을 수 있는 열흘의 충분한 시간이 있었는데도 말입니다. 10일 동안이나 무기와 탄약을 모아 들이며, 병사들을 집결시키며 전투 태세를 갖추던 바스티유가, 시민군의 공격 목표가 되리라는 것쯤은 아내도 눈치챘을 것입니다. 그런 그녀가 왜 나의 재산을, 나의 보물을 재빨리 꺼내오려고 하지 않았을까요? 잃어버린 나의 원고들……. 나는 괴로움에 피눈물을 흘리고 있습니다. 침대나 탁자 같은 것들은 다시 사면 그만입니다. 하지만 사상은 두 번 다시 돌이킬 수 없는 것입니다……."(1790년 5월

초순 고프리디 앞으로 쓴 편지)

그의 편지 한 통을 더 보기로 하자.

"바스티유에서 보내 온 서류들을 보관하고 있던 지방에서, 몇 개의 원고가 발견되었습니다. 하지만 중요한 원고는 하나도 없고…… 별 볼 일 없는 것들뿐이었습니다. 쓸만한 원고는 하나도 없었습니다. 아아, 나는 포기하고 말았습니다! 왜 이런 일이……. 이것은 신이 나에게 내린 최대의 시련입니다. 그런데 이러한 나의 고통을 위로하려고 친절한 아내가 무엇을 했다고 생각합니까? 나중에 알고 보니 그녀는 내 원고를 아주 많이 가지고 있었습니다…… 면회를 올 때마다 몰래 원고를 가져왔던 것 입니다. 그런데 그녀는 이 원고들을 되돌려 주려고도 하지 않은 채 이렇게 말하는 것이었습니다. 이 원고들은 너무나도 대담한 내용들이 많아서 이 혁명의 때에 화를 불러일으킬 수도 있을 것 같아 다른 사람한테 맡겼는데 일부분이 불태워져 버리고 말았습니다! 이 말을 듣고 저는 피가 거꾸로 솟는 듯했습니다……." (1790년 5월 말 고프리디 앞으로 쓴 편지)

석방

7월 4일 사드가 옮겨 간 샤랑통 정신병원은 파리 근교에 위치하며, '자선의 형제' 수도회에서 관리하고 있었다. 루이 14세 무렵 왕의 고문이었던 세바스티앙 르브랑이라는 사람이 토지와 재산을 이 수도회에 기증하여 건립된 빈민을 위한 자선병원이다. 사드는 석방될 때까지 9개월 동안 이 병원에서 정신병자들과 함께 생활했다.

혁명의 불길은 점점 더 거세어져 갔다. 7월 14일 1시 파리를 떠난 르네 부인은 며칠 뒤 다시 생투르 수도원으로 돌아와 슈농 경부에게 편지를 보냈다.

'개인적인 이유로 이제부터는 바스티유에 있는 남편의 소유물에는

책임을 질 수 없습니다.'

프랑스 전 지역으로 퍼진 혁명에 그녀도 제정신으로 버티기엔 역부족이었나 보다. 남편이 그토록 소중하게 여기던 원고들도 책들도 더 이상 그녀에겐 상관이 없는 물건들이었다. 그녀가 고프리디에게 보낸 편지를 보자.

"파리는 빵이 부족합니다. 대소동이 일어나서 모두가 앞다투어 싸우고 있습니다. 마치 강물이 범람한 것 같고, 태엽이 고장난 시계와도 같습니다. 영국으로 건너간 사람들도 많습니다. 일에 말려들어 화를 당하지 않도록 바짝 긴장해야만 합니다. 만나는 사람들마다 경계해야 합니다. 귀에 들리는 건 폭력으로 얼룩진 이야기들뿐입니다. 정말이지 지옥이 따로 없습니다. 저는 할 수 있는 한 거리에서 팔고 있는 잡지는 읽지 않도록 하며, 다른 사람들이 말하는 것들도 듣지 않으려고 결심했습니다. 빈민의 수가 점점 늘어나고 있습니다. 상업은 정체되고, 세금징수는 거의 마비된 상태입니다." (9월 17일)

9월부터 파리의 생활고는 날로 심각해졌다. 파리에는 빵이 다 떨어져서 남아 있는 것이 없었다. 베르사유 대행진의 날인 10월 5일, 르네 부인은 또다시 딸을 데리고 파리를 탈출했다. 전날부터 생탕트완 문 가까이에 모여 있던 제조공의 부인들, 어시장의 부인네들은 빵을 달라며 징과 북을 치고 열을 지어 시청을 향해 대행진을 벌였던 것이다. 그녀들은 내친 김에 왕의 일가가 살고 있는 베르사유까지 행진을 이어갔던 것이다. 르네 부인은 이렇게 적고 있다.

"저는 딸과 여종 한 명을 데리고 파리를 탈출했습니다. 마차를 빌려 타고 사람들의 물결 속으로 따라갔습니다. 이렇게라도 하지 않으면 서민 여자들에 의해 집밖으로 끌려 나와 왕정 타도를 위해 베르사유까지 행진해야 했기 때문입니다. 다행히도 저는 무사히 파리를 탈출할 수 있었습니다. 지금 왕은 파리에 있습니다. 시내로 끌려

나온 것입니다. 왕의 측근 두 명의 머리가 창에 꽂힌 채로, 베르사유에서 루브르로…… 파리의 시민은 환희에 가득 차 있습니다. 그들은 왕이 있기만 하면 빵이 생길 거라고 믿고 있는 것 같습니다. 지방은 어떻습니까?" (10월 8일 고프리디 앞으로 쓴 편지)

이듬해 1월부터 농민 봉기는 다시 격렬해져 망명자가 끊이질 않았다. 3월 11일에는 고프리디에게 이렇게 편지를 쓰고 있다.

"상인은 물건을 팔지 않습니다. 돈으로 바꾸기 위해 물건을 팔려고 하는 사람이 있기 때문입니다. 어디에서는 무서운 살육이 벌어져, 촌장은 교수형에 처해지고, 주교는 도망갔다는 소문도 들립니다. 그 참담함은 극에 달하고 있습니다. 이 밖에 무슨 말이 더 필요하겠습니까? 악행을 정당화하기 위해 이 사람은 귀족이다. 왕을 복귀시키려 한다며 재판도 하지 않고 교수형을 시켜버립니다!"

정말로 공포와 무질서의 시대였다. 3월 13일 헌법제정의회는 카스테라느의 동의에 의해 칙령 체포장을 무효화하고 6주 안에 수감되어 있는 모든 피의자와 정신병자를 풀어주라는 훈령을 발표했다. 그리하여 사드도 자유의 몸이 될 수 있는 법적 근거를 얻게 된 것이다.

그로부터 이틀 뒤 사드의 두 아들이 그를 만나기 위해 샤랑통에 왔다. 실로 15년만의 재회였다. 두 아들은 아버지에게 헌법제정의회의 칙령이 발표된 것을 전했다. 사드는 병원 수도사의 허가를 얻어 감시를 받지 않고 아들들과 함께 정원을 산책하고 식사를 했다(사드의 두 아들은 혁명이 발발하자 제대했다).

한편 몽트뢰유 부인은 헌법제정의회의 칙령을 듣고 고프리디 앞으로 다음과 같은 편지를 썼다.

"현재의 상태에서 제가 사건에 대해 침묵한다고 해서 당신을 놀라게 하는 것은 아닐 테지요. 당신도 프로방스에 있으면서 차례차례로 발표되는 국민의회의 명령 중에서도 특히 이번 달 20일에 발령된 칙명구인장 명령을 알고 있을 것입니다. 그런데 법안에 따라서는 예외가 인정될 수 있을지도 모릅니다. 어떤 사정이 있는 가족에게는 예외를 인정시켜 줄 수 있도록, 설득할 수 있을지 없을지 그것이 문제입니다. 어쨌든 가족이 중립적 입장을 잘 지키면서 정부 또는 검사국의 판단에 따라 해결해야 한다고 생각합니다. 그것만이 어떤 비난도 받지 않을 유일한 방법일 것입니다…….." (1790년 3월 23일 고프리디 앞으로 쓴 편지)

구제도(舊制度)에서 떵떵거리며 지냈던 사람들은 귀족이면 누구를 막론하고 국민의회의 제정에 따라 어떻게 될지 모르는 운명에 처하게 되었다. '귀족은 가로등에 매달아라!'는 노래가 유행했던 시대였다. 더하지도 덜하지도 않으며 적당선을 유지하는 것이 몸을 보호하는 최선의 방법이었다.

1790년 4월 2일, 사드는 자유의 몸이 되어 샤랑통 정신병원을 나오게 되었다. 검은색 모직 윗옷을 걸쳐 입고 밖을 나선 사드는 이젠 귀족처럼 반바지를 입지도 않았다. 무일푼인 그는 곧장 브루아르 거리로 가서 파리재판소 검사 드 미리의 집을 방문하여, 그에게 잠 잘 곳과 6프랑을 제공받았다. 드 미리는 파리에서 사드의 업무 집행인이다.

마르키 드 사드의 생애는 1790년 샤랑통을 나온 때를 기점으로 하여 종지부를 찍었다고 봐야 할 것이다. 그 뒤 거처도 마땅히 없이 뚱뚱한 몸을 이끌고 파리의 거리를 어기적거리며 걷고 있는 50세 그에게서, 더 이상 사드의 예전 모습을 찾기는 어려웠다.

"한 마디로 말하자면 나는 감옥에서 눈과 폐를 잃어버렸습니다. 그리고 운동 부족으로 몸을 움직이기도 힘들만큼 살이 쪘습니다. 나의 감각은 모두 사라져버린 것만 같습니다. 이젠 그 어떤 물건에도 흥미를 느끼지 못하며, 그 무엇에도 애착을 갖지 못합니다. 한 때 미친 듯이 빠져들었던 세계도 이제는 정말 따분하기 그지없으며, 한심하기까지 합니다. 그냥 트라피스트 수도원에나 들어가 버릴까 하는 생각이 들 때도 있습니다. 어느 날 아무도 모르게 혹 사라져버리고 싶은 충동이 일 때도 있습니다. 이 세상에 태어나서 지금처럼 인간이 싫어진 적은 없습니다." (1790년 5월 초 고프리디 앞으로 쓴 편지)

가슴 아픈 고백이다. 그는 감옥의 고독 속에서 바깥세상을 향해 미친 듯이 날뛰면서도 모든 문학의 궁극적 목표인 자유의 불을, 하나도 남김없이 불태워 버린 것 같다. 하지만 현실의 자유를 얻는 순간, 그의 감각은 사라져버리고 종이 안에서만 존재하던 그 자신은 이제 하나의 폐허가 되고 말았다. 글을 쓸 때만 자유를 누릴 수 있었고, 글을 쓰는 것이 궁극적 행위라고 믿고 있었던 사드는, 설 곳을 잃어버리고 뒤뚱뒤뚱 비틀거렸다. 이것은 마치 어둠에 익숙한 야행성 동물이 한낮의 빛 가운데로 끌려 나왔을 때의 곤란하고 당황스러운 모습과 다름없었다. 예수의 부름을 받고 죽음의 무덤에서 살아나온 나사로의 심정에 견줄 수 있으리라. 죽음에서 구원받은 나사로는, 악취와 밤의 혼돈 속에 있었던 나사로와는 다른 사람이다. 하느님을 보는 자는 죽는다. 부활한 나사로는 하느님의 말 속에서 오히려 죽은 것이다.

사드에게 이 하느님의 말에 견주어 볼 수 있는 것은 프랑스 대혁명이 부르는 소리였다. 공포의 신이 그를 향해 나오라고 외쳤다. 하지만 이미 그는 감옥이라고 하는 무시무시한 고독 속에서 절대적 자유의 긍정, 다시 말해 사드 자신이 공포의 시대를 현실 가운데 마주하고 있었던 것이다. 역사적 공포의 시대는 사드의 그것 보다 조금 늦게 찾아왔다. 종이 위에 써야만 했던 자유가 돌연 역사상 사건이 되어 다가오자 작가는 설 곳을 잃어버리고 침묵할 수밖에 없었다. 보부아르 여사는, 키로친이 에로티시즘 암흑의 시를 목 졸라 죽였다고 표현했다. 사드에게 있어서 혁명은 단지 그의 문학작품을 검증하기 위한 거울과 같은 것에 불과했음이 틀림없다. 사회적 사건에 전혀 무관심했던 그가, 가장 완벽하게 혁명과 일체화된 작품을 쓸 수 있었던 것은 모두 '자유의 탑' 덕분인 것이다.

'자유의 탑'은 사실 상징적인 이름이다. 사드는 여기에서 자유가 무엇인지를 그 누구보다 완벽하게 이해했다. 그리고 글을 씀으로써 자신의 가능성인 절대적 자유의 모든 것을 제단에 올려놓았던 것이다. 다음은 작품이라는 그 자신의 불에 탄 껍질을 조금씩 팔면서 삶의 재화를 얻으며, 작가라고 하는 허명을 얻는 것일뿐이다.

아내와의 이별

자유의 몸이 된 죄수의 첫 걸음과 함께, 옛 세계와의 마지막 관계가 끊어졌다. 르네 부인은 생투르 수녀원에서 기거하고 있었는데, 남편 사드가 샤랑통 정신병원을 나온 그 다음 날 자신을 만나러 왔음에도 냉정하게 거절했다. 그녀는 사드와 헤어질 결심을 하고 있었다.

그토록 긴 세월 동안 충성스럽게 남편을 섬겨왔던 그녀가 도대체 왜 이제 와서 남편과 헤어지려고 했던 것일까? 사드의 말에 따르면 이미 바스티유에 있을 때부터, 그녀가 자신과 헤어지고 싶어하는 것을 조금씩 느꼈다고 한다. 하지만 감옥에 갇혀 있던 사드에게 그녀는 절대적으로 필요한 존재였으므로 자신의 느낌을 입 밖으로 꺼내는 일은 없었다. 하지만 자신이 감옥에서 풀려나면 그녀와 헤어지게 될지도 모른다는 것을 막연하게나마 생각하고 있었던 것이다.

르네 부인이 별거를 생각하게 된 첫 번째 이유는 아마도 종교적인 것에 원인이 있었을 것이다. 생투르 수녀원에서 지내고 있던 그녀는 점점 나이가 들고 몸도 많이 약해지자, 더욱 종교에 열중하게 되었다. 사드가 빈정거리며 말한 것처럼 그의 귀중한 원고가 바스티유에서 비참하게 짓밟히고 있을 때도 그녀는 수녀원에서 편안하게 종교에 열중했던 것이다. 그러므로 그녀에게는 더 이상 남편의 존재가 필요치 않았고 귀찮기까지 한 것이었다. 자유의 몸이 된 남편에게도 이제 자신의 존재는 필요치 않을 것이다. 자녀들도 성장하여 저마다 독립하여 이제는 어머니로서의 역할도 마친 상태였다. 그녀는 혼자가 되고 싶었다.

하지만 오랜 시간을 함께 한 아내와 헤어진다는 것이 사드에게는 상당히 충격적인 일이었던 것 같다. 그도 그럴 것이 르네 부인은 사드의 어처구니없는 행동을 있는 그대로 받아준 단 하나의 사람이었던 것이다. 사드의 변덕스럽기 짝이 없고 자기밖에 모르는 어린애 같은 성격, 분노와 질투, 슬픔과 기쁨의 감정들을 있는 그대로 드러내 보일 수 있는 상대는 그녀밖에 없었기 때문이다. 사드는 잔혹하리만큼 냉정하게 변해버린 아내를 향해 원망의 감정이 솟구치는 것을 느꼈다.

"아, 어떻게 이럴 수 있단 말인가! 정말 잔인하구나! 생각해 보십시오. 이 여자가 나에게 내뿜은 독설들을……. 내 눈에는 눈물이 가득 고여 있습니다. 더 이상 그 어떤 말도 할 수 없습니다……."
(1790년 초 고프리디 앞으로 쓴 편지)

1790년 4월 6일 사드는 르네와의 만남을 포기하고, 지금까지 기거했던 브루아르 거리에 있는 드 미리의 집을 나와, 같은 거리의 호텔에 방을 구했다. 장남 루이 마리가 샤라통 수도사의 집에 맡겨 두었던 가구와 옷가지들을 챙겨주었다.

4월 12일 무일푼의 사드는 생활비를 빌리기 위해 장모 몽트뢰유의 집을 방문했다. 그녀는 몇 프랑의 돈을 빌려주기는 했으나, 할 수 있는 한 빨리 고프리디에게 편지를 써서 필요한 돈을 받아 스스로 생활하라고 한바탕 설교를 늘어놓았다. 사드는 장모의 이런 태도를 보아, 아내에게 별거하도록 조종한 것은 몽트뢰유 부인임을 확신했다.

4월 하순이 되자, 르네 부인은 파리재판소에 부부 별거 신청서를 내고, 사드 일족이 보관하고 있었던 지참금 16만 8백42프랑을 요구했다. 가톨릭교는 이혼을 금지했으므로 부부 별거라고 하는 형식을 취할 수밖에 없었다. 어쨌든 이 막대한 지참금 반환 요청은 교활한 몽트뢰유 부인이 아니고서는 생각할 수도 없었으리라. 그래서 사드는 숙모 앞으로 쓴 편지에 몽트뢰유 일가의 음모를 낱낱이 밝히고 있는 것이다.

"몽트뢰유 일가는 괴물 같은 자들의 집단입니다. 정말입니다. 숙모님, 제 인생 최대의 불행은 이 몽트뢰유 일가와 인연을 맺은 것입니다……. 이 악당들은 저를 파멸시키려고 합니다. 더 이상 저를 감금시킬 수 없으니까, 이제는 아내를 저에게서 빼앗으려 합니다. 그래서 자신들에게 유리한 상황을 만들어서 지참금을 챙기려고 하는 겁니다. 지금 저에게서 지참금을 가져가면 저는 완전히 파산하고 맙니다. 제 손안엔 거의 돈이 없습니다. 결혼할 때 저는 꿈을 꾸었습니다. 나이가 들면 가족들에게 둘러싸여 행복한 생활을 하게 될 것이라고……. 하지만 이제 저는 오갈 데도 없이 버림받아 혼자가 되었습니다. 그 옛날 제 불행한 아버지가 숨을 거두실 때처럼 비참한 운명에 놓인 것입니다. 이것이야말로 제가 가장 원치 않았던 현실입니다.

감옥에서 풀려났을 때 제 아들들을 빼고는 이 악당들 중 어느 누구 하나 저를 맞이해 준 이는 단 한 명도 없었습니다. 주머니에 들어 있는 1프랑을 의지한 채 파리 한복판에 내던져진 저는 어디로 가면 좋을지 어떻게 먹고살아야 할지 도무지 주체할 수 없었습니다. 하는 수 없이 불쾌한 악당 집단에게 도움을 요청하자, 지나가는 똥개도 이렇게는 하지 않을 것입니다. 아내에게 문전박대 당한 것을 생각하면 기가 막혀서 말문이 막힐 정도입니다. 숙모님, 어떻게 이럴 수 있는 것입니까? 상상할 수도 없었던 일들이라서……." (1790년 4월 22일 카뷔용 성 브노아 수도원장 가브리엘 엘레오노라 사드 앞으로 보낸 편지)

르네 부인이 별거를 희망한 이유는 아르퀴유 사건 및 마르세유 사건에서 사드가 일으킨 더러운 소문에 있었다. 1778년에 이미 재판이 끝났음에도 이 일을 다시 들춰낸 것은, 부부 별거를 합리화하는데 이렇다 할 이유를 찾지 못했기 때문일 것이다. 사드는 이 별거 신청서라고 하는 것을 읽어주고 싶다고 말했을 정도이다.

"술집이나 병영에서나 입에 오르내렸던 그리고 연감이나 신문에서나 읽을 수 있었던 나에 대한 모든 비방이, 이 별거 신청서에 아주 적나라하게 꼼꼼히 적혀 있으니 말입니다. 정말이지 이렇게도 더럽게 날조되어 있을 줄이야……. 요약하자면, 비열·추잡·거짓 그 자체입니다." (1790년 5월 말 고프리디 앞으로 보낸 편지)

재판소에서 호출 명령을 내리자, 사드는 이를 완강하게 거부한 것 같다. 하지만 결국 6월 19일 별거 신청은 승인되었고, 사드는 해마다 4천 프랑씩 지참금을 반환해야 했다. 그 뒤에도 몽트뢰유 일가와는 금전적인 문제가 계속해서 있었지만 생략하기로 한다.

9 공포시대를 살다

피크지구위원장

 1792년 9월 21일, 새롭게 헌법수정의회가 열려 바로 왕제 폐지가 의결되었다. 이것으로 프랑스는 공화제가 되었다.
 사드의 혁명운동은 이로써 본격적인 단계에 들어간다. 잠깐 연대 서술로 그의 정치적 활동의 발자취를 쫓아가보자.
 1792년 10월 25일, 사드는 피크지구의 병원관리회 의원으로 임명 된다. 시내 병원을 돌며 미비한 점을 보고하고 환자의 대우개선을 꾀하는 역할이다.
 같은 해 11월 2일에는 피크지구의 총회에서 〈법률 허가방법에 대한 의견〉이라는 소책자를 낭독하고 회원의 찬성을 얻어 이것을 지구에 인쇄 배포하기로 결정한다. 이 논문은 7편의 사드의 정치적인 책자 가운데 가장 뛰어난 것이고, 새로운 공화정체에 대한 저자의 소박한 신념이 생생히 나타나 있다. 사드는 뛰어난 글로 피크지구의 시민들의 절대적인 믿음을 얻게 되었다.
 11월 4일, 사드는 피크지구에서 뽑혀 다음날 오전 9시부터 24시간 헌법수정의회의 경비 일을 맡게 되었다. 당시, 의회에서는 마라와 로베스피에르에 대해 공격이 집중되고, 지롱드파 내부의 움직임도 결국 표면에 드러나게 되었다. 당통과 마라와 같은 쟁쟁한 사람들과 사드는 의회에서 자주 만난 것이 틀림없다.
 1793년 1월 21일은 국왕 루이가 처형된 날이다. 39세의 국왕 루이 16세는 오전 10시 22분, 혁명광장에서 단두대에 섰다. —이날 사드는 파리시회의 '평등의 사이'에 가고 병원관리회의원 토의에 출석한다.

같은 해 2월 26일, 사드는 동료 카레와 데소르모와 협력해 파리 시내의 대부분의 병원, 요양소를 시찰하고 그 결과를 보고서로 정리해 제출한다. 라몬 박사의 회고록에 따르면 이 보고서가 제출되고 나서 병원의 대우는 개선되고, 그때까지 하나의 침대에 2,3명의 환자가 함께 잤는데 각자 하나의 침대를 가질 수 있게 되었다는 것이다.

4월 6일, 장인인 몽트뢰유 전 장관이 피크지구의 집회소에 사드를 불쑥 찾아왔다. 10년만의 재회이다. 그들은 1시간가량 이야기했다.

혁명으로 그들의 입장은 역전되었다. 지금 사드는 새로운 시대의 정치활동가이고, 몽트뢰유는 반동으로 숙청 명단에 올려진 시대의 낙오자이다. 예전에 사드를 괴롭히던 몽트뢰유는 사위에게 한 집안의 목숨을 살려달라고 탄원하러 온 것이다. 사드는 이때 지폐위조사건 고발조사위원으로 임명되어 있었다. 완전히 바뀐 몽트뢰유의 태도를 보고 그는 내심 얼마나 기뻐했던가.

"당신을 놀라게 할 것을 두 개 알려주죠." 사드는 고프리디 앞으로 이렇게 썼다. "몽트뢰유 장관이 나를 만나러 온 것입니다. —또 하나는 뭐냐고요? 엄청난 거죠! ……내가 말이죠, 재판관이 된 거예요! 10년 전에 누가 이런 일을 예상이나 했겠어요? 내가 원숙하고 분별 있는 사람이 된 것을 당신도 알죠……당신이 있는 그곳에도 이 이야기를 퍼뜨려주세요. 그러면 그들은 나를 훌륭한 애국자로 인정해 줄지도 모르니까요……"(1793년 4월 13일)

사드는 장인과 장모의 목숨을 구하려고 애썼다. 자신의 삶을 엉망으로 만든, 증오해도 시원찮을 몽트뢰유 부인의 목숨을 구하려고 한 것이다. "만약 내가 한 마디라도 한다면 그들은 곤욕을 치를 것이다. 하지만 나는 가만히 있겠다. 내 복수는 이것이다." 그는 고프리디 앞으로 이렇게 썼다.

6월 15일, 사드는 파리의 지구위원회 서기로서 파리 시내에 병력을 두려고 하는 법령에 반대하는 상서를 의회에 제출하러 가기 위한 네 명의 대표 중의 한 사람으로 지명된다. 이 법령은 파리에 6만 명의 상비군을 모으려는 것이었다. 이미 방데의 반란이 시작되고 리옹에서는 왕당파의 반혁명이 성공하고, 파리는 이상한 불안감 속에 있었다.

7월 27일, 사드는 베르사유에 있었던 센에우아즈 중재재판소에 출두하고, 어느 시민의 재판 변호측 증인으로서 말하고 있다. —고프리디 앞으로 쓴 편지에 따르면 7월, 사드는 드디어 피크지구의 위원장으로 승격된 것 같다. "또 승진했습니다!"하고 기쁜 듯이 보고하고 있다.

그러나 8월 2일, 피크지구의 집회가 소란해지고, 위원장 사드는 반대파의 공격을 받아 그 지위를 부위원장으로 양보하게 된다. "그들은 나에게 비인도적인, 가혹한 동의를 채결하기를 독촉했습니다. 하지만 나는 그런 것은 절대 하고 싶지 않았습니다. 그래서 나는 해임되었습니다." 이렇게 고프리디에게 말하고 있다. 불과 한 달간의 재임기간이었다.

사드가 피크지구의 위원장으로서의 권위를 이용해 밀고된 자나 고발된 자의 목숨을 자주 구했다는 것은 다행스러운 일이다. 이러한 피의자에 대한 관대한 태도는 같은 지구 동료의 시기심이나 증오를 불러일으켰을 것이다. 당시 풍조는 엄격했는데 애국자의 증거가 된 것이다. 사드가 위원장의 자리를 양보한 것도, 반혁명자의 혐의로 체포된 것도 이처럼 정도를 넘어선 관용이 불러온 것이다.

장 데보르드 평전에 의하면 사드는 같은 해 12월, 망명자가 도망가는데 도움을 준 혐의로 구류되었다. 육군 소위 라망이라는 자에게 3백 리브르와 여권을 주고 파리를 도주하기 위한 편의를 주었다고 한다. 이 이야기는 사드의 관대한 성격을 보여주는 일화처럼 보이지만 확실한 증거는 없다. 첫 번째, 피크지구는 재판소가 아니었고, 위원장 사드가 자신 혼자만의 생각으로 형사피고인을 도망가게 할 수 있는지 없는지도 의심스럽다. 특히 사드의 혁명가로서의 행동에는 혐의를 받을 수 있는, 반혁명파와의 어두운 거래와 비슷한 행동이 있었다는 것은 덮기 어려운 사실이다. 그래서 어쩐지 미심쩍은 눈으로 보기 쉬운 행동을 그에게 강요한 것도, 앞으로의 우유부단하고 겁이 많은 성격 때문이라기보다는 오히려 추상적인 법률로 살인이 행해지는 것을 허락하기 힘든, 그 철저한 관용주의 때문이었다고 생각하는 것이 옳을 것이다. 그는 그의 작품 속에서 헤아릴 수 없는 잔혹한 학대와 살인을 그렸지만, 사회가 법률이라는 이름으로 살인을 용인할 때 무섭게 얼굴을 찡그리고 물러설 수 없는 것이다. 사드는 전부터 자코뱅주의의 폭력을 혐오하고, 공포정치를 허락할 수 없었다. 살인이 법률에 적합한 것이 될 때, 그것은 이미 추상적 원리의 괴상한 표현일 것이다. '공포정치의 지나침이 범죄의 감각을 둔하게 만들었다'고 생쥐스트도 쓰고 있다. 무엇보다도 섬세한 정신을 사랑하는 사드에게는 이런 것은 참을 수 없었던 것이다. 사드는 몽트뢰유 부부의 목숨을 쥐고 있을 때조차 법률의 이름으로 그들을 처단하지 않았다.

일찍이 그는 옛 사회의 법률의 희생자가 되어 감옥에 갇혀 있었다. 그런데 지금 또다시 새로운 사회의 법률을 증오해야 하는 상황에 처하게 되었다. 그를 감옥에서 해방하고, 그에게 시민으로서의 자격을 준 사회에 그는 배신당했다. 그렇게 정열을 불태운 연극조차 자코뱅당의 간섭으로 단념해야 했다. 그가 순응하려고 했던 사회는 역시 추상적인 법률에 지배당한 세계이고, 그곳에서 살아가기에는 너무나 현실적인 차가운 바람이 몰아쳤다.

정치활동의 끝

1793년 7월 13일, 온화파의 공격의 선두에 섰던 마라가 샤를로트 코르데에 척살당해 허망한 죽음을 맞았다. 그 심장은 단지에 넣어져 혁명주의자들의 위패가 되었다. 그는 민중들 사이에서 엄청난 인기가 있었다.

같은 해 9월 29일, 피크지구 총회는 시민 사드가 기안한 〈마라와 로베스피에르의 영에 바친 연설〉 인쇄 및 배포를 결정했다. 마라를 기념하기 위해 마련한 피크지구의 제례 날, 사드는 광장의 동상 받침돌 위에 올라가 이 추도문을 읽었다. 시민들은 감격해 사드의 연설에 박수갈채를 보냈다.

사드는 이 연설에서 '인민의 벗' 마라를 애도하고 암살자 샤를로트 코르데를 비난한다. 그것은 당시 민중의 마음을 반영한 것이리라. 그러나 만약 마라가 샤를로트의 손에 죽지 않았다면, 사드 자신이 테르미도르 정변 이전에 단두대의 이슬로 사라지지 않았다고 할 수는 없으리라. 길버트 릴리가 고증하는 바에 의하면 마라는 당시 간행된 들로르의 《귀족인명록》이라는 비방문서로 사드의 전력을 알고는 그를 단죄하려고 했다. 그래서 라살 후작이라는 인물을 사드로 착각해(발음이 비슷해서) 자신이 주재하는 신문에 고발한 것이다. 나중에 마라는 이 잘못을 알고 고발을 취소하는데, 만약 그가 더 오래 살았다면 어떤 기회를 이용해 마르세유 사건의 범인을 단두대에 올리거나 알렸을 것이다. 아마 사드는 이런 사정을 조금도 몰랐던 것으로 보인다. 모르지 않고서야 어떻게 자신을 없애버리려 했던 마라를 위해 동경에 찬 추도문 따위를 읽었겠는가. 이렇게 생각해 보면 샤를로트 코르데의 단도 일격은 운명의 신에 따라 사드의 생명을 위기에서 구한 것이다. 오히려 사드는 그녀에게 감사해야 한다.

> 아름답고 젊고 빛나는 그녀의 모습은 사형집행인의 눈에
> 마치 결혼식 차를 타고 가는 여인처럼 보였다.
> 그녀의 이마는 부드럽고, 그녀의 시선은 밝았다.
> 단두대 위에서 태연하게 그녀는 민중의 광기를 깔보았다.
> 그때 비열하고 천하고 피에 취한 민중은
> 스스로 자유롭고 주권자라 믿었다.

이 시는 테르미도르 정변에 단두대에서 죽은 대혁명 당시의 유일한 서정시인 안드레아 셰니에의 〈샤를로트 코르데를 기리며〉의 한 구절인데, 피로 피를 씻는, 당시 민중의 광기를 냉정한 눈으로 본 감동적인 걸작이다. 셰니에도 로베스피에르도 샤를로트 코르데도 현대의 시점에서 본다면 저마다 이상에 불타는 혁명투사이고 주의주장의 차이에서 살인을 했다고는 하지만 옳고 그름에서 가볍게 단정 짓기는 어려운 것이다. 반대파에서 악마처럼 욕을 퍼붓는 샤를로트 코르데라 해도 국가적 테러리즘을 끝내기 위해서 개인적 테러리스트가 되어 취한 그 행동은 처음부터 죽음을 각오한 순교자의 행위였다. 셰니에의 시에서 말하고 있는 그대로이다. 그러나 스스로 '인민의 벗'이라 칭하고 '박애주의자'라고 칭한 마라라는 인물은 로베스피에르나 생쥐스트와 비교한다면, 정치가로서도 인간으로서도 뒤떨어진다. 카뮈에 의하면 '마라는 27만 3천 명의 목숨을 요구했다. 게다가 사람을 죽이면서 인두로 낙인을 찍어, 엄지손가락을 잘

라, 혀를 뽑아라 외치고 이 수술의 치료까지 위태롭게 했다. 이 박애주의자는 이렇게 가장 단조로운 어조로 살인의 필요성을 매일 썼다. 9월, 매일 밤마다 그 지하실에서 그는 촛불 아래에서 계속 썼던 것이다. 한편 하수인들은 감옥 정원에 구경꾼 자리를 만들고, 남자는 오른쪽, 여자는 왼쪽으로 구별해 박애의 자비심으로 보이려고 했으며 귀족의 교수형을 구경거리로 만들려고 했다. 생쥐스트의 위풍당당한 인물과 미슐레가 루소의 흉내라고 평했다, 초라한 마라를, 혼동해서는 안 된다.'(《반항적인 인물》에서)

사드의 관용 정신의 입장에서 본다면 마라야말로 가장 용서하기 힘든 파렴치한이고 숭고한 혁명의 정신을 더럽힌 자이다. 그런데도 사드가 〈샤를로트 코르데를 기리며〉를 읽지 않고 〈마라를 기리며〉를 쓴 것은, 그의 전기 중의 간과할 수 없는 하나의 모순이고 씻기 어려운 하나의 오점이라고도 할 수 있으리라. 시인의 직관이 맞았던 것이다.

마라가 죽은 지 3개월 뒤, 1793년 10월 16일에 왕비 마리 앙투아네트가 혁명광장에서 처형당했다. 그녀는 아직 서른여덟 살이었지만, 70일간 콩시에르쥬리에 갇혀 있는 동안 머리가 완전히 하얗게 변하고 출혈로 괴로워해 마치 노인과 같았다. 사형집행인의 손에 높게 들어 올려진 왕비의 머리를 보고 군중은 '공화국 만세'라고 광기의 소리를 질렀다.

1793년 11월 15일, 사드는 70명의 대표와 함께 의회에 가고, 자작 소책자 〈피크지구 프랑스 국민대표 각위에 대한 청원〉을 읽는다. 마침 노트르담 사원에서 반그리스도교 도덕운동 '이성의 신앙'의 성대한 식전이 행해진 참이었다. 사드가 기안한 소책자는 그 '이성의 신앙'에 근거해 그리스도교의 비도덕이 아니다. 개인의 행복과 전체의 번영을 지향한 자연의 도덕을 민중 사이에 확립해야 하는 것을 정부에 진언한 것이었다. 의회는 이 논문을 가상히 여겨 공보에 게재하기로 결정하고, 공민교육위원회에 위탁했다.

사드의 정치활동가로서의 주된 일은 이것으로 끝난다. 이해의 12월 이후, 사드는 다시 혁명정부 아래 감옥에 갇히게 된 것이다. 화려한 성공도 잠깐이었다.

혁명정권 아래의 감옥순방

1793년 12월 8일, 사드는 케네 부인과 함께 마튀랭 거리의 자택에 있다가 갑자기 파리 경찰에게 체포되었다. 예기치 못한 일이었다. 체포 이유도 설명하지 않고, 바로 수도원으로 보내져 감금되었다. 집은 수색되고 봉인되었다.

수도원에 보내지자 곧바로 사드는 스스로도 이해하기 어려운 부당한 대우에 대해 피크지구의 동료들에게 호소한다. "나는 체포되었지만, 구류 이유는 분명하지 않습니다. 나의 애국심은 알려질 대로 알려졌는데, 나를 감옥에 넣다니 상상도 할 수 없는 일입니다. 나는 10년간 폭군의 전제주의의 희생자였고, 혁명을 자신의 해방자로서 사랑했습니다. 3년 전 나의 쇠사슬을 끊어준 국가가 지금 다시 나를 쇠사슬로 묶다니 도대체 왜? 이런 바보 같은 짓을 당신이 허락했을 리 없습니다. 나는 내가 죄인이 아니라고 믿기 때문에 당신에게 호소할 수 있습니다. 만약 내가 죄인이라면 벌 받는 것도 당연하겠죠. 하지만 맹세하건대, 나는 죄인이 아닙니다."

그러나 피크지구의 동료들은 불행한 사드를 위해 변호하지 않았고, 뿐만 아니라 권력자들에게 꼬리를 흔들어 보이기 위해 그를 중상까지 했던 것이다.

구류 이유는 앞에서도 말했듯이 사드가 1791년, 반혁명파의 거두로 본 궁정과 귀족 브리작 공작의 친위대에 편지로 입대를 희망했다는 사실에 의한 것이었다. 그러나 나중에 사드 자신이 보안위원회 앞으로 쓴 편지에서 변명하는 것에 따르면 그는 브리작 공작 휘하의 군대 성격을 잘 모르고, '오로지 국가를 위할 생각'으로 입대를 희망한 것이었다. 그러나 브리작 쪽에서 그가 왕에 대해 불만이 있다는 이유로 그의 입대를 거절했다. "군대의 성격을 비로소 알았을 때, 나는 이런 사람들과 익숙해질 수 없다는 것을 미리 파악한 브리작에 대해 오히려 감사하고 싶다"고 사드는 말했다.

그러나 어쨌든 선고 이유는 중대하고, 사드는 자칫 잘못하면 단두대에 오르지 않을 수 없는 처지에 놓여 있었다. 12월 29일에는 보안위원회 앞으로 첫 번째 탄원서를 보냈는데, 그것은 받아들여지지 않았다.

1720년, 몽 생 미셸 여자 수도회에 의해 설립된 이 수도원은 왕정시대에는 주로 품행이 단정하지 못한 죄를 받는 비구니나 회심해 수도의 맹세를 한 매춘부나 가족의 의뢰로 맡겨진 소행이 바르지 못한 아가씨 등을 수용하는 시설이었다. 이른바 몸가짐이 단정치 못한 여자들을 위한 갱생 시설이다. 그것이 감옥으로 사용되게 된 것은 1793년 초, 혁명정권의 손으로 이동하고 나서이다. 그 뒤에도 오랫동안 감옥의 역할을 하고, 1866년에 이르러 건물이 해체되었다. 현재는 남아 있지 않다. 어쨌든 이 건물의 방에서 한 달 정도 보낸 《쥐스틴》의 저자는 음탕한 죄를 저지른 여자들의 환상을 잠들 수 없는 밤에 자주 꿈으로 꾼 일도 있었으리라.

1794년 1월 12일, 사드는 감옥에서 나와 자택으로 옮겨져 경찰의 자택수색에 나가게 되었다. 경관이 봉인을 깨고 수십 개의 편지나 서류를 실내에서 압수하고 수색은 밤 12시쯤 중지되었다. 그 뒤 사드는 경관을 따라 다음날 날이 새기 전, 사원으로 가게 되었다.

이 사원 역시 성 테레사의 개혁을 실시하기 위해 17세기 초에 설립된, 구 가톨릭 수도원의 사원이었는데, 혁명기간 동안에는 감옥이었다. '9월 학살' 때에는 여기에 갇힌 150명가량의 사제들이 자코뱅파의 폭도로 참살을 당한다.

이 사원에는 8일만 있었지만, 사드는 악성 열병에 걸린 6명의 죄수와 함께 지냈고, 그중 2명은 그가 보는 앞에서 죽었다.

8일 뒤 1월 22일, 사드는 생 라자르 감옥으로 이동하게 되었다. 마치 돌려지는 것 같았다. 생 라자르는 처음에는 성 빈첸시오가 관리하는 나병원이었는데, 시료원이 되고 요양원이 되고 감화원이 되고, 정치범 감옥이 되었던 것은 사드가 수감되기 여러 날 전의 일이었다. 안드레아 셰니에도 단두대에 오르기 전에 여기에 갇혀 있었다.

사드는 생 라자르 감옥에서 3월 8일, 다시 보안위원회 앞으로 장문의 편지를 보내고 자신의 전력과 문제의 체포 이유에 대해 변명하기에 애쓴다. 고비를 극복하기 위해, 조금이라도 석방에 유리한 조건을 만들기 위해 사드는 자신이 귀족이라는 점을 숨기고 '자신의 선조는 대대로 농부이거나 상인이었다'고 말하기까지 한다. 그 밖에 자신이 혁명 이후에 한 애국적인 업적을 과장해 퍼뜨리거나 왕에 대한 증오를 일부러 노골적으로 표현하거나 망명한 아들들과는 완전히 연을 끊었다고 단언하거나, 여러 가지의 과장과 거짓말, 당시의 여론에 대한 맹목적인 추종을 섞어 문장을 만든다. 그것은 생각에 따라 비굴한 문장이고, 보신을 위해 급급한, 일화견주의자(日和見主義者)의 문장이라고 할 수 있을지도 모른다. 그러나 다음과 같은 문장은 어떨까.

나는 프랑스 국민의 천재를, 그 자유에 대한 사랑을, 그 계략을,

그 기개를 잘 알고 있습니다. 우리나라 사람들 모두가 나와 같은 마음을 가졌다고 믿고 있습니다. 나의 마음에는 지금 우리의 숭배의 적인 자유의 여신의 손으로 다음과 같은 말이 박혔습니다. "사드여, 전제군주가 너에게 준 불행을 잊지 마라. 전제군주를 다시 살아 돌아오게 하는 데 동의하는, 그런 정부 아래에서 살 정도라면 오히려 천 번 죽는 게 낫다."

두 개의 의미로 해석할 수 있는, 이 마지막 절에 사드의 속임수가 깃들였다고는 생각할 수 없을까? 전제군주의 망령이 자코뱅파와 이름을 바꿔, 붉은 삼각 모자를 쓰고 혁명광장을 서성거리는 듯한 희미한 모습을 사드는 자신의 불행에 기여해 풍자한 것이리라. 정체는 변해도 재판소와 감옥과 죄로 괴로워하는 자들이 늘 존재한다. 이러한 현실을 그는 애국주의라는 이름에 숨긴 미묘한 말로 규탄한 것이리라.

공포시대부터 석방까지

세상은 마치 헌법이 없는 듯한 혁명정부의 시대였다. 잔인한 검사 푸키에 탕빌의 혁명재판소는 14개월간 쉼 없이 열리고, 매일 처형으로 이어졌다. 단두대에 올라가는 자는 파리에서 약 2천8백 명, 지방에서는 1만 4천 명이다.

3월 24일에는 생쥐스트의 고발로 체포된, 에베르 일파의 극우분자가 숙청되었다. 4월 5일에는 역시 생쥐스트의 고발로 체포된 당통, 카미유 데물랭, 파브르 데글랑틴 관용파 분자가 처형되었다. 에베르와 당통이 죽자 로베스피에르가 프랑스의 지배자가 되었다. 그리고 일주일 동안, 그리스도교 폐기운동의 수모자 쇼메트, 파리의 전주교 고벨, 화학자 라부아지에, 루이 18세 법률고문 말셰르브, 시인 안드레아 셰니에, 왕비 마리 앙투아네트가 단두대의 이슬로 사라졌다.

이런 험악한 시기에 사드는 반혁명파 혐의로 하옥되었다. 그의 공포, 낭패는 헤아릴 수 없을 정도였다.

3월 27일에 사드는 병을 이유로 생 라자르 감옥에서 피크퓌스 요양소로 옮겨졌다. 피크퓌스 요양소는 파리 시의 트론 문 가까이에 있고, 일찍이 성 아우구스티누스 수도회 사원이었던 것이 혁명 뒤에 요양소로 쓰게 되었다. 사드의 입소와 때를 같이 해서 그 《위험한 관계》의 저자 쇼데를로 드 라클로도 여기에 수용되어서 두 사람 사이에는 개인적인 접촉도 있었으리라 추측된다. 그러나 사드가 쓴 편지나 일기에는 라클로의 이름은 한 번도 나오지 않아서 구체적으로는 두 사람이 어떤 접촉을 했는지 명확하지 않다. 처세술에 뛰어난 라클로는 당시 자코뱅파에 기여하고 군인으로서 여단장직에 있었지만, 이전 오를레앙가의 음모에 가담한 혐의로 투옥되었던 것이다. 동란시대에, 감옥에서 암흑소설작가 두 사람의 해후에는 로마네스크한 흥미를 불러일으키는 것이 있으리라.

6월 24일, 사드는 인민위원회 앞으로 다시 자신의 정치적 경력에 관한 보고서를 보낸다. 앞에도 말했지만, 이 보고서 속에 그는 1789년 7월 2일 바스티유에서 선동적 행동을 다분히 꾸미고, 자신이 얼마나 혁명을 바라는지를 설명하고 있다.

그러나 이러한 몇 번의 피의자의 변명에도, 피크지구의 위원회에 의해 작성된 '전 귀족 사드'에 대한 고발장은 결국 공안위원회에서 혁명재판소로 회부된다. 사드 자신은 그 경위를 몰랐던 모양이지만, 국립기록보관소에 남겨진 자료에 따르면 1건의 서류가 혁명재판소로 옮겨진 것은 1794년 7월 24일이었다. 사드의 전 동료들에 의해 작성된, 그 두꺼운 고발장에는 표제로서 '공화국에 대한 음모에 의해 고발된, 문학자 겸 기병사관, 전 귀족이자 백작인 사드'라고 명기되어 있다.

앞에도 적었지만, 혁명재판소에 회부된 것이 얼마나 두려운 것인지는 사드 자신도 잘 알고 있었다. 유명한 법안(1794년 6월 10일)에 따라 이미 변호인제도는 폐지되고, 배심원에게는 실증이 없어도 정신적인 근거가 있으면 괜찮았다. 그래서 범인이라 확인되면 처형은 바로 이루어지는 것이다. 이 법안에 관한 쿠통의 의견에 따르면 "변호인에 변호를 허락한다는 것은 왕당주의자와 적에 발언 기회를 주는 것이다. 음모가를 처벌하기 위해 마련된 재판소는 혁명을 모독하기 위한, 민중 앞에 반혁명 선언을 하기 위한 장소가 된다." 게다가 "변호인의 피고에 요구하는 보수는 법외이므로 빈곤한 사람은 변호를 받지 못하게 된다." 법안에 따라 혁명재판소 운영에 공포라는 이름에 어울리는 대개혁이 이루어진 것이다.

7월 26일에 혁명재판소의 검사 푸키에 탕빌은 사드의 이름을 포함한 28명의 피고에 대한 논고를 기초했다. 거기에 근거해 27일, 소환장을 가진 재판소 집행인이 감옥에 가 각 피고인을 체포연행하려고 했지만, 어떻게 된 일이지 사드와 그 밖에 4명의 피고인이 어디에 있는지 몰라 결국 23명의 피고인만이 법정에 연행되었다. 그 23명은 두 사람을 빼고 모두 사형을 선고받는다.

사드도 이때 만약 집행인에게 발견되어 법정에 연행되었다면 사형을 선고받았을 것이다. 다행스러운 우연이 위기에서 그의 생명을 구한 것이다. 아마 재판소 집행인은 사드를 찾아 돌아다니다 조사를 중단한 것이 아닐까 생각된다. 집행인은 사무상의 준비 미비로 사드가 요양소로 옮겨진 것을 몰랐던 것이리라. 매일 늘어나는 죄수들의 이동 조사도 정리되지 않았을지도 모른다. 어쨌든 이렇게 사드는 기적적으로 죽음을 피했다.

7월 27일은 로베스피에르, 쿠통, 르바, 생쥐스트 일당이 체포되고 그들의 독재적인 권력이 드디어 좌절된 역사상 유명한 날이다. 그것은 동시에 자코뱅주의의 끝이고, 공포시대의 끝이기도 했지만, 그날에 사형선고를 받은 23명은 짐마차에 실려 뱅센으로 옮겨져 처형당한다. 독재자의 죽음을 안 파리 민중은 사형수 호송 행렬을 막고, 그들을 풀어주려고 했지만 국민위군사령관 앙리오트의 군대가 달려가 사람들을 몰아내고 저지된 마차를 다시 형장으로 가게 했다. 이렇게 처형될 때, 거기에서 5백 미터 정도 떨어진 곳에 있던 사드는 자신이 겨우 살아난 것을 전혀 알지 못했다.

나중에 사드는 석방되고 한 달 정도 지나 고프리디 앞으로 다음과 같이 편지를 써서 보내고, 옥중에서 보낸 공포의 날들을 회상하고 있다.

10개월 동안 4개의 감옥을 돌았습니다. 처음 감옥에서는 6주간 편안하게 지냈습니다. 두 번째 감옥에서는 악성 열병에 걸린 6명의 남자와 8일간 함께 지냈는데, 그중에 2명이 내 옆에서 죽었습니다. 세 번째 감옥에서는 매독 위기를 겨우 면했습니다. 마지막으로 수용된 네 번째 감옥은 마치 지상 천국과 같았습니다. 깨끗한 건물, 훌륭한 정원, 선택된 환경, 사랑할 만한 여자들…… 그러나 갑자기 처형장이 창문 아래에 설치되고, 정원 중간에 묘지가 만들어졌습니다. 그리고 우리는 35일에 걸쳐 1천8백 명을 묻었는데, 그 수는 이 불길한 곳에 수용된 사람들의 3분의 1이었습니다. (1794년 11월 18일)

또 그는 고프리디에게 다음과 같이 쓰고, 옥중에서 맛본 극도의 공포를 고백하고 있다. "눈앞에 단두대를 둔, 나에 대한 국가의 감금은 상상할 수 있는 모든 바스티유에서보다 백배나 더 큰 고통을 주었다."(1795년 1월 21일) 십 수년의 감옥생활을 했던 사람이 비로소 처음으로 이 진실을 말한 것이다.

1794년 7월 28일, 오후 7시 반 로베스피에르와 22명의 테러리스트가 혁명광장에서 처형당했다. 사람들은 환호하고, '폭군들, 죽어버려! 공화국 만세!'라고 외쳤다. 하룻밤에 파리가 변한 것이다. 처형을 보러 모인 왕당파의 청년귀족들은 기뻐서 춤추고 어제까지의 지배자였던 자코뱅당원들을 몰아냈다. 세상에서는 이것을 '테르미도르의 반동'이라 한다. 혁명의 끝, 반동이 승리한 것이다.

그리고 한 달 정도 지난 10월 15일, 드디어 사드는 보안위원회와 감시위원회의 결정에 따라 요양소에서 석방되었다. 혁명정부 아래의 감옥에 있은 지 약 10개월만의 일이었다.

전에 사드를 비방해 오랫동안 그를 구류한 원인을 만든 피크지구 동료들은 세상이 반동화하는 것과 동시에 손바닥을 뒤집듯이 태도를 바꾸고, 이번에는 사드의 애국심을 칭찬하고 그의 석방운동에 나선다. 그 덕분에 그는 출소할 수 있었다.

게다가 그의 석방을 위해 기여한 것에 케네 부인의 청원운동이 있었다. 일찍이 르네 부인과 마찬가지로 이번 경우도 그를 위해 헌신적으로 힘을 쓴 여성 협력자가 있었던 것이다. 사드는 이때 그녀의 호의를 잘 기억하고, 나중에 샤랑통에서 유언장을 쓸 때에도 그녀에게 유산의 일부를 준 이유로 했을 정도이다.

자유로워진 사드는 다시 마튀랭 거리의 자택에서 사는 것을 허락받고, 케네 부인과의 동거생활을 이어가게 되었다.

생활의 고투

혁명정부의 감옥에서 나오자 전 후작 사드는 바로 소시민의 빈궁한 생활을 하게 되었다. 빚이 2천 에큐로, 현금은 한 푼도 없었다. 생활비는 프로방스 땅에서 나오지만, 관리인 고프리디는 근처 농민의 반감을 사고, 신변의 위기를 느껴 성을 비우는 일이 많아 파리로의 송금은 자주 밀렸다.

이미 1793년 5월 고프리디 앞으로 보낸 편지에도 이렇게 쓰여 있다. "내가 당신에게 바라는 것은 돈입니다. 바라는 것은 돈이에요. 필요한 것은 돈이에요…… 어쨌든 부탁합니다. 땅을 일부씩 떼어 팔아도 좋고, 전당을 잡혀도 좋고, 다 팔아버려도 좋습니다. 뭐라도 좋으니 돈을 만들어 나에게 보내주십시오. 지금 바로 필요합니다. 빠듯합니다."

채권자에게 독촉당해도 전당 잡힐 물건조차 없고, 옥중에서 건강을 해쳐 사드는 이때부터 참담한 생활을 맛보기 시작한다. "이 이상 송금이 늦어지면 나는 권총 자살을 해야 한다"고 고르피디 앞으로(1794년 11월 30일) 쓰고 있다.

이해(1794년)의 겨울은 기록에도 남아 있을 정도로 혹독한 추위로, 옥타브 오브리의 《프랑스 혁명사》에 의하면 "민중의 빈곤은 커져만 갔다. 영국의 경제봉쇄와 아시냐지폐(프랑스 대혁명 때 발행된 불환 지폐)의 대폭락, 농민이 밀을 팔려고 하지 않아 모든 생활필수품이 부족했다. 장작도, 석탄도, 기름도, 채소도 부족하고, 빵가게나 고기 가게 앞에는 긴 줄이 늘어서 있었다. 센 강은 몇 주간이나 얼고 파리는 양도가 끊겼다. 가족 전부가 동사한 일도 있었고, 자살하는 사람들은 헤아릴 수 없을 정도였다."

사드의 편지에도 이렇게 쓰여 있다. "올해 추위는 혹독해서 내 잉크가 얼 정도입니다. 뜨거운 물에 병을 데우지 않으면 쓸 수 없습

니다."(1795년 1월 21일)

 이 혹한에 사드의 장인 몽트뢰유 장관이 죽었다. 그는 공포시대 동안 아내와 함께 감옥에 있었는데, 그곳을 나와 6개월 뒤에 죽었다고 한다. 몽트뢰유 부인은 그 뒤에도 수년간 건강하게 살았고, 죽은 해는 명확하지 않다.

 이듬해 사드는 빈궁한 생활을 견딜 수 없어 지인의 소개로 일자리를 찾으려고 한다. 생애 처음으로 사드는 스스로 빵을 얻을 방법을 마련해야만 한 것이다. 외교협상이나 출판물 편집, 회계장부 정리, 도서관원의 역할이라면 할 수 있다고 조심스럽게 쓰고 있다. 그러나 처세술에 아주 서툰 55세의 노인이 하기에 적당한 일은 좀처럼 찾을 수 없었다.

 3월이 되자, 전부터 팔려고 하던 땅의 일부가 드디어 고프리디 장인에 의해 6만 프랑에 팔렸다. 그러나 그해 8월에도 사드는 고프리디 앞으로 남은 매상금을 재촉하는 것을 보면 대금은 완전히 받지 못한 것 같다.

 사드는 생활이 여의치 않자 바스티유 시대부터 쓰기 시작해 반정도 완성한 장편서간체 소설 《알린과 발쿠르》를 더 쓰고, 총 8권을 인쇄간행(1795년 8월)한다. 이해에는 '쥐스틴을 지은 작가의 유고작'이라 이름을 붙인 《규방철학(閨房哲學)》 2권도 나오는데 이것은 돈이 필요해 쫓겨 쓴 것이리라.

 망명한 장남 루이 마리가 파리로 돌아온 것도 이해이다. 그는 동생과 마찬가지로 망명자 명단에는 올려 있지 않아서 단지 식물학과 조판술을 익히기 위해 프랑스 국내를 여행했다고 신고하여 어떤 죄도 받지 않고 끝난다(한편 둘째 아들 아르망은 그 당시, 기사단원으로서 동맹외국군 아래 종군하고 있었다).

 이해의 심각한 서민의 생활을 나타낸 자료로서 다음의 사드의 편지를 인용해 두자. 로베스피에르가 죽고 이른바 최고액제가 폐지되자 물가는 급격히 상승했다.

군국주의 정부가 그 미명에 숨어 혁명정부의 공포를 재현하지 않도록 빌 뿐입니다. 헌법도 평화도 확립되었다고는 하지만, 우리는 아직 행복한 생활에 다가갔다고는 할 수 없습니다……6프랑짜리 물건이 지금은 60프랑입니다. 이 비율을 앞지르는 물건도 많습니다. 이를테면 당신에게 주문한 잼, 기름, 초 등은 그것을 매점하는 사람들이 있어서 세 배나 가격이 올랐습니다. 사치품은 비교할 수도 없습니다. 개는 6백 프랑, 말은 3만이나 4만부터 5만 프랑도 합니다. 승합마차에 타는 것만으로도 25루소에서 백 프랑이나 듭니다. 나사 옷은 1천 에큐입니다. 그러니 내 생활은 최저생활입니다. 수프, 빵, 일주일에 5일은 채소……연극에도 오락에도 거리가 멉니다. (8월 5일 고프리디 앞으로)

1796년 3월이 되자 사드와 케네 부인은 집을 팔고 작은 집으로 이사를 간다. 집세는 1년에 3백 리브르였다.

10월, 사드는 전직 대의사인 로베레라는 남자에게 라 코스트 성 (동산, 부동산을 포함)을 5만 8천4백 리브르에 양도하기로 계약한다. 사드는 이 돈으로 새로 땅을 사고, 이것을 유리하게 세를 줄 계획이었다. 그러나 이 계약도 완전히는 이행되지 않아 사드는 몇 번이나 편지를 쓰지만, 결말이 나지 않는다. 게다가 르네 부인이 라 코스트 성의 권리를 주장하고 고프리디 앞으로 항의를 해서 사정은 더 나빠진다. 그녀는 아들을 위해 시골 재산을 마음대로 처분하지 말아 달라고 썼던 것이다.

이렇게 1797년을 맞이하지만, 생활은 조금도 좋아지지 않고 더 나빠졌다. 농민과 혁명이득자 이외의 모든 민중이 물가상승으로 괴로워했는데, 사드처럼 처세술이 서툰 생활 무능력자에게는 그만큼 괴로움이 더했으리라. 4월에는 리베르테 광장으로 케네 부인과 이사했다.

이해의 후반은 6월 중순부터 10월 하순까지 프로방스를 여행하느라고 거의 집에 있을 시간도 없었다. 케네 부인을 동반한 돈을 마련하기 위한 여행이었다. 여러 군데의 땅을 방문한다. 그 옛날 미모의 하인과 정부 등을 데리고 큰돈을 쓰면서 다니던 땅이다. 57세된 지금의 사드는 예전에 은혜를 베푼 관리인 집에 신세를 지면서 어떻게든 땅을 유리하게 팔려고 고민하는, 병들고 지친 노인이었다.

즉 '쥐스틴과 쥘리에트 이야기'의 세 번째 결정판 《신(新) 쥐스틴》과 《쥘리에트 이야기》가 간행된 것도 1797년이다. 출판한 곳은 네덜란드인데, 사실 파리의 마세 서점에서 작자는 죽었다.

빈궁의 끝

1797년 9월 4일, 집정관들에 의한 쿠데타가 일어났다. 5백 명의 의회와 원로원에 군대가 침입하고, 왕당과 총재 바르텔르미를 비롯해 많은 동조자들이 체포되고 감옥에 갇혀 기아나로 보내져 처형당했다. 정부의 급격한 선회가 바로 사드에게 누를 끼치게 된다.

11월 11일, 사드는 망명귀족 명단에 자신의 이름이 올라간 것을 알고 놀란다. 쿠데타 다음날 바로 법령에 따라 이 명단에 등록된 자는 재산을 차압당하고 국외여행을 금지당하게 된 것이다. 그러나 망명귀족 명단에 그의 이름이 착오로 기재된 것은 처음이 아니었다. 이미 1792년 12월에도 사드의 이름은 등록되었다. 그러나 이것은 나중에 사드의 요청으로 조사가 이루어지고, 오해로 판명되어 그의 이름은 명부에서 삭제되었다. 오해의 원인은 첫 번째로는 사드가

'루이'나 '알돈스' 등의 호적에 기록되지 않은 이름을 자주 마음대로 쓰기 때문이었다.

다시 그런 소식을 들은 사드는 너무 놀랐다. 생명의 안전이 위협당한 것은 아니지만, 얼마 안 되는 재산이 차압당하면 사드와 그 가족은 생활할 수 없고 굶어 죽게 되는 것이다. 어떻게든 명단에서 자신의 이름을 지워야 했다. 그는 바로 치안대신에게 편지를 보내고 부당한 처사를 철회해 달라고 탄원한다. 또 이듬해 6월에는 당시 최고 권력자인 집정관 바라스에게 직접 청원서를 보내고, 오해로 일어난 사무 상의 착오를 개정해 달라고 요청한다.

하지만 사드의 기대도 덧없이 재산은 차압되고, 1798년 5월에는 그가 새롭게 손에 넣은 보스 지방의 땅의 수익뿐만 아니라 파리 집의 가재도구까지 기탁하게 되었다. "나의 절망은 지옥의 고통에 처한 사람들보다도 더합니다." 사드는 고프리디 앞으로 (5월 3일) 이렇게 쓰고 있다.

낡은 인습을 지키고 한때의 편안함만 취하는 고프리디는 사드의 곤경을 알면서도 연루되는 것이 무서워 돕지 않았다. 그를 위해 분주한 것은 케네 부인뿐이었다. 1798년 7월에는 치안대신 르카르티에게 청원서를 보내고, 같은 해 9월에는 다시 집정관 바라스에게 편지를 썼다. 아픈 사드는 파리를 떠날 수 없고 이대로 굶어 죽는 수밖에 없으므로, 정부 당국의 조급한 보호를 구한다는 내용의 편지이다.

그래도 정부로부터 만족스러운 답을 얻을 수 없었다. 9월 10일에는 결국 집을 떠나 케네 부인은 친구 집으로, 사드는 소작인의 집으로 갔다. 두 사람은 떨어져 살아야 했던 것이다. 그러나 그것도 한 달이 못 되어 쫓겨나게 되었다. 소작인이 언제까지 집에 식객을 둘 수 없다고 말해서 사드는 방과 음식을 줄 수 있는 사람을 찾아 정처

없이 마을을 돌아다니게 되었다.

그는 이미 거지나 마찬가지였다. 게다가 뱅센 시대부터 앓았던 눈병이 악화되어 고통이 심해졌다. 더 비참해진 것이다.

12월 1일, 케네 부인의 청원이 드디어 치안대신에게 전해져 사드는 그 이후 경찰당국의 보호 아래에 놓이게 된다. 그러나 다시 케네 부인과 같이 살만큼의 여유는 없어서 병이 나을 때까지 시의 시설에 있기를 바랐다.

그해 겨울은 사드에게 가장 비참한 겨울 중에서도 최악의 겨울이었다. 사드는 케네 부인을 따라 아들과 함께 파리 교외에 살고, 말 그대로 빈곤 속에 혹한의 계절을 보낸 것이다.

"방에서 나의 여자친구의 아들과 하녀와 셋이서 살았습니다." 사드는 고프리디 앞으로 (1799년 1월 24일) 이렇게 쓴다. "음식이라 하면 소량의 인삼과 누에콩입니다. 태우는 것이라 하면 외상으로 산 소량의 단나무입니다(그것도 매일은 할 수 없습니다. 가능한 때뿐입니다). 우리는 너무 가난해서 케네 부인이 우리를 만나러 올 때 친구들 집에서 먹을 것을 주머니에 넣어 가지고 옵니다."

케네 부인의 아들은 당시 몇 살이었는지 명확하지 않지만, 사드는 혈연관계가 없는 소년을 사랑한 듯하다. 이에 반해 실제 아들 루이 마리에 대해 이 완고한 아버지는 의심을 하고 있었다. 같은 편지 속에 다음과 같은 글이 있다.

저 악당(장남 루이 마리)이 나에게 보인 냉혹한 행위만큼 비열한 것은 세상에 없습니다. 그는 나의 처지를 알고 나의 빈궁한 생활을 보았습니다. 그런데도 그는 무엇 하나 도와주기는커녕 케네 부인을 방해하기까지 했습니다. 대체 그가 무엇을 했다고 생각합니까? 파리에서 가장 유명한 변호사, 전직 대의원 보니에 씨가 사드 부인의 마음을 움직여 그녀와 케네 부인을 자택하게 만날 수 있도록 한 것입니다. 케네 부인은 있는 그대로 나의 비참함을 사드 부인에게 말할 예정이었습니다. 만나는 날도, 시간도 다 정해져 있었습니다. 그런데 내 아들인 그 악당이 중개인 집에 들러 그 계획에 트집을 잡은 것입니다. 그리고 바로 그는 어머니 집에 가 그녀에게도 이야기를 해 그녀의 열의를 식혀 그 계획을 망쳐버렸습니다.

  루이 마리가 아버지 사드에게 정을 느끼지 못하고 오히려 어머니만 소중히 생각한다 하더라도 이상한 것은 아니다. 그는 아버지의 정을 거의 모른 채 자란 사람이다. 청소년기의 그의 감정교육에 기여한 자는 어머니와 할머니뿐이었다. 현재 서른두 살이 된 아들의 행동이 아버지의 눈에 음험한 계략으로 보였다 하더라도 아들의 입장에서 보면 또 다른 이유가 있었으리라. 멸시받은 아버지의 분노가 무리도 아니겠지만 루이 마리를 비난할 수는 없다.
  2월 4일, 사드에게 호의를 가진 보클뤼즈 당국은 그의 재산 차압을 해제하게 된다. 단, 부동산을 팔거나 동산의 대가로 채권자에 대한 보증을 하거나 징수받은 토지의 산물을 요구하거나 해서는 안 된다는 조건이다. 결국 사드의 빈곤함을 개선하기 위해서는 조금도 도움이 되지 않는 유명무실한 처사였다.
  겨울은 아직 끝나지 않았다. 2월에 그는 베르사유 연극실에 고용되어 하루에 40루소를 받고, 그 부족한 돈으로 케네 부인의 아들을 길렀다.

  우리 가족은 작년 9월 10일 이후부터 떨어져 지냈습니다. 케네 부인은 친구 집에서, 나는 베르사유 연극실에서 열심히 일해서 하루에 40루소를 벌었습니다. 그 돈으로 나는 아이를 기른 것입니다.

분명 다행이지만, 이 힘든 시기에 나 때문에 매일 분주하게 돌아다
니고, 채권자들을 달래기 위해 힘써준 불행한 케네 부인을 생각하면
다행한 일은 아닙니다. 그녀야말로 하늘이 나를 위해 보내준 천사입
니다. 그녀가 있어서 적이 나에게 던진 수많은 불행 속에서도 나는
지쳐 주저앉지 않은 것입니다……(1799년 2월 13일, 고프리디 앞
으로)

 일찍이 호화롭게 살던 도락귀족, 후작 사드에게는 꿈에도 생각할
수 없었던 비참한 생활이다. 혁명을 계기로 너무나 크게 요동친 변
화이다. 같은 문학자 라클로와 비교해, 시민 사드의 정치적인 졸렬
한 싸움에는 엄청난 차이가 있다. 새로운 사회에 순응하려고 했던
그가, 과거의 귀족적인 행동을 감추려던 그가 그 행동 하나하나마다
실패하고 배반당해야만 했다. 1799년 6월 28일, 본디 귀족은 망명
자 명단에서 삭제될 수 없다는 법령이 나오자 사드는 다음과 같은
절망적인 말을 한다. "공화국에 대한 영원한 애착에 대해 내가 받
은 보답이 죽음과 빈곤이라니……."
 8월 5일, 위원 카자드 부서를 얻고, 경찰당국보다 거주증명 및
애국자라는 증명을 받는다. 경찰로부터 사드의 감시 역할을 맡은 카
자드는 불행한 노인을 잘 돌봐주었던 듯하다.
 12월 13일, 베르사유 연극협회극장에서 《옥티에른, 방탕의 불행》
이 재연된다. 이때 작자는 스스로 필립스 역으로 무대에 선다. 59
세의 몸으로 마침내 장년의 꿈을 실현한 셈이다. 아이처럼 기뻐하며
배우수업에 힘쓰는 사드의 모습이 눈에 보이는 듯하다. 같은 해에
희곡은 책으로 출판되었다. 발행처는 베르사유의 책방이다. 사드는
연극에 대한 야심을 쉽게 떨치지 못하고 같은 해 10월에도 전에 프
랑스 심사회에서 뽑히지 못한 자작 비극 《잔느 레네》 상연을 위해

관계자에게 요청한다.

그러나 무대를 밟은 기쁨도 잠깐, 한 달 뒤 1800년 초에는 '입을 것도 없고 지갑에 한 푼도 없고' '기아와 추위로 죽어 가는' 상태로, 마침내 베르사유의 자선병원에 들어가야 했다. 케네 부인은 사드를 먹이기 위해 자신의 옷을 마지막 한 장까지 팔고 결국 일을 구하게 되었다.

계속되는 궁핍함으로 사드는 재산관리인 고프리디 앞으로 송금하라는 재촉장을 쓰지만, 상대는 송금을 미룰 뿐이었다. 그때는 고프리디의 아들이 아버지 대신 관리 일을 하고 있었는데, 그도 아버지 못지않게 게을러서 주인을 깔보고 있었다.

"여기서 나의 궁핍함을 보고 있는 사람은 모두 당신에게 분개하고 있습니다." 사드는 고프리디 앞으로(1월 26일) 이렇게 쓰고 있다. "모두 화가 나 몸이 떨릴 정도입니다. 내가 샤를의 편지를 보니 이런 미치광이의 손에 있는 나를 가엾게 여깁니다. 요컨대 나는 이제 기다릴 수 없습니다. 내 돈을 보내주십시오. 무정한 당신의 손에서 돈을 가져오기 위해 나는 모든 수단을 다 쓰겠습니다. 나는 베르사유 자선병원에서 기아와 추위로 죽어가고 있습니다. 오늘은 일요일입니다. 미사에 가서 3년 동안 나를 괴롭힌 일을 신에게 사죄하십시오."

1800년 2월 20일, 세금을 내지 않아 사드의 집에 사람들이 들이닥쳤다는 소식이 위원 카사드에게 들어간다. 또 같은 날, 재판소 집행인이 베르사유에 와서 사드를 체포하려고 했다. 이유는 1년간 사드에게 음식을 준 베르사유 음식점 주인이 사드에게 돈을 받지 못해 화가 나 고소했기 때문이다. 다행히 사드에게 호의를 가진 친절한 카사드가 자신의 책임으로 체포령을 일시 연기하고, 2월 28일까지 사드가 갚지 못하면 자신이 사드를 체포하겠다는 조건으로 집행인을 돌려보냈다.

 이 일은 그 뒤에 어떻게 됐는지 명확하지 않지만, 4월 5일에는 사드도 자택에 돌아가 있었다. 하지만 여전히 세금을 내지 못하고 빚 때문에 체포되지 않을까 하는 불안감에 떨고 있었다. 카사드는 관리인 고프리디 앞으로 편지를 보내고 그의 불성실함을 따졌다.

 5월이 되자 고프리디는 갑자기 재산관리인직을 그만두었다. 지정된 금액을 기일까지 보내지 않으면 재판으로 가겠다고 협박하자 무책임하게도 일을 내팽개쳐 버린 것이다.

 그 다음달 사드는 대리인과 함께 케네 부인을 프로방스로 보냈다. 토지를 조사하고, 정확한 계산서를 들이밀어 부정한 관리인을 혼내려는 것이다. 이미 2월에 고프리디 앞으로 이렇게 썼다. "당신에게 대리인을 보낼 생각인데, 그러면 당신은 부정한 이득을 토해내지 않을 수 없습니다. 기억해 두는 게 좋습니다. 다 토해내게 할 테니까……."

 10월 22일, 이때 막 출판된 사드의 중편소설집 《사랑의 범죄》에 대해 아주 악의적인 비평기사가 파리의 〈예술·과학·문학신문〉지에 실렸다. 《사랑의 범죄》는 저자 사드의 이름을 명기해 공공연히 출판된 작품인데, 이 비평문의 필자 베르세르크는 사드를 《쥐스틴》의 저자와 동일시했던 것이다. 사드는 이듬해 '베르세르크에게 바치다'라는 제목으로 반박문을 싣고, 자신은 《쥐스틴》의 저자가 아니라고 역설하고 있는데, 이 사건은 부르주아 사회의 반동화와 함께 사드의 신변에도 서서히 미덕의 수호자의 손이 뻗쳐 온 것을 보이는, 불길한 조짐 같은 사건이었다.

 사실, 사드가 빈곤으로 악전고투하고 있는 시대에도 파리에는 기이한 소문이 퍼져 있었다. 그가 창녀를 모아 소란을 떨었다던가, 정부의 고관과 군인들에게 화려한 만찬을 대접했다던가 하는 근거도 없는 소문이었다. 단두대에서 처형된 여자의 피부에 그가 《쥐스틴》의 일부를 새겼다는 소문도 돌고 있었다. 아르퀴유 사건이나 마르세유 사건의 신화가 집정관 시대의 해이해진 시대에 다시 불씨를 일으킨 것이다. 사드를 극단적으로 싫어했던 작가 레스티프 드 라 브르톤은 그의 소설 《파리의 밤》에 사드를 떠올리게 하는 베네반이라는 인물을 등장시킨다. 베네반은 자택에 세 명을 여자들을 데리고 살고, 감옥에 넣어 고문하고 의자에 앉혀 묶은 채 그녀들을 능욕한다. 사드는 베르사유의 방에서 기아와 추위에 떨고 있었는데도 말이다!

10 정신병원에서의 만년

마지막 체포

 1797년에 간행된 《신(新) 쥐스틴》에는 사드 자신이 쓴 것이라 생각되는 '간행자의 머리말'이라 칭하는 짧은 문장이 덧붙여져 거의 다음과 같은 취지를 말하고 있다. 즉, 죽은 저자는 한 친구에게 원고를 맡긴 것인데, 이 친구가 신용이 없는 자로 원작을 발췌해 마음대로 출판했다(6년 전 두 번째 《쥐스틴》을 가리킨 것이리라). 이 짧은 발췌에서는 원작의 힘찬 필치를 엿볼 수 없어서 이때 새롭게 완전한 것을 내기로 한 것이다. 물론 이 '머리말'은 6년 전의 베스트셀러를 다시 노린다고 하는, 상업상의 선전문과 비슷한 것으로 작자 자신이 전작을 깎아내린 것은 아니다.
 당시 집정관 정부 시절의 프랑스는 혼란스럽고, 화려한 옷이 유행하고, 호색본이 인기가 있던 시절이라는 것을 염두해 두기를 바란다. 6년 전의 작품에서는 글 쓰기를 꺼려했던 것을 이 시절에는 새로 쓰게 된 것이다. 혁명 직전의 1791년은 사정이 달랐던 것이다. 작자가 전작에 대폭 손을 대고 방대한 연편을 추가해 다시 이것을 세상에 내놓을 생각이 든 것도 이러한 사회정세의 변화와 관계가 있다.
 발레 서점에서 공공연히 팔리던 《신(新) 쥐스틴》에는 속표지에 그림이 하나, 에로틱한 본판 삽화가 백 장이나 들어가 있다고 한다. 레스티프 드 라 브르통과 세바스티앙 메르시에가 전하는 바에 따르면 아주 잘 팔렸다고 한다. 《쥐스틴》과 《쥘리에트》로 나눠서 팔 수도 있었던 것 같다.

이 책이 처음 압수된 것은 아마 발행한 지 1년 정도 지나서이다. 그러나 사드도 출판자도 처음에는 어려움을 피했다. 몇 번이나 책이 더 나오자 당국에 점점 쫓긴 듯하다. 베르세르크처럼 사드의 이름을 걸고 도덕적 비난을 하는 문필가도 나타났다. '브뤼메르 18일(나폴레옹 1세가 쿠데타를 일으켜 독재정부를 구축한 사건)'이 성공하고 나폴레옹이 제1통령이 되고, 프랑스에 군사독재정권이 확립하면서 그때까지의 화려한 옷과 음란한 풍속은 급속도로 폐지되어 갔다. 프랑스 사회가 서서히 질서를 찾음에 따라 민중은 다시 추문에 민감하게 되었다. 파리국립도서관에 정부의 명령으로 공개금지 '위험서'가 창설된 것도 나폴레옹 제1통령 시대이다. 보나파르티슴의 반동 정권은 강력한 언론통제와 풍기조령을 가지고 우선 에로티시즘의 영역에 공격을 가했다.

이렇게 해서 결국 사드가 체포된 것은 《신(新) 쥐스틴》을 발행한 지 4년째 되는 1801년이었다. 이 체포야말로 사드의 생애에서 마지막 결정적인 체포이고, 그 뒤로 60세를 넘긴 사드는 두 번 다시 속세로 나오지 못하게 된다.

19세기가 화려하게 막을 열자 동시에 사드는 역사의 무대에서 모습을 감춘다. 마치 새로운 부르주아 시대가 오랜 악덕과 오욕에 찌든 귀족 작가를 영원히 없앤 듯했다.

이렇게 사드는 정신병원에 갇혔다. 그래도 몽상가는 좀처럼 죽음에 이르지 못했다. 죽을 때까지 13년 반, 사드는 고뇌의 만년을 참는다. 그가 죽은 것은 1814년인데, 애당초 19세기가 시작해 14년이나 지난 때로 아직 사드 후작이 파리 근교에서 남은 생애를 살고 있다고 누군가가 상상이나 할 수 있었을까? 이미 그의 이름은 그가 사는 동안 하나의 신화적인 이름이 되었던 것이다.

그럼 이제 새로운 세계에서 완전히 잊히고, 다시 감옥에서 감옥으로 옮겨가는 노작가의 고독한 만년에 대해 말해 보자.

1801년 3월 6일, 《신(新) 쥐스틴》 출판처인 파리의 마세 서점을 갑자기 경관들이 수색했다. 수색 결과, 사드의 자필원고와 저자의 손으로 쓴 글과 개정이 더해진 《신(新) 쥐스틴》 1권, 또 《쥘리에트 이야기》의 최종권 등이 발견되어 압수당했다. 서점을 수색했을 때, 하필이면 사드가 그곳에 있었던 것이다. 당시의 상황을 사드는 다음과 같이 말하고 있다. "나는 마세 씨의 집에서 체포당했다. 마침 《사랑의 범죄》 일로 그의 집에 있었던 것이다. 압수 현장도 보았다. 압수가 끝나자 경관은 나에게 구인장을 보여주었다. 나는 우선 트로와 프레르 거리로 가 생투앙 집의 열쇠를 받았다. 케네 부인은 걱정하고, 불안한 모습이었다. 그녀는 나를 절대 버리지 않겠다고 약속해 주었다. 그리고 나는 생투앙의 집에 갔다. 여기서도 수색은 아주 엄중했다. 몇 개의 소책자와 내가 그린 3장의 그림, 내 침실 벽지가 압수당했다. 경찰 조사에 따르면 사드의 집에는 《쥐스틴》에서 대부분의 주제를 얻은 외설스러운 그림이 그려진 벽지가 붙어 있는 비밀스러운 방이 있었다고 한다.

사드는 그대로 경찰에 유치되어 다음 달 3월 7일 출판자 마세와 함께 신문을 당했다. 자백하면 석방한다는 약속에 마세는 《쥘리에트 이야기》의 남은 책이 있는 창고를 가르쳐 주었다. 사드는 찾은 원고가 자신의 글이라는 것은 인정했지만, 어디까지나 자신이 저자는 아니고 단순히 베낀 것이라고 주장했다.

그러나 이것은 난감한 핑계였다. 이미 신문에도 몇 번이나 폭로되어 '7월 14일 혁명과 함께 바스티유에서 나온' 사드라는 인물이 《쥐스틴》의 저자라는 소문은 파리에서 모르는 자가 없었다. 경찰도 그것은 잘 알고 있었으므로 단지 물적 증거만 잡으면 되었다. 길버트 릴리는 출판자 마세가 경찰에 매수당한 것이 아닐까 했다. 마세 자신도 24시간 유치되었지만, 아무래도 경찰과 공모한 것 같았다. 물론 마세는 바로 석방되었다.

그런데 이제까지 이루어진 정설에 의하면 1801년 사드의 결정적인 체포의 원인이 된 것은 그가 집정정부의 요인 보나파르트(나폴레옹 1세), 탈리안, 바라스, 또 보나파르트의 아내 조제핀 드 보아르네, 탈리안 부인, 비스콘티 부인 등을 풍자한 익명의 책자 《조르베 또는 두 명의 시녀》(1800년 7월 간행)를 써서 그들을 공격했기 때문이었다. 그래서 나폴레옹의 원한을 사서 결국 죽을 때까지 정신병원에 감금되었다는 것이다. 그러나 지금 이 설은 부정되고 있고, 《조르베》는 사드의 작품이 아니라고 한다.

근거 없는 설을 유포시킨 것은 《조르베》가 출판된 지 약 50년 정도 지나 세상에 알려진, 미쇼와 브뤼네라는 두 명의 저자의 손으로 이루어진 두 종류의 전기다. 그 이후 많은 사드의 전기저자들은 오해한 사람들의 글을 그대로 팔았다. 장 자크 포베르판 전집에도 《조르베》가 있는데, 나중에는 감수자의 손에 의해 제외된다. 정설이 완전히 뒤집어진 것은 아주 최근의 일이다.

길버트 릴리가 확인한 바에 따르면 국립기록보관소의 방대한 자료를 찾아봐도 《조르베》에 대해 언급한 사드 관련 문서는 하나도 없다고 한다. 또 경시총감의 서명이 있는 경찰 조서를 조사해도 그가 사드의 체포를 제1통령 나폴레옹에 보고했다는 흔적은 없다. 나폴레옹은 이 사건에 아무런 관계도 없었던 것이다. 압수나 체포의 원인은 오로지 《신(新) 쥐스틴》을 둘러싸고 일어나 추문이었다.

《조르베》는 문학적으로도 가치가 적고, 문장의 구성법이나 어휘 선택도 사드의 다른 작품과는 확실하게 달라서 적어도 사드의 작품에 친숙한 사람이라면 당연히 다른 저자의 것이 아닐까 하는 의심이 들 것이다. 이것은 프랑스 혁명시대에 많이 나타난 직업적인 소책자 저자의 졸문에 지나지 않는다.

생트 펠라지와 비세트르 감옥

4월 2일, 경시총감 뒤부아는 치안대신과 몇 번이나 협의한 끝에 다음과 같이 결정했다. 즉 '재판은 오히려 추문이 되기 쉬우니까' 재판 없이 '행정상의 죄'로 사드를 생트 펠라지 감옥에 유치하기로 결정한 것이다.

이렇게 사드는 바로 파리의 생트 펠라지 감옥에 보내졌다. 4월 3일에는 케네 부인이 면회를 왔다. 그녀는 열흘에 세 번, 그를 만나러 오는 허가를 받았던 것이다. 그러나 감옥에 갇히고 나서 첫해는 4월 이후로는 아무것도 알 수 없다. 자료가 부족한 것이다.

생트 펠라지 감옥은 1662년 미라미옹 부인에 의해 창립된 여자 수도원이었는데, 프랑스 대혁명 동안 정치범을 수용하기 위한 감옥이 되었다. 안드레아 셰니에 부인, 나폴레옹의 아내 보아르네 등이 한때 여기에 수감된 일이 있다. 나중에는 성격이 변해 주로 필화를 초래한 작가나 저널리스트를 위한 징역소가 되었다. 그 건물은 파괴되어 현재는 남아 있지 않다.

1802년 5월 20일, 사드는 사법대신에게 편지를 보내고 '석방해 줄지, 아니면 재판을 받게 해줄지 결정해 주길 바란다'고 호소하고 있다. 또 같은 편지에 자신은 《쥐스틴》 저자가 아니라고 맹세하고, 출판자 마세는 석방되었는데 자신만 감옥에 있어야 하는 것은 부당하다고 외쳤다.

"나는 내 작품이라는 책의 저자이든 아니든 내 유죄가 증명된다면 기꺼이 죄를 받겠습니다. 그렇지 않은 경우에는 석방해 주십시오."

이 편지에는 기묘하게 자포자기하는 느낌이 보인다. 자신이 《쥐스틴》의 저자가 아니라는 단정에도 뭔가 덧없는 느낌이 있다. 자신의 무죄를 적극적으로 주장하기보다 어느 쪽이든 좋으니 빨리 결정해 달라는, 만약 유죄라면 유죄라도 상관하지 않겠다는, 오히려 이대로 감옥에서 무사태평한 생활을 보장해 준다면 바랄 게 없다는 듯한 말투이다. 즉 부쩍 약해진 노인의 인상이다. 혁명 뒤의 빈궁한 생활과 죽음의 공포가 그의 신경을 피로하게 한 것이리라.

사드가 생트 펠라지에 들어간 당시의 자료는 극히 적어서 1802년 5월부터 이듬해 3월까지 약 1년간의 공백을 건너뛴다. 즉 1803년 봄, 그는 감옥에서 어떤 추문을 일으켜 3월 14일에 비세트르 감옥으로 옮겨진 것이다. 추문이라 하면 그가 젊은 청년들에게 남색행위를 강요한 사건인 듯하다.

당시 생트 펠라지에 수감된 소설가 샤를 노디에가 이때 사드의 모습을 생생하게 적어 다음과 같이 인용한다. "신사 한 명이 어느 날 아침 아주 일찍 일어났다. 그는 다른 감옥에 보내져서 일찍 일어난 것이다. 나는 우선 이 남자가 자유롭게 행동할 수 없을 정도로 비만인 것을 인정하고 깜짝 놀라지 않을 수 없었다. 그것은 그의 행동에 우아함의 잔영을 과시하는 것을 방해할 정도의 비만이었다. 그의 지친 눈에는 아직도 뭔가 열정적인 것이 있어서 꺼져가는 불의 마지막 빛처럼 이따금 확 타오르는 것이었…… 이 죄수는 나의 눈앞을 지나갔을 뿐이었다. 나는 아직 그가 비굴할 정도의 저자세로 아침이라 할 정도로 상냥한 것, 그래서 세상 사람들이 존경하고 있는 것에 대해서는 모든 존경을 담아 말하고 있다는 것이 떠올랐다."

노디에의 묘사에 따르면 만년의 사드는 점점 뚱뚱해진 듯하다. 나이가 들면서 저자세가 되고 상냥해졌다. 젊은 시절의 격한 발작도 드물어졌다. 벗겨진 이마, 주름진 눈 아래에는 괴로움으로 가득 찬 체념이 있었으리라. 이 노디에의 묘사에는 장 데보르드에 의하면 만년의 오스카 와일드를 떠올리게 하는 것이 있다고 한다. 과연 그럴까? 나이든 남색가라는 관념이 아니면 빈약한 유형적인 이미지가 아닐까?

또 하나, 역시 생트 펠라지에서 사드와 만난 남자의 증언을 인용해 둔다. 뒤마의 역사소설 주인공도 된 앙그 피투이다. 그는 왕당파를 찬미하는 속곡을 만들어 거리에서 노래해 자주 투옥되고 나중에는 그 박해를 책에 쓴 인물이다. 그는 다음과 같이 말한다. "나는 유명한 사드 후작 옆방에 있었다…… 그는 죽음을 생각하고 창백해지고, 자신의 백발을 보고는 실신했다. 이따금 후회의 발작으로 울었다."

그러나 이 증언은 맞지 않는다. 피투는 상대를 관찰하기보다도 자신을 자랑하기에 바쁜 자이다. 옥중에서의 자신의 대담한 낙천가다운 행동을 강조하기 위해 일부러 사드의 약함과 겁이 많은 것을 과장한 것도 있다. 샤를 노디에의 객관적인 기술과 비교하면 장황하고 신뢰성이 없는 자기선전이 강한 문장이다.

비세트르 감옥으로 옮겨진 사드는 가족의 탄원으로 같은 해 4월 27일 샤랑통 생 모리스의 정신병원으로 보내졌다. 일찍이 대혁명이 발발한 즈음, 그는 한 번 위험인물로 바스티유에서 이곳으로 옮겨진 일이 있다. 십 수 년 전의 불길한 추억이 있는 병원 문을 그는 다시 두드린 것이다(생트 펠라지와 비세트르에서의 구류기간은 약 2년이다).

이렇게 해서 그 뒤로 죽을 때까지 그는 샤랑통에 머문다(11년 8개월).

샤랑통 정신병원으로 옮겨지다

샤랑통 정신병원은 사실 감옥보다도 훨씬 살기 좋은 곳이었다. 사드의 건강을 걱정한 가족이 죄수를 이곳으로 옮기길 바란다고 청원한 것은 그 때문이었으리라 생각된다. 1790년에 사드가 이곳을 나오고 나서 이 건물은 다른 용도로 쓰였지만, 집정정부 시대가 되어 다시 정신병원 환자를 수용하는 시설이 되었다. 환자에게는 남녀 일반시민이나 현역 병대나 수병, 게다가 폐병 등도 포함되어 있었다. 병원은 내무성 관리 아래에 있었다.

전 프레몽트레 수도사였던 원장 쿨미어는 사드와는 거의 동년배의 남자로 병원 안에서는 일종의 독재적인 권력을 쥐고 있었는데, 환자나 사원에게 관대하고 따뜻한 배려가 있는 원장으로 병원 사람들에게 존경을 받고 있었다. 사드 개인에 대해서도 도움의 손길을 내밀거나 부당하게 사드를 비난하는 자들에 대해서는 보호자의 입장에 서 주었다.

이러한 훌륭한 원장의 관리 아래에서 샤랑통 정신병원의 환자들은 저마다 자유로운 생활을 즐겼다. 식사도 좋았고, 환경도 좋았다. 병원 안에서는 살롱과 도서관, 아름다운 정원도 있었다. 오락시설도 마련되어 있었다. 게다가 사드는 예외적인 특별대우로 언제부터인지 옆방에 케네 부인을 불러 사는 것을 허락받은 듯하다.

1804년 6월 20일, 사드는 새롭게 설립된 인권옹호위원회 앞으로 불법구류에 항의하는 편지를 보냈다. 또 8월 12일에는 치안대신 조제프 푸셰 앞으로 다음과 같이 진정서를 보낸다. "약 4년 전부터 나는 부당하게 자유를 박탈당했습니다. 있을 수 없는 어리석은 핑계로 내가 받아온 여러 박해를 지금까지 참아올 수 있었던 것은 체념이었습니다. 개인의 자유에 관한 한 나만큼 공공연히 침해받은 경우는 없습니다. 나는 재판도 어떤 법률적인 절차도 없이 이른바 외설

문서공포라는 이유로 감금되어 있는 상태입니다. 그 이유는 마음대로 날조된 부당한 것으로 전혀 근거가 없습니다."

그러나 같은 해 9월 8일, 경시총감 뒤부아가 치안대신에게 보낸 보고서에 의하면, 사드는 "음란증이 있는 미치광이이고, 교정이 불가능한 인물로 복종이라는 것에 적의를 가진 성격이다", "가족도 체면상 그것을 바라고 있듯이 언제까지나 샤랑통에 있어야 할 것이다"라고 결론짓고 있다. 사드의 가족 즉 아들들은 샤랑통에 있는 아버지의 입원료를 매월 지급하고 있었던 것이다.

경시총감은 사드를 적으로 보고 있었는데, 샤랑통의 원장 쿨미어는 자기의 신념을 굽히지 않고 끝까지 환자에게 관대한 태도로 임했다. 사드가 푸셰에게 보낸 진정서에도 자신은 죄인 대우를 받지 않고 있다고 확실히 말하고 있다. 1805년 부활제에 원장은 특히 사드의 외출을 인정하고, 샤랑통 교회에서 성찬에 참석하거나 기부하거나 하는 것을 허락했다. 이 소문을 듣고 경시총감은 다음과 같은 계고장(戒告狀)을 쿨미어에게 보냈다.

이 인물(사드)는 비세트르 감옥에서 종신형으로 특히 가족의 편의를 꾀하기 위해 귀하의 손에 맡기게 된 것입니다. 따라서 그는 죄인이고, 귀하는 어떠한 경우에도, 어떠한 이유에도 특별한 허가가 없는 한 그에게 외출을 허가해서는 안 됩니다. 귀하는 이러한 인물의 존재가 사회에 공포를 조성하고 불안을 야기한다고 생각하지 않습니까? 사드 씨에 대한 귀하의 극단적인 호의에는 정말 놀라지 않을 수 없습니다. (5월 17일)

종교의 근간을 지탱한 원장 쿨미어의 인도주의에 대해 관료적인 뒤부아가 얼마나 괴로워했는지 눈에 보이는 것 같다. 그러나 쿨미어의 보호 아래에 있는 한, 병원 안에서의 사드는 편안하게 안락한 날들을 보냈다. 원장은 사드에게 집필의 자유도 주었고, 나중에 말했듯이 환자들에 대한 오락으로서 병원 안에서 상연한 발레나 연극 대본을 그에게 쓰게 했다.

1806년 3월부터 사드는 소설 《에밀리 이야기》를 쓰기 시작하고, 같은 해 7월에 그 첫 번째 권을 끝낸다. 총 4권을 다 쓴 것은 이듬해 4월이다. 그러나 1년 1개월을 쓴 《에밀리 이야기》는 방대한 양을 포함한 장편소설의 일부(마지막 4권)에 지나지 않았다. 그 원고 그대로의 장편소설은 정서하면 총10권이 될 예정이었던 것 같다. 112명의 인물이 등장하는 초대작이다. 사드의 지금까지의 생애에서도 이 정도의 작품은 쓴 일이 없었다. 작품의 구성이 언제부터 만들어졌는지, 그가 언제부터 쓰기 시작했는지는 분명하지 않지만, 일흔에 가까워지면서 작가적 집념이 불탄 것은 특이하다. 아마 사드는 바스티유에서 《소돔의 120일》을 잃은 것이 유감이어서 이에 필적할 작품을 죽기 전에 남기겠다는 생각이 아니었을까?

그러나 현재 우리는 유감스럽게도 정리되지 못한 채로 끝난 그 장편소설의 내용을 알 수 없다. 메모한 노트가 남아 있을 뿐이기 때문이다. 《에밀리 이야기》를 정서한 지 2개월 뒤, 치안대신의 명령에 따라 샤랑통의 사드의 방을 조사하고, 거기에 있던 원고는 남김없이 경찰의 손에 압수당한 것이다. 그것뿐만이 아니다. 이 귀중한 원고 (물론 정서된 것도 포함)는 사드가 죽고 아들 아르망의 요청에 따라 당시 경시총감의 명령에 따라 소각되었다. 유감스러운 일이고, 관헌의 몰이해와 사드의 아들이 행한 아버지에 대한 배신에 우리는 암담하지 않을 수 없다.

아버지를 배신한 둘째 아들 아르망은 1808년 9월 15일에 결혼한다. 상대는 그의 사촌인 데리에르 양이다. 사드는 처음에 이 결혼을 반대했다. 결혼이 성립되면 친척의 요구로 파리에서 더 멀리 자신을 옮기지 않을까 의심한 것이다. 그러나 데리에르 백작이 경시총감에게 편지를 쓰고, 사드가 결혼반대를 취소하도록 설득해 달라고 부탁해 사드도 결국 마지막에는 승인했다.

한편 장남 루이 마리는 다시 군직을 얻고, 1806년 10월 14일 보몬 대장의 막료로서 이에나 전투에 참가한다. 그리고 이듬해 8월 14일에는 마르코니에 대장의 폴란드 제2보병 대위로서 프리드란트 전쟁에서 명예로운 부상을 당한다. 이 전투는 모두 나폴레옹의 군대가 파죽지세로 프로이센, 러시아를 격파한 기념할 만한 전쟁으로 프랑스 국민의 사기가 가장 올라간 시대이다.

사드는 아들이 무공을 세운 것을 알고 나폴레옹에서 친서를 보내 자신의 육체적인 쇠약함을 이유로 보석을 탄원했다. '라인동맹의 보호자인 황제폐하 앞으로'라는 제목의 그 편지는 아주 공손하고 과장된 표현으로 가득 채워져 있다.

귀하

"자신의 아들이 무공을 세운 것을 알고 기뻐하고 있는 그의 아버지 사드는, 20년 넘게 세 개의 감옥을 전전하며 불행한 삶을 살고 있습니다. 이미 일흔에 가깝고, 거의 눈도 보이지 않고, 흉부와 위에 통풍과 류머티즘을 앓고 있습니다. 지금 살고 있는 샤랑통 병원의 의사 진단서가 이 사실들을 증명하고 자유를 요구하는 정당한 이유를 제게 주고 있습니다. 저에게 자유를 주어도 결코 후회하지 않으리라 확신합니다. 경의를 담아 말씀드립니다. 저야말로 귀하의 비천하고 순종적인 신하입니다."(1808년 6월 17일)

종래의 설에 따르면 사드는 죽을 때까지 독재자 나폴레옹에 반항해 왔다고 한다. 하지만 사실은 전설과는 크게 다르다.

독재자에 아첨하고 추종하는 사드의 모습을 우리의 눈에서 숨기고 싶다. 그러나 앞에서도 말했듯이 혁명과 함께 다시 파리의 거리를 걷는 뚱뚱한 사드는 이전의 사드와는 다른 사람인 것이다. 이 점을 염두해 두기를 바란다. 루이 16세에게 욕설을 하고, 말러를 찬미하고, 나폴레옹에게 아첨하는 사드, 신념도 절개도 없이 시대의 권력자에게 아첨하여 쫓는 사드는 바스티유의 독재 속에서 글을 쓸 때의 지고한 순간만을 믿고 살아온, 미친 자유의 사도, 그 사드가 아닌 것이다.

물론 문학자의 근성과 생활상의 현실주의란 다른 차원의 것이리라. 기회주의자로 위대한 문학자였던 사람의 예도 없는 것은 아니다. 그러나 뛰어난 생활상의 마키아벨리즘을 발휘하는 것이라면, 어쨌든 사드처럼 처세술이 서툰 생활무능력자가 보인 마키아벨리즘의 흉내는 가소로움이고 추태이다.

게다가 혁명 뒤의 공포와 빈궁한 생활에 지친 사드에게 정신병원에서의 고독과 안주는 그만큼 꺼림칙한 것이 아닐 것이라 상상된다. 그는 자신에게 적의를 가진 세계를 도망쳐 지옥의 고독 속에 자신을 쫓아내는 것을 선택한 것이 아닐까 하는 의심까지 든다. 생트 펠라지 감옥에서 대신 앞으로 쓴 편지에도 힘든 마음을 읽을 수 있지만, 《신(新) 쥐스틴》의 출판 자체가 이미 그를 얼마나 자포자기하게 했는지를 설명하고 있다고 할 수 있을지도 모른다. 70년을 산 사드는 싸우는 것에 지친 것이다. 젊은 날의 그를 달리게 한 정욕의 충동도 이미 두꺼운 지방 속에 자고 있고, 일상생활 속에서 그는 이제 평온함만을 바라고 있었다. 현재의 삶이 조금이라도 즐겁다면 그는 나폴레옹에게든 누구에게든 꼬리를 흔들어 보일 것이다. ……

장남 루이 마리의 그 뒷날에 대해 말해 보자. 그는 1809년 6월 9

일, 이젠부르크 제2대중위로 남이탈리아로 이전 중 나폴리의 폭도에게 사살당했다. 주둔지로 행군 중에 일어난 불의의 사고였다. 그는 1767년에 태어나 죽은 것은 42세의 장년이었다. 2년 전에 폴란드 대위였던 그가 공적이 있음에도 왜 죽었을 때 중위로 직위가 내려간 것인지 전기작가 폴 기니스티도 의심스러워하고 있다. 일설에 의하면 사드 후작을 증오하던 나폴레옹이 그의 아들인 루이 마리의 공적을 무시하고 남이탈리아로 그를 좌천시킨 것이라고 한다. 아버지의 악평에 괴로워하던 불행한 남자의 일생이었다. 그에게는 《프랑스국민사》(죽기 4년 전에 첫 번째 권만 간행되었다)라는 저술도 있고 아버지를 닮아 책을 읽는 것을 좋아한, 문인 기질이 있는 남자였던 것 같다.

루이 마리가 죽고 1년 뒤에 어머니 사드 후작부인이 뒤를 따라 죽었다는 것을 덧붙인다. 그녀는 유산으로 받은 집에 딸과 함께 살고 있었는데, 1810년 7월 7일 조용히 숨을 거두었다. 죽기 전에는 장님이 되고 뚱뚱했다고 한다. 향년 69세. 그녀의 유해는 에쇼푸르 마을에 딸의 유해와 나란히 묻혔다.

사드가 고프리디 앞으로 보낸 마지막 편지를 인용한다. 이 편지는 아주 길지만, 1806년만 적혀 있을 뿐 날짜는 없다. 지금 인용하는 것은 그 마지막 부분이다.

정숙한 고프리디 부인은 건강하십니까? 그리고 나의 그리운 변호사, 같은 시대를 살아온, 어린 시절 친구여 잘 지내고 계십니까? …… 라 코스트나 내가 사랑하는 사람들이나 집이나 그 밖의 다른 것에 대해 자세히 가르쳐 주십시오. 성(城)이 로베르 부인의 것이 됐다는 것은 정말입니까? 어떤 식으로 바뀐 거죠? 그리고 나의 자그마한 정원, 거기에는 아직 내 시대의 잔영이 있나요? 내 친척은 왜 있죠? 지금 나에게 알리고 싶은 생각이 있습니까? 나는 지금 행복하지 않지만, 건강은 좋습니다. 이것만이 귀하의 우정에 대해 답할 수 있는 전부입니다. 또 편지 하겠습니다.

이 편지에는 추신으로 다음과 같은 글이 있다.

우리의 답장이 늦어졌다 하더라도 편지를 쓰기가 귀찮아서라고 생각하지 말아 주세요. 답장이 늦어진 것은 귀하의 편지가 여기로 오기까지 꽤 시간이 걸리기 때문입니다. 5년 동안 우리는 몇 번이나 주소를 바꾸고, 3년 전부터 우리는 시골에 살았습니다. 우리의 지금 주소는 샤랑통 생 모리스 쿨미어 씨 앞입니다.

'우리의 답장'이나 '우리의 주소'라고 한 표현은 당시 사드가 이미 샤랑통 병원에서 케네 부인과 같이 살았던 것을 암시하고 있다. 앞에서도 말한 것처럼 원장 쿨미어는 특별대우로 병원 안에서 그가 사랑하는 여자를 살게 하는 것을 허락한 것이다. 그러나 그것보다 더 가엾은 것은 사드가 지금 주소를 '쿨미어 씨 앞'으로 쓰고, 자신이 정신병원에 감금되어 있다는 사실은 어릴 적 친구 고프리디에게 숨기려고 하고 있는 것이다. 사는 데 지치고 던져버리고 싶은 기분의 노문학자에게도 아직 옛날 자신을 알고 있는 친구에게만은 체면을 차리려는, 일종의 자존심이 남아 있었던 것이다.

마지막 병원생활

1806년 1월 13일, 전임자가 죽고 다음으로 샤랑통 정신병원 부의 사장의 지위에 유명한 의사 앙투안 루아예 콜라르가 취임했다. 루아예 콜라르는 지금까지 쿨미어 원장이 사드에게 준 수많은 자유로운 특전을 좋지 않게 생각했다. 사드를 둘러싼 조치에 관해 원장과 의견이 대립한 것이다. 이 엄격주의 의사는 샤랑통에 살면서 이른바 사드의 삶의 마지막에 나타난 불길한 박해자로서의 이름을 그 전기에 남기게 된 것이다.

루아예 콜라르는 1768년 태어나 부르주아지 자유주의를 대표하는 철학자로서 명성 높은 피에르 폴 루아예 콜라르의 동생으로 사드가 죽고 2년 뒤에는 소르본 대학의학부 법의학 교수가 되고 나중에는 군의총감, 의학 아카데미 회원, 루이 18세의 대의 등을 역임했다. 의사로서 최고로 출세한 인물이다. 루아예 콜라르의 가족은 정치가로서도 세력이 있었던 피에르 폴을 중심으로 법조계와 의학계에 학벌을 형성하고, 19세기 동안 위세를 부렸다. 이른바 신흥 부르주아 사상을 대표하는 정통파 엘리트이고, 사드와 같은 몰락계급의 자유 사상가는 그 사고에서도 삶의 방법에서도 대립하는 입장이었다. 그래서 루아예 콜라르가 계속 사드에 대해 관용적이지 못한 태도로 대해도 이해할 수 없는 것은 아니다.

1808년 8월 2일, 루아예 콜라르는 치안대신 앞으로 다음과 같은 편지를 보냈다.

샤랑통에는 후안무치한 배덕행위에 따라 일약 명성을 쌓은 한 남자가 있습니다. 그래서 그자가 존재함으로써 중대한 불합리가 생겼습니다. 그는 바로 《쥐스틴》의 저자입니다. 그자는 정신병자가 아닙니다. 그의 유일한 광기는 악덕의 광기입니다. 그래서 정신병원의 의학적인 치료를 목적으로 하는 병원에서는 그런 광기를 억압할 수 없습니다. 그런 광기를 다룬 인간은 엄격한 거리를 두어야 합니다. 그래서 타인에게 폐를 끼치지 않도록 해야 하고, 그 자신을 그 추한 정욕을 자극하거나 육성하거나 하는 모든 대상에서 고립시켜 두어야 합니다. 그러나 샤랑통 정신병원에서는 그 두 가지의 조건을 모두 만족시키지 못합니다. 사드는 너무나 큰 자유를 누리고 있습니다. 상당히 많은 남녀 환자들과 친하게 지내고, 그들을 방으로 부르거나 또 그들의 방으로 찾아갑니다. 정원을 산책하고, 같은 특전을 받은 환자들과 만나기도 합니다. 그 무서운 사상을 누군가에게 말하거나 타인에게 책을 빌릴 수도 있습니다. 게다가 병원 소문에 의하면 그는 한 여자를 딸이라 부르며 병원 안으로 들였습니다. 뿐만 아닙니다. 무분별하게도 환자들에게 연극을 하게 한다는 핑계로 이 병원 안에 극단이 조직되었습니다. 이러한 화려한 소동이 환자들의 정신에 어떤 유해한 결과를 미칠지 생각해야 합니다. 사드가 그 극단의 지도자인 것입니다. 각본을 지정하는 것도, 배포를 정하는 것도, 감독하는 것도 사드의 역할입니다. 배우나 여배우의 낭독을 지도하고 무대에 서서 연기를 하는 것도 그입니다. 공연 날에 그는 늘 입장권을 몇 장 가지고 자신의 뜻대로 씁니다. 회장을 장식하고 손님을 맞이합니다. 경우에 따라서는 자신이 저자가 되기까지 합니다. 이를테면 원장의 생일에 그는 늘 원장을 위해 우의적인 연극을 쓰거나 원장을 칭찬하는 노래를 만들거나 합니다.

　이러한 생활이 얼마나 위험한지를 일부러 각하에게 설명드릴 필요는 없습니다. 만약 이러한 사실이 세상에 알려지면 세상 사람들은 이러한 기이한 일들을 공공연히 허락한 병원을 어떻게 생각하겠습니까? …… 사드를 샤랑통 정신병원 말고 다른 곳으로 옮기고 어떤 조치를 마련하기를 바랍니다.

　이 의사의 상세한 보고로 우리는 샤랑통에서의 사드의 생활을 알 수 있다. 그는 마음대로 정원을 걷거나 환자들과 사귀거나 자신이 지도자가 되어 즐겁게 연극을 하거나 했던 것이다. 원장 쿨미어와 사드는 우정으로 맺어진 듯하다. 생일에는 시를 만들어 원장에게 바친 것이다. 원장은 환자에게 오락을 주는 것을 오히려 필요하다고 여긴 듯하다. 이것은 루아예 콜라르의 정신병자에 대한 의학적 의견과는 정반대이다. 현대 정신의학 치료법에 비춰봐도 어떤 의견이 옳을지는 결론을 내리지 못할 것이다. 루아예 콜라르에게 악의가 있다고는 생각할 수 없지만 그의 부르주아적인 도덕주의는 쿨미어의 그리스도교적인 인도주의와도, 또 사드의 유아적인 언동과도 서로 반발할 성질의 것이었다. 이른바 양쪽의 이데올로기가 완전히 다른 것이다.

　루아예 콜라르의 보고에 따라 치안대신은 경시총감과 연락을 해 병원 안에서의 사드의 행동을 조사하게 했다. 원장의 변명에 따르면 "자신은 연극을 정신병 치료법으로 보고 있어서 환자들을 무대에 올릴 수 있는 사람이 병원 안에 있는 것을 행운으로 생각한다. 따라서 자신은 사드에게 감사하고 있다"는 것이었다. 그러나 경시총감은 여전히 사드를 '음란증 미치광이'로 보고 있어서 그러한 사람을 샤랑통에 두는 것은 '일종의 추문'이고, 빨리 안 성채(프랑스 북부, 솜)로 옮겨야 한다고 했다. 그래서 치안대신 조제프 푸셰는 1808년 9월 2일, 사드를 안 성채로 호송하기로 결정한다.

　그러나 이 계획의 실행에는 이곳저곳에서 간섭이 있었다. 우선 경시총감이 사드의 가족에게 호송 소식을 알리자 가족들 쪽에서 그것만큼은 중지해 달라고 했던 것이다. 호송 비용은 가족의 부담이 되는 것이었다. 게다가 죄인의 나이와 건강상태를 생각하면 파리에서 멀리 이동하는 것을 가혹하다는 자식들의 의견이었다. 다음에 원장 쿨미어가 반대했다. 그에 따르면 가족이 지급해야 할 입원료 연체금이 5,470프랑에 달하고, 이것이 완전히 결제되기까지 이전 계획은 보류하기를 바란다는 것이다. 그러나 이러한 반대 의견이 있었음에도 치안대신은 내년 봄(1809년) 4월 상순에는 어떻게든 죄인을 이전시키겠다는 방침을 내놓았다. 4월 상순이면 따뜻해서 환자인 노인에게도 무리는 없으리라는 것이다. 그러나 그 기한 무렵 1809년 3월에 생각지도 못한 곳에서 반대자가 나타났다. 그것은 사드의 조카딸로 그녀는 치안대신 푸셰 앞으로 직접 진정서를 보낸 것이다. 진정서에는 사드의 건강상태를 증명하는 의사의 진단서도 첨부되어 있었다. 아마 원장 쿨미어가 보낸 것이리라. 그녀의 남편 후작은 프랑스 귀족 사회에서 명망 있는 집안으로 나중에는 정계에 중책을 맡은 실력자이다. 결국 이 진정서가 효력이 있었는지, 4월 상순에 결정된 사드의 이전 훈령은 치안대신의 새로운 명령이 있을 때까지 무기한 미뤄지게 되었다.

이런 병원 내외의 죄인 조치를 둘러싼 협상의 경과를 사드 자신은 전혀 몰랐으리라. 그 뒤 1810년까지 사드의 병원생활은 여전히 자유롭고 안락했던 것 같다. 의사 루아예 콜라르의 엄격한 눈은 빛나도 사드의 기질을 이해하는 원장의 도움이 있는 한, 그는 극단장으로 마음대로 행동할 수 있었다.

사드가 주재한 병원 내 극단활동은 꽤 규모가 커서 부근의 마을만이 아니라 파리의 문학자, 극단관계 유명 인사나 배우 등을 초대하기도 했다. 무도회 때에는 당대 안무가로 유명한 트레니스를 불러왔다. 사드가 자신의 방에 파리 배우들을 초대해 같이 식사를 한 적도 있었다. 초대받은 배우들 중에는 당시 인기 여배우 생토방의 모습도 보였다. 사드는 그녀를 찬미하는 4행시를 만들어 식탁 위 그녀의 자리 냅킨 아래에 놓아두었다. —이 이야기는 샤랑통 의사들의 입으로 전해진 것이고, 알프레드 베지 《사드 후작의 추억》(1875년, 미발표원고)에 수록된 것이다. 사드는 삶의 마지막에 젊은 시절 꿈이었던 연극에 대한 열정을 발휘할 수 있어서 만족했을 것이다.

다음과 같은 일화도 있다. 즉 샤랑통의 고용인인 티에리라는 남자가 원장 앞으로 보낸 편지에 따르면, 연극 중에 그가 사드에게 등을 보인 이유로 심하게 욕설을 들었다는 것이다. 티에리의 주장에 따르면 자신은 사드에게 부탁받은 물건을 가지러 가려고 그에게 뒤를 보인 것이어서 결코 실례되는 행동을 한 것이 아니라는 것이다. ― 이런 식으로 연극을 둘러싸고 사드는 잠시 잊고 있던 짜증을 냈던 것 같다. 그러나 사드의 태도에 반감을 가진 이 티에리라는 자도 결국은 사드에게서 연극의 역할을 받지 못할까 두려워했다. 연극 활동에 관한 한 얼마나 사드가 독재적으로 행동했는지를 알 것이다.

1810년 5월, 사드는 원내의 연극 초대장(5월 28일 공연)을 네덜란드 왕과 그 여관들에게 주었다. 또 1812년 10월 6일, 파리의 대사교 모리추기경 예하가 샤랑통를 방문했을 때에는 사드가 병원 안에서 많은 사람들의 존경을 받고, 그 문학적 재능을 인정받고, 비교적 느긋하게 살았던 것을 이야기하고 있다. 사드는 죄인이라기보다도 원장의 손님이자 협력자였다.

1810년 후반부터 다시 사드의 신변에 험악한 분위기가 생기기 시작했다. 10월 18일, 내무대신 몽탈리베가 원장 쿨미어 앞으로 다음과 같은 훈령을 내린 것이다. 즉 사드는 '가장 위험한 광기로 해를 끼치고 있기' 때문에 격리해 병원 내의 누구하고도 협상하지 못하도록 해야 하고, '펜, 잉크, 종이 사용을 모두 금지'해야 하고, 원장의 개인적인 책임에서 이 조치들을 실행에 옮기고, 그 결과를 내무대신에게까지 보고해야 하는 것 등이다.

이에 대해 원장 쿨미어는 10월 24일, 내무대신에게 다음과 같은 답장을 보냈다. "병원은 정신병자의 보호를 목적으로 한 것이므로 격리실은 준비되어 있지 않습니다. 사드 씨는 개인 방에서 지내고,

열쇠는 다른 사람이 보관하고 있으므로 외부와의 협상은 차단되어 있습니다. 그가 '그런' 작품을 배포하고 있다는 소문도 있지만, 조사해보니 소문은 전혀 사실무근이었습니다. 나는 비록 죄인일지라도 이미 그 죄를 후회하고 있는 것을 몸소 보여주는 사람을 학대하는 것은 좋지 않다고 생각합니다. 나는 자선병원의 원장이라는 점에 자긍심을 가지고 있어서 감옥에서 일하는 하급관리가 되는 굴욕은 참을 수 없습니다. 사드 씨는 무일푼으로 아들에게 버려진 가장 불행한 사람입니다. 병원에도 입원료 9천 프랑이 밀려 있습니다. 사드 씨의 아들과 대송인을 병원에 불러 연체금을 청산하도록 허가해 주길 바랍니다."

이 편지에는 인간주의자로서의 원장의 기개가 보여 흥미롭다. 부르주아 시대의 위선과 비도덕주의에 대해 이 사드와 동년배인 노인은 과감한 저항을 보인 것이었다.

그러나 이 원장의 저항도 결국 물러나게 되었다. 사드의 생활은 점점 자유를 빼앗겼다.

1810년 12월, 사드는 원장 앞으로 5개의 요구를 써서 보낸다. 그 하나는 밤 10시부터 아침 7시까지를 빼고 방의 열쇠를 자유롭게 쓰게 해달라는 것. 두 번째는 좋아하는 시간에 감시 없이 정원을 산책하게 해달라는 것. 세 번째는 옆방 부인, 친척 사비나 씨, 레옹 씨 세 사람과 자유롭게 이야기를 하게 해달라는 것. (이 조건을 인정해 주면 다른 누구하고도 이야기하지 않을 것을 약속한다고 사드는 적고 있다.) 네 번째는 뺏어간 종이와 펜을 돌려주길 바란다는 것이었다. 이것을 보면 병원에서의 사드의 일상생활이 처음에 비해 자유롭지 못하다는 것을 알 수 있다.

1811년 더 귀찮은 문제가 일어났다. 《신(新) 쥐스틴》, 《쥘리에트 이야기》의 삽화 100점을 소지하고 있던 크레망 서점이 이것을 다시

인쇄하고, 파리와 지방에 유포한 것이다. 2월 6일 경찰의 조서에 의하면 크레망 서점과 바르바 서점이 배포 사실을 인정했다. 때문에 3월 31일, 11월 14일, 1813년 3월 31일 세 번에 걸쳐 사드는 샤랑통에서 경찰관의 심문을 받게 되었다. 다시 범죄자 취급을 받게 된 것이다.

불쾌한 소식은 그 밖에도 또 있었다. 1812년 6월 9일, 경시총감이 원장에게 통보한 것에 따르면, 지난 4월 19일과 5월 3일에 열린 위원회 회의에서 나폴레옹은 사드의 감금을 지속시키기를 주장했다는 것이다. 국립기록보관소의 자료에 의하면 이미 나폴레옹은 1811년 7월 9일과 10일에도 같은 회의에서 같은 발언을 하고 있다. 분명히 이 미술과 문학을 싫어한 전제주의자는 사드의 《쥐스틴》을 읽은 것이다(《세인트 헬레나의 일기》에도 그러한 사실이 분명히 나온다). 사드가 독재자에게 꼬리를 흔들어 보여도 선입견을 가진 상대에게 그 바람이 들릴 리가 없다.

1813년 5월 6일, 샤랑통에서 연극 상연이 모두 금지되었다. 의사 루아예 콜라르의 주장이 마침내 승리를 거둔 것이다. 이렇게 사드는 병원생활의 유일한 낙을 빼앗겼다.

병원생활이 자유롭지 못하고, 연극상연이 곤란해지자 사드는 다시 방에 갇혀 집필을 하게 되었다. 그러나 이미 72세의 노인이 새롭게 공상적인 소설 구상을 할 리 없었다. 그가 삶의 마지막에 쓴 두 작품은 모두 중후한 느낌의 일종의 사전(史傳)이다.

첫 번째로 《작센 왕녀 브런즈윅》은 1812년 9월 1일에 쓰기 시작해 10월 4일에 탈고한다. 그리고 8일간의 수정작업이 이루어지고, 10월 13일부터 11월 21일까지 정서를 완성했다. 또 하나의 작품 《프랑스 왕비 바비에르 비사》는 그가 20대부터 가슴속 깊이 생각하던 주제로 감옥에 있으면서도 이 잔인하고 아름다운 중세의 왕비를 위한 자료를 이곳저곳에서 물색한 것을 알 수 있다. 아마 그는 생의 마지막에 이 주제를 꼭 사전의 형태로 정리하려는 마음에 틀림없다. 집필 시기는 확실하지 않지만, 1813년 5월 13일부터 정서를 시작한 것이 기록에 남아 있다. 아마 사드의 절필로 봐도 지장이 없다.

사드가 살아 있는 중에 출판된 마지막 작품은 《갠지 후작부인》 2권(1813년)이었다. 발행처는 파리의 베지에 서점으로 역시 익명이다. 이것은 실재 독살사건을 다룬 모델소설로 집필 시기는 길버트 릴리에 추측에 의하면 《작센 왕녀 브런즈윅》에 착수하기 전, 즉 1807년 봄부터 1812년 가을까지의 기간이다. 이 세 작품의 성립과 시기를 생각하면 대작 《플로베르의 날들》을 압수(1807년) 당한 뒤에도 그가 결코 쉬지 않았다는 것을 알 수 있다. 낙담한 나머지 글을 내던진 것은 아니었다. 집필이야말로 그의 기쁨이었다.

그러나 그가 마지막까지 극작가로서의 성공에 대한 야심은 오히려 고통을 주었을 것이다. 정신병환자의 연극만으로는 만족할 수 없었던 것이다. 혁명직후의 일시적인 성공도 이미 극단에서는 잊혔는데 그는 이따금 파리의 극장에 자신의 각본을 보냈다. 죽기 1년 전, 1813년 말에는 전에 프랑스에서 각본 심사에서 두 번이나 떨어진 《잔느 레네》를 다시 같은 극장에 보낸다. 게다가 그는 작품에 덧붙인 편지에 이 각본이 '1791년에 일부 수정을 조건으로 수리되었다'고 거짓말을 썼다. 그러나 이에 대한 극장의 회답은 냉담했고, 각본은 심사회까지 가지도 못했던 것 같다. 사드는 원고를 담담하게 바라보았을 것이다.

11 죽음

죽음을 눈앞에 둔 문학가

사드가 죽음을 맞이한 1814년이 다가왔다.

연합군에 패배한 나폴레옹은 어쩔 수 없이 1814년 4월 11일 퐁텐블로에서 퇴위했다. 그리고 5월 3일에는 루이 18세가 파리에 입성한다. 독재자는 엘바 섬으로 유배당했으며, 프랑스에는 부르봉 집안의 왕정이 다시 시작되었다. 9월에는 여러 나라 대표들이 모인 화려한 빈 회의가 시작되었다.

파리 교외의 샤랑통 정신병원에서도 인사 이동이 있었다. 5월 31일에는 이제까지 사드에게 호의를 베풀었던 원장 쿨미어가 끝내 원장 자리에서 물러났다. 새로운 원장 자리에는 변호사였던 를락 듀모파가 앉았다. 물론 이러한 처치는 의사장 루아예 콜라르가 내무대신에게 강력하게 요청한 결과였다. 병원 안의 유력한 보호자를 잃은 사드는 결국 외톨이가 되고 말았다.

9월 7일 새로운 원장 를락 듀 모파는 내무대신 몽테스큐 앞으로 긴 편지를 썼다. 그 편지 내용은 이렇다. '정신병원은 감독이 두루 미치고 있으니 사드 씨를 이곳에서 퇴원시키고 경시총감 손에 넘길 필요가 있다, 경시총감은 죄수의 나이와 건강 상태를 고려해 공안에 해가 되지 않을 만한 적당한 조치를 취해 주길 바란다, 또한 사드 씨의 아들은 아버지로부터 어머니의 지참금을 물려받았는데도 계약과는 다르게 입원비 8,934프랑을 미납하고 지급하려 하지 않는다'

등등.

위 편지에 따르면 74세 사드는 요즘 '식사를 마친 뒤 위에 극심한 고통을 느낀다'고 한다. 또한 케네 부인 방에 친한 환자를 불러들여 신문을 읽어달라고 하거나 희곡 원고의 정서를 부탁한다고 한다. 그리고 원장은 사드가 환자들과 친하게 교류하면서 병원 안에 부도덕한 분위기를 조성한다며 극단적으로 두려워했다고 한다. 마치 사드가 몸 안에서 위험한 독극물을 뿜어내는 특이한 짐승이라도 되는 듯했다. 루아예 콜라르의 영향도 있었겠지만 이 원장 또한 처음부터 편견에 사로잡힌 시선으로 사드를 바라보았던 것이다.

죽기 한 달 전에 사드는 다른 사람에게 정서를 부탁하는 것을 금지시켰다는 이유로 원장에게 항의의 편지를 썼다. "나는 규칙을 어기려고 하는 당치않은 생각은 하고 있지도 않습니다. 다만 저 친절한 남자가 눈이 안 좋은 나를 위해 희곡 원고를 필사해 준다고 했던 것뿐입니다. 그 희곡은 몇몇 극장에서 받아들여졌으며 경찰에서도 허가해 준 것입니다……." (11월 5일)

사드는 평생 동안 엄청나게 많은 편지를 썼는데 마지막으로 쓴 편지는 죽기 3주 전 소마느의 소작인 페팡이라는 사람에게 보낸 편지이다(11월 11일 받음). 그는 그 편지로 6주 전에 공증인 로즈 씨에게 위임해둔 영지 숲의 채벌을 실시했는지 알려주었으면 한다고 불안한 듯 호소하고 있다. 그리고 만약 채벌한 목재가 팔려 돈이 생겼다면 일부는 소마느 성의 수리에 충당하고 나머지는 서둘러 자신에게 보낼 채비를 해줬으면 한다고 부탁했다. 소마느는 사드가 다른 사람 손에 넘기지 않은 유일한 토지이며 성이다. 사드의 마지막 편지가 송금 재촉장일 줄이야, 가엾기 짝이 없는 일이다.

사드가 죽고 나서 공증인이 작성한 상세한 재산 목록을 보면 그가 죽기 바로 전에 어떤 방에서, 어떤 책을 읽고, 어떤 가구에 둘러싸여 생활했는지를 선명하게 그려볼 수 있다.

사드의 방은 병원 건물 오른쪽 3층에 있었다. 거실 겸 침실 말고도 작은 서재와 창고가 붙어 있었으며 창문으로는 마른 강가로 이어지는 넓은 정원을 내려다볼 수 있었다. 가구들은 하나같이 낡고 초라했다. 거실 겸 침실에는 햇볕에 바랜 하얗고 붉은 사라사 커튼이 달린 낮은 침대, 노란 벨벳 안락의자, 거친 밀짚을 채워 넣은 의자 두 개, 검은색 나무 책상, 대리석 판이 달린 장롱이 놓여 있었다. 판자벽에는 거울이 걸려 있었으며, 난로 왼쪽에는 옷장도 있었다. 옷장 속에는 윗옷 네 벌, 조끼 다섯 벌, 바지 다섯 벌이 있었으며 저마다 천이나 색깔도 달랐다. 벽에는 그의 할아버지 카스팔 프랑수아 후작이 그려진 초상화 한 장이 액자에 껴지지도 않은 채 그대로 걸려 있었다. 또한 어머니나 아들 루이 마리, 처제 안 프로스페르 드 로네 양을 그린 세밀화도 있었다.

서재에는 탁자와 팔걸이의자, 서가 세 개와 백목으로 만들어진 붙박이 책장이 있었으며 약 250권쯤 되는 서적들이 늘어서 있었다. 바로 눈에 띄는 것은 훌륭한 케일판 볼테르 전집 70권이었다. 그 밖에 눈에 띄는 것이라면 수에토니우스, 타키투스, 키케로가 쓴 여러 책, 《세네카의 정신》, 《돈키호테》, 《클레브 공작부인》, 라 퐁텐의 《우화》, 레스 추기경의 《회상록》, 《이교의 옹호》, 《뉴턴 물리학의 기초 원리》, 콩디약이 쓴 여러 책, 루소의 《에밀》, 레티프 드 라 불톤 《포르노그라프》, 스탈 부인의 《델핀》, 샤토브리앙의 《기독교 정수》, 《인도인의 역사》, 《초기 로마사》였다. 또한 공공연히 간행된 사드의 저작 《알린과 발쿠르》, 《사랑의 범죄》가 있었으며, 그의 마지막 출판물 《갱지 후작 부인》은 4권 등이 모두 책장에 늘어서 있었다.

사드의 만년에 대해서 몇몇 일화가 전해지고 있다. 예를 들면 앞서 인용했던 샤를 노디에나 앙그 피투의 추억이 그 가운데 하나이며, 샤랑통의 의사가 귀를 기울여 성심껏 들었다고 하는 알프레드 베지의 기록도 그러하다. 물론 얼마만큼 신뢰할 수 있는 일화인지 확인할 수 있는 수단이 우리에게는 없다. 여기에서 인용하려고 하는 극작가 빅토리안 살드의 입에서 나온 일화도 그 점에서 보면 거의 신빙성이 없는 전설 같은 것이라 할 수 있다. 무엇보다도 살드는 1831년에 태어났으니 사드와 직접 만난 적도 없으니, 그의 모든 이야기는 샤랑통의 늙은 정원사에게서 들은 것에 지나지 않는다. 그래도 좋다, 이 통속극 작가의 말을 들어보자.

살드의 말에 따르면 이렇다. 나이든 사드는 정원사에게 부탁해 '이 근처에서 찾아낼 수 있는 가장 아름답고 비싼 장미꽃 바구니를 가져오게 했다. 그리고 더러운 개울가에 놓인 의자에 앉아 장미꽃을 하나하나 쥐어뜯고는 다 뜯긴 장미꽃을 지그시 쳐다보면서 기분 좋다는 듯이 꽃향기를 깊이 들이마셨다……. 그 꽃을 더러운 물속에 담가 진흙투성이로 만들어 버리고는 껄껄 웃으면서 휙 던져버렸다.'

여기에 그려진 사드의 모습은 마치 정신을 못 차리는 늙은 변태나 노인성 치매 증상을 나타내는 정신쇠약자다. 우리 또한 꺼림칙한 사드의 모습을 쉽게 믿을 수 없다. 그는 만년에 기력이 쇠한 모습을 보였지만 여전히 연극이나 소설을 집필하기 위해 펜을 들 만큼 한 점 흐트러짐 없는 이성을 지니고 있다. 또한 아름다운 여배우에게 몰래 4행시를 보내거나 나이 어린 친구 고프리디 앞으로 보내는 편지에 자신이 정신병원에 감금되어 있다는 사실을 숨길 만큼의 허세나 겉치레도 버리지 않았다. 죽을 때까지 명석한 정신을 계속해서 유지했다고 생각해도 될 것이다. 스위프트는 노인성 치매, 니체나 모파상은 진행 마비, 네르발은 섬망성 정신분열증, 도스토옙스키는 정신착란을 일으켰다. 하지만 사드는 평생 이러한 천재 문학자들이

앓은 어떤 정신질환과도 신기할 만큼 인연이 없었다. 분명 그는 삶의 낙오자이며 편집적인 몽상가이다. 영원한 피터팬증후군 환자이며 성적(性的)으로는 매우 이상한 기질을 지녔다. 하지만 자주 인용되는 크레치머의 성격유형으로 판단해 보아도 기껏해야 자기중심적, 내향적 기질이 나타나는 경도의 정신분열증 환자일 뿐 결코 진정한 정신병자의 범주에는 들어가지 않는다. 사드는 말하자면 정신병질환자이고 언제나 긴장의 끈을 놓지 못하는 신경증 환자이며 다행인지 불행인지 자신의 이성이 흐려졌다는 사실을 마지막까지도 몰랐다.

사드의 임종을 지킨 것은 인턴이자 샤랑통으로 막 부임했을 뿐인 L.J. 라몬이라는 열아홉 살 햇병아리 의사였다. 뒷날 그는 의학박사가 되었으며 알프레드 베지의 요구에 응해 53년 전 후작과의 추억을 책으로 엮어내게 된다. 청년 라몬 눈에 비친 죽기 바로 전의 후작은 과연 어떠했을까.

"나는 때때로 사드 후작 혼자 칠칠치 못하게 무거운 발걸음을 이끌며 자신의 방 근처 복도를 산책하고 있는 모습을 발견하고는 했다." 72세 라몬 박사는 지난날을 회상하며 이렇게 썼다. "누군가와 이야기를 하고 있을 때의 그와는 한 번도 마주친 적이 없었다. 그의 곁을 스쳐 지나가며 내가 인사하면 그도 예의 바르고 싸늘한 태도로 머리를 숙이기 때문에 말을 걸 기분은 들지 않았다. 그 사람이 《쥐스틴》과 《쥘리에트 이야기》의 작가라는 것이 믿기지 않았다. 적어도 나는 그 사람에게서 오만하며 까다로운 늙은 귀족이라는 인상 밖에 받지 못했다."

이는 죽음을 눈앞에 둔 사드를 가장 객관적이고 정확하게 묘사한 것이다. 이 이상 이 늙은 문학자의 내면에 흙발로 들어오다가는 어떠한 사람도 용서받지 못할 것이다. 전설을 날조하는 사람에게 저주가 있기를!

임종

12월 1일 금요일, 며칠 사이에 건강이 나빠진 사드는 걷는 것조차 불가능한 상태에 빠져들어 두 방이 합쳐진 병실로 옮겨진다. 노인의 곁을 지킨 것은 상냥한 케네 부인이 아니라 샤랑통 정신병원의 고용인이었다. 마땅히 곁을 지켰을 케네 부인이 어째서 이때만큼은 자리를 비웠던 것일까. 아마 새로운 원장인 를락 듀 모파가 무자비하게도 그녀를 노인에게서 멀리 떨어뜨리려고 병원에서 내몰았기 때문이라고 생각된다. 결국 케네 부인은 사드의 임종을 지키지 못했다.

12월 2일 토요일 오후, 사드의 아들 도나티앵 클로드 아르망이 병상에 누운 아버지를 만나러 왔다. 그는 의학생 라몬에게 밤이 되면 아버지 곁에 있어 달라고 부탁했다. 하루 근무가 끝나고 라몬이 환자 곁으로 가려고 하자 마침 환자의 방에서 나온 조프루아 사제와 얼굴을 맞닥트렸다. 조프루아는 샤랑통 정신병원 부속 예배당의 사제이다. 그는 환자와 만나 만족한 것처럼 보였다.

라몬은 방으로 들어가 환자의 머리맡에 앉아 탕약이나 물약을 몇 번이나 마시게 했다. 사드의 호흡은 거칠어지고 괴로워졌으며 이윽고 점점 흐트러지기 시작했다. 그리고 밤 10시쯤 약을 먹은 뒤 갑자기 호흡 소리가 들리지 않아 라몬이 침대로 다가가 보자 이미 노인은 숨을 거둔 상태였다. 향년 74세. 라몬의 진단에 따르면 '천식성 폐전색'이었다. 사드는 고작 이틀 동안 앓아누웠을 뿐 정말이지 어이없이 죽음을 맞이했다.

다음날 원장 를락 듀 모파는 경시총감 부뇨 앞으로 사드의 사망을 알리는 다음과 같은 편지를 보냈다.

경시총감 각하

공화력(共和曆) 22년 11월, 치안대신의 명령으로 비세트르에서 옮겨진 후작 사드 씨가 어젯밤 10시 샤랑통 정신병원에서 서거했습니다. 예전부터 건강이 눈에 띄게 약해졌는데도 죽기 이틀 전까지 걸음을 멈추지 않았죠. 급작스럽게 서거한 원인은 괴저성 전신쇠약열의 초기 증상 때문이라고 합니다. 그의 아들인 아르망 드 사드 씨가 현재 이곳에 와 있으므로 시민법에 의해 봉인할 필요는 전혀 없습니다. 사후 처치와 치안에 대해서는 각하께서 적절하게 판단하신 뒤 제게 명령을 내려주십시오. 보아하니 아들인 사드 씨는 양식이 있는 분이며 아버지 방에 위험한 문서가 있다면 자신이 나서서 이를 인멸하려고 할 겁니다.

이 편지 속에서 사드의 사인은 '괴저성 쇠약열'이라 되어 있다. 우리에게 익숙하지 않은 거창한 병명인 이 쇠약열은 어떤 병인지 잘 모를 때 쓰인다. 한편 라몬 의사의 '천식성 폐전색'이란 질베르 렐리의 추측에 따르면 고혈압으로 인한 폐충혈의 마지막 단계에서 나타나는 급성 폐부종을 가리키는 것이 아닐까 생각된다. 그러고 보니 분명 사드는 중년이 넘어 살이 찌기 시작한 뒤로부터는 언제나 고혈압에 시달려왔다. 아무래도 우리에게는 샤랑통 원장의 뜻을 알 수 없는 추상적인 전문 용어보다는 젊은 라몬 의사의 진단이 알기 쉬운 것 같다.

유언

같은 날인 3일, 샤랑통 생 모리스의 공증인 피노 씨, 아르망, 케네 부인 및 그녀의 아들 샤를이 참석한 가운데 사드의 유언장이 개봉되었다.

여기에서 사드의 유언장에 대해 말하겠다. 지금까지 언급한 적은 없지만 그가 유언장을 쓴 것은 죽기 8년 전인 1806년 1월 31일이다. 지금까지 그 전문이 공표된 적은 없으며 그저 마지막 제5조항만이 널리 알려져 있다. 하지만 1957년에 질베르 렐리가 쓴 상세한 전기가 나오자, 겨우 그 전문이 세상에 나오게 되었다. 첫 두 조항에서는 죽을 때까지 사드 곁을 지켰던 케네 부인의 '깊은 정'에 대한 애정 넘치는 감사의 말을 늘어놓았다. 또한 재산 2만 4천 리브르 및 남겨진 가구, 동산(動産), 의류, 서적, 원고 모두를 그녀 손에 넘기겠다는 뜻도 상세하게 적어 놓았다. 케네 부인뿐만 아니라 그 아들인 샤를도 어머니가 죽었을 때는 같은 자격으로 유산을 물려받을 권리가 있음을 약속하고 있다. '먹고사는데 지장이 없을 만큼 충분한 수입'을 보증하고 싶다고 쓰여 있다. 하지만 별거하고 있던 사드 부인 르네 펠라지에 대해서는 한 마디도 언급하지 않았다. 지금부터 제1조의 첫 부분을 인용해 보도록 하겠다.

이미 사망한 발타자르 케네 씨의 부인, 마리 콘스탄스 루넬 양이 1790년 8월 25일부터 내가 사망한 날까지 나를 위해 보여준 여러 배려나 진지한 우정에 대해 미약하나마 있는 힘껏 깊은 감사를 보내고 싶다. 그녀가 보여준 애정은 단순히 섬세한 배려로서 사리사욕 없는 애정이었을 뿐만 아니라 용기와 힘이 넘쳤다. 그녀는 공포정치 아래 내게 들이닥치는 거짓된 혁명가들의 손아귀에서 나를 구해주었다. 이러한 이유로 나는 내가 사망할 경우 앞서 말했던 마리 콘스탄스 루넬 양에게 프랑스에서 통용되는 돈으로 총 2만 4천 리브르의 돈을 남기도록 하겠다. (이하 생략)

'공포정치 아래…… 거짓된 혁명가들의 손아귀에서 나를 구해주었다.' 이 문장은 두말할 필요 없이 1794년 사드가 반혁명 혐의로 자코뱅파 정부 감옥에 갇혔을 때, 케네 부인이 석방운동에 앞장서주었던 일을 가리킨다. 끔찍한 악몽 같은 이 기억 때문에 두려움을 느낄수록 그녀에게 보내는 감사의 마음 또한 깊어졌을 것이다. 다음으로 유언의 마지막인 제5조항을 인용해 보도록 하겠다.

마지막으로 어떠한 사정이 있어도 내 시체를 해부하는 것만큼은 절대로 금지한다. 시체는 나무로 만든 관에 넣고 이틀 동안 내가 죽음을 맞이한 방에 그대로 놓기 바란다. 그렇게 이틀이 지나야만 관에 못을 박을 수 있게 된다. 그동안 빠른우편으로 베르사유 101번지 레가리테 거리의 목재상 르 놀만 씨에게 짐차와 함께 내 시체를 거두러오라고 부탁하기 바란다. 시체는 앞서 말했던 짐차에 싣고 놀만 씨의 호송 아래 에펠농 근처 에망세 군(郡) 말메종의 내 이름으로 된 토지에 있는 숲으로 옮겨라. 어떠한 형식의 장례도 치르지 말고 앞서 말했던 숲 오른쪽에 있는 가장 가까운 숲에 안치해 주기 바란다. 이 숲에 만들 무덤은 르 놀만 씨가 참석한 가운데 말메종의 소작인들이 팔 것이며, 놀만 씨는 앞서 말했던 무덤에 내 시체가 안치될 때까지 지켜봐주기 바란다. 놀만 씨만 원한다면 이 장례에 나의 친족 또는 친구가 참석해도 상관없다. 그들은 화려한 준비는 아니더라도 마지막으로 애정의 증거를 내게 보여줄 것이다. 내 시체를 묻었다면 그 위에 떡갈나무를 심고 내 무덤이 숲에 뒤덮여 지상에서 감춰지기 바란다. 나는 인류의 정신에서 나에 대한 기억이 사라지기 바란다. 하지만 수는 적어도 마지막 순간까지 나를 사랑해 주었던 사람들에 대해서라면 다르다. 나는 그들과의 상냥했던 추억을 무덤 속까지 가지고 갈 것이다. 샤랑통 생 모리스에서, 심신이 건강

할 때 이를 인정한다. D.A.F. 사드 서명

 이 유언은 그야말로 페시미즘(염세주의) 넘치는 고귀한 시라고 불러야 할 것이다. 신에게 바치는 복종을 끊임없는 노력으로 거부하는 낭만주의자의 고뇌와 니체의 운명을 사랑하는 마음에 비견되는 숙명을 긍정하는 마음에서 태어난 흉포한 환희가 문장마다 끊임없이 흐르고 있는 것이 독자 여러분들에게는 보일까. 과연 그곳에서 어떤 대화가 오갔는지, 죽음을 앞에 둔 사드가 종교적 감정, 형이상적인 불안을 나타냈다고 하는 증거는 전혀 발견되지 않고 있다. 에로티시즘을 시로 승화시킨 사상 첫 문학가는 물론 생성의 기쁨이 절멸의 기쁨이라는 자연의 법칙, 현상의 필연성을 속속들이 알고 있었음이 틀림없다. 만년의 그는 싸우는 것에 피로를 느꼈다고는 하나, 바스티유에서 얻은 확신을 무엇 하나 버리지 않았던 것이다. 그것이 이 유언의 제5조항에서 명료하게 알아볼 수 있다.
 그는 죽음에 대해 겁을 먹고 있었으며, 공포 시대에는 단두대를 더할 나위 없이 두려워했으며, 병이나 빈곤에 대해서는 어이없이 비명을 질렀다. 그러나 보부아르가 정확하게 지적한 것처럼 '죽음은 노쇠와 같은 자격으로 자기의 개체에 대한 해소로서 그를 공포에 떨게 만든' 것에 지나지 않는다. 저세상에 대한 공포는 그의 생애나 작품에서도 일찍이 드러나지 않았으며, 그는 눈에 보이는 이 세상에 대한 공포밖에 문제시하지 않았던 것이다. 《소돔의 120일》속의 한 등장인물은 죽음의 관념과 익숙한 최상의 방법을 '음탕의 관념과 죽음의 관념을 연결 짓는 것' 속에서 찾아냈다. 이미 프로이트의 발견을 알고 있는 우리는 이 사상을 쉽게 받아들일 수 있지만, 18세기 사람들에게는 매우 참신한 사상이었으며, 어느 정도까지는 사드의 개인적 체험이 뒷받침되어 있다고 봐도 괜찮을 것이다. 죽음의 세계와 음탕의 세계 바닥에 흐르고 있는 것이 있다. 죽음은 분해하고 해방하니 필연적으로 음탕의 세계와 동화하는 것이다. 프로이트는 이것을 '니르바나 원칙'이라고 칭했다. 죽음과 음탕이 손을 잡고 좋은 풍습, 법률, 도덕, 진보, 역사, 사회에 적대한다. 음탕이 마지막으로 도착하는 곳은 이것 말고는 없으며 사드의 유언은 그가 음탕으로 자신을 갈고닦는 행위를 결코 게을리하지 않았다는 것에 대한 무엇보다도 큰 증거일 것이다.

매장

유언한 대로 2만 4천 프랑의 유산이 케네 부인 손에 넘어갔는가 하는 것은 보증되지 않는다. 사드의 아들 도나티앵 클로드 아르망은 참으로 편협하고 인색한 남자로 아직 아버지가 살아 있을 때부터 아버지의 부재를 기회삼아 사드 집안의 재산을 거의 자기 손에 틀어쥐고야 말았다. 샤랑통 정신병원에 납부해야 할 아버지의 입원비도 아버지가 죽은 뒤 지급을 질질 끌다가 병원과 재판 소동까지 벌였을 정도이다. 그런 남자가 의지할 곳도 없는 힘없는 여자에게 재산을 나누어 주었을지 의문이다. 사드의 장서도 그녀의 손에 넘겼으리라고는 생각되지 않는다.

똑똑히 알 수 있는 것은 사드가 남긴 많은 원고가 아들과 경찰 손에 완전히 잡혀버렸다는 것이다. 그리고 그 일부는 불 속에 던져졌으며 또 다른 일부는 상자 안에 숨겨져 사드 집안에서 5대에 걸쳐 문 밖으로 나서지 못하게 되었다. 사드 집안의 자손들은 오랫동안 선조의 작품을 부끄러워했던 것이다(도나티앵 클로드 아르망이 경시총감에게 요청해, 아버지의 마지막 대작 《플로벨의 나날들》을 태워버렸다는 것은 이미 말했다). 성 후작에서 6대째 당주 그자비에 드 사드 후작이 모리스 엔이나 질베르 렐리의 설득으로 겨우 감춰

두었던 원고 일부의 출판을 허가한 것이다. 이렇게 성 후작의 죽음으로부터 거의 60년의 세월을 거쳐 뱅센 서간집이나 《프랑스 왕비, 이자벨 드 바비에르의 비밀이야기》가 햇볕을 보게 되었다. 그 생애의 불분명한 부분도 몇몇은 해명되기에 이르렀다. 1922년에 태어난 그자비에 드 사드 씨는 선조의 이름을 부끄러워하지 않는다. 물론 발표되지 않은 원고도 아직 많이 남아 있지만 그것들도 차차 간행에 옮겨질 것이다.

아버지의 의지를 짓밟은 불효 아들 아르망이 단 한 가지, 감탄할 만한 일을 했다. 유언의 규정대로 아버지 유체 해부는 하지 말기를 바란다고 샤랑통 원장에게 강력하게 요구한 것이다. 샤랑통은 국립병원이며, 일반적으로 여기서 죽은 환자는 반드시 해부해야한 다는 관습이 있다. 라몬 박사의 회상록에 따르면 이렇다. "1814년에서 1817년까지 이곳에서 죽은 환자 가운데 해부되지 않은 것은 아마 사드의 유체일 것이다."

그러나 다른 유언장의 규정은 하나같이 어겼다. 목재상 르 놀만 씨에게 사드의 죽음을 알리러 간 사람은 아무도 없었다. 유해는 샤랑통 병원 부속 묘지에 가톨릭교회 방식대로 매장되었다. 무덤 위에는 십자가가 세워졌다. 관 값이 10리브르, 제단 값이 6리브르, 양초 값이 9리브르, 사제에게 주는 장례 미사 봉헌금이 6리브르, 관 운반비가 8리브르, 무덤 파는 비용이 6리브르, 십자가 값이 20리브르로, 장례비용은 합해서 65리브르였다. 이는 조세핀 황후가 미용사에게 지급하는 하루 보수에도 미치지 않았다. 이 조촐한 장례가 언제 행해졌는지, 어떤 사람이 참석했는지는 명확하지 않다.

두개골과 초상화

후일담 같은 일화를 덧붙여 두겠다. 라몬 박사의 회상록에 따르면 사드의 장례식이 끝나고 나서 몇 년 뒤, 그의 시체는 묘지 정리 때문에 파내졌고, 발굴 현장에 참석한 라몬 박사가 그의 두개골을 손에 넣었다고 한다. 이는 분명 사드의 무덤에서 나온 사드 본인의 두개골인 것이 틀림없었다. 라몬 박사는 이를 표본으로 만들 생각이었다. 그런데 어느 날 독일에서 태어난 고명한 골상학자 갈의 제자이자, 라몬 박사의 친구였던 스푸르츠하임이라는 남자가 찾아와 제발 이 두개골을 자신에게 빌려달라고 말했다 한다. 라몬 박사는 어쩔 수 없이 친구에게 두개골을 건네주고야 말았다. 스푸르츠하임은 석고로 모양을 본뜬 뒤 반드시 돌려주겠다고 약속하고는 사라졌다. 그는 영국과 독일 대학의 강사직을 맡고 있었으나, 그 뒤 머지않아 죽고 말았다. 이를 끝으로 두개골은 라몬 박사에게 돌아오지 않았.

하지만 라몬 박사도 예전부터 골상학에 흥미를 가지고 있었기에 사드의 두개골을 가지고 있는 동안 이에 관한 몇몇 정보를 모아두었다. 이를 따르면 이러한 결과였다. 두개골이 양호하게 발달했다는 것은 신지학적으로 친절한 마음을 상징한다. 측두부에 눈에 띄는 융기가 없다는 것은 잔인성의 결여를 나타낸다. 겉 귀 후부 및 상부에 눈에 띄는 융기가 없다는 것은 투쟁심의 결여를 나타낸다. 소뇌가 보통 크기이며 유상돌기의 간격이 눈에 띄게 넓지 않다는 것은 과격한 욕정의 결여를 나타낸다. 한마디로 결론짓자면 범죄자나 부도덕한 남자의 상징은 전혀 없다는 것이 된다. 라몬 박사는 이 결과를 성실하게 써냈다. "두개골 측정만으로 판단하자면 도저히 그가 《쥐스틴》이나 《쥘리에트 이야기》의 작가라고 믿을 수 없다. 그의 두개골은 모든 면에서 교회 신부와 닮았다."

웃기기 짝이 없는 일이다. 라몬 박사는 착한 사람이었지만 한마디 하자면 사드를 '교회 신부'와 비교할 필요는 없다. 《쥐스틴》을 썼던 있는 그대로의 사드로 충분한 것이다.

롬브로소 뒤로 형사인류학이 급격하게 발달해, 두개골의 형상과 범죄의 관계도 통계학적으로 세밀하게 추구해왔지만, 아직 라몬 박사 시대에는 그만큼 확실하고 통일된 이론이 있지 않았을 것이다. 게다가 애초에 그가 열거한 정보부터가 매우 엉성하기 그지없었으며, 이것만으로는 어떤 대학교수라 해도 판단의 실마리조차 얻을 수 없었으리라 생각한다.

그 다음 조사에 따르면 잃어버린 사드의 두개골은 스푸르츠하임 교수가 아직 살아 있었을 때, 그와 함께 미국으로 건너갔다고 한다. 아마 지금도 부호나 호사가가 남몰래 간직하고 있음이 틀림없다. 언젠가 다시 행운의 우연으로 그것이 사드 연구가 손에 돌아오지 않으리라고는 장담할 수 없다.

이처럼 어중간한 운명을 맞이한 것은 마찬가지로 잃어버린 사드의 초상화가 있다. 그자비에 드 사드 씨의 말에 따르면 북프랑스 엔 현의 콩테 앙 브리에 있는 사드 집안의 성에 일찍이 나치 군대가 침입해 약탈하기 전까지 성 후작의 세밀화가 전해져 내려왔다. 작은 입과 파란 눈을 지닌 미모의 청년을 그린 초상화라고 한다. 독일군은 이 초상화를 과연 어디로 들고 간 것인가……. 독·프전쟁이 끝나고 20년 넘게 흐른 지금에 와서는 알 길이 없다.

사드 후작은 로트레아몽 백작과 함께 3백 내지 4백 년 유럽문학사상 초상화가 없는 작가로서 드물고 특이한 위치를 차지하고 있지만 잃어버린 단 한 장의 초상화가 만약 행운의 우연으로 발견된다면 어떻게 될 것인가. 사드의 진정한 용모를 알고 싶다고 생각하는 마음과, 알게 되는 것을 오히려 꺼리는 마음도 우리 마음속에 없다고는 딱 잘라 말할 수 없다. 시인 폴 엘뤼아르의 명확한 말처럼 '두려울 만큼 고독했던' 후작 사드와 백작 로트레아몽은 '등에 지게 된 비참한 세상을 빼앗음으로써 이 세상에 복수한' 진정한 귀족, 말하자면 정신적 귀족이며 그 진정한 얼굴을 작게 한정된 액자 틀 안에 정착시키는 것은 너무나도 비관적이고 경련적인 아름다움의 빛을 등에 지고 있음이 틀림없다고 생각되기 때문이다.

  안녕, 불행한 사람, 도나티앵 알퐁스 프랑수아 드 사드여! 하지만 그대는 지금에 와서는 일찍이 그대가 그러했듯 불행하지는 않을 것이다. 일찍이 그대가 그러했던 것만큼 고독하지는 않을 것이다……. 천국에 있는 그대 자리 주위에는 이미 아폴리네르, 모리스, 에느, 조르주 바타유 같은 죽은 사람의 자리도 마련되어 있다. 순결하고 철학적인 별들이여, 만약 그럴 마음이 있다면 그대들의 영원하고 에로틱한 형이상학적 대화를 우리가 타락해 있는 지구까지 보내주게!

12 위대한 인간 에피소드

A 마지막 대화

사제
미망(迷妄)의 장막을 찢고서 죄 많은 인간에게 그 생전의 악행과 비행의 참혹한 두루마리를 엿보게 해준다는 그 운명의 마지막 순간에 다다른 이상, 당신도 지난날 산 자의 약함 때문에 우연히 저지르게 된 온갖 부정한 행위를 후회하고 있을 것이오. 그렇지 않소?

임종을 앞둔 사내
그렇습니다, 신부님. 저는 후회합니다.

사제
좋소. 그렇다면 그 소중한 후회가 헛되지 않도록, 당신에게 남겨진 얼마 안 되는 시간 동안 당신이 이 세상에서 저지른 모든 잘못에 대해 자비로운 하느님께서 베푸시는 사면을 받으시오. 그리고 하느님의 사면은 저 성스러운 속죄 의식을 통해서만 제대로 주어질 수 있음을 기억하시오.

임종을 앞둔 사내
제 말을 어떻게 받아들이셨는지 모르겠지만, 저는 신부님께서 무슨 말씀을 하시는 건지 이해하지 못하겠습니다.

사제
뭐라고요?

임종을 앞둔 사내
저는 후회한다고 말씀드렸습니다.

사제
그 말은 조금 전에 들었소.

임종을 앞둔 사내
네, 하지만 신부님께선 그 말을 들으셨을 뿐이지 이해하지는 못하신 것 같군요.

사제
그게 무슨 뜻이오……?

임종을 앞둔 사내
설명해 드리지요. 그러니까…… 저는 자연에 의해 몹시 강한 기호(嗜好)와 넘치는 정욕을 가지고 이 세상에 태어났습니다. 그래서 저는 어디까지나 그런 기호에 맞춰 정욕을 만족시키기 위해 열심히 살아왔습니다. '저'라는 인간의 창조에 수반되어 나타난 이 욕망은 자연의 첫째 목적에서 비롯한 필연적 결과물이라고 할 수 있습니다. 아니, 좀 더 신부님께서 좋아하실 만한 표현을 쓰자면, 그것은 자연이 자연법칙에 의해서 저라는 한 인간에게 부여한 본질적인 경향이라고 할 수밖에 없습니다. 따라서 저는 이제 와서 자연의 전능함에 대한 인식이 부족했음을, 오직 그것만을 뼈저리게 후회하고 있습니다. 자연이 저를 위해 선물해 준 모든 기능(당신이 보시기에는 죄악에 가까울지 모르나 제가 보기에는 순전히 단순하고 소박한 기능입니다)을 충분히 발휘하지 못했다는 것이 저의 유일한 한입니다. 저는 걸핏하면 자연적 감정에 저항했습니다. 그것이 지금은 후회가 됩니다. 저는 당신 같은 성직자들의 어리석은 가르침 때문에 눈이 멀어 있었습니다. 그래서 실은 그보다 훨씬 더 영묘한 계시에 의해 태어날 때부터 저에게 갖춰져 있었던 격렬한 욕망을 모조리 억눌러 버리려고 노력했습니다. 그것이 지금은 후회가 됩니다. 말하자면 욕망의 열매를 잔뜩 수확할 수 있었는데도 저는 그 꽃만 땄던 것입니다……. 바로 이 점이 몹시 유감스럽습니다. 그러니 신부님, 터무니없는 착각은 하지 마시고, 부디 저를 있는 그대로 평가해 주십시오.

사제

당신은 어디까지 잘못된 길을 걸어갈 셈이오? 당신은 어디까지 궤변을 밀고 나갈 셈이오? 당신은 지금 창조주에게 속하는 모든 능력을 피조물, 즉 자연에게 돌리고 있소. 그런데 당신을 타락시킨 유감스런 경향은 그 부패한 자연이 낳은 결과물에 지나지 않소. 당신은 그 사실을 전혀 모르기 때문에, '전능'을 자연의 속성으로 간주하는 착오를 저지르는 것이오.

임종을 앞둔 사내

신부님, 당신의 논리는 당신의 정신과 마찬가지로 혼란스럽군요. 논리를 펴실 거면 좀 더 정확히 말씀해 주십시오. 아니면 저를 그냥

편히 죽게 해주십시오. 창조주니 부패한 자연이니, 당신은 그게 다 무슨 의미가 있다고 생각하시는 겁니까?

사제

창조주는 우주의 주인이오. 만물을 낳으시고 만물을 창조하신 분이시오. 또한 그 전능하신 힘을 한 번 행사하심으로써 모든 것을 포함하시는 분이시오.

임종을 앞둔 사내

그렇군요. 확실히 위대한 분이시네요. 그럼 한 가지 여쭙겠습니다. 그분은 그토록 놀라운 힘을 가지고 계시면서도 어째서 그 부패한 자연이라는 것을 창조하셨을까요?

사제

만일 하느님께서 인간에게 자유의지를 주지 않으셨다면 인간의 가치란 것이 과연 어찌 되었겠소? 선을 행하고 악을 멀리할 가능성이 이 세상에 존재하지 않는다면, 인간은 무슨 가치를 얻어야 한단 말이오?

임종을 앞둔 사내

그렇다면 당신께서 말씀하시는 하느님은 오직 인류를 시험하기 위해, 인류에게 시련을 주기 위해 모든 것을 뒤틀어 놓기로 마음먹으신 거군요. 하느님께서는 인간이란 존재를 잘 모르셨나 봅니다. 아닌가요? 그런 일을 하면 어떤 결과가 나올지 전혀 모르셨던 걸까요?

사제

물론 하느님께서는 인간을 잘 알고 계셨소. 그러나 또한 하느님께서는 선택의 가치를 인간에게 주고자 하셨소.

임종을 앞둔 사내

인간이 스스로 결정한다면, 하느님께서 알고 계셨다 한들 무슨 소용이 있겠습니까? 하느님께서는 자기 생각만 하고 계시는 게 아닙니까? 당신은 하느님께서 전능하시다고 주장하지만, 제가 보기에 하느님은 자기 자신만 생각하고 계십니다. 인간에게 선을 선택하게 하시니까요.

사제

인간을 바라보는 광대무변한 하느님의 시선을 그 누가 충분히 이해할 수 있겠소? 우리 눈에 보이는 모든 것을 그 누가 충분히 이해할 수 있겠소?

임종을 앞둔 사내

간단하게 생각해야 합니다, 신부님. 쓸데없이 원인을 늘리면 결과가 복잡해지기만 하니까요. 첫 번째 문제가 설명되지 않는다 해서 두 번째 문제를 설정할 필요가 어디 있나요? 당신은 뭐든지 다 하느님께서 하신 일이라고 주장하지만, 실은 모든 것이 자연의 힘에 따라 저절로 이루어졌는지도 모릅니다. 안 그런가요? 그렇다면 이 세상에서 굳이 조물주를 찾아야 할 필요가 있을까요? 당신께서 이해할 수 없다고 하시는 원인도, 아마 세상에서 가장 단순한 사실일 것입니다. 당신의 육체를 완전하게 만들어 보십시오. 그러면 자연을 한층 더 이해하실 수 있을 겁니다. 당신의 이성을 맑게 하고 당신의 편견을 버려 보십시오. 그러면 이제는 하느님이 필요 없어질 것입니다.

사제

당치도 않소! 나는 당신이 유일신교도인 줄 알았소. 어쨌든 이야기를 듣고 나면 알 거라고 생각했소. 그런데 이제 확실히 알았소, 당신은 무신론자요. 창조주의 존재에 관해 우리가 날마다 접하는 수 없이 많고 뚜렷한 증거를 당신이 계속 부정한다면 내가 무슨 말을 더 할 수 있겠소. 장님에게 빛을 보여주기란 불가능한 일이오.

임종을 앞둔 사내

신부님, 사실은 인정하세요. 눈가리개를 풀려는 사람보다 눈가리개를 하려는 사람이 장님이지 않겠습니까. 당신은 끊임없이 조작하고 날조하고 문제를 복잡하게 만들고 있어요. 하지만 나는 그러한 것을 부수는 자라 무엇이든 간단히 정리하지 않으면 직성이 풀리지 않습니다. 당신은 오류에 오류를 거듭하지만 나는 그러한 모든 것을 거부합니다. 그렇다면 우리 둘 중에 누가 장님이겠습니까?

사제

그렇다면 당신은 정말로 하느님을 믿지 않는단 말이오?

임종을 앞둔 사내

믿지 않습니다. 그 이유는 아주 단순해요. 이해하지 못하는 것을 믿을 수 없기 때문입니다. 이해와 신앙 사이에는 직접적인 관계가 있어야 하죠. 이해는 신앙의 첫 번째 양분입니다. 이해가 미치지 못하면 신앙은 죽고 맙니다. 그런데도 무조건 믿으라고 주장하는 사람은 신앙을 강요하는 것입니다. 게다가 당신도 아까부터 계속 말하고 있는 그 하느님을 정말로 믿는 건지 의심스럽군요. 당신은 그것을 나에게 설명하지도 정의를 내리지 못하지 않았소. 그건 당신이 이해하지 못했다는 뜻입니다. 이해하지 못하니 조리 있게 응수하지도 못하지요. 다시 말해, 인간정신의 바깥에 있는 것은 모두 허풍이거나 무용지물일 뿐입니다. 당신이 믿는 하느님도 당연히 그중 하나이니, 전자라면 그것을 믿는 나는 미친놈이고 후자라면 바보가 되는 거요.

신부님, 물질이 움직이지 않는다고 증명해 주지 않겠소? 그러면 나도 당신의 창조주를 인정할 수밖에 없을 거요. 자연만으로는 충분치 않다는 것을 증명해 보십시오. 그러면 조물주라는 것을 가정한 당신의 마음도 알게 될 겁니다. 어쨌든 그것을 증명하시기 전에는 내게서 아무것도 기대하지 마십시오. 나는 오로지 증명에만 복종합니다. 감각에서 유래한 것만을 명증으로서 인정합니다. 감각이 벽에 부딪치면 내 신앙도 맥없이 무너집니다. 나는 눈으로 볼 수 있으므로 태양이 존재한다는 것을 믿습니다. 나에게 태양은 모든 자연의 발화성 물질 집합체의 중심입니다. 또한 나는 그 주기적인 운행에 흥미를 느끼지만 딱히 그것이 신기하지는 않습니다. 설령 우리가 이해하지 못한다 해도 그것은 전기의 작용처럼 단순한, 일종의 물리적 작용이 틀림없기 때문입니다. 애당초 그 이상 파고들어갈 필요가 있습니까? 당신이 날 위해 하느님이란 것을 만들어낸다 해서 내 사고가 조금이라도 진보하게 됩니까? 작품을 정의하는 노력이 필요하다면 작가를 이해하려는 노력도 해야 하지 않을까요?

따라서 당신은 그 헛소리의 교훈에 따라 날 위해서는 아무것도 하지 않은 셈입니다. 괜스레 내 머리를 어지럽혔을 뿐, 빛을 보여주지는 않았소. 그러니 나는 당신을 증오한다면 모를까, 감사하는 마음은 손톱만큼도 없소. 당신이 믿는 신은 당신의 편견을 떠받들기 위해 당신 스스로 만들어낸 꼭두각시일 뿐이오. 물론 당신이 그 하느님을 어떻게 받들건 당신의 자유요. 하지만 그로써 내 자유로운 기호를 가로막는다면 나도 가만히 있지 않을 것이오. 내 말이 틀렸소? 내 연약한 영혼이 안정과 평온을 요구하는 이때에 제발 궤변으로 그것을 방해하지 마시오. 당신의 궤변은 영혼에 깨달음을 주기는커녕 두려움에 떨게 만들고, 안정을 주기는커녕 오히려 짜증스럽게 만듭니다. 신부님, 내 영혼은 있는 그대로의 자연의 뜻에 맞는 영혼, 즉 자연이 스스로의 목적과 요구에 따라 만든 나라는 결과입니다. 자연은 사람에게 미덕과 악덕을 똑같이 요구합니다. 따라서 자연이 나를 전자로 이끌었을 때는 당연히 미덕을 쌓았고, 후자를 요구했을 때는 내 안에서 솟구치는 욕망을 느끼며 그것에 빠져들었습니다. 우리의 인간적인 모순에서 자연법칙이 아닌 다른 원인을 찾아서는 안 됩니다. 또한 자연법칙에서 자연의 의지와 요구가 아닌 다른 원리를 추구해도 안 됩니다.

사제
그렇다면 이 세상의 모든 것이 필연성에 의해 생겼다는 말이로군.

임종을 앞둔 사내
바로 그렇습니다.

사제
그리고 모든 것이 필연적이라면 그로써 자연히 모든 것이 올바른 질서를 따르겠군.

임종을 앞둔 사내
그렇습니다, 누가 그 사실을 반박하겠습니까?

사제
그렇다면 전지전능하신 하느님이 안 계시면 누가 그 올바른 질서를 유지하겠소?

임종을 앞둔 사내
불을 붙이면 화약이 폭발한다는 것은 필연성에 입각한 것 아닙니까?

사제
그렇지.

임종을 앞둔 사내
그렇다면 신부님은 그 화약에 어떤 예지가 있다고 보십니까?

사제
그런 게 어디 있겠소.

임종을 앞둔 사내
그러니까 아무런 예지가 없어도 필연적인 것은 얼마든지 있을 수 있다는 말씀입니다. 즉 모든 것이 어떤 한 원인에서 생기는 것임에는 틀림없지만 반드시 그 첫 번째 원인에서 이성과 예지를 찾을 필요는 없다는 겁니다.

사제
그래서 결국 무슨 말을 하려는 거요?

임종을 앞둔 사내
어떠한 예지나 이성의 원인에 이끌려가지 않아도 모든 것은 있는 그대로, 눈에 보이는 대로 있을 수 있다는 사실을 당신에게 증명하려는 겁니다. 자연의 결과에는 자연의 원인을 찾아야 합니다. 조금 전에 말했듯이, 당신의 신과 같이 설명을 요구할 뿐 조금도 스스로를 설명하지 못하는 반자연적인 것을 가정할 필요는 없습니다. 요컨대 당신의 신은 아무 도움도 되지 않으니 아무 쓸모도 없다고 할 수 있습니다. 이는 무가치한 것이며, 무가치하다는 것은 아주 하찮다는 뜻이지요. 따라서 당신의 하느님이 허풍에 지나지 않다는 사실을 이해하려면 나는 그 하느님이 아주 하찮다는 점을 이해하는 추론만 세우면 되는 겁니다.

사제
그렇다면 이제 와서 당신과 종교를 이야기할 필요는 없을 것 같소…….

임종을 앞둔 사내
그렇지는 않습니다. 사람이 종교라는 것에 정신을 빼앗기고, 종교 때문에 얼마나 나약해졌는지를 증명하는 증거를 보는 것만큼 재미있는 것은 없으니까요. 정말이지, 그 정신 나간 소리를 지껄여대는 모습은 마치 어떤 신기한 방탕에 푹 빠져 있는 것 같아 어쩐지 두렵기까지 하지만 그래도 역시 흥미로운 게 사실입니다. 신부님, 이기심 같은 건 버리고 아주 솔직히 제 물음에 답해 주시겠습니까? 만일 내가 종교를 필요한 것으로 여긴다면, 다시 말해 신이라는 신기한 존재에 관한 당신들의 이상야릇한 학설에 현혹될 만큼 한심한 사람이라면, 신부님은 내가 어떤 형식으로 종교적인 의례를 거행해야 한다고 생각하십니까? 즉 브라마의 망언과 공자의 잠꼬대 가운데 어느 쪽을 믿어야 한다고 생각하십니까? 아니면 흑인들이 섬기는 큰 뱀이나 페루 사람들이 받드는 하늘의 별을, 모세가 말하는 그 만군의 주를 섬겨야 합니까? 이슬람교도로 귀화해야 할까요? 그리고 수많은 그리스도교 이단 가운데 신부님은 어느 것이 마음에 드십니까? 잘 생각해 보고 대답해 주십시오.

사제
내 대답은 언제나 분명하지 않소?

임종을 앞둔 사내
하지만 그건 아전인수나 다름없어요.

사제
그렇지 않소. 스스로 믿는 바를 전파하는 것은 자신뿐 아니라 타자도 똑같이 사랑하는 행위요.

임종을 앞둔 사내
하지만 이런 뚱딴지같은 이야기만 하고 있는 것으로 보아 우리 두 사람은 그다지 서로 사랑하지 않는 것 같군요.

사제
그렇다면 물읍시다, 우리의 성스러운 구세주께서 보이신 수많은 기적을 못 본 체 할 수 있는 사람이 어디 있단 말이오?

임종을 앞둔 사내
그런 놈은 사기꾼 가운데 가장 상스러운 사기꾼이고, 위선자 중에서도 가장 천한 위선자라고 생각합니다.

사제
아! 하느님, 들으셨나이까? 부디 진노하지 마옵소서!

임종을 앞둔 사내
걱정 마세요, 화내지 않을 겁니다. 당신의 하느님은 불능이거나 분별이 없거나, 뭐 그건 당신 좋으실 대로 생각하면 될 일이고, 어쨌든 나는 당신에 대한 예의상 백 번 양보하여 신의 존재를 인정하겠소. 그게 마음에 들지 않는다면 당신의 가련한 의지에 따라서라고 해도 좋소. 아무튼 그러므로 설령 어리석은 당신이 믿고 있는 대로 실재한다고 해도 말입니다, 그 예수가 사용한 우스꽝스러운 기만을 통해 우리를 승복시킬 수 있을 만큼 당신의 하느님은 대단한 놈이 결코 아닙니다.

사제
그게 무슨 말이오, 수많은 예언과 기적과 순교가 부정할 수 없는 증거가 아니오.

임종을 앞둔 사내
오히려 증거가 필요한 그것을 증거로 인정하려 하다니 제정신으로 하시는 말씀이오? 예언이 증거로서 조금이라도 인정받으려면 먼저 그 예언이 틀림없이 이루어졌다는 충분한 증거가 있어야 할 것 아닙니까? 하지만 역사 기록을 볼 때 4분의 3은 진실인지 의심스러운 온갖 역사적 사실과 마찬가지로 그것 역시 의심스럽기 그지없소. 또한 이러한 역사적 사실이 이해관계로 얽힌 역사가에 의해 전해진다는 점을 덧붙인다면, 나는 더욱 으스대며 이 사실을 의심할 권리를 갖게 되오. 그런데 이 예언이 나중에 조작한 것이 아니라고 누가 단언할 수 있습니까? 훌륭한 임금님 치하에서 태평성대가 이루어지고, 봄에는 비, 겨울에는 서리가 내리는 것처럼 아주 단순한 정치적 의도의 결과가 아니라고 누가 장담할 수 있지요? 그리고 만약 모든 것이 그렇다면, 당신도 설마하니 이토록 증명할 필요가 있는 예언이 그 자체로 증거가 된다는 한심한 말씀을 하시진 않겠지요?

당신이 말하는 기적 또한 나는 조금도 대단하다고 생각지 않습니다. 사기꾼들이 말하는 기적이라는 것을 내게 받아들이게 하려면, 먼저 당신이 그렇게 부르는 일들이 자연에 위배되는 일임을 내게 확신시켜야 할 것입니다. 왜냐하면 기적이란 결단코 자연의 관할 밖에 있는 것에 불과하기 때문입니다. 그런데 엄밀한 뜻에서 도대체 누가 여기까지는 관할 안이라거나 여기부터는 자연을 침범하는 것이라거나 하고 단언할 만큼 자연에 대해 완전히 알고 있습니까? 이른바 기적이라는 것을 유포하기 위해서는 두 가지만 있으면 됩니다. 즉 마술사 한 사람과 그 주위를 맴도는 썩은 여자 같은 녀석 말입니다. 새로운 종교를 만들어낸 인간들은 하나같이 모두 그런 일을 했으니까. 그리고 그때마다 그것을 믿은 바보들이 반드시 있었으니 별 우스운 일이 아닐 수 없습니다. 당신의 예수도 튜아나의 아폴로니오스와 별반 다른 일을 하지는 않았습니다. 그럼에도 어느 누구 하나 아폴로니오스를 신으로 만들자고 하는 이는 없습니다.

마지막으로 순교에 대해서 말하자면 이것이야말로 당신의 논거

중에서 가장 빈약한 것입니다. 이것을 하기 위해서는 미칠 정도의 맹신과 그것을 막을 힘만 있으면 되니까요.

이처럼 당신에게도 할 말이 있듯이 내게도 나름대로의 할 말이 있으며, 이런 이야기는 끝이 없습니다. 나 또한 어느 한쪽 주장이 다른 한쪽보다 낫다고 믿지는 않습니다. 오히려 둘 다 하찮은 변명이라는 생각이 듭니다.

아, 신부님! 만약 당신이 말하는 하느님이 이 세상에 실존한다면 굳이 신의 권위를 확립하기 위해 무리해서 기적을 일으키거나 순교하거나, 예언 따위를 할 필요는 없지 않겠습니까? 만일 당신 말처럼 인간의 마음을 신이 만들었다면 그곳이야말로 신이 그의 가르침을 주기 위해 선택한 성스러운 장소가 아닐는지? 그리고 한 공평한 신으로부터 나온 까닭에 만인에게 평등한 이 가르침은 거부하기 어려운 방법으로 만인의 마음에 깊이 새겨져 있을 것입니다. 온 세상 모든 인간의 미묘하고 예민한 마음이 서로 닮았다면 당연히 그들이 신을 존경하는 모습도 서로 닮았어야 합니다. 신을 사랑하고, 신을 숭배하고, 신에게 쓰임받는 방법은 한 가지여야 합니다. 그들은 신을 무시할 수 없게 될 뿐만 아니라 이 종교의 비밀스러운 양식에 반발하는 것조차 불가능하게 될 것입니다. 그런 까닭에 내가 보기에 이 세상에는 사람들의 수만큼 신이 존재하며, 사람들의 생각이 저마다 다르듯 신에게 쓰임받는 방법도 가지각색일 것입니다. 실제로 어느 것을 선택해야 할지 모를 정도로 많은 나의 견해도 당신 말에 따르면 한 공평한 신이 만든 것이란 말입니까?

신부님, 당신은 당신의 신을 그런 식으로 내게 보임으로써 실은 당신의 신을 모욕하고 있는 것입니다. 자, 괜찮으니 내게 당신의 신을 부정해 보십시오. 설령 신이 존재한다 해도 내 의심하는 마음은 당신의 그런 모독적인 언사만큼 신을 모욕하지는 않을 터이니. 신부님, 이성적으로 생각해 보십시오. 당신의 예수가 마호메트보다 뛰어나지도 않을뿐더러, 또 마호메트가 모세보다 뛰어나지도 않습니다. 그리고 이 세 사람이 공자보다 뛰어나지도 않단 말입니다. 공자는 예수나 마호메트, 모세가 이치에 닿지 않는 이론을 펼치고 있을 때 그런대로 선한 훈계를 전했으니 그들보다는 그만큼 낫다고 해야 할 입니다. 그러나 이런 사람들이 모두 가짜라는 것에는 변함이 없습니다. 위대한 철학자는 콧물 한 번 훌쩍거리지 않았습니다. 믿은 것은 하급관리들뿐입니다. 이런 자들은 목을 매달아 버리는 게 나았을 것입니다.

사제
안타깝게도 예수는 십자가에 못 박히는 벌을 받았습니다. 게다가 당신이 말하는 네 사람 가운데 가장 가혹한 취급을 당했지요.

임종을 앞 둔 사내
십자가에 못 박히는 벌을 받아 마땅한 자였으니 어쩔 수 없습니다. 그야말로 반란 도발자, 소동 유발자, 중상모략가, 사기꾼, 방탕아, 뻔뻔스럽고 저속한 위험인물로서 민중을 만만하게 휘두르는 기술 하나는 좋았습니다. 그래서 당시 예루살렘 왕국과 같은 나라가 그를 처벌대상으로 본 것도 당연합니다. 실제 그를 다루기 힘든 자로 취급한 것이야말로 현명한 방법이었습니다. 극단적으로 온건 관용의 정신을 가진 나로서도 테미스의 가혹함을 인정할 유일한 경우가 바로 그에게도 해당됩니다. 나는 민중의 생활을 어지럽히는 정치적 잘못을 제외한 갖가지 인간적인 잘못은 용서할 수 있습니다. 왕과 왕권이야말로 내가 존경하는 유일한 것입니다. 조국과 왕을 사랑하지 않는 자는 살 가치가 없는 자입니다.

사제

그러나 뭐라고 해도 당신은 결국 이 세상의 피안에 어떠한 것을 인정하고 있지 않습니까? 당신의 정신이 한 번만이라도 당신을 기다리는 운명의 깊은 암흑을 내려다보지 않았다고는 생각할 수 없으니 말입니다. 악한 삶을 산 인간에게는 무수한 형벌을, 착한 삶을 산 사람에게는 영원한 보답을 준다는 교의보다 당신을 더 만족시키는 것이 있습니까?

임종을 앞둔 사내

신부님, 만족시키고 말고도 없습니다. 폐허의 교의 말고 무엇이 있단 말입니까? 그런 것은 무섭지도 않지만, 나는 거기서 마음에 위로가 되는 것, 극히 당연한 자연밖에 볼 수 없습니다. 실제로 폐허의 교의 말고는 모두 거만한 정신의 소산입니다. 그것만이 이성의 선물입니다. 이 폐허라는 것을 무서운 존재로 만들거나 위압적으로 여기는 것은 잘못입니다. 자연계의 온갖 만물이 끊임없이 생산되어 가는 과정은 우리가 곧잘 보는 바와 같습니다. 그 어떤 것도 아주 없어지는 일은 없습니다. 그렇고말고요, 신부님. 이 세상의 어느 하나도 완전히 사라지지는 않습니다. 오늘 인간이었던 자가 내일 구더기가 되고 모레 파리가 된다면 영원히 존재하는 것과 다를 바가 없지 않습니까? 그럼에도 당신은 우리 스스로 어떤 가치도 인정하고 있지 않은 미덕으로 보답받거나, 마음먹고 저지른 죄에 따라 처벌받거나 하는 것을 바라는 것입니까? 이런 교의를 인정하고 당신은 당신의 신의 선량함을 믿을 수 있다는 말입니까? 아니면, 하느님은 나를 벌하는 것이 재미있어서 나라는 인간을 만들었단 말입니까? 아무래도 하느님은 내게 선택의 여지를 조금도 남겨주지 않은 듯합니다.

사제

그럴 일은 없습니다.

임종을 앞둔 사내

당신의 편견에 따르겠습니다. 그러나 이성은 그것을 쉽게 뒤엎습니다. 당신은 인간의 자유에 관한 교의를 은총에 관한 것만으로 생각했군요. 죄를 저지르는 것도 저지르지 않는 것도 자유라고는 해도 세상 사람들은 교수대를 보면서 죄를 저지를 수는 없는 거죠. 우리는 어떤 불가항력의 유혹을 물리칠 수 없습니다. 한순간일지라도 우리의 마음이 가지 않는 쪽으로는 우리의 마음을 결정할 수 없는 것과 같습니다. 요컨대 자연이 필요로 하지 않는 미덕은 하나가 아니고, 또한 자연이 그 필요성을 인정할 수 없는 죄악은 하나가 아닌 것입니다. 완벽한 균형으로 자연은 서로 유지하고 모든 자연 과학은 이루어집니다. 그러면 자연이 우리를 몰아붙이는 방향으로 우리가 간다고 해서 어째서 그것이 죄가 되죠? 적어도 당신의 피부에 침을 쏘는 말벌의 행위 이상의 죄라고는 생각하지 않습니다만……

사제

모든 죄 가운데 가장 무거운 죄까지 우리에게 공포감을 줄 수 없게 된다는 말이요?

임종을 앞둔 사내

내가 말한 건 그런 게 아닙니다. 우리가 죄를 피하고 공포를 느끼게 하기 위해서는 법률이 이것을 단죄하고 재판의 생살권이 이것을 벌해야만 합니다. 그러나 불행하게도 한 번 죄를 저지른 이상은 포기하고 쓸데없는 후회에 빠지는 것이 중요합니다. 따라서 앞으로 언제 죄를 저지를지 모르고 저지른 죄는 돌이킬 수 없기 때문에 결국 아무런 도움이 되지 않습니다. 후회에 빠지는 것은 바보 같은 짓입니다. 또 이 세상에서 죄에서 벗어난 행복한 사람이 벌을 받지 않을까 걱정하는 것은 더 바보 같은 짓입니다. 그렇다고 죄를 짓는 것을 장려한다는 것은 아닙니다. 그것은 물론 피해야 합니다. 그러나 죄를 피하는 법은 공포가 아니라 이성에 따라야 합니다. 공포라는 놈은 정말 아무것도 아니어서 조금이나마 정신을 차리면 태양 앞의 유령처럼 금방 사라져버립니다. 이성만이 우리에게 가르쳐 줍니다. 남에게 해를 끼치는 것은 결코 우리를 행복하게 해줄 수 없고, 자연이 이 지상에 우리에게 허락한 최대의 배려는 우리가 다른 사람의 행복에 공헌하는 것이라고. 인류의 모든 도덕은 다음의 말 속에 들어 있습니다. "스스로 행복하면 이것을 베풀어라." 그리고 해를 받고 싶지 않다면 남에게도 해를 끼치지 마라.

신부님, 이것이야말로 우리가 따라야만 하는 유일한 원리입니다. 이 원리를 받아들이기 위해서는 다른 종교나 신도 필요 없습니다. 선한 마음만 있으면 충분합니다. 신부님, 나는 점점 약해지고 있습니다. 빨리 편견을 버리고 어떤 것에도 마음을 빼앗기지 않고 인간답게 정 깊은 사람이 되십시오. 당신의 신, 당신의 종교를 지금 버리세요. 그것은 인류에 흥기를 갖게 하고, 어떤 도움도 되지 않습니다. 사실 이런 소름끼치는 관념이 종교라는 유일한 미명 아래 다른 모든 전쟁, 모든 재해를 통틀어도 쫓아가지 못할 정도로 이 지상에 엄청난 피를 흘리게 했습니다. 다른 세상이라는 관념을 버리세요. 그런 것은 어디에도 없으니까요. 단 행복이라는 즐거움과 행복을 만드는 즐거움을 버려서는 안 됩니다. 이것이야말로 당신의 삶을 보다 풍족하게 보다 크게 하기 위해 자연이 우리에게 준 유일한 방법이니까요. 신부님, 육체의 쾌락은 늘 우리의 행복을 북돋는 중요한 것입니다. 우리는 이것을 예배하러 왔습니다. 쾌락 속에 삶을 끝내고 싶습니다. 나의 마지막이 다가옵니다. 아름다운 6명의 여자가 옆방에 있습니다. 이날을 위해 나는 그녀들을 두었습니다. 당신도 함께 하죠. 나를 따라 그녀들을 안는다면 미신의 억지나 바보 같은 위선의 설교 따위 모두 잊도록 노력해 보세요.

임종의 앞둔 사내가 벨을 누르자 여자들이 방으로 들어왔다. 그러자 사제는 바로 그녀들의 품에 안겨 자연에 따라 타락해 버렸다. 타락한 자연이란 무엇인지 결국 설명할 수 없었던 그가 말이다.

B. 고귀한 평가

루소의《고백록》의 발원 사드

프랑스에 있어서의 낭만주의 운동은, 문학사상 정설에 의하면 거의 1839년부터 시작되었다고 할 수 있다. 다시 말해 사드가 죽은 지 약 15년 뒤의 일이다. 라마르틴, 위고, 고티에, 비니, 뮈세, 발자크 등의 화려한 세대를 일괄하여 '1830년대의 작가'라 부르는 사람도 있다.

이 1830년대의 시인이나 소설가들이 그들의 사표로 삼은 낭만주의 사상의 선구자 가운데에는 18세기의 괴테, 장 자크 루소, 바이런, M. G. 루이스 등의 이름이 알려져 있으나 사드의 이름은 거의 문학사의 표면에는 나타나지 않는다. 그 무렵, 어느 누구도 그의 이름을 공공연하게 입에 올리지 않았기 때문이다. 그러나 현재는 의심할 여지없이 낭만주의 혁명은 사드 후작의 어두운 그림자가 드리운 터전에서 출발했다고 생각하고 있다. 저명한 문학사가인 마리

오 플래츠 교수는 19세기 유럽 문학이 사드의 영향 아래 있다고 분석했다. (《로망주의적 고민》1951)

파스칼《팡세》뒤에 숨겨놓은 사드

이미 1830년대에도 비평가인 쥴 재넌은 다음과 같은 사실을 인정하고 있다. "잘못 생각해서는 안 된다. 사드 후작은 어느 곳에나 있다. 어떤 사람의 장서 속에서도, 숨겨진 비밀 선반에서 반드시 그것을 찾을 수 있다. 그것은 보통 파스칼의 《팡세》등의 책 뒤에 숨겨놓은 책 가운데 하나다." (〈파리평론〉지에서, 1834년)

또 비평의 대가로 널리 알려진 세인트 부브도 "가장 명성 있는 우리나라의 소설가 두세 명 가운데에는 분명 사드의 영향을 받았다고 생각되는 자가 있다" 단언하면서 "그 영향은 숨겨져 있으나 결코 분별해내기 어렵지 않다…… 굳이 말하자면 바이런과 사드(이렇게 비교하는 것을 용서하기길)야말로 아마도 가장 위대한 근대의 맞수였다. 전자는 공공연하게 사람들의 입에 오르내리고 있으나 후자는 누구나가 입에 올리기를 조심한다. 우리나라의 대중작가 가운데 몇몇의 작품을 읽고 만약 그의 바탕을 알고자 한다면 지금 열거한 작자의 이름을 절대 놓쳐서는 안 된다" 말한다(〈양(兩)세계평론〉지에서, 1843년)

사드는 프랑스의 영광

사드의 영향이 얼마나 광범위하게 미치고 있는지 알고 있으면서도 이를 소리 높여 입에 올리기를 꺼리는 분위기가 당시 문단의 양식가들 사이에 팽배해 있었던 것이라 생각된다. 1830년대의 문학자 중에서 가장 먼저 사드를 소리 높여 극찬한 사람은 아마도 스스로 '낭인(浪人)'이라 부른 반(反)왕당파, 반(反)부르주아의 미친 시인

페트뤼스 보렐뿐이었을 것이다.
 "내가 이 프랑스의 영광이라는 말로 표현하고자 했던 것은 너희들 모두가 더럽다고 비난하는 책, 그러면서도 모두가 주머니 속에 숨기고 다니는 책의 유명한 작자를 가리키는 말이었다. 독자들이여, 신경에 거슬렸다면 용서하시길. 내가 말하고 싶은 것은 전능한 귀족 사드 백작을 가리키는 것이었다."(《퀴티파르 부인》1839년)
 낭만파에 이은 문학상의 세대는 1850년대의 비평적, 객관주의적 성향을 지닌 작가들이다. 이 무렵이 되면 자기 속에 사드의 영향을 확실하게 자각하고, 자신 있게 사드의 위대함을 인정하는 작가들이 나타나는데 보들레르와 플로베르 두 거두가 이에 포함된다.

악을 해명하는 사드

 《악의 꽃》의 시인은 《악덕의 번영》의 작자에 대한 친근감을 다음과 같이 밝혔다. "악을 해명하기 위해서는 늘 사드와 같이, 다시 말해 자연인으로 돌아가지 않으면 안 된다"(《내면일기》). 또 그는 18세기의 악덕소설과 동시대의 문학정신을 대조시켜 다음과 같이 말하고 있다. "실제로 악마주의가 승리했다. 악의 왕이 순진해져 버렸다. 스스로를 아는 악은 스스로를 모르는 악만큼 추악하지 않으며 치료하기도 쉽다. 조르주 상드는 사드보다 못하다."
 공쿠르 형제의 일기에는 플로베르가 사드를 즐겨 말하고 있는 것을 증언한다. 공쿠르 형제에 따르면 플로베르는 "사드에게 홀린 정신"(1858년, 11월)이다. 플로베르의 서간집에 가끔 등장하는 '노인'이라는 호칭은 사드를 가리키는 말이다. 또 그는 "대(大)사드"라고도 불렸다. 도둑시인 라스넬을 말한 글에서 플로베르는 다음과 같이 쓰고 있다.

그리스도와 함께 영원할 사드

"나는 네로와 같은 사드 후작을 안다는 것을 매우 기쁘게 생각한다. 이 괴물들은 나를 위해 역사를 설명하고 있다. 그들은 역사의 보충 설명자들이고 최고봉이며 도덕이자 후식이다. 내가 말하는 것을 믿으라. 그들은 위대한 불후의 인물들이다. 마왕은 그리스도와 마찬가지로 영원히 살 것이다…… 아, 만약 그대가 이 성실한 작가 사드 후작의 소설을 몇 권 찾아내준다면 나는 아무리 큰 거금을 들여서라도 그것을 살 것이다."(《서간집》, 1839년 7월 15일, 어네스트 주발리에에게 보내는 편지)

사드에게서 천주교적인 "이단 규문(糾問)의 정신, 고문의 정신, 중세 교회의 정신, 자연에 대한 공포심"(공쿠르 형제의 일기에서)을 읽어낸 것은 플로베르와 1850년대의 교부 유이스먼스였다. 그들에 따르면 사디즘은 가톨릭시즘의 사생아이며, 종교는 침범해야만 할 대상이라고 생각하고 있다.

위대한 사디즘의 탄생

"사디즘의 힘, 그리고 사디즘이 나타내는 매력은 사람이 신에게 바쳐야 할 신앙의 신념이나 기도를 마왕에게 넘긴다는 금단의 향락 중에 모두 존재한다"고 유이스먼스는 말한다. "그것은 가톨릭 교회의 규정을 위반하는 것이며, 그리스도를 가장 심하게 조롱하기 위해 그리스도가 가장 미워한 죄, 즉 예배를 모독하거나 육체의 향연을 즐김으로써 가톨릭의 규율을 그야말로 역전시킨 것이기도 하다. 사실, 사드 후작의 이름에서 유래한 이 증상은 교회와 같은 정도로 오래전부터 존재하고 있었다. 그렇게 오래전으로 거슬러 올라가지 않더라도 18세기에는 중세 야회(夜會)의 음란한 의식이 단순한 격세유전현상에 따라 부활하여, 사디즘은 걷잡을 수 없이 퍼졌다."

(《역결》1884년)

19세기 끝무렵 데카당(퇴폐와 타락) 시인들 사이에서도 사드를 열광적으로 칭찬하는 자들이 있었다. 가장 먼저 영국의 찰스 스윈번을 꼽아야 할 것이다.

바이런보다 위대한 사드
"언젠가 세월이 흐른 뒤, 어느 거리든지 조각상이 세워져 어느 받침돌 아래에도 그를 위해 공물이 바쳐지는 시대가 올 것이다"(와츠에게 보내는 편지) 말한 스윈번은 그 밖에도 사드에 대한 열렬한 찬사를 남기고 있다. "내 시작법의 근원인 대시인, 사상가, 숙달된 선비 사드는 바이런보다 훨씬 위대한 인물이다. 그야말로 신들과 인간의 마음 깊은 곳까지 꿰뚫고 있다."(하우튼 경, 밀즈에게 보내는 편지, 1865년 8월)

시인 보들레르의 《악의 꽃》에 나타나는 경구에는 다음과 같이 쓰여 있다.

　　이런 불가사의한 시구에 비교되는 것은
　　아마도 천사의 언어를 알고 있던
　　저 인내심 깊은 사드 후작과 같은 사람이 만든
　　시구밖에 없지 않을까 생각한다

오스카 와일드의 만년 작 《옥중기》에는 "그대의 자리는 누구보다 먼저 유아(幼兒) 사무엘의 옆이다. 그런데 나는 마레보르제의 진흙 구덩이 속에서 질 드 레와 마르키 드 사드 사이에 앉아 있다. 이게 최선이라고 나는 굳이 말한다. 불평을 말하고자 하는 것이 아니다. 사람이 감옥에서 배우는 교훈 가운데 하나는 사물은 있는 그대로이며, 또 앞으로도 있는 그대로이리라는 것이다. 게다가 나는 《피에르와 머튼》보다는 중세 취향의 나병환자나 《쥐스틴》의 작가가 좋은 동료임이 틀림없다고 굳게 믿고 있다" 말하고 있다.

사드 후작의 진실

사드에 관한 연구가 비평과 과학의 시대로 들어선 것은 1887년, 뒤에 소르본 대학의 지각생리학연구소장이 된 찰스 헨리의 저명한 소책자 《사드 후작의 진실》이 발표되었을 때부터이다. 약 10년 늦게 C. 투르니에 박사가 마르시아라는 필명으로 리옹에서 《사드 후작과 사디즘》을 발표한 것이 의학적 연구의 선구가 되었다. 그리고 금세기 첫무렵부터는 베를린의 정신과의사 이완 브로흐가 오이겐 뒬렌이라는 필명으로 《사드 후작과 그 시대》(1899년 12월), 《사드 후작 신(新)연구》(1904년) 등을 이어서 발표하여 의학적 연구와 더불어 문헌적 연구에 크게 공헌했다.

이와 마찬가지로 이완 브로흐 박사에 의해 《소돔 120일》의 모든 텍스트가 공개된 것은 1904년이다. 그 텍스트의 서문 속에서 박사는 '이 작품의 과학적 중요성'과 '사드에 의해 인용된 증상의 예와 크라프트 에빙의 그것과의 놀라울 정도의 유사성'을 지적하고 있다.

20세기를 지배할 사드

겨우 사드가 프랑스의 문학사 속에서 자리를 차지하게 된 것은 20세기 신문학의 기수 아폴리네르 덕분이었다. 1909년, 아폴리네르의 노력으로 사드의 《작품집》이 편찬된 것은 새로운 철학적 연구의 시대를 향한 첫걸음이었다. "지금이야말로 도서관 위험서고의 더러운 공기 속에서 성숙한 이 사상을 세상에 알려야 할 때라고 생각한다. 전 19세기를 통틀어 묵살당해온 이 인물이야말로 20세기를 지배하게 될 것"이라고 아폴리네르는 예언했다.

이 예언이 현실이 되어 제1차 세계대전 뒤의 첨예한 문학운동인 쉬르레알리즘(초현실주의)은 사드를 그 수호신으로 들고 있다. 앙드레 브르통, 폴 엘뤼아르, 장 폴랑, 로베르 데스노스, 르네 샤르 등의 쉬르레알리스트 시인이 각각 열렬한 사드송(頌)을 쓰고 있다. 특히, 그 생애를 사드의 전기와 문헌연구를 위해 바친 막스 에른스트의 인내심 깊은 노력에 주목해야만 한다. 1926년, 막스 에른스트의 서문과 주를 붙여 《짧은 이야기, 옛날이야기, 우스개이야기》와 《사제와 임종을 맞이한 남자와의 대화》가 세상에 나오고서야 비로소 사드 연구는 본격적인 단계에 들어섰다고 할 수 있다.

실존주의 작가들 사드의 찬가

이와 같은 사드의 부활 기운을 타고 제2차 세계대전 뒤에는 주로 실존주의 계통의 작가나 비평가들이 사드를 사상적, 철학적 고찰의 대상으로 꼽기 시작했다. 피엘 그로소프스키, 모리스 블랑쇼, 시몬 드 보부아르, 알베르 카뮈, 조르주 바타유 등의 뛰어난 논문이 나온 현재, 사드는 이미 문학사 속에 공식적으로 그 지위를 갖추게 되었다. 막스 에른스트가 죽은 뒤, 그의 사드 연구를 이어받아 이를 더한층 완전에 가깝게 만든 것은 질베르 레리이다. 레리의 방대한 《사드전(傳)》(상권 1952년, 하권 1957년)은 전2권 1200페이지에 이르는 역작이다. 이리하여 서서히, 확실하게 사드에 대한 평가는 프랑스뿐만 아니라 다른 나라에서도 확고한 자리를 차지하게 되었다.

C. 생애 마지막 사랑

 지금으로부터 2년 전인 1970년, 사드 연구가인 조르지 드망은 처음으로 후작의 만년 일기를 간행했다. 후작이 샤랑통 정신병원에서 쓴 것으로 미발표 일기였다. 이것은 그때까지 전혀 알려지지 않았던 죽음 직전 후작의 병원 생활에 한 줄기 빛을 던져주는 귀중한 자료로서 문학계에서 크게 조명받았다.
 신빙성 있는 자료가 없는 사람은 반드시 전설을 낳는다. 사드도 예외가 아니었다. 질베르 렐리의 주도면밀한 조사에도 사드 전설의 어떤 부분에는 공백이 많다. 특히 만년의 샤랑통 생활에 관한 전설은 병원측의 기록이나 관공서의 공문서 말고는 거의 찾아볼 수조차 없다. 그 바람에 거기에는 전기 작가의 예단에 의한 신화가 형성되었다. 이를테면, 사드는 1790년 '상시블'(Sensible : 예민한 사람)이라는 애칭으로 불린 마리 콘스탕스 루넬(케네 부인)라는 서른 살의 미망인을 알게 된 이후로 다른 여자한테는 눈길도 주지 않고, 죽을 때까지 그녀만 사랑했다는 게 통설이었다. 적어도 이 신화는 미발표 일기가 간행된 오늘날 완벽하리만큼 파괴되었다고 봐도 좋을 것이다. 죽음을 앞둔 일흔넷의 노인은 쉰여섯 살이나 차이 나는 로리타 같은 요정에게 꺼져가는 마지막 정열을 불태웠던 것이다!
 그러나 이 미발표 일기에는 여자 거지를 별장으로 꾀어내어 채찍질하고, 마르세유의 창부집에 여자들을 모아 놓고 성의 향연을 펼쳤던, 한 시대를 풍미했던 시원시원한 대귀족이자 자유사상가로서의 모습은 이미 없다. 뱅센과 바스티유 감옥에서 미쳐 날뛰는 짐승처럼 옥리에게 욕설을 퍼붓고, 혁명 전야의 민중을 창문에서 선동하고, 채워지지 않는 욕망에서 비롯한 피투성이 환영을 종이 위에 정착시키려고 발악하던 시절의, 하늘을 향해 포효하는 마왕 같은 후작의 모습도 없다. 거기서 발견되는 것은 파란만장한 시대를 살았던 노인의 지극히 산문적인 일상이다. 나폴레옹 체제 아래 권력에 의해 정신병원에 갇혀 정원 산책이나 펜과 종이의 사용마저 금지되기 직전이던 늙은 후작의 실없는 푸념의 연속이다. 돈 걱정, 입원 환자들과의 사소한 다툼, 케네 부인의 병, 자신의 건강 상태, 언제 석방될까 하는 불안한 추측. 이러한 내용만 쓰여 있다. 갇혀버린 작은 세계의 작은 일상이다. 문제의 마지막 연애만 해도 빈말로라도 화려하다고는 할 수 없는 내용이었다. 같은 병원 내에서 지내던(딸이라는 명목으로) 케네 부인을 눈을 피해 거의 일주일 간격으로 상대와 짧은 만남을 거듭하는, 조금 심술궂게 말하자면, 불쌍하게도 쇠약해 버린 노인의 성욕의 발로에 지나지 않는다. 문자 그대로, 자그마한 aventure(모험)에 불과한 것이다.

단, 여기서 주목할 점은 이 일기가 결코 간행을 목표로 한 것이 아니라는 사실이다. 일기니까 당연하다면 당연한 이야기지만, 현대의 우리는 사후에 공개된 저명한 문학가의 일기에 너무 익숙해져 있다. 그러나 지드의 일기를 읽는 것과 같은 눈으로 사드의 일기를 읽어서는 안 된다. 무엇보다 사드는 생전 저명한 문학가가 아니었고, 당시는 이른바 '감춰진 일기'를 낱낱이 활자화해서 대중에 공개하는 저널리즘 풍조는 아직 없었기 때문이다. 사드는 단순히 비망록을 남기고자 일기를 썼지, 하나의 작품으로 남길 생각은 추호도 없었을 것이다. 그 증거로 이 일기에는 극단적으로 생략된 표현과 알아보기 어려운 글자, 해독해야만 하는 수수께끼 같은 표기법이 잔뜩 있다. 가명이나 암시를 써서 일부러 모호하게 기술한 것으로 보이는 부분도 있다. 그것은 종종 낭패를 겪었던 경찰 압수에 대한 조심성의 발로일 것이다. 요컨대 사드는 독자를 의식하지 않은 채 자기만을 위해 일기를 쓴 것이다. 상상력을 발휘해서 '작품'을 쓸 요량이었다면, 아무리 늙었다 하더라도 내용이나 형식면에서 그것과는 전혀 다른 식으로 썼을 것이라는 점을 명심해야 할 것이다. 시시한 신변잡기만 쓰여 있다고 해서 우리 후세 독자들이 불평할 권리는 없다.

일기의 초고는 지금까지 발견된 많은 미발표 편지와 마찬가지로, 후작 대부터 헤아려 6대째 직계 자손인 사비에르 드 사드 씨가 사는 프랑스 북부 엔 현의 콩테 앙 브리 성 내 문서 창고에서 발견되었다. 이는 두 권의 수첩이었으며, 첫 번째 수첩은 1807년 6월 5일부터 1808년 8월 26일까지, 두 번째 수첩은 1814년 7월 18일부터 같은 해 11월 30일(죽기 이틀 전!)까지 쓰여 있다. 전자는 1년 2개월, 후자는 5개월이라는 짧은 기간이다.

여기서 당연히 드는 의문은 전자와 후자 사이의 공백 기간을 메울 수첩이 존재하지 않는다는 것이다. 실제로 전자에는 '첫 번째 수첩'이라고 쓰여 있고, 후자에는 '네 번째 수첩'이라고 쓰여 있다. 즉, 두 번째와 세 번째 수첩이 분명히 존재했다. 더구나 '첫 번째 수첩' 첫머리에 "이 일기는 몰수당한 일기와 이어지는 것이다"라는 작가의 말이 있는 것을 보면, '첫 번째 편지' 이전에도 몇 권의 수첩이 있었다는 셈이 된다. 이 귀중한 자료들은 어디서 분실되어 버렸을까? 말할 것도 없이, 경찰 또는 병원 원장에게 압수당해 불 속에 던져지고 말았던 것이다.

아마도 '두 번째 수첩'은 1810년 10월 18일 내무대신 몽탈리베의 엄격한 권고에 따라 경찰이 후작의 방을 압수수색했던 때 압수당했을 것이고, '세 번째 수첩'은 1814년 6월 1일 쿨미어의 후임으로 샤랑통 정신병원의 원장이 된 를락 듀 모파에 의해 몰수·인멸당했을 것이다. 두 권의 수첩이 파괴를 면하고 만천하에 공개된 것을 오히려 기적적이라고 해야 좋을지도 모른다.

　사드의 마지막 연애 상대는 마들렌 르클레어였다. 죽을 때까지 사귀었으니 진정한 마지막 사랑이었을 것이다. 죽기 직전 일기에 "그녀는 다음달 19일에 열여덟 살이 된다"고 쓰여 있으니, 역산하면 이 소녀는 1796년 12월 19일생인 셈이다. 사드와 무려 56년의 나이 차이다. 사드가 처음 그녀를 본 것이 1808년 1월 9일, 케네 부인이 병중일 때로 추정되니, 당시 그녀는 아직 열두 살에도 못 미치는 어린 소녀였던 셈이다! 내가 롤리타를 떠올리는 것도 무리는 아니다.
　잘 알려졌다시피 블라디미르 나보코프의 이른바 '님페트'는 9세에서 14세까지의 소녀에 한정되어 있었다. 게다가 "남자가 님페트의 주박에 사로잡히려면 소녀와 남자의 나이 차가 적어도 십수 년, 일반적으로는 30년에서 40년은 필요하다." 그러나 사드는 그 이상이었다. ─하나의 신화를 부수고 다시금 새로운 신화를 만들어내려는 것은 아니지만, 사드와 님페트의 조합은 그리 나쁘지만도 않은 것 같다.
　사드가 아주 꼼꼼한 성격의 소유자이며, 일종의 계산 마니아(사인츠 슈마이들러의 의견에 따르면 오나니스트 특유의 성벽이다)가 아닐까 의심될 정도로 사소한 일상까지 세세하고 정확하게 기록 계산하고, 이 계산에서 도출한 수치에서 신비로운 의미를 찾는 경향이 있었다는 사실은 그 생애를 잠깐 들여다보면 금방 알 수 있다. 이 만년의 일기에서도 이러한 그의 편집광적 경향이 유감없이 발휘되어, 마들렌과 만날 때마다 그게 몇 번째 만남인지 분명하게 기록되어 있다. 재미있는 것은 그 횟수가 visite(방문)과 chambre(규사)로 나뉘어 헤아려지며, 두 사람이 친밀한 관계가 되고부터는 '규사'로서 분류된다는 점이다. 예를 들어 1814년 8월 20일에는 "그녀, 통산 85번째 내방. 61번째 규사"라고 쓰여 있다. 마들렌의 방문은 거의 일주일 간격으로 규칙적으로 계속된 것으로 보인다. 그녀가 처음 사드의 방을 찾은 것은 1812년 11월 15일 무렵이고, 두 사람이 처음으로 친밀한 관계가 된 것은 1813년 5월 15일 무렵으로 추정된다. 사드는 일흔넷을 앞둔 나이고, 소녀는 이제 겨우 열여섯을 앞둔 나이였다.

마들렌 르클레어의 어머니는 샤랑통 정신병원에서 일하는 가난한 잡역부였던 것으로 추정된다. 놀랍게도 그녀는 딸과 노인의 관계를 묵인했다. 아니, 창녀처럼 딸을 노인에게 보내려고 나서기까지 했다고 한다. 젊어서부터 같은 방법으로 수많은 여자를 자기 것으로 삼아 온 후작에게는 이 어머니의 태도도 그다지 놀랍지 않았을지 모른다.

마들렌은 양복점이나 세탁소에서 수습생으로 일하며 일주일에 단 하루 휴가를 받아 노인을 찾아왔을 것이다. 그녀가 방에 있는 시간은 언제나 한두 시간이었다. 그녀가 노인에게 육체적인 접촉을 허락하고 금전적인 보수를 받았으리란 것은 의심할 나위가 없다. 사드는 늙어서 남성의 기능이 급격히 저하되었을 것이므로, 그 육체적 접촉이란 것도 아주 만족스러운 성행위는 아니었을 것이다. 문자 그대로 성적 장난감, 또는 성적 유희 같은 것이었을까? 그러나 마들렌도 오로지 금전적 보수를 위해 사드와 관계를 맺은 것이 아니라, 이 고독한 노인에게 일종의 애착을 느끼지 않았을까 의심되는 구석도 있다. 그녀는 "생일에 토끼털 양말을 선물하겠다"는 등 사랑스러운 말도 했다.

사드는 어땠느냐? '네 번째 수첩' 이래 마들렌에 관한 기술이 압도적으로 많아지는 것을 보면 그녀에게 애착하는 마음을 알 만하다. 노인은 대단히 질투심이 많아서, 마들렌이 친구와 무도회에 가거나 목욕을 가지나 않을까 늘 전전긍긍했다. 어머니에게 딸의 행방을 은밀히 물은 뒤에야 안심하곤 했다. "마들렌은 오늘 어떤 무도회에도 가지 않겠다고 약속해 주었다"와 같은 구절이 일기에 무슨 일대사건인 듯 적혀 있는 것을 보면 정말 대단한 열성이 아니라고 할 수 없다. 만년의 사드가 극악무도한 성정을 버리고, 색만 밝히는 노인네처럼 되어 버렸다는 사실은, 마들렌이 찾아오면 그가 방에서 읽기 쓰기나 노래를 가르쳤다는 사실에서도 짐작할 수 있다. 그 《규방철학》의 악덕한 선생은 세월과 함께 미덕의 교사로 변모해 버린 것이었을까?

그래도 사드가 소녀와 함께 즐긴 쾌락은 적어도 본인들에게는 더 없이 귀중하고 불법적인 비밀의 쾌락이기도 했던 듯하다. 그가 병원 내에 소문이 도는 것을 극도로 두려워했던 것은 당연하다. 소녀와 한방에 있을 때는 누가 문을 두드리기만 해도 심장이 철렁 내려앉곤 했다. 그는 사랑의 장난을 하는 동안 마들렌이 상냥했는지 냉담했는지 따위도 적었으며, 그녀의 월경에 관해서도 꼬박꼬박 기록했다.

사드는 일기 안에 그 뜻을 알 수 없는 ϕ라는 기호를 썼다. 조르주 뒤마의 주해에 따르면, 이는 '에로틱한 의미가 있는' 기호인 것 같다. 그러고 보면 이제야 이해가 가는 문맥도 몇 군데 있다. 계산 마니아 중에 자위나 몽정 횟수, 또는 성교 횟수 따위를 기호로 기록하는 버릇을 가진 사람이 많은 것은 심리학적으로도 잘 알려진 사실일 것이다. 타다 남은 모닥불처럼 사드의 성욕은 아직도 희미하게 계속 타고 있었던 것이다.

샤랑통의 사드 옆방에는 1804년 7월쯤부터 사실상 그의 부인이던 케네 부인이 옮겨 와 살고 있었다. '첫 번째 수첩'에 따르면, 그녀는 1808년 6월 무렵 열과 구토를 동반하는 중병에 걸렸으며, 사드도 그녀를 몹시 걱정해서 간병에 힘썼다. '네 번째 수첩'에는 이미 건강을 회복해 돈을 마련하러 혼자 파리로 떠나기도 한다. 이 케네 부인이 나잇값도 못하는 사드의 정사를 묵과했으리라고는 생각하기 어렵다. 실제로 일기에도 그녀와 사드의 관계가 일시적으로 험악해 졌다고 적혀 있다. 그러나 어느새 화해한 건지, 사드는 마들렌에게 나중에 자기가 석방되면 마들렌과 케네 부인과 자기 이렇게 셋이서 새로운 가정을 꾸리고 싶다는 꿈같은 희망을 즐겁게 이야기하게 된 다. 케네 부인은 둘째치고, 마들렌과 그녀의 어머니가 이 계획에 반 대했을 리 없다. 그러나 너무도 꿈같은 이 계획은 끝내 실현되지 못 했다. 다가오는 죽음의 손길이 별안간 달콤한 희망을 무자비하게 짓 밟아 버렸기 때문이다.

1814년 11월 27일(죽기 닷새 전) 무렵에는 다음과 같이 적혀 있 다.

"마들렌, 98번째 방문. 내가 내 몸의 어디가 아픈지 자세히 설명 하자 그녀는 아주 걱정스러운 표정을 했다. 그리고 어떤 무도회에도 절대로 가지 않겠다고 약속했다. 그런 뒤에는 미래에 관해 이야기했 다. 내년 19일에는 그녀가 열여덟 살이 된다고 한다. 여느 때처럼 우리의 조촐한 놀이에 빠졌다. 그녀는 다음주 일요일이나 월요일에 다시 오겠다고 약속했다. 그리고 내가 그녀를 위해서 해준 일에 대 해 고맙다고 했다. 그녀는 날 배신하지 않을 것이고, 그럴 생각도 없다는 뜻을 분명히 했다. 그녀는 두 시간 있었다. 나는 아주 만족 스러웠다."

이미 보름 전부터 노인은 몸에 원인 모를 극심한 통증을 느끼고 있었다. 마들렌의 마지막 방문이 된 11월 27일로부터 사흘 뒤, "11 월 30일, 처음으로 가죽 탈장대를 찼다"는 짧은 기술을 마지막으로 후작의 일기는 중단되었다. 죽은 시각은 12월 2일 오후 10시쯤이었 다. "다음주 일요일이나 월요일(12월 4일)에 다시 오겠다"고 약속한 마들렌은 이처럼 갑작스러운 죽음으로 예기치 않게 두 번 다시 후작을 만나지 못하게 되었다.

지금까지 사드의 사인은 를락 듀 모파가 진단한 '괴저성 쇠약열'이나 라몬 의사가 진단한 '천식성 폐전색'과 같은, 근대 병리학으로는 도저히 이해하기 어려운 알쏭달쏭한 병명으로만 알려져 있었다. 그런데 이 일기 마지막에 나오는 '가죽 탈장대'라고 기술된 것으로 보아 적어도 사드가 하복부 또는 고환에 통증을 느꼈으리라는 것만은 분명해졌다. 조르주 뒤마는 사인을 암이나 감돈성 탈장, 또는 장폐색으로 추측했다. 이 점에 관해서는 전문가의 의견을 더 들어 봐야 한다.

*

조르즈 뒤마가 간행한 사드 후작의 미발표 일기에는 당시 내무성 비밀 조사에 관계했던 히폴리트 드 코란이라는 사람이 쓴 샤랑통 정신병원의 정신병 치료 방법에 관한 의견서(1812년)이라는 글도 함께 수록되어 있다. 이것도 처음으로 세상의 빛을 본 것으로, 사드 만년의 병원 생활과 당시 프랑스의 대표적인 정신병원의 실태를 파악하는 데 매우 귀중한 자료가 된다.

세계적인 성공을 거둔 페터 바이스의 희곡을 바탕으로 사드가 샤랑통 병원에서 정신병 환자들로 극단을 조직하고 직접 대본을 쓰고 연출까지 했다는 것이 자못 사실처럼 유포되었다. 질베르 렐리의 전기에도 정신병 치료를 위한 정신요법으로서의 연극이라는 관점에서 진보적인 원장이 환자들의 극단 활동을 원조했다고 되어 있다. 렐리는 이 연극 활동에 적극적인 의미를 두고 있는 듯하다. 이는 물론 사실과 완전히 위배되는 것은 아니지만, 사소한 뉘앙스가 다르다는 점은 인정해야 할 것이다. 일단, 히폴리트 드 코란의 증언에 따르면, 사드가 쓴 희곡은 단순히 원장 생일을 축하하는 내용이었고, 이 것을 연출한 사람은 일반 정신병 환자가 아니라 파리의 소극장들에서 모집한 삼류 배우가 대부분이었다. 환자들은 연극에 전혀 참가하지 않았고, 회복기에 있는 환자나 얌전한 우울증 환자만이 관객석에 앉도록 허락되었다. 폭력적인 환자나 백치 등에게는 연극 구경이 금지되었다. 반면에 관객의 거의 대부분은 원장이 초대한 상류 계급 귀부인으로, 그녀들은 관객석 일부에 앉은 환자들을 기분 나쁘게 빤히 쳐다보았다. 그들은 요컨대 구경거리였던 셈이다. 이렇게 보면, 정신병 치료를 위한 정신요법으로서의 연극이라는 관점은 후세 사람들이 제멋대로 지어낸, 실태와는 전혀 동떨어진 완전한 허상에 불과하게 된다. 당시 정신병원에는 그만큼 진보된 치료법 관념이라는 것이 존재하지도 않았을 것이다.

그러나 히폴리트 드 코란의 보고가 놀라운 점은 그런 것이 아니다. 당시 정신병원의 설비가 열악했다는 점과 환자에 대한 병원측의 태도가 상상도 못할 만큼 가혹했다는 점이다. 미셸 푸코는 지금까지 은폐돼 왔던 인간 문화와 광기의 관계를 많은 저작에서 명확히 밝히는 작업에 정력을 쏟아 왔는데, 이 새로운 발견의 자료도 그것들과 같은 인식의 빛으로 우리를 이끄는 역할을 할 것이다.

"거의 모든 환자가 지푸라기 위에서 이불도 없이 잤다." 코란은 이렇게 썼다.

"곳곳을 불결함이 지배했다. 벽은 더럽고, 몇 년 전부터 오물로 뒤덮여 있었다. 환자들이 풍기는 악취와 변소의 악취로 주위에는 역겨운 공기가 가득했다……."

욕실에서는 오로지 벌을 받을 때만 '불시의 샤워'라는 이름으로 세찬 냉수 세례를 받았다고 한다. "충격 때문에 가끔 호흡이 멎기도 했다"고 한다. 본디 의미에서라면 병자의 정신이나 신경을 편안하게 하기 위해 이루어져야 할 샤워가 이곳에서는 일종의 물고문으로 이용되었던 셈이다.

미셸 푸코는《정신병 환자와 심리학》(1954)에서 다음과 같이 썼다.

이들 병원은 의학적 사명감을 전혀 갖고 있지 않다. 즉, 입원은 병원에서 간호받으라고 허락하는 것이 아니라, 그 사람이 사회의 일원으로 있을 수 없거나 그럴 가망성이 없기 때문인 것이다. 고전주의 시대 때 수많은 일반인과 미친 사람들이 감금 당한 사실은 광기와 병환의 관계를 문제시한 것이 아니다. 사회와 그 자체, 즉 사회가 개인 행위 중 어떤 것을 인정하고 어떤 것을 인정하지 않느냐가 문제다.

감금 상태에 놓인 광기는 새롭고 기묘한 친척 관계를 맺는다. 이 배타적 분위기는 광인, 성병 환자, 자유사상가, 수많은 성년 또는 미성년의 죄인을 하나로 묶는데, 일종의 모호한 동일시를 불러일으킨다. 즉, 광기는 도덕적·사회적 죄악과 거의 끊을 수 없는 친척 관계를 맺는다.

18세기 말부터 19세기 초까지 사드는 정권이 바뀔 때마다 소뮈르, 피에르 안시스, 미올란, 뱅센, 바스티유, 샤랑통, 생트 펠라지, 비세트르 등 열 개가 넘는 감옥을 거치며 총 30년에 가까운 죄수 생활을 해야 했다. 그러나 곰곰이 생각해 보면, 도대체 왜 사드가 그토록 오랜 기간 감금되어야 했는지 그 이유는 너무도 모호하다. 정부 몇 명을 만들었다는 죄였을까? 바보 같은 이야기다. 그런 것은 봉건 시대의 도락가 대귀족들에게는 다반사가 아니었던가? 훨씬 잔혹한 짓을 한 사람, 이를테면 여자를 사냥감처럼 화살을 들고 쫓고 불에 태우기를 취미로 삼았던 도락가 대귀족도 이 시대에는 그리 드물지 않았다. 무엇보다 사드는 사람을 한 명도 죽이지 않았다.

여자에게 고통을 준 것쯤은 사회에 만연하는 위험한 일 축에도 끼지 못한다. 사회가 사드에게서 발견한 죄는 '가차 없는 논리'라는 이름의 죄였다. 모든 것을 숨김없이 말하는 것은 어느 시대에나 죄였다. 18세기는 이성의 시대라고 불리지만, 사드처럼 그 논리를 극한까지 거침없고 철저하게 밀어붙인 자가 또 누가 있는가? 볼테르는 종교를 파괴했지만, 신은 그대로 두었다. 장 자크는 사회를 고발했지만, 자연인과 '선량한 야만인'의 신화를 지어냈다. 라 메트리는 인간을 기계로 환원했지만, 모럴을 버리지 못했다. 이런 약점에서 유래하는 질곡을 철저하게 배척하고, 가차 없는 논리의 수레바퀴를 극한까지 회전시킨 사람이 사드였다. 그리고 자유의 공포, 자유의 아찔한 심연을 들여다보았다.

물론 경솔한 한량에 불과했던 청년 시절의 사드가 그러한 것을 모두 의식했을 리는 없을 것이다. 모든 것을 말할 권리를 잃을 바엔 감옥을 택하겠다는 순교자의 기개가 청년 사드에게 있었던 것은 아니다. 그러나 결과적으로 그는 감옥을 선택해 버렸다. 바스티유의 육중한 문이 눈앞에서 닫혔을 때 진짜 사드 후작이 탄생했던 것이다. 아마 사드는 이때 모든 것을 말할 특권, 자유의 공포에 취할 특권이 실은 감옥 안에만 있다는 사실을 무의식적으로 느꼈을 것이다.

이리하여 그는 죽을 때까지 유죄가 되어야 했다. '모든 것을 숨김없이 말한' 단순함이 체제에 따라 공포의 대상이었다는 사실은 사드가 겪은 수많은 고난의 역사를 돌이켜 보면 일목요연할 것이다. 즉, 왕제 아래 사드는 풍기문란죄를 저지른 범인이었고, 혁명 정권 아래에서는 온건주의자였다. 그리고 집정정치 및 제1제정 아래에서는 정신병원에 갇힌 광인이었다. 사드는 화를 초래하지 않을 만한 문장은 한 줄도 쓰지 않았던 것이다. 역설적으로 말한다면(아니 절대로 역설이 아니다), 그는 이성 때문에 감금당한 것이다!

이성을 돌파하는 이성은 광기로 간주된다. '이성의 시대'에 유죄 선언을 받은 이성적인 사람—그가 문학가로서의 사드이다. 이는 그가 살인을 변호하면서도 사형에 대해 단호하게 반대 의견을 표명했다는 점에서도 쉽게 추측할 수 있을 것이다.

D. 잔 테스탈 사건

앞서 '사드 후작의 마지막 사랑'이라는 제목으로 글을 쓴 적이 있는데, 이제부터 내가 쓰려는 글도 그것처럼 새롭게 발견된 자료를 바탕으로 사드 생애의 공백을 메우려는 것임을 먼저 밝혀 두는 바이다. 단, 지난번 글이 샤랑통 정신병원에서의 만년의 사드에 관한 내용이었다면, 이번 글은 아직 스물세 살이던 사드를 다룬 내용이다. 더구나 이 스물세 살 사드의 방탕한 사건에는 뒷날 아르퀼 사건이나 마르세유 사건에서는 보이지 않는 성적 쾌락의 신성모독적 요소가 보인다는 점에서 특히 우리의 흥미를 끈다는 사실을 강조하고 싶다.

1763년 10월, 뒷날 《쥘리에트 이야기》의 저자는 파리의 별장에서 방탕 사건을 일으키고 그 때문에 뱅센 감옥에 15일 동안 구류된다. 그것이 어떤 성질의 방탕이었는지는 지금까지 전혀 알려지지 않은 채 수수께끼로 남아 있었다. 아버지인 사드 백작이 남동생인 수도원장에게 보낸 편지(1763년 11월 16일자)에 아주 단편적인 사실이 남아 있을 뿐이었다. 거기에 따르면, 사드는 파리 시내에 "별장을 빌리고, 외상으로 가구를 들여놓았다. 그리고 혼자 태연히 그곳으로 가서 도를 넘어서는 광란과 끔찍한 신성모독 행위를 저질렀다. 창부들은 그것에 관해 증언해야겠다고 생각했다. 경시총감도 엄벌에 처해야 마땅하다고 왕에게 상소를 올렸다." 참고로 말하자면, 이 사건으로 사드는 처음으로 옥살이를 하게 된다.

사드 백작은 '도를 넘어서는 광란과 끔찍한 신성모독 행위'라고 썼다. 그렇지만 생각하기에 따라서는, 당시 예순한 살이던 고지식한 노인이 사실 이상으로 과장된 표현을 한 것이 아닌가 의심쩍기도 하다. 또 사드가 11월 2일, 뱅센에서 경시총감 살틴에게 보낸 편지에 "부디 제가 구류된 진짜 이유를 가족에게 알리지 말아 주십시오. 그렇지 않으면 제 체면은 사정없이 구겨질 테니까요"라고 썼다. 이는 단순히 지금까지는 불미스러운 사건을 저지른 청년이 수치심을 표현한 것일 뿐 그리 깊은 뜻은 없다고 여겨져 왔다. 그러나 사실은 달랐다. 새로 발견된 잔 텔스탈의 진술은 청년 사드의 방탕을 아주 자세하게 보고하고 있다. 그것은 18세기 당시의 사법의 눈으로 보면 아주 중대한 사건이었다. 사드처럼 지위나 인척 관계가 없었다면 화형을 당해도 마땅할 정도로 심각했다. 오히려 당국의 관대한 처사에 의문을 품어도 좋을 정도였다.

이와 관련하여, 1780년 10월 23일에 우연히 사드의 재판 기록 사본을 보게 된 루세가 고프리디에게 보낸 편지의 한 구절이 떠오른다. "대단히 중대한 죄상이어서 구류 기간이 길어질 것 같습니다. 죄상이 옳든 그르든, 선량한 사람들의 입을 다물게 하려면 대신의 권위 있는 한마디가 필요하겠지요. 모르파 부부와 두 명의 공작부인 등은 죄상을 읽은 뒤에 이렇게 말했습니다. '그가 옥에 갇힌 건 당연합니다. 그의 석방을 요구하다니, 그의 부인은 정신이 나갔거나 아니면 그와 똑같은 범죄자입니다.' "

이 글에 나온 죄상이라는 것도 아르쾨 사건이나 마르세유 사건보다 훨씬 치밀한, 1763년 10월 18일 밤에 일어난 잔 텔스탈 사건을 가리키는 것이 아닐까 하고 질베르 렐리는 추측한다. 사실 그럴 가능성이 있었다.

잔 텔스탈의 진술서는 사건이 일어난 뒤 정확히 200년 뒤인 1963년 10월에 장 포말레드라는 어느 애서가가 발견했다고 한다. 질베르 렐리가 그것을 공개한 것은 1967년이었다. 다음은 그 진술서를 해석한 것이다.

잔 텔스탈의 진술

1763년 10월 19일 수요일 오후 6시, 고등법원 변호사, 왕실평정관, 파리재판소 본관인 위베르 뮤텔 앞에 스무 살의 처녀 잔 텔스탈이 출두했다. 그녀는 부채를 만드는 여공인데, 부업으로 매춘도 하고 있었다. 그녀의 주소는 생 우스타슈 소교구 클레리 거리 근방에 있는 몽마르트르 거리였다. 그녀를 데려온 사람은 경찰관 루이 말레의 대리인 장 바티스트 쥐로였다. 그녀는 진실을 말할 것을 선언한 뒤, 본관 앞에서 다음과 같이 진술했다. 즉, 지금으로부터 약 3주 전, 그녀는 라모라는 이름의 여자와 알게 되었다. 당시 라모는 포주로서 생 토노레 거리에 있는 가구가 딸린 셋방에 살고 있었으나, 15일부터는 앞서 말한 몽마르트르 거리에 있는 카페 드 몽마르트르에 살았다. 그날 오후 8시, 라모가 출두인에게 사람을 보내자 그녀는 즉시 라모의 집으로 찾아왔다. 라모는 그녀에게 매춘을 제의하면서, 잘만 하면 24리브르어치 루이 금화 두 닢을 얻을 수 있을 거라고 약속했다. 출두인이 승낙하자, 라모는 출두인을 어느 낯선 사람에게 인도했다. 이 남자는 스물두 살쯤 되었으며, 키는 약 5피트 3인치였다. 옅은 밤색 머리카락을 주머니에 싸고, 창백한 얼굴에는 천연두 자국이 희미하게 남아 있었으며, 빨간 옷깃과 소매에 은 단

추가 달린 파란 모직 외투를 입고 있었다. 남자는 문밖에서 대기하던 삯마차에 출두인을 태웠다. 마차 안에 있던 남자의 하인이 라 그랑주라고 자기를 소개했다. 그녀는 그렇게 무프타 거리 근방의 생마르소 지구 변두리에 있는 어느 집으로 갔다. 노랗게 칠해진 정문이 있고, 그 위에는 쇠울짱이 있었다.

  남자는 그녀를 2층 방으로 데려가고, 같이 따라온 하인은 1층으로 쫓아 보낸 뒤 방에 빗장을 걸었다. 출두인과 단둘이 되자 먼저 그녀에게 종교심이 있느냐, 하느님, 예수 그리스도, 성모 마리아를 믿느냐 따위를 질문했다. 그녀는 자신은 그리스도교도로 자라서 되도록 그 가르침에 따르려고 한다고 대답했다. 그러자 남자는 험한 욕설과 모독적인 언사로 심하게 반발했다. "신 따위는 존재하지 않는다, 내가 실험해 봐서 안다, 전에 어떤 예배당에서 성배에 사정할 때까지 두 시간 동안 자위한 적이 있다, 예수 그리스도는 멍청하고 성모 마리아는 창녀"라고 말했다. 그리고 자기는 함께 성체를 받은 여자와 관계한 적이 있으며, 두 개의 성체 빵을 여자 성기에 집어넣고 "만일 네가 신이라면 복수해 보라"고 말하면서 그 여자와 육체관계를 맺었다고도 말했다. 그러고는 출두인에게 옆방에 가면 놀라운 것이 있을 거라고 말하면서 그 방으로 가자고 재촉했다. 그녀는 임신 중이라서 끔찍한 것은 보기 싫다고 대답했다. 남자는 별로 끔찍한 것은 아니라고 말하면서 여자를 옆방으로 데려가서는 그 방문을 잠갔다. 그곳에는 회초리 네 개와 다양한 모양의 채찍 다섯 개가 있었다. 여자는 깜짝 놀라며 두려움에 떨었다. 채찍 다섯 개 중 세 개는 밧줄, 한 개는 구리선, 나머지 한 개는 쇠줄로 되어 있었다. 그것들은 벽에 걸려 있었다. 벽에는 상아로 된 그리스도 십자가상 세 개와 그리스도상이 찍힌 판화 두 점, 카르발료 풍경과 성모 마리아 상이 찍힌 판화 한 점도 걸려 있었다. 그 밖에 많은 그림과

판화가 있었지만, 하나같이 외설적인 나체나 자세를 표현한 것들이었다.

여자에게 그런 작품들을 보여준 뒤, 남자는 이제 이 쇠 채찍을 불에 새빨갛게 달궈서 자기를 때리라고 말했다. 그런 다음에는 여자가 고른 채찍으로 자기가 여자를 때리겠다고도 말했다. 끈질긴 강요에도 여자는 이 제안에 동의하지 않았다. 남자는 상아로 된 그리스도상 두 개를 벽에서 내리더니 하나를 발로 밟고 다른 하나 위에 사정할 때까지 자위했다. 출두인이 기겁하자, 남자는 여자에게도 십자가를 밟으라고 말했다. 그리고 탁자 위에 놓인 권총 두 자루를 보여주고 칼을 칼집에서 뽑는 시늉을 하면서, 말을 듣지 않으면 칼로 찌르겠다고 협박했다. 생명의 위협을 느낀 출두인은 어쩔 수 없이 십자가를 밟았다. 동시에 그는 "남창 새끼, 박아 버리겠다" 따위의 불경건한 말을 억지로 말하게 했다. 또 출두인을 관장해서 그리스도상 위에 배설시키려고도 했다. 그러나 결국 그녀가 거부해서 그러지는 못했다.

출두인은 음식도 못 먹고 자지도 못한 채 남자 옆에서 밤을 지새웠다. 남자는 신을 모독하는 말로 가득한, 완전히 반종교적인 시 작품을 몇 편이나 보여주기도 하고 읽어주기도 했다. 남자가 말하길, 그것들은 그와 똑같은 도락가에 그와 똑같이 생각하고 행동하는 어떤 친구가 선물한 것이라고 했다. 또 남자는 출두인에게, 자연에 역행하는 방법으로 성교하고 싶다고 했다. 다음날인 일요일에는 오전 7시에 이 집에서 다시 만나 함께 성 메달 소교구로 가서 성체를 받자고 제안했다. 그 두 개의 성체 빵 중 하나를 태우고, 나머지 하나로 아까 말한 여자와 했던 것 같은 신성모독적인 행위를 하자는 것이었다. 그는 억지로 이런 불경건한 약속을 시켰다. 그녀는 다음날 오전 9시에 그녀를 데리러 온 라모와 함께 그 집에서 나왔다. 라모가 오기 전에, 남자는 둘 사이에 일어났던 일과 자신이 말했던 내용을 절대로 누설하지 말라고 출두인에게 맹세시키고 하얀 종이에 서명까지 받았다.

　여자는 그 집에서 나와 이 사실들을 모조리 고발하기 위해 파리 경시총감의 관저로 갔다. 그러나 공교롭게도 경시총감이 부재중이라 말레의 집으로 갔지만, 말레도 부재중이었으므로 그의 대리인인 쥐로에게 말했다. 쥐로는 파리 경시총감의 명령을 받은 뒤, 필요한 조치를 취하기 위해 그녀를 본관 앞으로 데려왔다. 이 진술은 그녀의 요청에 의한 것이며, 공정을 기하기 위해 그녀에게 제공받은 것이다. 정본에는 쥐로의 서명이 첨부되어 있다.

　보다시피 이 진술에는 사드라는 이름이 한 군데도 나오지 않는다. 여공 잔 테스탈은 10월 18일에서 19일 사이에 밤을 함께 보낸 기묘한 손님의 이름을 몰랐다. 그러나 다양한 증거로 보아 그가 사드가 틀림없다는 사실은 질베르 렐리처럼 믿을 수 있을 것 같다.

　먼저 날짜가 정확히 일치한다. 방탕이 이루어진 것은 1763년 10월 18일에서 19일에 걸친 밤인데, 그 열흘 뒤인 10월 29일에 사드는 체포되어 뱅센 감옥으로 보내졌다. 이런 사건이 빈번히 일어나는 게 아닌 한, 그날 밤 손님이 사드였을 가능성은 매우 크다 아니할 수 없다.

　다음으로, 신체적 특징이 있다. 잔 텔스탈의 관찰에 따르면, 낯선 남자는 "스물두 살 언저리, 신장은 약 5피트 3인치, 옅은 밤색 머리카락을 주머니로 감싸고, 흰 얼굴에는 천연두 자국이 희미하게 있었다"고 했는데, 이는 당시 스물세 살이던 후작의 신체적 특징과 일치한다. 경찰이 제작한 인상서에 다르면, 사드의 신장은 5피트 2인치 12분의 1(즉, 약 168cm)이었다. 마르세유 창부들의 진술에는 사드의 머리카락이 금색이라고 되어 있다. 금색이나 옅은 밤색이나 대단한 차이는 없다. 천연두 자국에 관해서는 1780년 12월 14일, 뱅센에서 아내에게 보낸 사드의 편지를 참고하면 좋다. 그는 아들의 머리를 밀어 버린(병의 예후 때문이었을 것이다) 사드 부인의 조치를 칭찬하면서, 자기도 어렸을 때 천연두에 걸린 뒤 본디대로 머리카락이 자랄 때까지는 만일을 대비해 머리를 밀었었다고 말했다. "나는 천연두에 걸린 뒤에 아들보다 훨씬 추했었소. 앙브레에게 물어보시오. 악마도 나를 보면 놀랐을지 모르오. 하지만(자랑은 아니지만) 그 뒤에는 꽤 잘생겨졌다고 생각하오." 이 말은 사실이다. 청년기 이후 사드의 용모에 천연두 자국은 거의 아무런 영향도 미치지 못했다.

렐리는 지적하지 않았지만, 이 진술에 경찰관 루이 말레의 이름이 나온다는 점에도 주목해야 한다. 사드 생애 전반부와 떼려야 뗄 수 없는 관계에 있는 사람이 바로 말레이며, 이 무렵부터 그는 위험인물 사드의 주변을 맴돈 것으로 추정되기 때문이다.

잔 텔스탈의 진술 속 남자가 사드임을 제시하는 유력한 증거는 그 밖에도 또 있다. 즉, 정신적인 면과 성병리학적 면이다. 성배 안에 사정하고, 성체를 받은 여자와 성교하고, 성체 빵을 질에 집어넣고, 상아로 된 그리스도 상을 발로 밟고, 여자에게 관장해서 그리스도상 위에 배설시키려고 하는 남자의 예는 《악덕의 번영》이나 《소돔의 120일》에서 꽤 많이 발견된다. 물론 이것들은 중세의 질 드 레나 17세기의 몽테스팡 부인의 흑미사 사건에서 19세기 위스망스의 《피안》까지 이어지는 신성모독적 에로티즘의 정형이다. 그러나 이를 집대성한 사람은 뭐니뭐니해도 사드이며, 사드가 없었다면 그 하나하나는 절대로 정형이 될 수 없었을 것이다. 아직 크라프트 에빙이 출현하지 않았던 시대에 이 정형들을 하룻밤 만에 총복습해 버리는 독창성은 역시 사드가 아니면 생각하지 어렵지 않을까?

아르퀼 사건이나 마르세유 사건에도 보이지 않고 이 잔 텔스탈 사건에서만 보이는 신성모독적 에로티즘의 집중적 발현은 사드를 그리스도교 전통 안에 위치시킨 피에르 클로소프스키의 탁견을 연상케 한다. 그리스도교의 뿌리는 사드 마음의 밑바닥까지 닿을 정도로 뜻밖에 깊다. 청년 사드는 이것을 뽑아내려고 고군분투한 느낌마저 든다.

마지막으로 덧붙이자면, 사드가 미리 포주에게 임신 중인 여자를 부탁했는지 아닌지는 모르지만, 그런 여자를 협박했다는 사실도 훌륭하다. 그래야 사드라는 이름에 부끄럽지 않은 행동일 것이다. 더구나 그는 그녀와 '자연에 역행하는 방법으로 성교'하기를 원했다. 이른바 후배위이다. 질베르 렐리에 따르면, 알렉산드리아 시대의 그리스 시인 디오스코리데스의 풍자시에 다음과 같은 작품이 있다고 한다.

여자가 임신했을 때 여자의 털을 헤치고,
그 몸에 올라타는 것만큼 맛있는 것은 없다.
그러나 여자의 몸을 뒤집고, 그대의 남근을 위해
그 음란한 구멍을 제공하게 하는 일은 더욱 멋지다.

마르키 드 사드와 소돔 120일을 찾아서

죄를 향한 고행

지옥은 존재할 가치가 있다. 돈을 펑펑 쓰거나 방탕한 생활을 하는 것만으로는 충분하지 않다. 그런 것은 바람직한 조건에 지나지 않는다. 사드에게 재능은 타고난 특권이나 금전적 특권보다 늘 우월했다. 생각건대, 재능(지성, 용기, 상상력)은 방탕에 필수불가결하다.

사드가 소설 활동을 시작한 1784년에는 리베르탄(방탕자 또는 17세기 자유사상가를 뜻함)이라는 말이 영원한 존재에 대한 반역과 같은 두려움을 불러일으키는 아우라를 이미 상실했다. 몰리에르의 《동 주앙》에서 종복 스가나렐이 분노와 공포가 뒤섞인 심정으로 다음과 같은 말을 할 때 느껴졌던 아우라를 이미 소실한 것이다. "……내 주인 동 주앙 님은 전대 미문의 대악당, 광인, 개, 악마, 터키인, 이단자로, 천국도 성인도 신도 늑대인간도 믿지 않는다." (제1막 제1장).

17세기 리베르탄이 품은 형이상적 반역의 정신은 왕에 의해 체현되는 신적, 도덕적, 정치적 전능과 함께 소실되었다. 오를레앙 공 필립의 섭정시대(1715~23)와 그에 이어지는 시대에 리베르탄은 탕아이자, 오를레앙 공 필립을 따라 끊임없이 온갖 욕망을 만족시킨 '도락가'가 된다. 사드는 자기 자신을 "섭정 오를레앙 공 필립 때문에 타락한 시대, 기사도적 열정과 도를 넘은 신앙심과 여성 숭배가 재출현한 시대"의 사생아라고 말한다. 그러나 사드는 주위 사람들에게서 발견하고 청년 시절에 몸소 체험한 방탕의 이러한 통속화를 자기 작품에서 묘사하지는 않는다. 사드는 그 에크리튀르(쓰여진 것)에 따라 특권계급의 태도를 독자의 반역으로 변환한다. 그리고 더 큰 반역을 위해, 죽은 기사의 석상(《동 주앙》에서 미덕의 상징)을 되살린다.

사드 소설에서는 방탕자라는 호칭이 음미된다. 방탕자에 어울리는 호칭으로 있으려면, 욕망의 무질서에 완전히 몸을 내맡겨 버리는 상태에서 엄격한 원칙을 만들어내야 했던 것이다. 경솔한 젊은이나 단순한 죄인은 '숙달된 방탕자'(사려 깊은 타고난 방탕자)가 되어야 하며, 그러한 사람은 일정한 법칙에 따라, 타고난 악당이 품는 정신적 에로티즘에 도달하게 된다. 이와 반대로 방탕이 정신이라는 측면에만 머무를 수도 있을 것이다. 실천이 불가결한 것이다.《쥘리에트 이야기》에서 쥘리에트와 클레아빌은 어느 수도사를 찾아간다. 그 수도사는 외설적인 판화와 책을 잔뜩 가지고 있었다. 이때 사드는《여자 철학자 테레즈》만 빼고 그 진부함에 쓴 소리를 내뱉는다.

나머지는 카페나 매춘굴 같은 데 있는 시시한 소책자였어요. 그런 쓸모없는 작가의 작품은 두 가지 허전함을 동시에 보여 주지요. 즉, 정신의 허전함과 지갑의 허전함이요. 부유와 우월의 소산인 음욕은 어느 정도 자질을 갖춘 사람만이 다룰 수 있어요. ……다시 말해, 먼저 자연의 애무를 받아야 하고, 그 다음으로는 음탕한 펜이 그려 내는 것을 직접 시도할 만한 재산이 있어야 해요. 이 자질을 충분히 갖춘 자만이 다룰 수 있는 거지요.

'꽃들이 활짝 핀' 길을 걸으면서도 혼탁 속을 몸부림치며 죄의식의 순수한 깨달음을 추구하는 남녀가 진보하려면 다음 세 가지 사항에 숙달될 필요가 있다. 즉, 감각의 분석, 환상의 반복, 그리고 그 연마이다.

상세한 묘사

실링 저택에서 열리는 '기발한 방탕 모임'에서는 '이야기하는 여자'가 매일 저녁 6시부터 10시까지 이야기를 들려준다. '이야기하는 여자'는 모두 네 명이며, 달마다 돌아가면서 각종 도착(倒錯) 이야기를 들려준다. 즉, 첫 번째 여자는 단순한 욕정에 관한 150가지 이야기를, 두 번째 여자는 복잡한 욕정에 관한 150가지 이야기를, 세 번째 여자는 범죄적 욕정에 관한 150가지 이야기를, 그리고 네 번째 여자는 살인에 이르는 욕정에 관한 150가지 이야기를 각각 말하게 된다. 그리하여 600개의 욕정, 즉 600가지의 성적 편집이 점차 복잡한 양상을 띤 채 온갖 규범을 서서히 짓밟으면서 '방탕의 언어'로 열거되고 묘사된다. 11월 초에서 2월 말 사이에 브랑지 공작 이하 '네 명의 권력자'는 사람들이 심취하는 온갖 음행을 빠짐없이 듣게 되었을 것이다.

사드는 《소돔의 120일》이라는 소설에서 기록문학자의 역설적 의도로써 완전히 혁신적인 작품을 시도한다는 것을 자각하고 있다. "……이러한 일탈을 하나씩 분류해서 상세히 묘사할 수 있다면, 풍속 연구에 관한 지극히 뛰어나고 가장 흥미로운 작업이 될 것이다." 상상조차 할 수 없는 기발한 다양성을 갖는 성(性)이라는 변덕스러운 존재를 연구한 역사가는, 사회가 언급하지 말라고 명령한 사건뿐만 아니라 자기 자신이 아직도 해석해내지 못한 사건까지 고찰하고 이해하려고 애쓴다. 사드는 《고백록》의 저자이자 자신이 크게 칭찬한 장 자크 루소와 마찬가지로, 자기 자신을 위해 만들어낸 수수께끼에서 출발했다. 사드는 이 수수께끼를 풀고자, 자신의 특이성의 권리를 지키고자, 그리고 자신에게 향한 비난을 창조적 힘으로 역전시키고자 작품을 구축한다. 사드는 규범이라는 관념을 줄기차게 부정한다. "사람의 기관이 모두 같다는 것은 누구나 인정하지만, 취향 문제는 그렇지 않다."

　사드가 철저라는 것에 보내는 명백한 관심에 의해, 또 '이야기하는 여자'의 이야기로 차근차근 전개되는 정욕의 열거에 의해, 《소돔의 120일》에서는 크라프트 에빙의 연구와 같은 19세기 섹솔로지 연구보다 시대를 앞선 내용을 읽을 수 있다. 이 독일인 정신의학자가 말한 사드에 관한 견해는 도저히 받아들이기 어렵다. "쾌락 때문에 사람을 죽이는 살인자의 범주에, 그리고 전자와 수많은 공통점을 갖는 시체성애자의 범주에, 자기 욕망의 희생자에게 고통을 주거나 피가 흐르는 것을 보고 기쁨과 쾌감을 느끼는 변질자의 범주를 추가해야 한다. 이런 짐승만도 못한 부류가 바로 그 유명한 사드 후작이다. 그는 쾌락과 잔혹을 이어주는 이런 성벽(性癖)에 자기 이름을 제공했다. 사드 후작에게 있어서 성교는 자기 욕망의 대상에게 상처를 입히고 피를 낼 수 있을 때만이 매력적이었다. 그에게 최대의 쾌락은 알몸의 창부에게 상처를 낸 다음 그 상처를 치료하는 것이었다."

　크라프트 에빙이 내린 진단, 그것은 성적 감각이상과 연관되는 만성적 남자색정증 상태였다. 사드는 '힐을 음부에 넣으라고' 강요해서 자기 애인을 미치게 한 대위나 볼차노의 소녀 살상범, 아우크스부르크의 토막 살인범 등과 비교해서 인용된다. 또 전설적인 주석에서는 사드 후작이 살아 있을 때 유포한 진실미 없는 사건을 바쇼몽의 기술을 근거로 다시 들먹이고 있다. "사드 후작은 자신의 잔혹한 성욕을 진심으로 이상화하려고 했으며, 도착한 감각을 바탕으로 하는 이론의 창도자가 되었을 정도로 상식과 위배된다. 그의 꿍꿍이가 엄청난 추문을 불러일으킨 탓에(특히 자택으로 신사숙녀들을 초대해 놓고 최음제가 들어간 초콜릿 봉봉을 대접해서 욕정을 일으키게 한 사건) 사드는 샤랑통 정신병원에 감금되어야 했다. 프랑스혁명 때(1790) 다시 자유의 몸이 되었다. 그리고 호색과 잔학으로 점철된 소설을 집필했다……."

크라프트 에빙은 건전한 환자('일상적인 상태에서 평범한 성교를 하는' 환자)라는 그의 관념에서, 사드의 에크리튀르가 주장하는 바와 완전히 다른 의견을 제시한다. 그리고 정신과의(및 크라프트 에빙을 일례로 하는 모든 의학 사조) 과학적 접근을 뒷받침하는 엄격한 정교도적 신념은 사드와는 너무도 정반대에 있어서 도리어 사드의 논리와 상통한다. 예를 들어, 크라프트 에빙은 여성에 관해 다음과 같이 주장한다. "여성의 정신이 정상적으로 발육한다면, 그리고 그 여성이 제대로 교육받는다면, 그 여성의 성 욕구는 강해지지 않는다. 그렇지 않다면 전 세계는 결혼이나 가족이 성립하지 않는 거대한 매음굴로 변해 버릴 것이다."

사드는 크라프트 에빙이나 프로이트를 비롯한 그 어떤 과학적 연구에도 방법을 제시하지 않는다. 라캉은 실로 명쾌하게 말했다. "사드의 작품이 프로이트보다 앞섰다는 주장은 어리석지만(아무리 도착의 일람이라는 관점에 한해서라고 하더라도) 문학에서는 반복해서 이야기되고 있으며, 이러한 잘못은 늘 그렇듯이 전문가 탓이다."

감정이라는 지리를 표명하는 데는 말의 뉘앙스가 중요하다. 감정을 연애 지도(연애 과정을 우의적으로 나타낸 것)로 정착하려면 감정을 식별하는 과정부터 시작해야 한다. 사드 작품에는 쾌락과 관련하여 "말로 하기 어려운 것을 탐구하고 구별하고 싶다"는 의사가 엿보인다. '이야기하는 여자'들은 말하는 역할이지만, 언제나 그 계약을 지킨 것은 아니다. 그러지 못하는 건지 게을러서인지는 모르지만, 그녀들은 장면의 각 요소나 받은 인상을 모호하게 해버릴 때가 있다.

"공작이 말했어요. '뒤로크, 사실을 말해 주게. 자넨 자위하지 않았나?'"

"주교가 말했어요. '자네는 그의 엉덩이를 벌려서 항문을 벽 너머에 있는 남자에게 보여주고 싶은 건가?'"

'이야기하는 여자'는 이처럼 있는 그대로 이야기하라는, 즉 생략하지 않고 말하라는 재촉을 받고서, 자신들이 말하는 일화의 소재가 된 '성벽'을 지닌 인물(즉 그녀들의 고객)을 정확히 설명하려고 노력한다. 그리고 인물의 나이와 사회적 신분, 성기 모양을 구체적으로 말한다. 《소돔의 120일》은 평균보다 다소 천박하게 파악된 일련의 인물 묘사를 제시한다. 이를테면 '닳도록 쓴 창백하고 쭈글쭈글한 작은 남근'을 가진 '예순 정도의 주임심리관', '꽤 길지만 가느다란 고추'를 가진 '관록 있는 세금징수원', 엉덩이가 '담배를 적시는 데 쓰는 낡은 양피지처럼 쭈글쭈글해져 버린' 접대부, '탁한 눈', '죽은 사람 같은 입술', '점박이 무늬의 견직물 같은 엉덩이'를 한 데그랑주 등등(사드는 수학적인 명확함을 빼놓지 않는다. '아시다시피 뒤르세는 길이 30센티미터에 둘레가 20센티미터나 되는 물건을 갖고 있어요'와 같이 쥘리에트는 아주 객관적으로 설명한다). 이러한 친근한 경기자들의 향락을 표현하기 위해 사드는 생각나는 대로 이미지를 변화시켰다.

마침내 공작의 고추는 성이 잔뜩 나서 고개를 들고 소년의 항문에 경의를 표하지 않을 수 없게 되었어요.

그 늙은 손님이 신호를 보내자 그녀는 손님 앞에 무릎을 꿇었어요. 그리고 그 닳고 닳은 고환을 젖가슴에 대고 문지르면서 흐물흐물한 남근을 입에 물었어요. 그러자 회개한 죄인은 순식간에 그 입에 회개의 눈물을 흘렸어요.

그러자 축 늘어져서 쥐기도 어려웠던 물건이 뜨겁게 부풀어 오르더니, 추잡한 행위 덕분에 흘릴 수 있었던 눈물이 내 손가락 사이로 흘렸어요.

네 남자 주인공은 생생하게 말해지는 이러한 역겨운 이야기에 감동하여 그러한 장면을 재현해 보려고 한다. 완벽주의자인 그들은 발전을 위해서는 반복이 필요하다는 사실을 알고 있다.

반복

이야기의 제재를 제공하는 등장인물들은 단 하나의 욕정을 반복하는 데에만 몰두한다. 반복은 애호가 욕정으로 변화하기 위한 조건이다. 《소돔의 120일》이라는 쾌락의 목록에서는 반복되지 않는 것을 찾을 수 없다. 욕정 장면은 언제나 정해져 있다. 향락의 대상을 찾은 사람은 '그 남자는 오로지 ~를 좋아한다'는 상투어구로 묶여 그 편애적 기호에 따라 규정된다. 사드는 '엉덩이와 채찍의 대단한 애호가', '채찍질로 유명한 사람', '똥의 대단한 신봉자' 따위로 설명한다. 그러나 이러한 현저한 편애 속에서 애호가는 반복으로써 '수정'되고 '연마'된다. 처음에는 소극적인 연출에 한두 명의 배우로 한정되어 있지만, 나중에 가서는 무대 장치나 조연들을 동반하는 큰 스펙터클에 이른다. '일상적인 망상'과 '단순한 욕정'은 숙려되고 교묘하게 편성되어 '파렴치의 극'으로 변한다. 그리고 없는 게 없는 상태가 된다.

 진실성에서 출발한 끝없는 비약은 서커스의 곡예사처럼 재주를 부리면서 수행된다(그리고 서커스처럼, 퍼포먼스를 할 때는 귀여운 동물의 참가를 필요로 한다).

 어떤 남자는 암염소에게 자신의 음낭을 핥게 하면서 암염소의 콧구멍에 성교했어요. 그동안 그 남자는 여자에게 자기 몸을 말의 글겅이로 빗게 하고, 항문을 핥게 했어요.

 엄격한 규칙으로 수도원을 방불케 하는 실링 저택에서는 바로크적인 창의력도 발휘되었다. 방탕에 앞서 몸단장을 한다. 사악한 동시에 추악하기도 한 늙은 하녀들은 요정풍, 노파풍, 수녀풍으로 갈아입는다. 그에 반해 새틴 옷을 입고 장밋빛 분을 바른 소년소녀들은 살아 있는 미의 우의상(寓意像)이다. 이야기하는 여자가 말하는 동안 소년소녀들은 조화로 엮은 끈으로 방탕자의 소파 다리에 묶였다.

 연마
 '단순한 정욕'은 시적이고 연극적인 모든 방종에 빠질 뿐만 아니라, 더 나아가 살인까지 이름으로써 빛을 더한다.

 마르틴이 1월 15일에 이야기한 남자는 여자의 몸을 매다는 것을 좋아했다. 여자의 두 다리를 묶어서 거꾸로 매달아 놓고, 머리에 피가 몰려서 죽을 때까지 내버려 뒀다.
 또는 다음과 같다.

어떤 남자는 이전부터 수간 애호가였는데, 최근 괴상한 쾌락을 발견했어요. 그 남자는 여자를 당나귀의 생가죽으로 만든 자루 안에 넣고 얼굴만 밖으로 내밀게 한 뒤 자루 주둥이를 꿰매 버렸어요. 그리고 여자에게 식사를 주면서 살려 뒀는데, 당나귀 생가죽이 자연히 수축하면서 여자는 목이 졸려 죽고 말았지요.

사드의 장대한 체계, 쾌락의 현란한 무대장치는 괴상한 행위를 받아들이는 기반이 된다. 괴상한 행위는 처음에는 거의 무시되지만, 이윽고 방탕자는 그러한 행위에 매우 중요한 가치를 두고 적극 인정하게 된다.

방탕자가 맛보는 기호는 바로 자기 인생을 즐기는 것이다.

앙드레 말로는 고야라는 천재의 탄생의 순간을, 이 화가가 청각을 잃고, 자기 안에 깃든 비극을 있는 그대로 표현하기 위해 자기 시대의 우아함에서 멀어져 '장식과 향락'을 단념한 순간으로 규정한다. 말로는 이러한 결별의 순간 속에서, 들뜨고 천박하고 살롱적인 18세기와 음울하고 몽상적인 19세기를 분리하는 것과 똑같은 특징을 발견했다. 자신의 주의와 스타일을 바꾸지 않고 세기에서 세기로 이행한 사드는 말로의 이러한 견해에 반대하는 존재이다. 사드에게는 장식적 감각에 잔학의 격렬한 폭발이 동반한다. 터무니없는 고문이 펼쳐지는 무대인 실링 저택은 사교의 장이기도 하다. '냉혹하고 폭력적인 쾌락'은 상류사회의 오락을 저해하는 것이 아니다. "저녁 식사 후에는 무도회가 열렸다."

말로는 다음과 같이 말했다. "고야는 장식적 소묘 대신, '산 이시드로의 초원'의 빛 대신, 마침내는 '정신병원'의 강철하기까지 한 필치를 쓰게 될 것이다……." 그러나 사드는 절대로 이 말처럼 변하지 않는다. 처음부터 매혹과 착란을 분리하지 않는 데에 도전한다. 바꿔 말하면, 같은 필치로 '전원의 점심'과 귀머거리의 집의 '검은 그림'을 그리는 데 도전한 것이다.

실링 저택에서 네 권력자들의 모습

사드는 《소돔의 120일》이 유난히 마음에 들었다. 확실히 이 이야기에는 독자의 빛과 고급 공예품 같은 정교함이 있다. 욕정의 강박적 힘에 반드시 부수되는 경쾌함의 결여를 보충하기 위해(또, 극소수의 사람이 유치한 환상으로 간주하는 기분증(嗜糞症)이라는 기호에 대한 집착을 완화하기 위해), 사드는 자신의 모든 재능을 상세하고 경쾌한 이야기에 쏟아부은 것 같다. 즉, 자신이 저지른 악행의 중대함을 되도록 가볍게 하려고 애쓴 것이다. 악행은 종종 소(小)나 소(少)를 의미하는 형용사와 수반하여 '약간의 비열한 행위'나 '몰래 감춰 뒀던 사소한 공포'로 표기된다.

유토피아의 전체주의적 소설 세계에서는 분위기 변화도 풍부한 뉘앙스도 배제되지 않는다. 고정된 일과에 의한 안정적인 리듬으로 전개되는 기호(嗜好) 이야기가 가차없이 진행됨에 따라, 곧 밝혀질 음모가 방탕을 일삼는 신하들을 기다리고 있다. 한편, 네 권력자들은 잔혹한 반감 또는 광기에 빠진다.

《소돔의 120일》은 은근한 암시가 들어 있는 이야기이다. 실링 저택의 오르지아를 지배하는 모방의 원리("아아, 그러한 이야기는 얼마나 효과적인가!")는 유머라는 거리와 세트다. 극악무도한 네 명의 악당은 유쾌한 냉담함을 보여준다. 그리고 사드가 독자에게 던지는 질문에는 냉소가 담겨 있다.

여자가 아름답고 작은 엉덩이를 내밀자, 법원장은 여자 엉덩이에 입을 갖다 댔어요. 총명한 독자들은 법원장이 여자에게서 무엇을 받았는지 알 거라고 생각해요.

사드는 눈물샘을 자극하는 비애감이 끼어들 여지를 허락하지 않는다. 웃음은 희생자에게는 인정되지 않지만, 방탕자들에게는 종종 친근한 요소다. 조롱하는 듯한 살인적 웃음이다. 그러나 오랫동안 하나가 되어 쾌락을 추구해온 사람들이 떠올리는 공범의 웃음이기도 하다. 브랑지 공작과 그의 남동생인 주교는, 그리고 브랑지 공작과 뚱뚱하고 부드러운 피부를 가진 세금징수원 뒤르세는 어린 시절부터 함께였다.

뒤르세는 공작의 학창시절 친구였어요. 두 사람은 어릴 때부터 매일같이 함께 놀았죠. 그런 뒤르세가 가장 좋아하는 쾌락은 공작의 커다란 남근으로 자신의 항문을 자극하는 일이었어요.

실링 저택의 기념비적 방탕 모임은 (죄라는 나무는 필연적으로 생장한다는 견지에서 보면) 학창시절에 빠졌던 쾌락에 뿌리를 둔 것으로, 그들은 여전히 그것을 즐기고 있는 것이다.
퇴폐적 유머의 웃음, 또는 주정뱅이의 웃음. 규칙에서는 다음과 같이 정해져 있다.

우리는 친구 사이지만, 조금이라도 이성의 빛을 보인 자, 하룻밤이라도 취하지 않고 취침한 자, 그 이상의 것을 소홀히 한 자는 벌금 1만 프랑을 낸다.

브랑지, 주교, 퀴르발, 뒤르세는 취하지 않은 때가 없다. 네 사람은 언제나 갈지자걸음으로 향연의 살롱으로 향한다.

 "오귀스틴, 네 엉덩이를 보여 줘. 네 엉덩이를 보면 어떤 쪽으로 든 내 생각이 변할지도 몰라. 제길, 이년 엉덩이는 참으로 훌륭하군! 퀴르발, 뭔 좋은 생각 없나?" 퀴르발이 말했어요. "엉덩이에 드레싱을 뿌리면 어떨까요?"

 (이하는 《소돔의 120일》에서 자유롭게 착상을 얻고 조르주 바타유의 시나리오 초고에 기초하여 배우 페르난데르가 프랑스 남부 사투리로 말한 대사다. "마르세유의 어느 부유한 비누제조업자는 자선 단체 회장인데, 고향 사람들에게 매우 존경받는 인물이다. 그는 시골에 있는 자신의 저택에서 정기적으로 오르지아를 연다. 그리고 창부와 하나가 되어, 실링 저택에서 펼쳐진 인간상을 재현하려고 한다……." 페르난데르는 이 역할에 무관심했다고 한다.)
 네 권력자는 기분이 좋다.

공중의 새

 부조리와 모순이 스위스 첩첩산중에 있는 인적 드문 성관에 자리잡는다. 부조리와 모순은 음탕한 격정과 살인 욕구에 충동질당하기도 한다. 그러나 사드가 매우 집요하게 되돌아오는 지점인 무감정이라는 원리는 결코 없어지지 않는다. "잠깐 말 좀 하세. 난 배려를 한다고 해서 내 감정에 영향을 받지는 않네. 도리어, 배려한 뒤에 악업에 대한 동경이 커지지. 이걸 모르나?"
 진짜 방탕자는 방탕자로서의 자세에 금욕적이다. 방탕자는 공포를 맛보고 오르가즘이 사라지면 냉정한 상태로 돌아온다. 대화를 계속할 준비가 돼 있는 것이다.

여러 쾌락의 양상을 치밀하게 분석한 사드는 '대국적으로 보는'(높은 곳에서 굽어보는) 철학자이기도 하다. 그리고 오르지아의 극장의 극도의 상세함 및 인간의 영역을 뛰어넘는 냉정한 시선과의 긴장감 있는 비현실적인 공존을 보여 준다. 악마와 함께 실링 저택을 드나들 수 있는 유일한 존재인 새들의 시점에서는 새하얀 풍경이 펼쳐질 뿐이다. 네 권력자가 발하는 쾌락의 몸부림에 희생자들의 비명은 지워진다. 그러나 눈(雪)의 침묵은 모든 것을 뒤덮어 버린다.

《소돔의 120일》의 '커다란 두루마리'

《소돔의 120일》의 원고는 1785년 10월 22일부터 37일 동안 정서되었다. 바스티유에서 매일 저녁 7시에서 10시까지 사드 후작은 흔들리는 촛불 아래서 정서에 몰두했다. 종이 수십 장을 '커다란 두루마리'(사드의 표현) 형태로 붙여서 만든 용지에 자잘한 글씨를 빼곡히 적어갔다. 그렇게 하는 편이 여느 때처럼 수첩에 정서한 원고보다 감추기 편했기 때문이다.

성에서 성으로. 사드에게는 가장 먼저 프로방스가 있었는데, 그곳에서 그는 절대 지배자 행세를 했다. 사드는 동 주앙처럼 자신은 신들의 법이나 인간의 법보다 우위에 있다고 여긴 오만죄로 처음에는 뱅센에, 그 다음에는 바스티유에 유폐되었다. 그리고 라 코스트라는 공중의 성과 그와는 정반대를 이루는 감옥의 어둠과 만난 뒤로 향락의 자유와 유폐의 평온함이 동등하게 존재하는 실링 저택이 출현하게 된다.

*어린이들의 의상

앞서 말했듯이, 네 명으로 구성된 소년소녀들은 그때그때에 맞춰 똑같은 정교한 옷을 입었다. 그들 중 선택된 네 명의 소년은 다음과 같은 옷을 입도록 되어 있었다. 경쾌하고 몸에 딱 붙는 프로이센풍 제복으로, 웃옷 길이는 가슴 중간까지 올 정도로 짧을 것. 짧은 조끼와 속옷을 입을 것. 반바지 뒷부분은 한가운데를 하트 모양으로 찢고 그 부분을 끈으로 묶어서, 끈을 풀면 언제든 엉덩이가 노출되도록 할 것. 웃옷, 조끼, 속옷, 반바지는 하얀 타프타와 분홍색 새틴 두 종류로 만들 것. 크림색의 얇은 넥타이를 목에 매고, 가슴에는 레이스 장식을 달 것. 장미색 자수가 들어간 흰 양말과 장미색 끈으로 묶은 회색 구두를 신을 것. 머리카락은 목까지 길게 늘어뜨리고 군데군데 지진 뒤 회색에서 분홍색까지 각종 분과 향수를 뿌리고 리본으로 묶을 것. 반바지 뒤의 끈 색깔과 머리에 묶는 리본 색깔은 지난번에 정한 대로 할 것. 미모를 한층 돋보이게 하기 위해 눈썹을 잘 다듬고 검게 그린 뒤, 볼에는 연하게 연지를 바를 것. 이런 모습을 한 소년들은 이 세상 사람이라고는 생각되지 않을 만큼 매혹적이었다. (《소돔의 120일》에서)

*금 바늘

"여섯 달 뒤, 어느 수도원장이 제게 촛불을 들라고 하더니, 그의 물건과 고환에 촛농을 떨어뜨려 달라고 했어요. 그는 제게 그의 물건을 만져 달라고도 하지 않은 채 촛농의 자극만 느꼈죠. 하지만 그의 물건은 조금도 발기하지 않았어요. 그가 무엇을 시작하기 위해서는 도저히 인간의 모습이라고는 생각되지 않을 정도로 온몸이 촛농으로 뒤덮여야 했어요.

그 수도원장의 친구는 여자에게 자기 엉덩이에 금 바늘을 잔뜩 꽂으라고 시키고는, 엉덩이가 바늘로 뒤덮이자 그대로 의자에 앉아 바늘의 자극을 맘껏 느꼈어요. 그리고 눈앞에 여자를 뒤로 돌려 세우고는 엉덩이를 한껏 벌리고, 자기 물건을 직접 문질러 여자의 항문에 정액을 넣었어요."

공작이 말했습니다. "뒤르세, 뒤클로의 이야기처럼 자네의 그 포동포동한 엉덩이에 금 바늘이 잔뜩 꽂힌 광경을 보고 싶구먼. 얼마나 유쾌한 광경일까!"

뒤르세가 말했어요. "공작님, 공작님께서도 아시다시피 전 지난 40년 간 영광스럽게도 모든 점에서 공작님을 본보기로 삼아 왔습니다. 그러니 공작님께서 모범을 보여 주시면 기꺼이 실행하겠습니다." (《소돔의 120일》에서)

*거울의 방
어떤 남자는 여자 여섯 명을 거울의 방으로 데려가서 동시에 자위를 시켰어요. 여자들은 둘씩 짝지어 온갖 음란한 자세로 자위했지요. 남자는 방 한가운데 앉아 여자들과 거울에 비친 그 여자들의 모습을 감상하면서, 성숙한 여자에게 자신의 물건을 만지게 하고 사정했어요. 여자들 엉덩이에 키스도 했지요. (《소돔의 120일》에서)

*똥통
곧이어 남자는 똥이 가득 담긴 통을 가지고 오게 했어요. 거기에 벌거벗은 여자들을 들어가게 한 뒤, 들어가기 전만큼 깨끗해질 때까지 여자들의 몸을 구석구석 핥았지요.

*신성모독
어떤 남자는 엉덩이를 다 드러낸 매춘부들을 교회 포석 위에 네 발로 나란히 엎드리게 하고, 미사가 시작됨과 동시에 여자들을 제단 위에서 범했어요.

어떤 남자는 젊은 여자를 발가벗기고, 십자가에 달린 예수의 머리가 여자의 음핵에 닿도록 십자가에 다리를 벌리고 앉게 했어요. 그러고는 뒤에서 여자의 질에 자기 물건을 삽입했지요.

어떤 남자는 십자가와 성모와 영원한 하느님 상을 부수고 그 파편들 위에 오줌을 누고 난 뒤 불태워 버렸어요. 또 그 남자는 여자를 데리고 설교를 들으러 가서 하느님의 말씀을 들으며 여자에게 자기 물건을 만지게 했어요.

*원기둥
어떤 남자는 여자를 원기둥 밑에 발가벗겨 세우고, 하인에게 자기 물건을 만지게 했어요. 그동안 여자는 꿈쩍해서는 안 되었지요.

어떤 남자는 벌거벗긴 여자 몸에 꿀을 바르고 그 여자를 원기둥에 묶은 뒤, 여자를 향해 꿀벌들을 잔뜩 풀었어요.

어떤 유명한 채찍 애호가는 여자를 회전의자에 앉히고, 그 여자가 죽을 때까지 계속 돌렸어요.

*몸통
어떤 남자는 소년의 팔다리를 잘라 몸통만 남기고 항문을 즐기면서, 식사를 주어 계속 살게 했어요. 몸통에서 먼 부분을 잘려서 소년은 오랫동안 살아 있었죠. 그렇게 그 남자는 1년도 넘게 소년의 항문을 즐겼어요.

옮긴이 김문운(金文橒)

일본대학 문과 수학. 일본 마이니치신문 기자 대구고보 불어 영어 교사. 매일신문 편집국장 역임. 시사신보 발행인. 지은책 종군기 《조국의 날개》 옮긴책 마르키 드 사드 《소돔의 120일》《악덕의 번영》 모리스 르블랑 《아르센 뤼팽》 부아고베 《철가면》 란포 《음울한 짐승》 하이스미스 《태양은 가득히》 루드비히 《나폴레옹전》 등이 있다.

소돔 120일을 찾아서
시브사와/김문운 옮김
1판 발행/1977. 10. 10 회수
2판 발행/2012. 12. 12
발행인 고정일
발행처 동서문화사
창업 1956. 12. 12. 등록 16-3799
서울 강남구 도산대로 163 (신사동, 1층)
☎ 546-0331~6 (FAX) 545-0331
www.dongsuhbook.com

잘못 만들어진 책은 바꾸어 드립니다.

*

이 책의 출판권은 동서문화사가 소유합니다.
의장권 제호권 편집권은 저작권 법에 의해 보호를 받는 출판물이므로 무단전재와 무단복제를 금합니다.
사업자등록번호 211-87-75330
ISBN 978-89-497-0796-9 03860